Catherine Ryan Hyde
Sieben kleine Herzen

AF214621

TINTE
&
FEDER

## Das Buch

Als Abby mehrere winzige Welpen vor dem Ertrinken rettet, ist ihr klar, dass sie die Hunde nicht mit nach Hause nehmen kann. Ihr Vater bekäme einen seiner Wutanfälle. Auch ihre Mutter könnte das nicht verhindern. In ihrer Not bringt Abby die Tiere zu einer entlegenen Jagdhütte, die aber nicht so verlassen ist, wie sie gedacht hat.

Plötzlich steht der Besitzer vor der Tür, der trauernde Witwer Elliot. Er ist auf der Suche nach Ruhe und Einsamkeit, nimmt die sieben Welpen aber schließlich trotzdem bei sich auf. Schon bald entsteht eine Freundschaft zwischen ihm und Abby. Doch der Vater der Dreizehnjährigen hat eigene Pläne, und das Mädchen und ihre Mutter müssen entscheiden, wie viel sie für ihr Glück riskieren.

## Die Autorin

Die mehrfach ausgezeichnete amerikanische Autorin Catherine Ryan Hyde hat bislang knapp dreißig Bücher veröffentlicht. Auf Deutsch von ihr erschienen sind neben weiteren Titeln »Tage der Hoffnung«, »Als ich dich fand« und »Ich bleibe hier«. Ihr bekanntester Roman »Das Wunder der Unschuld« wurde in mehr als 23 Sprachen übersetzt und unter dem Titel »Das Glücksprinzip« mit Kevin Spacey und Helen Hunt verfilmt.

Neben dem Schreiben ist Catherine Ryan Hyde auch als Referentin tätig und stand bereits dreimal zusammen mit Bill Clinton als Rednerin auf dem Podium.

Catherine Ryan Hyde unternimmt gerne Wanderungen und Reisen und ist eine große Hobbyfotografin.

# Catherine Ryan Hyde

# SIEBEN KLEINE HERZEN

ROMAN

AUS DEM AMERIKANISCHEN
VON LOTTA FABIAN

Deutsche Erstveröffentlichung bei
Tinte & Feder, Amazon Media EU S.à r.l.
38, avenue John F. Kennedy, L-1855 Luxembourg
April 2022
Copyright © der Originalausgabe 2021
By Catherine Ryan Hyde
All rights reserved.
Copyright © der deutschsprachigen Ausgabe 2022
By Lotta Fabian

Die Übersetzung dieses Buches wurde durch Amazon Crossing ermöglicht.

Umschlaggestaltung: zero-media.net, München
Umschlagmotiv: © Kat72 © fukume © Galyna Andrushko
© Max play / Shutterstock
Lektorat: Birte Lilienthal, Ute-Christine Geiler, Agentur Libelli GmbH
Gedruckt durch:
Amazon Distribution GmbH, Amazonstraße 1, 04347 Leipzig /
Canon Deutschland Business Services GmbH, Ferdinand-Jühlke-Str. 7,
99095 Erfurt /
CPI books GmbH, Birkstraße 10, 25917 Leck

ISBN: 978-2-49670-936-0

www.tinte-feder.de

# Kapitel 1

## FÜR DIE FISCHE VERMUTLICH SCHON

### *Elliot*

Als Elliot die Tür öffnete, erschien ihm die Frau, die vor ihm stand, absurd jung. Einen Moment lang bezweifelte er, dass sie überhaupt die war, auf die er wartete. Vielleicht brachte sie ihm auch nur die Zeitung oder war jedenfalls jemand anders als die Hospizhelferin.

Dann hatte er plötzlich den verstörenden Gedanken, dass er alt geworden war. Oder wenigstens alt genug, dass ihm erwachsene Menschen absurd jung vorkamen.

Währenddessen stand er einfach da, die Hand auf dem Türknauf, und schaute sie an.

»Mr Colvin?«

»Elliot, bitte«, erwiderte er. »Sind Sie die ehrenamtliche Hospizhelferin?«

»Ja, richtig«, bestätigte sie. »Julia.«

»Kommen Sie rein, kommen Sie rein.« Er trat beiseite, um sie ins Haus zu lassen, und schloss hinter ihr die Tür. »Danke, dass Sie da sind. Meine Frau ist oben.«

5

Gemeinsam begaben sie sich zur Treppe und stiegen sie hoch.

Elliot hatte das unangenehme Gefühl, zur Schau gestellt zu werden. Als würde die Traurigkeit seines Lebens unter eine Lupe gelegt und viel zu sehr vergrößert werden. Er verstand nicht genau, warum er das plötzlich so empfand oder warum ausgerechnet jetzt. Die Leute vom Pflegedienst gingen täglich bei ihnen ein und aus. Aber vielleicht erwartete er von denen eine sachliche Betrachtung von Krankheit und Verlust. Die junge Frau vor ihm schien mehr mitzubekommen, seinen Schmerz tatsächlich spüren zu können.

»Ist sie ...«, begann Julia, als sie auf der Treppe waren, »... bei Bewusstsein?«

»Ab und zu«, antwortete er und führte das nicht weiter aus.

Sie erreichten die Schlafzimmertür.

»Liebes?«, rief er von der Schwelle aus. »Pat?«

Ihre Augen waren offen. Sie schien auf einen Punkt in einer Ecke des Raumes zu starren, in der Nähe der Decke, und verriet durch nichts, dass sie ihn gehört hatte.

Er hatte sich große Mühe gegeben, sie hübsch zurechtzumachen. Er hatte sie sorgsam mit einem Schwamm gewaschen und ihr ihr bestes blaues Nachthemd angezogen. Er hatte ihr das Haar gebürstet, selbst wenn es ihm nicht gelang, es so zu hinzukriegen wie sie früher. Vielleicht, weil es jetzt so viel trockener und schlaffer war, oder vielleicht auch einfach, weil Elliot nicht wusste, wie das Haar einer Frau frisiert werden musste. Jetzt betrachtete er sie durch die Augen der ehrenamtlichen Hospizhelferin, was nicht günstig ausfiel. Beinahe hätte er ihr erklärt, wie Pat wirklich aussah, ohne die verheerenden Spuren, die die Krankheit hinterlassen hatte, oder Julia sogar ein Foto gezeigt. Natürlich tat er das nicht. Weil das einzig für ihn wichtig war.

6

»Sie bekommt jede Menge Schmerzmittel«, teilte er der jungen Frau mit gesenkter Stimme mit. »Daher ist es schwierig, zu beurteilen, was eine Folge der Sedierung ist und was ihr tatsächlicher ... Zustand.«

Gemeinsam näherten sie sich dem Bett.

»Liebes, das hier ist Julia, eine freiwillige Helferin. Sie bleibt heute bei dir, während ich ein paar Erledigungen mache.« Es entstand eine Pause. Nichts. Keine Antwort oder Reaktion. »Okay?«

Sie warteten schweigend einen Moment.

»Gehen Sie einfach«, meinte Julia. »Wir schaffen das schon.«

Elliot beugte sich vor und küsste seine Frau auf die Stirn. Julia begleitete ihn zur Zimmertür.

»Wann haben Sie das letzte Mal das Haus verlassen?«

»Oh, lassen Sie mich mal nachdenken. Das ist jedenfalls eine Weile her. Lebensmittel werden uns geliefert. Pats Mutter war für zwei Wochen hier, das war eine große Hilfe. Allerdings ist das inzwischen auch schon über einen Monat her.«

»Gehen Sie einfach«, wiederholte Julia. »Gönnen Sie sich eine wohlverdiente Pause. Wir kommen hier klar.«

\* \* \*

Er betrat den Trödelladen mit der ersten Jagdtrophäe unter dem Arm. Ein Elchkopf von einem Jagdausflug nach Maine vor mehr als zehn Jahren. Er war das Größte von allem, was er in den Wagen geladen hatte, um es zu verkaufen, und alles, was er auf einmal hineintragen konnte.

Die Klingel an der Tür läutete, und der Ladenbesitzer Ralph blickte von seiner Zeitung auf.

»Elliot«, begrüßte ihn Ralph.

»Ralph.«

»Sag es mir nicht.«

»Was soll ich dir nicht sagen?«

»Oh. Nichts. Wie geht es Pat?«

»Im Großen und Ganzen unverändert.«

Das war gelogen. Es ging ihr schlechter. Aber es war eine Lüge, die ihn tröstete. Vielleicht wäre »Geschichte« ein besseres Wort als »Lüge«, überlegte er. Es war einfach eine Geschichte, die ihm besser gefiel als die Wahrheit.

»Du willst deinen Elch verkaufen?«

»Ich verkaufe sie alle.«

Er hatte mit dem Gedanken gespielt, die Trophäen einfach wegzuwerfen. Allerdings erschien ihm das irgendwie respektlos den Tieren gegenüber, die schließlich ihr Leben gelassen hatten.

»Wirklich.« Das war eine Feststellung von Ralph. Keine Frage. Elliot konnte spüren, dass der Ladenbesitzer wissen wollte, warum, sich jedoch zurückhielt. »Also, wenn ich dich nicht kennen würde, würde ich annehmen, dass du die Trophäen kürzlich von einem älteren Angehörigen geerbt hast. Die Leute lieben das Zeug entweder, oder sie hassen es. Es gibt da keine Grauzone. Aber ich bin schon vierzig Jahre in diesem Laden, und ich hab noch nie erlebt, dass jemand Trophäen von Tieren verkauft, die er eigenhändig erlegt hat. Hast du vor, wieder loszuziehen und sie durch neue zu ersetzen?«

»Nein«, antwortete Elliot.

»Okay. Deine Entscheidung.«

»Ich schaff den Rest rein.«

»Ich helfe dir.«

Mehrere Minuten lang liefen die beiden Männer hin und her und trugen die Jagdtrophäen vom Auto ins Geschäft. Ralph machte keine weiteren Bemerkungen über Elliots Entscheidung und stellte auch keine Fragen mehr.

Was Elliot als Erleichterung empfand.

\* \* \*

Elliot saß draußen an einem Tisch auf der Terrasse des Cafés, als er jemanden seinen Namen rufen hörte. Er las gerade die Zeitung und trank einen Espresso – ein unvorstellbarer Luxus in Anbetracht seiner gegenwärtigen Umstände.

Er blickte hoch und entdeckte Roger von der Arbeit, der neben seinem Stuhl stand.

»Oh, hey, Roger.«

Es fühlte sich gut an, jemanden von der Arbeit zu sehen. Nach beinah einem Jahr unbezahlten Urlaubs kamen ihm die alte Firma und ihre Angestellten wie ein unbehaglich lang zurückliegender Teil seiner Vergangenheit vor.

»Wie geht es Pat?«

Elliot öffnete den Mund, um zu antworten, schien aber nicht die richtigen Worte finden zu können. Er wollte für Roger keine Geschichte erfinden, und die Wahrheit war schwer auszusprechen.

»Egal«, sagte Roger. »Das wollte ich eigentlich gar nicht fragen. Ich glaube, was ich wissen wollte, war … Wie geht es *dir* bei der ganzen Sache?«

Elliot fühlte sich immer noch unfähig, irgendetwas zu erwidern, daher breitete er die Hände aus, als wolle er das gesamte Universum einschließen. Als wolle er andeuten, dass seine Gefühle sich nicht in banale Worte fassen ließen.

»Stört es dich, wenn ich mich zu dir setze?«

Elliot deutete auf einen Stuhl, um seinem Freund zu verstehen zu geben, dass er Platz nehmen solle.

Roger hatte ein Heißgetränk – vermutlich Kaffee – in einem Pappbecher zum Mitnehmen dabei, was wohl hieß, dass er ursprünglich nicht vorgehabt hatte, es hier zu trinken. Eine Minute lang saßen sie stumm da.

»Du hast jemanden, der bei ihr bleibt, während du weg bist?«

»Eine ehrenamtliche Hospizhelferin.«

»Muss schön sein, mal rauszukommen.«

»Die Sonne fühlt sich großartig an. Das hatte ich beinahe schon vergessen.«

»Du warst früher ja immer gern viel draußen unterwegs. Bist du noch manchmal in deiner Jagdhütte?«

»Wie sollte das funktionieren?«

»Na ja, du weißt schon. Wenn du jemanden hättest, der für ein paar Tage die Pflege übernehmen würde.«

»Ich könnte sie nicht für ein paar Tage verlassen.«

Während Roger schwieg, fuhr Elliot mit einem Finger den Rand seiner Espressotasse nach. Was er nicht hinzufügte, war: »weil das ihre letzten sein könnten«. Aber vielleicht musste das auch nicht ausgesprochen werden. Es schien zwischen ihnen auf dem Metalltisch zu liegen, für alle offensichtlich, die ihre Sinne beisammenhatten und aufmerksam genug waren.

»Außerdem«, fügte Elliot hinzu, »gehe ich nicht mehr auf die Jagd.«

»Aber das hast du doch so gern gemacht.«

»Dann werde ich mir jetzt etwas anderes suchen müssen, das ich gern mache.«

Eine Weile schwiegen sie wieder. Elliot hoffte, Roger würde nicht fragen, aber letztlich tat er es natürlich. Es war wohl unvermeidlich.

»Kannst du mir irgendeinen Grund nennen, der mir hilft, das zu verstehen?«

»Das hört sich vielleicht seltsam an«, erwiderte Elliot.

»Versuch's trotzdem.«

»Okay. Also.« Er trank von seinem Espresso, der inzwischen kalt war. Die Sonne verschwand hinter einer Wolke. Es fühlte sich merkwürdig an, als ob ihn mit einem Mal alles Gute an diesem kleinen Ausflug im Stich gelassen hätte. »Es ist diese ganze Sache mit Sterben und Tod, vermute ich. Mit einigem Abstand wirkt es anders, so als wäre unsere Einstellung dazu ziemlich überheblich. Wir schauen uns die Tiere an und denken: *Na ja, alles, was lebt, muss irgendwann sterben. Das ist nun mal der Lauf der Natur.* Aber dann kommt der Tod und fordert jemanden aus unserer Mitte, und dann fühlt es sich mit einem Mal völlig anders an. Es ist eine große Sache, jemanden so zu verlieren.«

»Du willst doch wohl nicht andeuten, dass Tiere trauern wie wir …«

»Ich hab keine Ahnung«, erklärte Elliot. »Ich weiß nur, wie sich das Ganze für mich anfühlt – jetzt – und wie es die Dinge in einem bestimmten Licht erscheinen lässt. Es ändert alles.«

»Aber du warst immer so stolz darauf, dass du alles von dem Tier verwertet hast und dass es dem Wild so viel besser ergeht als den Tieren in der Massentierhaltung und in den Schlachtfabriken. Du weißt schon, bis zu dem Moment, in dem du sie geschossen hast.«

»So habe ich empfunden«, bestätigte Elliot. »Ja.«

»Und du isst nach wie vor Fleisch, oder?«

»Nein.«

»Oh.«

Danach brauchte die Unterhaltung einen Moment, um sich zu erholen. Das konnte Elliot spüren. Er wusste auch, dass Roger vermutlich nicht weiter in der Richtung nachhaken würde – dass er bereits mehr erfahren hatte, als er wissen wollte. Elliot saß da, hörte und spürte den Wind an seinen Ohren. Es fühlte sich merkwürdig an.

»Also …«, begann Roger. »Wenn du dann wieder kannst, solltest du unbedingt rausfahren.« Elliot wusste genau, was »wenn du dann wieder kannst« hieß. »Ich meine, ich weiß natürlich, dass es eine lange Fahrt ist und so …«

»Und was sollte ich da oben tun?«

»Ich weiß nicht. Du bist nur immer so gerne in den Bergen gewesen. Du weißt schon. In der Natur und so.«

»Ich finde, Natur ist besser, wenn man irgendetwas in ihr vorhat. Man kann natürlich dasitzen und sich alles anschauen, aber das wird schnell langweilig. Und ohnehin denke ich, dass es schöner ist, wenn man etwas in der Natur sucht. Wenn man etwas hat, was man von ihr will.«

»Dort oben ist ja der Fluss nicht weit. Richtig? Du könntest ein bisschen angeln.«

Elliot antwortete nicht. In Gedanken sah er den riesigen präparierten Fächerfisch auf einem Wandbrett, den er eben ausgeladen hatte. Er hoffte, wenn er lang genug wartete, würde Roger von allein drauf kommen.

»Oh, richtig«, sagte Roger, nachdem das passiert war. »Da geht es ja auch um Tod.«

»Für die Fische vermutlich schon.«

»Du könntest es mit Wandern probieren.«

»Das könnte ich wohl.«

»Wie lange ist es denn insgesamt her? Dass du das letzte Mal in der Hütte warst?«

»Lass mich nachdenken. Jedenfalls nicht mehr seit Pats Diagnose. Es müssten jetzt also mehr als drei Jahre sein.«

»Das ist zu lange.«

Sie saßen eine Weile schweigend da. Mehrere unbehagliche Minuten lang. Dann nahm Roger seinen Pappbecher.

»Ich muss los. Aber es war schön, dich zu sehen, Elliot. Versuch doch mal, ein bisschen Urlaub zu machen. Du weißt schon. Wenn du kannst. Was auch immer du dann tust. Ich glaub nicht, dass es wichtig ist, was. Einfach nur, um den Kopf frei zu kriegen.« Er erhob sich. »Und dann komm wieder zurück in die Firma. Du fehlst uns dort. Wir brauchen dich. Du bist verdammt noch mal der beste Ingenieur, den Meade hat. In der Zwischenzeit richte Pat liebe Grüße aus.«

»In Ordnung«, erwiderte Elliot.

Er fügte nicht hinzu, dass Pat vermutlich keine Ahnung haben würde, wer ihr liebe Grüße sandte, oder auch nur, was das hieß.

*  *  *

Er ließ sich selbst ins Haus, stieg die Stufen hoch und steckte den Kopf ins Schlafzimmer.

Julia las seiner Frau vor. Elliot wusste nicht, aus was für einem Buch oder ob Pat irgendetwas davon mitbekam, aber es erschien ihm einfühlsam und freundlich. So sehr, dass ihm unwillkürlich und unwillkommen Tränen in die Augen traten. Er kämpfte darum, sie zurückzuhalten.

»Oh, Mr Colvin. Sie sind zurück.«

»›Elliot‹ reicht völlig.«

»War es ein schöner Vormittag in der Welt dort draußen?«

»Ja und nein.«

»Wie das?«

»Nun … erst war es das und dann nicht mehr.«

Aber er bemerkte, dass sie enttäuscht wirkte. Er fühlte sich schuldig, als hätte er gerade den Dienst, den sie ihm erwiesen hatte, herabgesetzt, daher versuchte er, den Schaden zu reparieren.

»Natürlich hatte ich es bitter nötig, mal rauszukommen, und es ist ein echt schöner Tag, daher vielen Dank.«

Einen Moment lang machte Julia keinerlei Anstalten, sich zu erheben.

Elliot beobachtete seine Frau eine ganze Weile, suchte nach einer Spur von ihr. Etwas, das er gekannt hatte, etwas, das man mühelos hatte erkennen können, bevor die verdammte Erkrankung alles ausgelöscht hatte. Er hätte das noch viel länger tun können, doch Julia sagte etwas zu ihm und holte ihn damit aus seinen Gedanken.

»Es ist schön, dass Sie sie so lieben.«

»Woher wissen Sie, wie sehr ich sie liebe?«

»Das steht Ihnen ins Gesicht geschrieben, wenn Sie sie anschauen.«

Elliot vermutete, dass sein Gesicht viel eher Verzweiflung verriet als Liebe. Aber da konnte er sich täuschen. Oder vielleicht hatte er auch einfach übersehen, dass einzig solch große Liebe einen an den Rand dieser Form von Verzweiflung bringen konnte.

»Ich werde dann jetzt gehen«, verkündete Julia. »Ich kann nächste Woche wiederkommen, wenn Sie das möchten.«

»Danke.«

Er fand es irgendwie tröstlich, dass sie sich so sicher war, dass die nächste Woche so wie diese sein würde. Er wünschte sich, er könnte das auch glauben.

* * *

Nachdem sie fort war, setzte er sich für eine lange Weile zu Pat aufs Bett, zwängte sich wieder zurück in die Rolle, die er für so kurze Zeit verlassen hatte. Auf vielerlei Weise war das unangenehm. Und in anderer Hinsicht fühlte es sich fast wie eine Erleichterung an.

Er nahm ihre Hand und drückte sie, und zu seiner Überraschung erwiderte sie den Druck. Nur ein ganz kleines bisschen. Oder wenigstens glaubte er, sie hätte das getan. Und er würde an diesem Glauben festhalten, weil er das musste.

Er brauchte alles, was er kriegen konnte, selbst wenn es etwas so Kleines war, um nicht unterzugehen.

# Kapitel 2

## Was Lebendiges drin

### *Abby*

Die stellvertretende Schulleiterin holte Abby aus dem Schwimmunterricht und brachte sie zum Büro der Rektorin. Das war schade. Schwimmunterricht war die eine Sache, bei der Abby sich nicht eingeschüchtert oder den anderen unterlegen fühlte. Bei der sie nicht mit gesenktem Kopf und fest auf den Boden gerichtetem Blick umherlief. Aber als Mrs Neilson die Mädchenumkleide betrat und ihren Namen rief, änderte sich das mit einem Mal.

»Abigail Hubble.«

»Ja?«, antwortete Abby und hoffte insgeheim, dass sie nicht mitkommen müsste.

»Komm mit.«

Sie lief durch den Gang des Umkleideraums, zwischen den viereckigen Kabinen hindurch, in denen die Mädchen sich umzogen, und hörte sie tuscheln. Im Grunde genommen waren es nur Geräusche. Gedämpfte Laute, die die stellvertretende Schulleiterin wahrscheinlich gar nicht bemerkte.

»Oh.« Der gleiche lang gezogene Laut von jedem der anderen Mädchen.

Es war eine Sprache. Alle beherrschten sie. Alle wussten, was es bedeutete.

*Du steckst in Schwierigkeiten.*

Nur hatte Abby keine Ahnung, was sie getan hatte.

Sie folgte Mrs Neilson aus der Schwimmhalle, immer ein paar Schritte hinter ihr. Angemessen unterwürfig. Ihr Herz klopfte wie verrückt, und sie wollte lieber nichts sagen, weil sie wusste, dass ihre Stimme atemlos und verzweifelt klingen und außerdem verraten würde, dass sie Angst hatte.

Doch sie musste es einfach wissen. Die Anspannung brachte sie schier um.

»Sind meine Eltern hier?« Ihre Stimme klang atemlos und verzweifelt und verriet ihre Angst. Genau, wie sie es befürchtet hatte.

»Nein, die von Jamie Veitch.«

Abby blieb jäh stehen. Es dauerte einen Moment, bis Mrs Neilson es bemerkte.

»Komm mit«, sagte sie, als es ihr schließlich auffiel.

»Was hat das mit mir zu tun?«

»Das wirst du erfahren, wenn du mitkommst.«

Abby seufzte und setzte sich wieder in Bewegung. Wenigstens war es nicht ihr Vater. Wenn ihr Vater hier in der Schule wäre … Das könnte … alles sein. Das könnte schlimm werden.

Sie betraten das Büro der Direktorin.

Die Direktorin stand mit vor ihrem gewaltigen Busen verschränkten Armen da.

Sie hatte Abby noch nicht bemerkt, aber sie wirkte ohnehin schon streng – jederzeit bereit, ihr Gegenüber einzuschüchtern. Abby schoss der Gedanke durch den Kopf, dass sie vielleicht immer so war. Vielleicht sah sie auch unter der Dusche so aus oder wenn sie nachts ins Bett ging.

Jamies Eltern saßen auf den unbequemen Holzstühlen vor dem Schreibtisch der Direktorin und sprangen auf, als sie reinkam.

»Setz dich, Abigail«, forderte die Direktorin sie auf.

Abby wollte sich nicht setzen. Alle Erwachsenen standen. Sie ragten bereits jetzt auf beängstigende Art und Weise über ihr auf. Warum sollte sie alles noch schlimmer machen?

»Könnte ich nicht …«

»Sitz«, sagte die Direktorin, als ob sie mit einem Jagdhund, vielleicht einem Terrier, redete. Nicht mit einem Menschen.

Abby setzte sich.

»Bevor Jamies Eltern mit dir sprechen, möchte ich dich darauf hinweisen, dass das hier eine ernste Angelegenheit ist. Wenn sich nicht bald was ergibt, werden wir den Sheriff einschalten müssen. Also pass gut auf, was du antwortest, Abigail. Mach nicht den Fehler, zu glauben, du könntest das hier auf die leichte Schulter nehmen.«

Abby starrte zu Boden und sagte nichts. Sie wagte es nicht.

Jamies Eltern dräuten über ihr, verbrannten sie mit der dunklen Energie ihrer Wut. Sie konnte sie aus dem Augenwinkel wahrnehmen. Sie vermied absichtlich einen genaueren Blick.

»Abby«, ergriff Jamies Mom das Wort. »Weißt du, wo Jamie ist?«

»Ist sie nicht in der Schule?«

»Hast du sie heute in der Schule gesehen?«, unterbrach die Direktorin.

»Nein. Allerdings ist es auch erst die dritte Stunde.«

Jamies Mutter umfasste Abbys Kinn. Es fühlte sich beunruhigend an. Sie tat das, um Abby dazu zu zwingen, ihr in die Augen zu schauen. Abby bemühte sich immer noch, genau das nicht zu tun.

»Wir können Loyalität zwischen besten Freundinnen gut verstehen, Abby. Und wir verstehen, dass Jamie Probleme mit unseren Erziehungsmethoden hat. Welches dreizehnjährige Mädchen hat das nicht? Aber wenn wir nicht wissen, wo sie ist … dann ist das ein ernstes Problem. Also, wenn du es weißt, wäre es wichtig, dass du es uns erzählst.«

Abby fand es interessant, dass Jamies Eltern sie für beste Freundinnen hielten. Vermutlich taten das viele Leute. Vielleicht weil niemand sonst mehr Zeit mit Abby zu verbringen schien. Niemand sonst schien eine bessere Freundin zu sein. Andererseits gab es kaum ernst zu nehmende Konkurrenz.

»Ich weiß nicht, wo sie ist«, erklärte Abby, die ihr Kinn gern zurückhaben wollte.

Sie hatte allerdings eine Vermutung. Also wartete sie ab, um zu sehen, ob jemand fragen würde, ob sie eine Vermutung hatte.

Doch das tat niemand.

\* \* \*

Abby stieg nach der Schule aus dem Bus und machte sich auf den langen Weg nach Hause. Zwischen den Bäumen hindurch, am Fluss entlang, dann steil bergauf. Es war jeden Tag ein anstrengender Weg, aber heute musste sie höher und weiter gehen als sonst. Sie musste ihre Theorie überprüfen.

Sie sagte sich, dass mehr Beintraining ihr helfen würde, schneller zu schwimmen.

Sie lief an dem Abzweig nach Hause vorbei und weiter bergauf. Hier verwandelte sich die geteerte Straße in einen Weg, den man nur mit Allradantrieb bewältigen konnte, steinig und voller Kehren. Es gab mehr Bäume, und sie wuchsen immer dichter an der Straße, versperrten ihr beinahe die Sicht auf den klaren blauen Himmel.

Während des Aufstiegs atmete sie immer schwerer.

Als die Jagdhütte in Sicht kam, blieb Abby wie angewurzelt stehen und wartete reglos. Sie versuchte zu erkennen, ob sich innen irgendetwas bewegte.

Die Tür hatte ein Vorhängeschloss. Es war so lange dort gewesen, wie Abby sich erinnern konnte. Doch vor ein paar Monaten war es geknackt worden. Es war mit einem Werkzeug wie einem Bolzenschneider aufgebrochen worden und hing nutzlos in seiner Halterung.

Seitdem waren sie und Jamie einmal drin gewesen, einfach um zu beweisen, dass sie sich trauten, das Haus eines Fremden zu betreten. Es war Jamies Idee gewesen. Genau genommen hatte Jamie sie zu dieser Mutprobe herausgefordert. Und Jamie wollte es noch einmal tun, aber in Abbys Augen war das nur eine weitere Gelegenheit, in Schwierigkeiten zu geraten.

Und Jamie schaffte es irgendwie immer, sie in ihre Schwierigkeiten mit hineinzuziehen.

Da sie nichts erkennen konnte, setzte sie sich wieder in Bewegung.

Sie betrat den Garten.

Ein Schauer lief ihr über den Rücken, und am liebsten wäre sie weggerannt. Doch sie ging trotzdem zur Tür der Hütte, obwohl sie sich nicht sicher war, warum. Entweder würde niemand drinnen sein, oder ihre beste Freundin würde sich dort verstecken. Wer immer der Besitzer der Hütte war, hatte sich seit Jahren nicht mehr blicken lassen, wenigstens soweit Abby wusste.

Vorsichtig legte sie ihre Fingerspitzen auf das Holz und drückte ganz leicht dagegen. Die Tür schwang auf, sodass sie ins Innere der Hütte schauen konnte. Es war noch so, wie Abby es in Erinnerung hatte, bloß dreckiger. Eine Ledercouch, ein gemauerter Kamin. Messinglampen und ein paar Jagdtrophäen an den Wänden.

Jamie lag auf dem Rücken auf der Couch, sprang jedoch auf, als die Tür geöffnet wurde. Sie nahm eine Defensivhaltung ein, als ob sie sich mit Karate verteidigen wollte. Aber wenn sie jemals Karate gelernt hätte, würde Abby das wissen.

»Ach, du bist's nur«, sagte Jamie.

Abby ging rein, und sie setzten sich nebeneinander auf die Ledercouch, ganz vorn auf die Kante. Sie fühlten sich nicht wohl, was wahrscheinlich offensichtlich war. Zumindest Abby wusste, wie unwohl sie sich fühlte. Bei ihrer Freundin konnte sie nur beurteilen, wie sie von außen wirkte.

Abby blickte sich um, überlegte, wie es hier vor dem Einbruch ausgesehen haben mochte und was jetzt alles nicht mehr da war. »Was, denkst du, haben sie mitgenommen?«, fragte sie, obwohl sie diese Frage auch schon hätte stellen können, als sie das erste Mal hier gewesen waren. »Es scheint noch jede Menge Zeug da zu sein.«

»Nun ja, vermutlich waren sie an den Möbeln nicht interessiert.«

»Ich frag mich nur, was sie hier zu finden gehofft haben.«

»Vielleicht was zu essen und einen Platz zum Übernachten.«

Sie saßen eine weitere Minute still da. Abby versuchte, aus dem Fenster zu starren, doch es war zu schmutzig und fleckig vom Regen. Alles im Raum schien mit einer dicken Schicht Schmutz überzogen zu sein.

»Du musst nach Hause zurück«, erklärte Abby.

»So was erwarte ich von meinen Eltern, aber nicht von dir. Warum sollte ich heim?«

»Du kannst nicht hierbleiben.«

»Warum nicht?«

»Die Hütte gehört dir nicht. Sie gehört jemand anderem.«

»Niemand kommt mehr her. Wann hast du hier je jemanden gesehen? Das letzte Mal, dass ein Auto hier war, ist mindestens drei Jahre her.«

»Ich weiß. Das heißt jedoch nicht, dass nie wieder jemand herkommen wird. Es gehört ja immer noch jemandem. Außerdem sind deine Eltern drauf und dran, den Sheriff zu rufen. Vielleicht haben sie das sogar bereits getan.«

»Woher weißt du das?«

»Weil sie in der Schule waren und mich aus dem Schwimmunterricht haben holen lassen. Sie haben mich befragt, wo du bist. Insofern hast du mich in Schwierigkeiten gebracht.«

»Hab ich überhaupt nicht. Du wusstest ja gar nicht, wo ich war. Also kannst du auch keine Schwierigkeiten gekriegt haben.«

»Es hat sich aber so angefühlt.« Sie saßen eine weitere Minute schweigend da. Dann sagte Abby: »Was ist mit der Schule?«

»In ein paar Tagen sind doch ohnehin Sommerferien.«

»Du möchtest tagelang hier oben bleiben? Was willst du essen? Wie lange hältst du das überhaupt aus?«

»Nein, ich will nicht tagelang bleiben. Nicht wirklich. Ich werde nach einer Weile nach Hause gehen. Ich möchte nur, dass sie darüber nachdenken, wie sie mich behandeln.«

»Du musst *sofort* nach Hause, Jamie. Es tut mir leid. Ich möchte dich nicht herumkommandieren. Aber ich weiß jetzt, wo du bist, und wenn mich jemand fragt, werde ich nicht lügen. Dann bekäme ich nämlich wirklich Schwierigkeiten.«

Zuerst nichts. Keine Reaktion.

Dann seufzte Jamie. »Okay, na gut. Ich krieg eh langsam Hunger.«

Sie standen auf und verließen die Hütte zusammen, traten nach draußen in den Garten. Die Hütte war auf einer Lichtung zwischen den Bäumen errichtet worden, und die Sonne brannte auf sie nieder, während sie dastanden. Die Luft war klar und dünn, so wie es hier oben normal war.

Sie zögerten beide, den Hügel zur Stadt hinabzugehen.

Abby empfand Abneigung für ihre Freundin, doch das war nichts Neues. Warum so einen Aufstand machen, nur um dann aufzugeben, weil man Hunger hatte? Das wirkte albern. Wie die Schnapsidee von jemandem, der nichts Besseres zu tun hatte.

»Wie können wir die Tür sichern, sodass sie zubleibt?«, fragte sie Jamie.

»Ich finde, dass das nicht unser Problem ist. Sie war offen, als ich gekommen bin.«

»All die schönen Möbel werden beim nächsten Unwetter, wenn es regnet und stürmt, ruiniert.«

»Ich weiß nicht, warum uns das kümmern sollte, Abby. Ich bin nicht in die Hütte eingebrochen. Alles ist noch genau so, wie ich es vorgefunden habe.«

Sie begaben sich zusammen zur Straße. Aber bevor sie die erreichten, blieb Abby abrupt stehen.

»Wir können nicht gemeinsam dort unten auftauchen«, sagte sie. »Die Leute werden uns sehen und denken, dass ich die ganze Zeit wusste, wo du warst. Da lande ich in Teufels Küche.«

»Dann geh du vor.«

»Nein, lauf du nach Hause. Schnell, bevor sie den Sheriff rufen. Ich werde hierbleiben und mir überlegen, wie ich die Tür sichern kann.«

»Das interessiert doch niemanden, Abby. Die Hütte ist verlassen.«

Aber Abby war es wichtig. Sie konnte nicht erklären, warum. Sie wusste nur, dass es so war. »Geh einfach«, sagte sie.

Eine Minute lang verfolgte sie Jamie mit den Augen, bis sie nach der ersten Serpentine aus ihrem Blickfeld verschwand.

Abby machte sich zu dem Schuppen hinter der Hütte auf und schaute hinein. Nur falls dort etwas war, was sie verwenden könnte. An der Tür des Schuppens war ebenfalls ein Vorhängeschloss gewesen, das jetzt genauso aufgebrochen war wie das an der Hütte.

Neben dem Schuppen befand sich ein riesiger Stapel Brennholz, sorgfältig mit einer Plane abgedeckt, damit es trocken blieb. Doch drinnen war nichts außer leeren Regalen und nacktem Betonboden. Abby fragte sich, ob dort vor dem Einbruch vielleicht irgendetwas verstaut gewesen war.

Sie kniete sich neben den Holzstapel und untersuchte, wie die Plane befestigt war. Da war ein dünnes Seil, mit dem die Ecken festgebunden waren. Sie traute sich nicht, es zu zerschneiden, weil das Brennholz dann nicht mehr komplett abgedeckt wäre. Sie versuchte zu entscheiden, ob das wichtig wäre, da der Eigentümer offensichtlich ohnehin das Interesse an seinem Besitz verloren hatte. Dann dachte sie darüber nach, ob es wichtig wäre, dass die Tür der Hütte geschlossen war. Vielleicht war sie ja wirklich verlassen.

Sie entschied, dass, nur weil jemand drei Jahre nicht auf seinem Grundstück gewesen war, das nicht hieß, dass er nie mehr zurückkommen würde. Oder dass es ihm egal war, was aus der Hütte wurde, ob er sie nun benutzte oder nicht.

Abby tastete in ihrer Hosentasche nach ihrem Haustürschlüssel und zog ihn hervor. An dem Schlüsselbund hing auch ein kleines Taschenmesser. Sie öffnete es und schnitt ein paar Zentimeter von der Schnur ab, von den Enden, die hinter dem Knoten herunterhingen. Es war nicht viel, aber es könnte genug sein, um die Öse an der Tür und die am Riegel zusammenzubinden. Damit sie so zusammengehalten wurden, wie es das Schloss nicht mehr tun konnte.

Sie nahm das Schnurstück mit zur Vorderseite der Hütte, wo sie die Tür zuzog und die Schnur durch die beiden Ösen fädelte. Das Stück reichte gerade zum Zubinden, allerdings ohne richtig festen Knoten. Sie trat einen Schritt zurück und wartete ab, ob der Wind die Tür wieder aufwehen würde. Das geschah nicht. Sie blieb noch eine Weile im Schneidersitz auf der Erde sitzen, in der Sonne, und genoss die warmen Strahlen auf ihrem Gesicht. Nur lange genug, um Jamie einen ordentlichen Vorsprung zu verschaffen. Dann machte sie sich auf den Weg bergab, nach Hause.

\* \* \*

Sie hatte ein gutes Stück zurückgelegt und lief gerade am Ufer des Flusses entlang, als sie etwas beobachtete.

Wo die Straße in die Stadt über den Fluss führte, war eine Brücke. Sie war breit genug, dass sich zwei Autos begegnen konnten. Und sie hatte ein Geländer, vielleicht auf Höhe des Ellbogens, wenn man beim Fahren den Arm im Fenster liegen hatte.

Da war ein Auto, das auf der Brücke angehalten hatte, was Abby seltsam vorkam.

Es war ein altes Auto, vielleicht aus den Sechzigern oder Siebzigern, aber instand gesetzt und gepflegt, als ob es jemand gekauft oder absichtlich behalten und wieder in Schuss gebracht hätte.

Es war ein in einem tiefen, metallischen Rot lackiertes Cabrio mit aufgeklapptem Dach. Es war lang – seltsam lang –, mit ausgeprägten Heckflossen.

Abby konnte das Gesicht des Fahrers nicht ausmachen, doch es war eindeutig ein Mann. Mittleren Alters, wie es schien. Niemand, den sie kannte. Sie sah ihn sowohl von hinten als auch von der Seite, wobei ihr besonders sein schwarzes Haar auffiel.

Er hob ein Bündel hoch. Einen Sack, würde Abby sagen. So etwas wie einen Futtersack aus Jute von früher. Oder vielleicht benutzte man sie noch. Woher sollte sie das wissen? Ihre Familie hatte keine Ranch.

Zu ihrer Überraschung schwang er den Sack durch die Luft und ließ ihn dann los, sodass er über das Geländer segelte und mit einem Platschen im Fluss landete. Da trieb er auf dem Wasser. Nur für einen kurzen Moment schien es so, als würde das so bleiben, bevor das eigene Gewicht und der Sog der Strömung überhandnahmen. Vielleicht ging er auch sofort unter, doch für Abby schien die Zeit einen Herzschlag lang anzuhalten. Wie auch immer es passierte, es fühlte sich seltsam an.

In diesem Sekundenbruchteil sah Abby, dass der Sack sich bewegte. Nicht so, wie die Strömung es verursachen würde. Eher ein plötzliches Zappeln innen. Es bohrte sich wie eine Messerklinge in ihren Magen.

Da drin war etwas Lebendiges.

Das Auto raste davon.

Abby warf ihren Rucksack mit den Schulbüchern zu Boden und rannte, wie sie noch nie in ihrem Leben gerannt war. Sie war Schwimmerin, keine Läuferin, obwohl ihre Sportlehrerin sie zu jeder Menge Dauerläufen nötigte. Außerdem tat man, was man tun musste. Man machte, was die Situation von einem verlangte.

Das Auto hatte auf der Seite der Brücke gehalten, die flussaufwärts lag. In diesem Abschnitt war die Strömung langsam, aber stark. Als Abby also auf die Brücke rannte, kletterte sie über das Geländer und sprintete flussabwärts. Das Wasser war grünlich, doch klar, und der Sack war noch nicht komplett untergegangen. Die Sonne strahlte hinunter, durchbrach das Wasser und zeigte es zweifelsfrei: Es zappelte darin. Darin befand sich etwas Lebendiges, und es war in Not.

Abby sprang kopfüber in den Fluss.

Während sie in der Luft war, verspürte sie Panik, weil sie nicht wusste, worauf sie unter der Wasseroberfläche treffen würde. Man konnte sich das Genick brechen, wenn man in Wasser tauchte, das nicht tief genug war, das wusste Abby. Sie krümmte den Rücken in dem Versuch, die Wasseroberfläche möglichst flach zu durchbrechen.

Es funktionierte.

Außerdem gelangte sie durch dieses Manöver näher an den Sack.

Die Kälte war ein Schock, aber sie registrierte das nur ganz vage. Sie hatte noch immer Schuhe an, was dazu führte, dass sie nach unten gezogen wurde, doch das ignorierte sie ebenfalls, so gut sie konnte. Sie öffnete die Augen – ein weiteres eisiges, stechendes Gefühl – und machte sechs kräftige Schwimmzüge. Flussabwärts, mit der Strömung, und in Richtung des steinigen Bodens. Weil der Sack schnell sank.

Endlich konnte sie ihn an der zugeknoteten Öffnung schnappen und kämpfte sich damit zur Oberfläche. Sie streckte den Kopf aus dem Wasser und hatte Probleme, den Beutel hochzuheben. Er war schwer. Sie hatte den Eindruck, als wäre er selbst dann schwer, wenn er nicht klatschnass war, nur war der Sack jetzt, zusätzlich zu was auch immer sonst drinnen war, auch noch voll Wasser. Sie benötigte jedes bisschen Kraft, das sie hatte, um ihn über der Wasseroberfläche zu halten.

Sie ließ sich für einen Moment von der Strömung mitnehmen und sah dabei zu, wie das Wasser aus dem Jutesack floss. Glücklicherweise wurde er dadurch leichter. Und das panische Zappeln im Inneren ging weiter, was ein gutes Zeichen war. Was immer da drinnen lebendig gewesen war, war es immer noch.

Jetzt musste sie noch ohne Hilfe ihrer Hände aus der Strömung des Flusses kommen.

Sie wusste, es wäre keine gute Idee, zu versuchen, gegen die Strömung anzuschwimmen oder sogar direkt hindurch. Stattdessen trat sie mit ihren kräftigen Beinen und versuchte, den Sog der Strömung auszunutzen, um langsam dichter ans

Ufer zu gelangen. Ihre Arme schmerzten, aber sie hielt den Beutel weiter aus dem Wasser.

Sie entdeckte einen riesigen Felsblock an der Uferlinie und nutzte ihn zu ihrem Vorteil. Sie korrigierte ihre Richtung und ließ sich zum Felsen treiben, auf die sichere Seite. So konnte sie nicht mehr flussabwärts gerissen werden. Kurz atmete sie tief durch und bugsierte den Sack vorsichtig ans matschige Ufer. Dann kletterte sie hinterher.

Erst konnte sie den Knoten des Jutesacks nicht aufkriegen. Die Schnur war zu fest und zu nass. Also zog sie ihr Taschenmesser wieder hervor.

Kurz bevor sie in das Material schnitt, füllte sich ihr Kopf mit angsteinflößenden Bildern. Was, wenn der Sack voll mit etwas war, das man nicht retten wollen würde? Klapperschlangen vielleicht. Aber Schlangen würden ganz anders zappeln. Vielleicht ein anderes wildes Tier, ein Wiesel oder ein Dachs. Sie näherte sich mit dem Messer, zuckte dann noch mal zurück. Doch sie war bereits so weit gekommen. Sie hatte gerettet, was immer da drinnen lebendig war.

Jetzt musste sie rausfinden, was sie gerettet hatte.

Sie machte einen langen Schnitt in die Oberseite des Beutels und wich auf dem schlammigen Ufer hastig zwei oder drei Schritte zurück.

Ein kleiner Hund purzelte heraus.

Es war kein neugeborener Welpe, obwohl er klein war. Er sah so aus, als ob er gerade alt genug wäre, um auf festes Futter umgestellt zu werden. Er hatte ein schwarz-weiß geflecktes Fell – mit einem Muster wie bei einem Queensland Heeler – und schwarze Ohren. Er stand breitbeinig im Matsch des Ufers und hustete. Und hustete. Und hustete. Und spuckte grünliches Wasser in den Schlamm.

Ein weiterer Kopf erschien in dem Loch. Diesmal einer, der bräunlich und weiß war, mit einem ähnlich gefleckten Muster.

Ein Ohr war umgeklappt, und er hatte braune Flecken über beiden Augen. Auch dieser Welpe hustete.

Das nächste Tier, das zum Vorschein kam, war schwarz und braun wie ein Schäferhundmix, aber mit einem weißen Streifen auf der Brust. Der Welpe schüttelte sich so heftig, dass er das Gleichgewicht verlor und auf der Seite im Matsch landete.

Und dann tauchte ein vierter auf. Komplett schwarz bis auf einen rautenförmigen weißen Fleck auf der Brust.

Dann ein fünfter. Ganz schwarz.

Dann ein sechster. Braun wie der zweite, allerdings nicht so gefleckt. Eher durchgehend braun.

Dann ein siebter. Komplett schwarz bis auf eine weiße Schwanzspitze, als ob das letzte Stück in einen Farbeimer getunkt worden wäre.

Abby wusste, dass nicht alle Jungs sein konnten, doch sie brachte es nicht über sich, sie neutral als Dinge zu betrachten. Denn vermutlich war genau diese Art des Denkens dafür verantwortlich, dass sie überhaupt im Fluss gelandet waren.

Sie standen breitbeinig im Matsch, um besser das Gleichgewicht halten zu können, wenn sie nicht bereits auf ihren Po oder den dicken Bauch gefallen waren. Abby schaute zu, wie sie husteten und Wasser spuckten.

Offenbar zufrieden damit, überlebt zu haben, kamen ein paar nach einer Weile mit wedelnden Schwänzen zu ihr. Dann taten es alle. Sie umschwärmten sie, wedelten und sprangen an ihr hoch und rutschten aus und fielen hin. Abby konnte nicht sagen, ob sie dankbar waren, dass sie sie gerettet hatte, oder ob sie einfach jeden liebten, den sie sahen.

Sie ließ sich auf der Erde nieder und erlaubte ihnen, um sie herumzulaufen und über sie zu klettern, wobei sie perfekte kleine schwarze Pfotenabdrücke auf ihrer Jeans und ihrem T-Shirt hinterließen.

Ihre Arme und Beine fühlten sich nach der anstrengenden Rettungsaktion wie aus Gummi an, aber sie nahm die Hunde dennoch hoch, um sie zu streicheln. Was schwierig war, weil sie niemals still hielten.

»Was zur Hölle fange ich jetzt mit euch an?«, fragte sie sie.

Es war keine große Überraschung, dass sie ihr keine Antwort liefern konnten, die ihr bei der Lösung des Problems half.

# Kapitel 3

## NOTGROSCHEN

### *Mary*

Sie dachte, ihr Ehemann hätte das Haus verlassen, um zur Physiotherapie zu fahren. Aber als Mary ins Schlafzimmer kam, den Staubwedel in der Hand, stieß sie fast mit ihm zusammen. Er stand an der offenen Schublade ihrer Kommode und zählte das Geld, das sie so gut ganz hinten in einer Socke versteckt hatte. Oder zumindest hatte sie geglaubt, es sei ein gutes Versteck.

Sie blieb stehen und verharrte reglos wie eine Statue, spürte, wie ihr Magen eiskalt wurde. Das Gefühl breitete sich rasch weiter aus. Schon bald fühlten sich auch ihre Finger und ihr Gesicht merkwürdig kalt an und prickelten.

Er blickte ihr direkt ins Gesicht, verfehlte ihre Augen nur um wenige Zentimeter. Es wirkte nicht so, als würde er gleich wütend werden, doch er strahlte eine gewisse Angespanntheit aus und etwas Dunkles.

Stan war kein großer Mann. Tatsächlich war er zwei oder drei Zentimeter kleiner als Mary, die seit ihrer ersten Verabredung keine Schuhe mit Absätzen mehr getragen hatte.

Aber er war sehnig und stark. Er hatte begonnen, sein grau werdendes Haar über die kahle Stelle hinten zu kämmen, doch das konnte die Wahrheit nicht verbergen. Er hatte Adern, die an seinen Schläfen hervortraten und pulsierten, wenn ihm irgendetwas das Gefühl vermittelte, dass die Welt sich seiner Kontrolle zu entziehen begann. Und genau jetzt konnte Mary eine pulsieren sehen.

»Warum weiß ich hiervon nichts?«, fragte er. Es schien ihn Kraft zu kosten, ruhig zu sprechen. »Das sind beinahe dreihundert Dollar. Warum hast du dreihundert Dollar, von denen ich nichts weiß? Wo hast du das her?«

Ihre Gedanken überschlugen sich, stoben gleichzeitig in verschiedene Richtungen. Aber sie musste jetzt sofort reagieren und sagte daher das Erste, was ihr einfiel.

»Nun, das verdirbt eindeutig die Überraschung.« Sie konnte ihre Stimme ganz leicht zittern hören und hoffte, dass Stan es nicht bemerken würde.

»Was für eine Überraschung soll das sein?«, wollte er wissen und zog argwöhnisch eine Augenbraue hoch.

»Übernächsten Monat«, antwortete sie, spielte damit vage auf seinen Geburtstag an. Wenn sie ehrlich sein sollte, müsste sie das genaue Datum in ihrem Kalender nachschlagen.

Sie beobachtete sein Gesicht, während er diese neue Information verarbeitete. Sie hoffte, er würde nicht fragen, was sie ihm mit dem ganzen Geld kaufen wollte.

»Für dreihundert Dollar? Was brauche ich, das dreihundert Dollar kostet?«

»Du hast dir jetzt ohnehin schon einen Großteil der Überraschung verdorben. Ich werde den Rest nicht auch noch opfern.«

In der folgenden Stille fragte sie sich, wann sie so geschickt darin geworden war, ihm auszuweichen. Und zu lügen.

»Du hast mir immer noch nicht verraten, wo du es herhast.«

»Ich habe es von meinem Haushaltsgeld zurückgelegt«, erwiderte sie, was stimmte.

»Also habe ich schlechter gegessen, damit du insgeheim sparen kannst?«

»Ich habe gut gewirtschaftet, damit ich dir etwas Besonderes besorgen kann.«

Einen Moment stand er einfach nur da und zerknitterte ihr mühsam zusammengespartes Geld in seinen fleischigen Wurstfingern. Dann seufzte er, faltete das Bündel Banknoten in der Mitte zusammen und stopfte es zurück in die rüschenbesetzte rosafarbene Socke, die er wieder in die hintere Ecke der Schublade warf. Er schloss die Lade mit einem Knall, bei dem Mary zusammenzuckte. Er beobachtete ihre Reaktion bewusst ganz genau.

»Warum bist du so nervös, wenn alles seine Ordnung hat?«

»Willst du eine ehrliche Antwort? Du machst mir manchmal Angst, wenn du wütend wirst.«

»Wenn du nichts zu verbergen hast, musst du dich auch vor nichts fürchten.«

»Das stimmt so nicht immer. Manchmal glaubst du mir nicht, wenn ich dir die Wahrheit sage.«

Es erforderte Mut, so mit Stan zu reden, das wusste sie. Doch in diesem Fall fühlte sich Ehrlichkeit am sichersten an.

Sie verfolgte die wechselnden Gefühle in seiner Miene. Dann ging er zur Schlafzimmertür, und sie fühlte sich, als würde Fieber nach einem Schub nachlassen. Sie atmete zum ersten Mal auf, seit sie das Schlafzimmer betreten hatte.

»Bist du heute den ganzen Tag zu Hause?«, rief er ihr über die Schulter zu.

»Ich hab den Quilt-Kreis.«

»Komisch, ich hab noch nie einen dieser Quilts zu Gesicht bekommen.«

»Ich hab's dir doch erzählt. Es ist ein großer Quilt. Für einen Wohltätigkeitsbasar.«

»Das heißt ja nicht, dass ich ihn nicht sehen kann. Mach mal ein Foto.«

Also war das eine weitere Lüge, aus der Mary sich irgendwie würde herauswinden müssen. Es wurde alles so verworren. So kompliziert. Dennoch fand sie einfach keinen besseren Weg. Obwohl sie es immer wieder versuchte.

* * *

Sie traf sich am Flussufer mit ihrer Freundin Viv, an der gewohnten Stelle. Im schönen trockenen Gras, gleich oberhalb des matschigen Bereichs weiter unten. Viv hatte eine alte Decke für ihr spätes Mittagspicknick ausgebreitet, und sie hatte Wein mitgebracht. Das erschien Mary wie ein seltener, flüchtiger Blick in den Himmel, und sie setzte sich auf die Decke und holte eine Tüte mit Sandwiches aus ihrer Tasche.

Viv schenkte Mary Wein in einen bunt gestreiften Pappbecher ein. Vivs Kinder waren jünger als Marys Tochter. Viel jünger. Und so war beinahe alles in Vivs Leben in kühnen Primärfarben gezeichnet.

»Wie schön«, sagte Mary. »Ich komme sonst nie dazu, Wein zu trinken.«

»Warum eigentlich nicht?«

»Stan duldet keinen im Haus. Seine Eltern waren Alkoholiker, daher rührt er keinen Tropfen an.«

»Aber du bist ja nicht er.«

»Trotzdem bestimmt er irgendwie, was im Haus passiert.«

»Kein Scherz.«

Irgendwie landeten sie bei jedem Treffen an diesem Punkt. Viv stellte immer Fragen, mit denen sie herauszufinden versuchte, warum Mary in ihrer Ehe und in ihrem Zuhause nicht mehr Rechte hatte. Mary war sich nicht sicher, ob sie mit Viv trotzdem befreundet war oder gerade deswegen.

»Verdammt«, sagte Viv, als klar wurde, dass Mary nicht antworten würde. »Gibt es irgendwas in dem Haushalt, das so ist, wie du es haben willst?«

»Ich erziehe Abby so, wie ich das möchte. Da hält er sich weitestgehend raus.«

Sie saßen eine Weile schweigend auf der Decke und nippten an dem dunkelroten Wein. Mary betrachtete die Strömung im Fluss, beobachtete, wie Stückchen und Blätter darauf trieben, stetig flussabwärts getragen wurden.

Dann fuhr Viv die schweren Geschütze auf. »Hast du ihm erzählt, dass du dich mit mir zum Lunch triffst? Oder bin ich ein großes Geheimnis?«

»Ich sag ihm, dass ich zum Quilten gehe.«

Viv lachte heftig genug, um ein bisschen von dem Wein auszuspucken. »Quilten! Wie prosaisch. Was passiert, wenn du ihm das fertige Produkt zeigen musst?«

»Ich habe ihm erklärt, dass es für einen wohltätigen Zweck ist. Aber jetzt will er, dass ich ein Foto davon mache.«

Viv schüttelte nur den Kopf. Dann suchte sie in Marys brauner Papiertüte, bis sie das Thunfischsalat-Sandwich fand. Sie liebte Marys Thunfischsalat. Mary, die Thunfisch nicht mehr sehen konnte, entschied sich für Eiersalat.

Sie aßen eine Weile schweigend.

»Heute hat er meinen Notgroschen gefunden«, bemerkte Mary mit immer noch halb vollem Mund.

»Was für ein Notgroschen ist das?«

»Geld, das ich gespart habe.«

»Na, das kann ja nicht gut gelaufen sein. Was hast du ihm gesagt, wofür es ist?«

»Die Wahrheit konnte ich ihm ja schlecht erzählen, oder? ›Ach, Stan, das ist nichts weiter. Nur eine Anzahlung auf einen

Traum, den ich insgeheim hege, dass ich dich irgendwann verlassen und irgendwo ein besseres Leben anfangen kann.‹«

»Das beantwortet nicht meine Frage, was du ihm erwidert hast.«

»Es ist mir peinlich.«

»Wir sind doch Freundinnen. Und du musst mindestens einen Menschen in deinem Leben haben, zu dem du aufrichtig sein kannst.«

»Ich habe behauptet, ich hätte es zurückgelegt, um ihm etwas Besonderes zum Geburtstag zu kaufen.«

Viv schüttelte den Kopf. Mary wartete darauf, dass ihre Freundin irgendwas zu dieser armseligen Notlüge sagen würde, und ihr Gesicht fühlte sich dabei ganz heiß an.

Aber Viv lenkte die Unterhaltung in eine andere Richtung. »Hat er es dir weggenommen?«

»Nicht wirklich.«

»Was soll das heißen? Entweder hat er das, oder er hat es nicht.«

»Er hat es wieder in die Schublade gelegt. Doch jetzt muss ich es für sein Geburtstagsgeschenk ausgeben. Also ist es so oder so verloren.«

»Du hast beinahe ein Jahr lang dafür gespart.«

»Es ist egal, Viv.«

»Wie kann das egal sein?«

»Weil es ohnehin nicht genug war. Schließlich ist da ja auch noch meine Tochter. Wie weit wäre ich schon mit dreihundert Dollar gekommen?«

Darüber schien Viv eine Weile nachzudenken, während sie Marys Thunfischsalat-Sandwich kaute. »Ich glaube nicht, dass es egal ist«, verkündete sie nach einiger Zeit.

Wenn sie ehrlich sein sollte, glaubte Mary das auch nicht. Selbst wenn sie nicht genau erklären konnte, warum.

»Das ist es also?«, fragte Viv so plötzlich, dass Mary sich erschreckte. »Zwei Schritte vor, drei zurück? Du musst für immer bei ihm bleiben, weil er dir ständig Steine in den Weg legt?«

»Nein, nicht für immer, glaube ich. Ach, ich weiß es nicht, Viv. Ich denke oft, es wird besser, wenn er nicht länger krankgeschrieben ist und wieder zur Arbeit kann.«

Viv öffnete den Mund, um darauf zu antworten, und Mary zuckte zusammen. Sie hoffte, nur innerlich. In der Vergangenheit waren solche Äußerungen nicht gut aufgenommen worden. Viv neigte dazu, ihr den Spiegel vorzuhalten, sie dazu zu zwingen, die Wahrheit zur Kenntnis zu nehmen.

Doch Mary würde nie rausfinden, was ihre Freundin hatte antworten wollen.

Aus dem Augenwinkel nahm sie eine Bewegung wahr. Mary wirbelte herum und entdeckte Stan, der auf dem matschigen Teil des Ufers stand, ein ganzes Stück flussabwärts. Er hielt einen Ast in einer fleischigen Hand und drehte ihn. Starrte sie an.

»Nun, da hat er sich aber wirklich Mühe gegeben«, meinte Viv. »Weil wir immer so parken, dass man die Autos von der Straße aus nicht sehen kann.«

»Er muss meinen Wagen bemerkt haben und zu Fuß hergelaufen sein.« Sie rappelte sich auf, doch Stan war bereits auf dem Rückweg, drohte dabei immer wieder im Schlamm auszurutschen. Und er schüttelte die ganze Zeit den Kopf. »Ich sollte besser nach Hause fahren.«

»Warte. Ist alles in Ordnung? Ist es sicher für dich, wenn du das tust? Brauchst du irgendwelche Hilfe?«

»Er schlägt mich nicht oder so. Du weißt, wenn er mich schlagen würde, würde ich ihn sofort verlassen.«

Vivs Ex-Mann war ein Schläger gewesen. Nur hatte er das bei Viv bloß ein einziges Mal getan. Wie sich herausgestellt

36

hatte, konnte man Viv nur ein Mal schlagen, denn für ein zweites Mal würde sie nicht mehr da sein.

»Nun, was auch immer er tut, bist du sicher, dass dir nichts passiert?«

»Bis jetzt hab ich es geschafft«, sagte Mary.

Ohne ein weiteres Wort ging sie zurück zu ihrem Auto, hoffte, dass ihre Einschätzung – weil sie mit dem klargekommen war, was Stan ihr bislang zugemutet hatte, würde sie mit allem klarkommen – sich als wahr erweisen würde.

* * *

Er war nicht da, als sie zu Hause eintraf. Tatsächlich dauerte es über zwei Stunden, bis er endlich kam. Mary saß am Küchentisch und trank Kaffee, nagte an einem Hautfetzen an ihrem Daumennagel.

Sie goss sich eine Tasse nach der anderen ein, obwohl eine Stimme in ihrem Hinterkopf sie darauf hinwies, dass sie sich so nur in einer Art Schnelldurchlauf verrückt machte, wie bei einem Video, das in doppelter Geschwindigkeit abgespielt wurde.

Halb aus Versehen riss sie den Hautfetzen ab, sodass es blutete und sie oben ins Bad musste, um sich ein Pflaster zu holen.

Als sie zurück in die Küche trat, war Stan dort.

Er schien ihre Anwesenheit zu spüren, schaute sie aber nicht an. Vielleicht weigerte er sich. Während sie mit angehaltenem Atem wartete, konnte sie ihren schnellen Herzschlag in ihren Ohren dröhnen hören.

»Ich weiß schon seit ein paar Tagen, dass es keinen Quilt-Kreis in dieser Stadt gibt«, verkündete er. Seine Stimme klang ruhig, doch es war eine aufgesetzte Ruhe.

Mary erinnerte sich an heute Vormittag, als er ihr gesagt hatte, sie solle ein Foto von dem Quilt machen. Er hatte mit ihr gespielt, so wie eine Katze mit einem Vogel oder einer Maus spielte, bevor sie sie tötete. Er hatte bereits gewusst, dass es keinen Quilt gab.

Das erklärte auch, weshalb er ihre Schubladen durchwühlt hatte.

Stan packte ihren Kaffeebecher und schleuderte ihn gegen die Wand oberhalb der Spüle. Er war ein Geschenk ihrer verstorbenen Mutter gewesen, wie Stan genau wusste. Der Becher zerbarst in unzählige Scherben, die klirrend in der Spüle landeten. Kaffee mit Sahne spritzte überallhin, sogar auf die weißen Spitzengardinen.

»Ich hab gedacht, du triffst dich mit einem Mann«, sagte er.

»Jetzt weißt du ja, dass das nicht stimmt, warum bist du also trotzdem wütend?«

»Es muss irgendwas mit dieser Frau sein. Wenn du so ein Geheimnis daraus machst.«

»Willst du etwa andeuten, dass wir mehr als nur Freundinnen sind?«

»Verrat du mir das, Mary.«

»Was für ein Unsinn! Wir sind beide verheiratete Frauen mit Kindern. Wir sind Freundinnen. Darf ich keine Freundin haben?«

Genau genommen war Viv eine geschiedene Frau mit Kindern, aber es schien kein günstiger Zeitpunkt dafür zu sein, Stan das zu erzählen.

»Warum dann diese Geheimniskrämerei?«

Zu Marys Überraschung wurde nun sie wütend. Das passierte sonst eher nicht. Wenigstens nicht, bevor sie allein im Zimmer war, ohne ihn. Weil man Stan im Wütendsein nicht übertrumpfen konnte. Er war der Champion. Er würde immer gewinnen, es lohnte sich also nicht, es auch nur zu versuchen. Es war bloß Verschwendung ihrer sorgsam gehüteten Lebensenergie.

Doch dieses Mal kochte die Wut in ihr hoch, und sie konnte sie nicht aufhalten.

»Weil du dich immer zwischen mich und meine Freundinnen drängst!«, rief sie.

»Wann habe ich mich je zwischen dich und deine Freundinnen gedrängt?«

»Jedes Mal.«

»Nenn mir ein Beispiel.«

»Bei Karen. Und Jacque. Joanne.«

»Das ist nicht fair. Das war etwas völlig anderes. Ich wollte dich beschützen. Sie waren keine guten Freundinnen für dich. Sie waren keine guten Menschen.«

»Sie waren alle miteinander wirklich nett, und du sollst sie auch überhaupt nicht für mich aussuchen. Du hast da kein Mitspracherecht und absolut nichts zu entscheiden. Ich bin eine erwachsene Frau.«

»Aber du benimmst dich nicht so.«

»Und das ist noch eine Sache, die du nicht zu entscheiden hast. Ich bin fünfundvierzig Jahre alt, und ich darf mir meine Freundinnen selbst aussuchen!«

Sie stand schweigend einen Moment lang da, versuchte, seine Reaktion zu deuten. Lauschte in gewisser Weise dem leisen Echo ihrer geschrienen Worte in der Küche. Oder vielleicht war das Echo auch nur in ihrem Kopf.

Er schien weniger wütend zu sein, als sie gedacht hätte.

»Nun, wenn du nicht willst, dass ich auf dich aufpasse«, erwiderte er, »dann hast du leider Pech. Denn ich werde immer auf dich aufpassen. Wenn du eine Freundin hast, will ich mir sicher sein können, dass sie gut genug für dich ist.«

»Doch sie wird nie gut genug für dich sein«, entgegnete Mary. Alle Kampfeslust hatte sie verlassen. Das konnte sie an ihrer Stimme hören. Die Worte klangen atemlos und leise. Unterlegen.

»Ach, Unsinn«, sagte Stan, der sich nun besser zu fühlen schien, da er den Sieg errungen hatte. Wieder einmal. »Die Hälfte der Zeit weiß ich wirklich nicht, wovon du faselst. Du redest immer solchen Quatsch. Manchmal frage ich mich, ob du das Zeug überhaupt selbst glaubst.«

An dem Punkt schenkte Mary ihm höchstens noch ihre halbe Aufmerksamkeit. Ihr Blick war an dem Zifferblatt der kleinen Uhr am Küchenherd hängen geblieben. Sie war voller Kaffeespritzer. Eigentlich war es nicht möglich, aber die Zeiger standen auf kurz vor fünf. Keine Viertelstunde mehr bis dahin.

»Warte«, sagte sie. »Wart mal eine Minute. Es ist beinahe fünf? Wo steckt dann Abby?«

»Keine Ahnung. Wenn du es nicht schaffst, auf deine Tochter aufzupassen ...«

»*Unsere* Tochter.«

»Nein, im Moment ist sie das nicht. Da du diejenige bist, die sie aus den Augen verloren hat. Bis du sie wiedergefunden hast, ist sie *deine* Tochter. Und *du* bist dafür verantwortlich, dass sie wieder auftaucht.«

Mary lief nach oben und schaute in Abbys Zimmer, nur für den Fall, dass sie während des Streits unbemerkt heimgekommen und gleich nach oben gegangen war. Doch da war sie ebenfalls nicht. Und es lag kein Schulranzen auf dem Bett. Kein nasser Badeanzug und keine Schulkleidung im Wäscheeimer.

Sie suchte auch den Rest des Hauses ab, aber es sah so aus, als sei Abby noch nicht von der Schule zurück.

Es war besonders unheimlich, dass das am gleichen Tag geschah, an dem Jamie Veitch verschwunden war. Doch als sie Jamies Mutter anrief, erfuhr sie, dass Jamie wieder zu Hause war.

Jetzt war es nur noch Marys Tochter, von der niemand wusste, wo sie steckte.

Sie rief vier andere Mütter an, aber keine konnte ihr helfen.

# Kapitel 4

## GEZAPPEL

### *Abby*

Abby gelang es, drei Hundejunge in ihrem Rucksack unterzubringen, aber natürlich musste sie dafür ihre Hefte rausnehmen und am Straßenrand liegen lassen. Die anderen vier Welpen setzte sie in den Sack, der sich nicht länger zubinden ließ, und nahm ihn hoch. So beladen machte sie sich auf den Weg in Richtung Stadt, doch es war nicht einfach, um es mal vorsichtig auszudrücken, weil die kleinen Hunde zusammengenommen ganz schön schwer waren. Außerdem wollten sie einfach nicht mit dem Zappeln aufhören.

Sie hatte keine Zeit zu verlieren. Sie musste sich beeilen – schnell gehen, auch wenn das Gewicht beträchtlich war. Mittlerweile würde sie zu Hause vermisst werden, und außerdem würde das Tierheim vermutlich um fünf schließen. Und wenn sie da zu spät dran war, was sollte sie dann tun? Das wollte sie sich lieber gar nicht erst ausmalen.

Schwer atmend lief sie weiter, über die Brücke zur Stadt und dann zu dem kurzen Stück der Hauptstraße, wo die Geschäfte waren.

Als sie am Eisenwarengeschäft vorbeikam, trat Mr Barker ins Freie und musterte den Sack mit den Hunden in ihren Armen.

»Hey, Abby«, sagte er.

»Hallo, Mr Barker.«

»Wo hast du denn all die Hunde her?«

»Jemand hat sie in den Fluss geworfen.«

»Meine Güte, was ist nur los mit den Leuten?«

»Ja, aber echt.«

»Zwei von denen in deinem Rucksack werden gleich rausgekrabbelt sein.«

»O nein.«

»Sie werden sich wehtun, wenn sie von da oben auf den Asphalt fallen.«

Sofort setzte Abby sich auf den Bürgersteig, überrascht von der plötzlichen Last der Verantwortung. Sie hatte sich dieser sieben kleinen, hilflosen Lebewesen angenommen und hätte beinahe einen schlimmen Fehler begangen. Konnte sie das überhaupt schaffen?

Wie Mr Barker vorausgesagt hatte, befreiten sich gerade zwei schwarze Welpen aus dem Rucksack. Sie liefen sofort um Abby herum zu ihren Geschwistern, die aus dem Sack schauten. Einen Moment lang herrschte große Wiedersehensfreude, als hätten sie einander jahrelang nicht zu Gesicht bekommen.

»Was du brauchst«, erklärte Mr Barker, »ist ein schöner hoher Pappkarton.«

»Haben Sie einen?«

»Ich falte meine Kartons immer zusammen und werfe sie hinten in den Papiercontainer. Aber ich könnte einen wieder zusammenkleben.«

»Das wäre wirklich nett. Vielen Dank. Allerdings muss ich mich beeilen. Das Tierheim schließt vermutlich um fünf.«

Mr Barker verschwand wieder in seinem Laden.

»Oje«, rief eine neue Stimme, die einer älteren Frau. »Ich glaub nicht, dass du das schaffst.«

Abby blickte hinter sich und hoch und entdeckte die Witwe Mrs Whitman, die über ihr aufragte. Was irgendwie merkwürdig war, denn Mrs Whitman war kaum eins fünfzig groß und lief vornübergebeugt. Man musste wohl tatsächlich am Boden sitzen, um zu ihr hochschauen zu können.

»Oh, hallo, Mrs Whitman.«

Dann musste Abby sich wieder um die Welpen kümmern. Sechs von ihnen waren jetzt auf dem Bürgersteig, und sie musste sie zusammenhalten, damit sie nicht auf die Straße liefen. Ein Welpe war noch unten in ihrem Rucksack, denn sie konnte sein Zappeln spüren.

»Zum Tierheim sind es beinahe vier Kilometer, Abby, und es ist schon zehn vor fünf. Das schaffst du nie. Du solltest dich von mir hinfahren lassen.«

»Oh«, antwortete Abby. »Das wäre wirklich nett. Vielen Dank. Ich kann sie unmöglich mit nach Hause nehmen. Nicht mal für eine Nacht. Mein Vater würde einen Anfall kriegen. Wenn ich also nicht vor fünf am Tierheim bin, habe ich keine Ahnung, was ich tun soll.«

»Jemand hat sie in den Fluss geworfen, hast du gesagt?«

»Ja, Ma'am.«

»Unglaublich. Menschen können so grausam sein. Warum haben sie sie nicht einfach zum Tierheim gebracht und da abgegeben? So wären sie die Hunde doch auch losgeworden.«

»Keine Ahnung, Ma'am. Ich verstehe das ebenfalls nicht.«

Während Abby auf dem Bürgersteig saß und aufpasste, dass die Welpen zusammenblieben, fühlte sie sich überwältigt von dem, was tatsächlich gerade passierte. Sie war so damit beschäftigt gewesen, die Kleinen vor dem Ertrinken zu retten und in Sicherheit zu schaffen, dass sie kaum Zeit gehabt hatte, innezuhalten und sich vorzustellen, wie jemand sie in einen Sack gesteckt, ihn zugebunden und sie dann zu ertränken versucht hatte. Vielleicht hatte sie absichtlich nicht darüber nachgedacht. Vielleicht hatte sie sich mit anderem beschäftigt, um ein wenig länger in einer Welt leben zu können, in der so etwas nicht geschah. Wo kein menschliches Wesen jemals so grausam sein konnte.

\* \* \*

Innen an der Tür zum Büro des Tierheims war eine Glocke befestigt, die klingelte, als Abby die Klinke runterdrückte und reinging. Sie musste den Karton benutzen, um die Tür aufzuschieben, denn sie hatte keine Hand frei.

Die Frau drinnen, ungefähr fünfzig und mit langem, glattem Haar, schaute von ihrem Schreibtisch auf. Sie sah nett aus und trug die armeegrüne Uniform der Tierschutzbeamten des Bezirks. Eventuell hießen sie jetzt anders, wie auch immer, sie trug jedenfalls Uniform.

Sie warf einen Blick in Abbys Karton und runzelte die Stirn. Dann versuchte sie, das Stirnrunzeln in ein Lächeln zu verwandeln, doch es fiel ziemlich armselig aus.

»Sind das deine?«, fragte sie. »Hat dein Hund Junge bekommen?«

»Nein, Ma'am. Ich kenne die Kleinen hier gar nicht. Jemand hat sie in einen Sack gesteckt, ihn zugeschnürt und sie darin in den Fluss geworfen.«

Abby beobachtete, wie sich die Miene der Frau veränderte, härter wurde. Sie murmelte etwas halblaut vor sich hin. Abby vermutete, es war besser, dass sie die Worte nicht genau verstehen konnte.

»Ich hoffe, Sie sind nicht sauer auf mich, Ma'am. Ich hab bloß versucht, ihnen zu helfen.«

»Nein, ich bin nicht sauer auf dich. Ich bin sauer auf Leute, die Welpen ertränken wollen. Und du bist buchstäblich reingesprungen und hast sie rausgefischt.« Das klang nicht wie eine Frage.

»Ja, Ma'am. Woher wissen Sie das?«

Die Frau lachte kurz auf. »Hast du kürzlich irgendwann mal in den Spiegel geschaut?«

Das hatte Abby nicht. Aber jetzt blickte sie an sich hinab. Ihre Kleidung war immer noch feucht und voller schmutziger Pfotenabdrücke. Ihr nasses Haar fiel ihr in die Augen. Im Ganzen betrachtet musste sie ziemlich schlimm aussehen.

»Oh«, sagte sie. »Richtig.«

»Das war echt mutig. Auch wenn ich dir nicht dazu geraten hätte. Der Fluss hat eine ziemlich starke Strömung. Du hättest ertrinken können.«

»Oh, ich bin eine wirklich gute Schwimmerin, Ma'am. Ich bin in der Schulmannschaft, und wir nehmen an Wettbewerben teil und so. Nächstes Jahr schaffen wir es vielleicht sogar bis zu den Bezirksmeisterschaften.«

»Nun, jetzt ist es ohnehin zu spät. Ich bin nur froh, dass es dir gut geht. Wie lange ist es her, dass das passiert ist? Offensichtlich nicht zu lange, wenn dein Haar noch nass ist.«

»Das kann nicht mehr als eine halbe Stunde her sein.«

»Gut. Dann hattest du noch keine Zeit, dein Herz an sie zu verlieren. Was hoffentlich dazu beiträgt, dass das, was ich dir gleich sagen muss, leichter zu schlucken sein wird. Wir sind voll belegt. Genau genommen sind wir sogar mehr als voll. Überbelegt. Wenn das hier entlaufene Hunde wären, die irgendwo einen Besitzer haben – möglicherweise sogar jemanden, der nach ihnen sucht –, müssten wir ein paar andere Hunde einschläfern, und ich könnte sie zehn Tage lang behalten. So ist das Gesetz. Nur wissen wir ja genau, dass die Kleinen ausgesetzt wurden und der Besitzer sie nicht zurückwill. Daher muss ich sie auch nicht bei uns behalten.«

»Sie meinen …«

»Es tut mir leid. Ich weiß, es klingt grausam. Aber wir haben nicht unbegrenzt Platz. Streuner und ausgesetzte Hunde sind in diesem Bezirk ein echtes Problem. Die Leute kommen aus der Stadt her und lassen sie einfach hier. Vermutlich denken sie, dass es hier ländlich genug ist, dass die Hunde auf sich gestellt überleben können. Dabei ist das Quatsch. Und wir haben nicht so viele Mittel, wie wir bräuchten.«

Abby schaute an der Frau vorbei zu der Uhr an der Wand hinter ihr. In einer Minute würde es fünf sein. Und das vermittelte ihr das Gefühl, sie sollte besser schnell reden.

»Also haben Sie vor … sie einzuschläfern?« Die letzten beiden Worte konnte sie nur flüstern, ganz leise, als könnte sie so verhindern, dass die Hunde es hörten. Als ob sie das tun müsste.

Sie blickte hinab in den Karton. Die Hunde hatten aufgehört zu zappeln, und niemand biss seinen Geschwistern mit spitzen Welpenzähnen in die Ohren. Sie saßen alle da, bis auf den ganz braunen, der auf die Seite gefallen war und nicht genug Platz hatte, um sich wieder aufzurappeln. Sie sahen alle Abby an, außer einem, dessen Augen auf die Tierschutzfrau gerichtet waren.

Vielleicht waren sie auch bloß müde, sagte sich Abby. Aber das schien nicht der Fall zu sein. Es schien vielmehr so, als hätten sie die Stimmung der Unterhaltung aufgeschnappt und wären nun wie gelähmt vom Ernst der Lage. War das überhaupt möglich? Abby hatte keine Ahnung. Jedenfalls wirkte es so.

Sie starrte einen Moment lang in ihre runden, glänzenden Augen. Auf die samtigen Schlappohren, von denen ein paar umgeklappt waren. Ihre pummeligen Bäuche, die sich bei jedem Atemzug ausdehnten.

»Das ist so unfair!«, begehrte Abby auf. Es war ihr peinlich, wie hoch und dünn ihre Stimme klang. »Warum wollen alle sie umbringen?« Zu ihrer großen Verlegenheit begann sie zu weinen. Sie konnte die Tränen einfach nicht zurückhalten. »Schauen Sie sich die Kleinen doch nur an! Schauen Sie in diese Gesichter! Es sind Welpen! Sie sind völlig unschuldig. Was haben sie nur getan, dass alle wollen, dass sie sterben? Schauen Sie, wie vollkommen sie sind. Es sind sieben perfekte kleine lebendige Wesen. Warum ist das allen so schrecklich egal? Ich kann das nicht verstehen.«

Abby verstummte. Mit einem Mal war sie zu müde, um hier zu stehen. Nur was blieb ihr sonst übrig?

Sie blickte wieder hoch zu der Uhr. Es war eine Minute nach fünf. Aber die Frau hatte sie nicht rausgeworfen. Jedenfalls *noch* nicht.

Die Tierschutzfrau reichte Abby ein Papiertaschentuch aus der Box auf ihrem Schreibtisch.

»Danke«, sagte Abby und wischte sich die Augen. Dann putzte sie sich die Nase.

Die Welpen beobachteten sie in stummer Faszination.

»Wie alt bist du?«, wollte die Frau wissen.

»Dreizehn.«

»Du bist ein wirklich liebes Mädchen.«

»Danke, Ma'am. Doch das hilft den Welpen auch nicht weiter.«

»Eventuell könnte ich sie drei Tage behalten. Ich müsste mir einen mobilen Käfig besorgen und sie irgendwo in der Mitte im Gang abstellen. Aber an deiner Stelle wäre ich nicht zu optimistisch. Wir haben jede Menge Welpen hier. Es ist irgendwie Saison für sie. Und es kommen nicht genug Leute her, die einen wollen. Wir haben zehn aus einem Wurf, die wie echte Australian Shepherds aussehen, komplett mit blauen Augen. Und bislang hat erst einer davon ein neues Zuhause gefunden.«

»Wenn Sie sie drei Tage lang behalten und sie niemand abholt, könnte ich sie wieder mitnehmen. Vielleicht kann ich irgendwo in der Stadt ein Zuhause für sie finden.«

»Dann müsstest du allerdings die Gebühr zahlen.«

»Oh. Wie hoch ist die?«

»Siebenundsiebzig Dollar.«

»Siebenundsiebzig Dollar!«, wiederholte Abby geschockt.

»Da sind Impfungen mit drin sowie eine Vorauszahlung fürs Kastrieren.«

»Ich habe keine siebenundsiebzig Dollar.«

»Okay. Und das ist … du weißt schon … pro Hund.«

Abby spürte, wie ihre Augen groß wurden. Sie überschlug das rasch im Kopf. Rechnete nur sieben mal sieben, wobei neunundvierzig rauskam. »Das sind ja über fünfhundert Dollar!«

»Ich weiß. Tut mir leid.«

»Aber ich bin es doch, die sie gefunden hat. Ich hab sie hergebracht.«

»Ich weiß. Bloß, sobald du sie hier abgegeben hast, gehören sie dem Bezirk. Ich wünschte, ich hätte bessere Nachrichten für dich. Ehrlich. Du bist ein wirklich nettes Mädchen, und ich weiß, dass das schwierig für dich ist. Nur ist dies leider nicht Lindas privates Hundeasyl. Ich bin eine Angestellte des Bezirks, und ich muss die Regeln befolgen.«

»Wer ist Linda?«

»Ich.«

»Oh.«

Sie standen einen Moment stumm da, obwohl es jetzt drei Minuten nach fünf war. »Ich vermute, mein Rat an dich wäre … Wenn du denkst, du könntest in der Stadt neue Besitzer für die Hunde finden, dann versuch erst das. Und jetzt möchte ich wirklich nicht unhöflich sein …«

»Ich weiß«, sagte Abby. »Sie müssen schließen und nach Hause.«

»Ich wünsch dir viel Glück.«

Abby seufzte abgrundtief. Sie hob den Karton erneut an. Er fühlte sich bedeutend schwerer an, als wären die Welpen darin gewachsen oder hätten an Gewicht zugelegt, während sie mit der Frau gesprochen hatte. Wahrscheinlich hatte Abby einfach ihren Schwung verloren, und das Adrenalin büßte seine Wirkung ein, sodass sie nun ihre Erschöpfung deutlicher spürte.

Sie nahm den Karton mit den Welpen und trat hinaus auf die Straße, hielt ihn mit zittrigen Armen vor sich. Sie hörte hinter sich das Schloss klicken, als Linda zusperrte.

Sie blickte in die perfekten kleinen Gesichter, und die Hunde schauten zurück.

Zum zweiten Mal in einer knappen halben Stunde fragte sie sie: »Was zur Hölle fange ich jetzt mit euch an?«

Aber sie waren weiterhin lediglich Welpen und hatten auch keine Ideen, die ihr helfen würden. Es gab *niemanden*, der ihr helfen konnte. Sie war völlig auf sich allein gestellt, musste sich auf ihre eigenen Ressourcen verlassen. Sieben Leben hingen davon ab. Und dabei war sie sich nicht einmal sicher, was das für Ressourcen sein sollten.

\* \* \*

Sie trug die Kiste mit den Welpen zu dem kleinen Supermarkt an der Hauptstraße, und jeder Schritt fühlte sich unfassbar schwer an, während sie sich den Kopf darüber zerbrach, wie sie sie vor dem Laden lassen konnte. Denn sie wusste, sie durfte sie nicht mit ins Geschäft nehmen.

Auf der Bank an der Bushaltestelle, die in der Nähe der Eingangstür stand, saß eine Frau.

»Entschuldigung«, sagte Abby. »Glauben Sie, Sie könnten die Kleinen hier im Auge behalten, während ich ganz rasch im

Geschäft was besorge? Nur für den Fall, dass es einem von ihnen gelingt, da irgendwie rauszuklettern?«

»Also, ich weiß nicht«, antwortete die Frau. »Was soll ich denn tun, wenn das passiert?«

»Dann rufen Sie nach mir.«

»Und wenn mein Bus kommt?«

»Einfach nach mir rufen.«

»Okay, ich denke, das geht.«

Abby rannte in den Laden. Sie rannte wirklich.

Sie schnappte sich einen Liter Milch aus dem Kühlregal. Dann zog sie einen Plastikbeutel von der Rolle in der Obstabteilung, weil sie keinen Hundenapf hatte, aus dem die Welpen trinken konnten. Und wenn sie erst die Milch bezahlt hatte, hätte sie auch nicht mehr genug Geld, einen zu kaufen. Und das mit der Tüte war das Einzige, was ihr dazu einfiel.

Sie steckte die Milchpackung in den Plastikbeutel, damit es so aussah, als hätte sie einen Grund dafür, sich einen zu nehmen, und rannte zur Kasse.

Sie wippte nervös auf und nieder, während ein älterer Mann sein Kleingeld zählte. Er blickte sie aus dem Augenwinkel an. »Hast du's eilig, junge Dame?«

»Ja, Sir.«

»Nun, wenigstens bist du höflich, wenn du mit mir sprichst.«

Er nahm seine Sachen und machte ihr Platz.

Die Frau an der Kasse zog ihr die Milch ab, nahm ihre Münzen entgegen und händigte ihr fünfunddreißig Cent Wechselgeld aus. Das war jetzt alles, was Abby noch blieb, bis zur nächsten Taschengeldzahlung. Sie wartete darauf, dass man ihr eine Papiertüte anbot, aber es schien nicht so, als würde das passieren.

»Entschuldigung, Ma'am?«

»Ja?«

»Könnte ich eine Papiertüte haben?«

»Du hast doch schon einen Plastikbeutel. Darin kannst du die Milch tragen.«

»Ich brauche auch eine Papiertüte.«

Die Frau seufzte tief und hörbar, als ginge ihr Abby gewaltig auf die Nerven. »Dafür musst du dann allerdings fünf Cent zahlen.«

Abby verspürte den Drang, ebenfalls tief und hörbar zu seufzen, um ihre Genervtheit zum Ausdruck zu bringen, aber sie sagte sich, dass das vermutlich nur Erwachsene durften. Sie holte das Wechselgeld wieder aus ihrer Hosentasche und gab der Frau eine Fünf-Cent-Münze.

Dann verstaute sie die Papiertüte und die Milch in ihrem Rucksack und lief zur Tür.

Die Frau an der Bushaltestelle war fort und hatte sich nicht die Mühe gemacht, nach Abby zu rufen. Oder vielleicht hatte sie einfach nicht besonders laut gerufen. Das war bei Fremden schwer einzuschätzen – ob sie laut genug rufen würden, dass es funktionierte.

Abby zählte die Welpen rasch durch und atmete erst wieder aus, als sie bei sieben ankam. Sie waren alle da. Genau genommen schliefen sie, das Kinn jeweils auf dem Rücken des Welpen neben sich. Zwei wachten auf, als sie den Karton anhob. Sie blickten sie voller Liebe und Bewunderung an und wedelten. Es raubte ihr den Atem, die Liebe in ihren Augen zu sehen. Sie liebten sie. Sie hatten bereits eine Verbindung zu ihr. Sie verließen sich auf sie.

Sie schüttelte das Gefühl ab, um besser tun zu können, was sie als Nächstes tun musste. Sie begann mit dem langen, schwierigen Weg den Berg hoch zu der verlassenen Hütte.

»Wir brauchen einen Ort, an dem ihr über Nacht bleiben könnt«, teilte sie ihnen mit. Wenigstens denen, die wach waren. »Und vermutlich auch noch, während ich morgen in der Schule bin. Und dann nehme ich euch mit zum Parkplatz bei der Post und schaue, ob ich neue Besitzer für euch finden kann.«

Aber ihr sank das Herz, während sie das sagte, weil sie sich an Lindas Bemerkung erinnerte. Über die zehn Aussie-Welpen, die reinrassig aussahen und blaue Augen hatten. Und von denen nur einer ein Zuhause gefunden hatte.

Doch dann schüttelte sie den Gedanken ab, weil ihr kein besserer Plan einfiel.

\* \* \*

Als sie den Weg neben dem Fluss hinter sich ließ und den steilen Pfad bergauf zu erklimmen begann, holten die Umstände sie ein. Es war schwierig genug, da ohne zusätzliches Gewicht hochzulaufen. Ihre Armmuskeln brannten, und ihre Mutlosigkeit wuchs und überwältigte sie. Es war alles zu viel. Es war mehr, als sie schaffen konnte.

Sie ließ sich auf den verlassenen Pfad sinken, saß da und versuchte, nicht in Tränen auszubrechen.

Die Welpen waren jetzt alle wach und zappelten wieder. Was in gewisser Weise gut war. Es erinnerte Abby daran, dass sie vier Beine hatten und vermutlich selbst laufen konnten.

Die Frage war nur, ob sie ihr auch folgen würden.

Sie hob einen nach dem anderen aus dem Karton und setzte sie auf die festgetretene Erde. Sofort stürzten sie sich aufeinander, um zu spielen, kullerten über- und untereinander. Der Kleine mit dem schwarzen Fell und der weißen Schwanzspitze schien es am wenigsten zu mögen, zum Spaß attackiert zu werden, und jaulte ängstlich, als ein größerer Welpe ihn umrannte.

Abby konnte erkennen, dass es schwer werden würde, ihre Aufmerksamkeit zu halten.

Sie stand auf und trug den leeren Karton weiter den Weg hoch, schaute zurück über ihre Schulter. Es dauerte ein bisschen, bis die Hunde bemerkten, dass Abby sich in Bewegung gesetzt hatte. Doch sobald der erste es realisiert hatte, rannte er ihr hinterher. Und als er das tat, taten es die anderen auch.

Gemeinsam erklommen sie den steilen Anstieg zur Hütte, was natürlich nicht ohne Unterbrechungen und Umwege klappte, und sie musste sie immer wieder zusammentreiben. Aber die Welpen blieben bei Abby, weil sie niemand anderen hatten. Sie war jetzt ihre Welt.

Diese Verantwortung lastete schwer auf ihr.

Als die Hütte in Sicht kam, hätte sie beinah vor Erleichterung geweint.

Sie führte die Welpenschar durch den Garten zum Schuppen und öffnete die Tür. Auch hier war das Vorhängeschloss aufgebrochen, doch es war noch genug von dem Bügel übrig, dass die Tür nicht so ohne Weiteres aufging. Abby hängte das Schloss in die Öse und trat ein, wartete, bis alle sieben Welpen ihr gefolgt waren.

Dann nahm sie die Milchpackung aus ihrem Rucksack. Sie faltete die Seiten der Papiertüte nach unten, dreimal. Dann steckte sie den Plastikbeutel aus der Obstabteilung hinein, sodass die Flüssigkeit das Papier nicht aufweichen konnte, und goss die Milch hinein.

Die Welpen stürzten sich darauf, schoben einander beiseite und stellten sogar ihre Pfoten in die Milch, während sie tranken. Ihre Schnauzen waren ganz weiß. Dann schafften sie es, die behelfsmäßige Schale umzuwerfen, aber das war nicht so schlimm, wie Abby befürchtet hatte. Sie leckten die Milch einfach vom Boden auf.

Abby wusste nicht, ob es klug war, den Welpen Milch vorzusetzen. Bei Katzen machte man das, doch sie hatte nie davon gehört, dass Hunde Kuhmilch tranken. Sie war überhaupt nur auf die Idee gekommen, weil die Kleinen irgendwas trinken und außerdem irgendetwas Nahrhaftes zu sich nehmen mussten.

Zudem war sie sich nicht ganz sicher, ob sie schon alt genug waren für feste Nahrung.

Es gab so viel, was sie nicht wusste. Allerdings tröstete sie sich damit, dass die Welpen die Milch tranken.

»Okay«, sagte sie zu ihnen. »Ihr müsst jetzt hierbleiben. Ich werde wiederkommen. Es wird euch vermutlich endlos erscheinen, aber ich verspreche, dass ich wiederkomme. Und es ist auf jeden Fall besser als …«

Den Gedanken dachte sie nicht zu Ende.

Sie beobachtete, wie die Kleinen gierig die Milch aufleckten, und machte sich Sorgen, dass sie auf dem blanken Betonboden schlafen mussten. Das sollten sie nicht müssen. Andererseits war es nur für eine Nacht. Und außerdem gab es nichts, was sie dagegen unternehmen konnte.

Dann machte sie sich Sorgen wegen der Kälte. Andererseits war es immerhin schon Juni. Selbst hier in den Ausläufern der Sierra Nevada wurde es nicht mehr so kalt, dass das ein Problem sein würde. Sie waren hier vor den Elementen geschützt, vor Wind und Wetter genauso wie vor Kojoten und anderen wilden Tieren.

Das war alles, was sie ihnen bieten konnte. Es war das Beste, was ihr einfiel.

Sie verließ den Schuppen, schloss die Tür und sicherte sie mit dem Bügel des aufgebrochenen Schlosses. Die Welpen schienen es gar nicht zu merken. Sie waren zu sehr damit beschäftigt, die ausgegossene Milch aufzuschlecken.

Abby ging zehn oder zwanzig Schritte in Richtung Straße, dann blieb sie wieder stehen.

Eigentlich hatte sie kein Recht, die Hütte zu betreten. Doch sie musste immer noch an den nackten Betonboden denken. Den kalten, harten Betonboden. Also lief sie zurück zur Hütte, band die Schnur auf und öffnete die Tür.

Das große Ledersofa hatte zwei große Kissen. So wie sie sich zu erinnern geglaubt hatte.

Aber sie gehörten ihr nicht.

Andererseits war die Hütte wohl wirklich verlassen.

Dennoch, es war nicht ausgeschlossen, dass jemand hier auftauchte und sauer wäre, dass sie die Kissen zweckentfremdet hatte.

Vielleicht konnte sie sie ersetzen, wenn das geschah. Von ihrem Taschengeld neue kaufen. Und außerdem würde es möglicherweise gar nicht so weit kommen. Es musste ja nicht passieren.

Sie holte rasch die beiden Kissen, sicherte die Tür wieder mit der Schnur und brachte die Kissen zum Schuppen.

Als sie die Tür öffnete, stürmten die Welpen durch den Spalt. Die Milch war restlos aufgeleckt, und Abby hatte ernsthaft unterschätzt, wie schwierig es sein würde, sie ohne die Milch als Lockmittel im Schuppen zu halten.

Sie legte die Kissen in eine Ecke und begann die Hunde einzusammeln. Doch sie konnte immer nur drei oder vier gleichzeitig reinbringen. Und der Rest kam nicht, wenn sie sie rief. Sie wollten durch den Garten rennen und sich balgen. Wenn sie drei oder vier in den Schuppen sperrte und dann den Rest holte, entwischten die anderen, sobald sie die Tür öffnete.

Ungefähr eine Viertelstunde lang kämpfte sie mit ihnen. Eine Stimme in ihrem Kopf meinte, dass es beinahe lustig war. Oder das zumindest hätte sein können. Aber Abby war erschöpft, und die Sonne war schon fast untergegangen. Was bedeutete, dass sie schon echt spät dran war und zu Hause jede Menge Ärger kriegen würde. Daher konnte sie sich nicht dazu durchringen, das lustig zu finden.

Schließlich setzte sie sich einfach im Schuppen auf den Boden und lehnte sich mit dem Rücken gegen die Wand. Das war keine Taktik, sie gab einfach auf. Aber eine Minute oder zwei später, als sie aufschaute, stellte sie fest, dass alle sieben Welpen auf sie zuliefen, von ihr angezogen wie von einem Magneten, weil sie plötzlich mit ihnen auf einer Höhe war.

»Wir sehen uns morgen«, erklärte sie und tätschelte zwei Köpfchen, an die sie leicht rankam.

Dann schlüpfte sie zur Tür hinaus und schloss sie hinter sich, bevor die Hunde ihr folgen konnten.

Sie kratzten an der Innenseite und winselten mitleiderregend, bellten protestierend. Und es brach Abby das Herz. Es fühlte sich genau so an – ein Schmerz in ihrer Brust, als würde sie von innen entzweigerissen.

Doch sie musste nach Hause. Es war beinahe schon dunkel, sie hatte Hunger, war schmutzig und erschöpft und viel zu spät dran. Sie *musste* jetzt nach Hause.

Also lief sie weiter.

Und mit der Zeit wurde das Winseln und Jaulen leiser, machte wunderschöner Stille Platz.

\* \* \*

»Wo verdammt noch mal bist du gewesen?«, schrie Abbys Mutter sie an. Schrie. Richtig laut. Gewöhnlich war sie ruhig und ausgeglichen. »Und was ist mit dir passiert?«

Abby sank auf einen Stuhl, erleichtert, nicht länger auf den Beinen sein zu müssen. Ihr Vater schien nicht zu Hause zu sein, was ein echter Segen war.

»Es tut mir leid«, sagte sie.

»Was ist passiert? Du hast mir eine Heidenangst eingejagt. Erzähl schon.«

»Kann ich nicht erst etwas essen? Ich hab solchen Hunger.«

Ihre Mutter seufzte und schien halbwegs zu ihrer gemäßigten Normalform zurückzufinden. Abby erkannte, dass sie eher besorgt als wütend gewesen war. Oder dass die Wut zumindest ihrer Sorge entsprungen war.

Sie schaute zu, wie ihre Mutter in die Küche ging, einen Ofenhandschuh überzog und einen Teller aus dem Backofen holte. Sie hatte Abbys Essen warm gehalten, und Abby war so dankbar dafür, dass ihr beinahe die Tränen kamen.

Sie ließ den Teller nicht aus den Augen, als er vor sie gestellt wurde. Makkaroni mit Käse und Speckstreifen.

Sie machte sich sofort darüber her.

Ihre Mutter erlaubte ihr, ein paar Bissen zu essen, bevor sie ihre Geschichte hören wollte.

»Du siehst aus, als hätte jemand versucht, dich zu ertränken«, erklärte sie. »Also, was war los?«

»Jemand wollte einen Sack Welpen ertränken. Und ich hab sie gerettet.«

»Du meinst … in einem … Eimer?«

»Im Fluss.«

Abby bemerkte, wie Furcht in die Augen ihrer Mutter trat. »Du bist in den Fluss gesprungen? Du hättest sterben können!«

»Dafür kann ich zu gut schwimmen. Wo ist Dad?«

»Unterwegs.«

»Gut. Erzähl es ihm bitte nicht, okay?«

»Ja, das ist vermutlich besser. Trotzdem darfst du so was nie wieder tun, Abby. Es war leichtsinnig und gefährlich.«

»Okay«, erwiderte Abby und schob sich einen weiteren Bissen in den Mund.

Sie glaubte nicht, dass sie irgendwann noch einmal miterleben würde, wie ein Sack Welpen in einen Fluss geworfen wurde. Aber selbst wenn das der Fall wäre, dachte sie, würde sie es nicht ignorieren können. Denn das war ausgeschlossen, egal, was sie ihrer Mutter versprochen hatte.

Dann wandten ihre Gedanken sich einem heißen Bad zu. Normalerweise badete sie nicht gerne, doch in diesem Augenblick klang es himmlisch.

»Was hast du mit den Welpen angestellt?«, erkundigte sich ihre Mutter und riss sie aus ihrem Tagtraum.

»Ich hab sie zum Tierheim gebracht«, antwortete sie mit vollem Mund.

Und das stimmte ja auch. Zumindest fand Abby, dass es dicht genug an der Wahrheit war, um durchzugehen.

»Also gut. Das war sehr lieb von dir. Aber tu es bitte trotzdem nie wieder.«

* * *

Abby kroch ins Bett, und ihr Körper summte förmlich vor Erschöpfung und von der Hitze des Badewassers.

Sie dachte an das mitleiderregende Winseln.

Sie dachte darüber nach, dass sie erst nach der Schule zu ihnen gehen und mit dem Versuch beginnen konnte, ein gutes Zuhause für alle zu finden.

Sie dachte darüber nach, wie sehr sie bereits an ihnen hing und sie an ihr. Wie sehr es wehtun würde, mit ansehen zu müssen, wie sie von Fremden mitgenommen wurden.

Und dann fragte sie sich, ob es überhaupt möglich wäre, sieben Personen zu finden, die sie haben wollten.

Eine Weile lang befand sie sich am Rande des Schlafes. Doch dann kam ihr ein Gedanke, der so verstörend war, dass sie sich im Bett aufsetzte und plötzlich wieder hellwach war.

Sie konnte nicht mit ihnen auf den Parkplatz an der Post, um sie anderen Leuten zu geben. Sie konnte mit ihnen nirgendwohin. Sie hatte ihrer Mutter erzählt, dass sie sie zum Tierheim gebracht hatte. Daher konnte sie sich nicht in der Öffentlichkeit mit ihnen zeigen.

Also was konnte sie tun?

Abby hatte keine Ahnung. Nicht die geringste.

Sie saß stundenlang wach im Bett und zerbrach sich den Kopf.

Am nächsten Nachmittag würden die Welpen etwas zu fressen brauchen. Sie würden Wasser brauchen. Sie würden den Betonboden in der Hütte furchtbar verschmutzt haben, und Abby hatte keine Ahnung, wie sie alles wieder sauber kriegen sollte. Sie glaubte nicht, dass dort oben irgendwo ein Wasserschlauch war. Aber es würde sauber gemacht werden müssen, weil es ja nicht ihr Schuppen war, und außerdem konnte man Welpen nicht in ihrem eigenen Dreck sitzen lassen.

Und ihr fiel auch wieder ein, dass Linda ihr erzählt hatte, dass die Abgabegebühr so hoch war, weil Impfungen und die Kastration schon drin waren. Sie würden geimpft werden müssen, entwurmt und kastriert.

Sie würden so viel brauchen. Und sie war die Einzige, die sich darum kümmern konnte. Doch was konnte sie ihnen schon bieten? Was besaß sie?

In dieser Nacht fand Abby nur sehr wenig Schlaf, obwohl sie ihn dringend benötigt hätte. Es waren höchstens zwei oder drei Stunden.

# Kapitel 5

### *Elliot*

Die Trauerfeier fand im Freien auf der Terrasse an der Kirche statt und beinhaltete jede Menge Essen.

Elliot war viel zu sehr am Boden zerstört gewesen, um irgendwas persönlich zu planen. Nun saß er auf einem Klappstuhl aus Metall an einem Klapptisch aus Metall und spürte die Sonne auf seiner Kopfhaut. Er konnte sich nicht erinnern, das je zuvor so wahrgenommen zu haben, und fragte sich, ob das bedeutete, dass sein Haar schütterer geworden war. Er wusste, eigentlich sollte er einen Hut tragen, doch seine Vorbereitung auf die Teilnahme an der Feier war durch die Tatsache beeinträchtigt worden, dass sich nichts real anfühlte.

Natürlich hatte er sich die Zähne geputzt und das Haar gekämmt. Er hatte sich auch einen Schlips umgebunden, weil Pat das so gewollt hätte. Genau genommen hätte sie ihm einen ausgesucht, weil sie, was Kleidung betraf, einen unfehlbaren Sinn dafür gehabt hatte, was zueinanderpasste. Er fand, er hatte eigentlich einen ganz ordentlichen Windsorknoten zustande gebracht, aber er konnte sich nicht erinnern, ob er sich die Mühe gemacht hatte, das Ergebnis im Spiegel zu überprüfen.

Selbst jetzt, während ihm alberne Gedanken über Schlipse und Sonnenbrand auf der Kopfhaut durch den Sinn gingen, war sich Elliot vage bewusst, dass er sich verloren fühlte. Dass er seinen Anker verloren hatte und haltlos auf einem inneren Meer trieb, völlig losgelöst von der Wirklichkeit.

Doch dass ihm das bewusst war, änderte nichts.

Er lockerte seinen Schlipsknoten, weil ihm, als er darüber nachgedacht hatte, aufgefallen war, dass er irgendwie unbequem war. Aber direkt danach musste er daran denken, was Pat tun würde, wenn sie hier wäre. Sie würde den Knoten behutsam gerade rücken und wieder ein wenig hochschieben, ungefähr halb so fest, wie er gewesen war. Nicht genug, dass sie damit seinen Wunsch ignorierte, es bequemer zu haben, doch ausreichend, dass alles ordentlich war. Dann würde sie ihm die Wange streicheln und ihm mitteilen, dass er gut aussehe.

Aber Pat war nicht da. Pat war nirgends mehr. Sie existierte nicht mehr auf diesem Planeten, ein Umstand, den Elliot einfach nicht fassen konnte. Es überstrapazierte sein Gehirn, bis das arme Organ in sich zusammenfiel und beinahe komplett runterfuhr.

Er hob die Hand und zog den Schlips selbst gerade.

Eine der Frauen aus Pats Lesekreis setzte sich neben Elliot und stellte einen Teller mit Essen vor ihn auf den Tisch. Er blickte ihn an, ohne zu begreifen, was er damit anfangen sollte. Es waren gegrillte Hähnchenteile und Rippchen darauf, dazu Coleslaw und Kartoffelsalat. Dabei verspürte Elliot nicht die geringste Lust, Hähnchen oder Rippchen zu essen, weil sie ihn an den Tod erinnerten, und er hatte auch keinen Appetit auf Salat. Es sah nicht schlecht aus oder unappetitlich, und ihm war auch nicht übel. Er fühlte überhaupt nichts, soweit er das sagen konnte. Er hatte schlicht kein Interesse an Essen.

Die Frau, deren Namen Elliot nicht kannte, beugte sich näher zu ihm und legte ihm eine Hand auf den Arm. Elliot wünschte sich, sie würde das nicht tun, konnte aber die Worte nicht finden, um ihr das mitzuteilen. Es war eine vollkommen unschuldige Geste, doch sie vermittelte Elliot das Gefühl, gefunden worden zu sein, was ihm wiederum das Gefühl gab, verletzlich zu sein und entblößt. Er ließ sich mit voller Absicht auf seinem inneren Meer treiben und mochte es nicht, wenn ihm irgendjemand zu nahe kam. Das würde ihm Halt geben, und er wollte nicht zurück ins Hier und Jetzt gezogen werden.

»Sie sollten etwas essen«, teilte sie ihm mit. »Das hilft Ihnen vielleicht dabei, sich ein wenig besser zu fühlen.«

Elliot hob den Kopf und sah eine weitere Frau vor sich stehen. Sie war auf der anderen Seite des Tisches, und die Sonne befand sich praktisch direkt hinter ihrem Kopf. Elliot musste die Augen unangenehm zusammenkneifen, konnte die Frau aber trotzdem nicht lange anschauen. Er hatte keine Ahnung, wer sie war oder ob er sie bei günstigeren Lichtverhältnissen erkannt hätte. Und darüber hinaus war es ihm auch herzlich egal.

»Das mit Pat tut mir so furchtbar leid«, erklärte sie.

Elliot versuchte, ein Lächeln zustande zu bringen, aber es war gut möglich, dass es nur eine Grimasse geworden war. Es fühlte sich an wie eine Grimasse.

Die Frau redete weiter, und es wurde nur schlimmer. »So eine schreckliche Krankheit. Gott sei Dank ist sie gestorben, bevor es ganz furchtbar wurde und sie nicht mehr atmen oder schlucken konnte.« Sie beugte sich über den Tisch und drückte Elliots Unterarm. »Das ist ein Segen«, fügte sie hinzu.

Elliot öffnete den Mund, zum ersten Mal seit ewigen Zeiten, zumindest kam es ihm so vor. »Das ist überhaupt kein Segen«, widersprach er zu laut. Die Gespräche um ihn herum brachen ab. Vielleicht hörten alle zu. Er war sich da nicht sicher und hatte auch keine Lust, sich zu vergewissern. »Es ist eine verdammte Tragödie.«

»Ich hab doch nur gemeint …«

»Ich weiß, was Sie gemeint haben, trotzdem ist es falsch. Es ist falsch, so was zu sagen. Man geht nicht zu jemandem, dessen Frau gerade gestorben ist, und behauptet, es sei ein Segen. Tut mir leid, das macht man einfach nicht. Ich könnte es verstehen, wenn Sie gesagt hätten: ›Es ist eine Tragödie, aber es hätte noch viel schmerzhafter werden können. Und für diese kleine Gnade können wir dankbar sein.‹ Nur versuchen Sie nicht, mir zu erzählen, dass das schlimmste Ereignis meines Lebens ein Segen sei.«

»Es tut mir leid«, beeilte sich die Frau zu erwidern. »Ich wollte Sie nicht kränken.«

Damit hastete sie davon.

Ein paar Sekunden verstrichen in Schweigen. Dann schienen die Leute um ihn herum ihre Unterhaltungen wieder aufzunehmen, und das Leben ging weiter.

*So ist das mit dem Leben*, überlegte Elliot. *Was immer gerade passiert ist, Gutes oder Schlechtes, es geht immer weiter.*

Die Frau aus Pats Lesekreis legte ihm erneut eine Hand auf den Arm, sprach leise zu ihm. »Ich glaube nicht, dass sie es böse gemeint hat.«

»Da bin ich mir sogar sicher. Trotzdem richten Leute jede Menge Schaden an mit Sachen, die sie gar nicht so meinen. Dauernd.« Er machte mehrere Sekunden lang eine Pause, doch sie blieb stumm. Daher schob er nach: »Vermutlich sollte ich mich bei ihr entschuldigen.«

»Ist schon gut«, antwortete sie. »Bleiben Sie sitzen. Dies ist ein Tag in Ihrem Leben, an dem es Ihnen zusteht, vor allem an Ihre eigenen Gefühle zu denken, statt auf die anderer Rücksicht zu nehmen.«

Das klang wie etwas, was Pat sagen würde, wenn sie denn hier wäre. Und es beruhigte Elliot.

»Danke«, sagte er. »Das ist die erste hilfreiche Bemerkung, die irgendjemand mir gegenüber gemacht hat, seit Pat gestorben ist. Es ist nur … Ich finde solche Leute schwierig. Leute wie die Frau, die gerade hier war. Sie kommen in einer Zeit tiefer Trauer zu einem, und man hat den Eindruck, als könnten sie diese Trauer nicht akzeptieren. Sie können in diesem Augenblick der Trauer nicht einfach bei einem sein. Sie können nicht einfach sagen: ›Ja, das ist wirklich schlimm‹, sondern versuchen, es in Ordnung zu bringen. Sie meinen, sie müssten es für einen mit ein paar Sätzen in Ordnung bringen, was lachhaft ist, weil es nie irgendetwas besser macht. Doch sie schlagen irgendwas vor, was einem helfen soll, das, was man empfindet, hinter sich zu lassen, oder sie finden irgendeinen albernen Grund, warum es so schon seinen Sinn hat. Ich verstehe nicht, warum die Leute nicht einfach mal einen Moment lang in der Trauer bei einem sein können.«

»Viele Leute können das nicht aushalten«, erwiderte die Frau. »Sei es die eigene Trauer oder die von jemand anderem. Wenn sie nicht in ihrer eigenen verweilen können, ist es unwahrscheinlich, dass sie das bei einem anderen tun. Aber Sie essen ja gar nichts. Was auch in Ordnung ist, ich verstehe das. Vielleicht ist ein Glas Wein das, was Sie brauchen.«

»Das könnte ich mal versuchen«, antwortete er.

Die Frau stand auf und ging weg, vermutlich um ihm ein Glas zu besorgen. Keine zwei Sekunden später ließ sich jemand auf dem Stuhl nieder, den sie frei gemacht hatte. Elliot wandte den Kopf und stellte fest, dass es Roger war.

»Oh, hey, Roger.«

»Tut mir ehrlich leid, alter Knabe. Sie war eine wunderbare Frau. Richtig klasse. Es ist einfach unfassbar traurig.«

»Siehst du, *so* macht man das«, erklärte Elliot.

»Wie soll man was machen?«

»Ach, nicht so wichtig. Das kann man im Nachhinein nicht erklären.«

»Mir fällt gerade auf, ich hätte mir was zu essen holen sollen, bevor ich mich gesetzt habe.«

»Hier, nimm das hier. Ich hab es bisher nicht angerührt.«

Er schob seinen Teller zu Roger, der eine Papierserviette über seinen Schoß breitete und das Besteck nahm.

»Das sieht köstlich aus«, verkündete er und steckte sich eine Gabel mit gegrilltem Hähnchen in den Mund.

Er benötigte ein paar Minuten, um alles so weit zu kauen, dass er wieder sprechen konnte. In der Zwischenzeit versuchte Elliot das Essen vor Roger nicht als verkohlte Körper von Lebewesen zu betrachten, doch ganz leicht war das nicht.

Schließlich schluckte Roger und sprach weiter. »Also, ich will dich ja nicht drängen, aber was glaubst du, wann du wieder zur Arbeit kommst? Hast du schon darüber nachgedacht?«

»Ich brauche mindestens ein paar Wochen. Ich fühle mich irgendwie … losgelöst. Als ob mein Kopf gar nicht fest auf meinem Hals säße. In der Zwischenzeit möchte ich deinen Rat annehmen und zur Jagdhütte rausfahren.«

»Wann willst du aufbrechen?«

»Ich weiß nicht. Vermutlich bald. Ich kann mir nicht vorstellen, jeden Abend in dem leeren Bett zu schlafen. Allerdings brauch ich erst ein bisschen Zeit, um den Kopf wieder klar zu kriegen. Du weißt schon. Zumindest genug, um zu packen. Um zu entscheiden, was ich alles mitnehmen muss, damit es mir für eine Woche oder zwei mitten im Nirgendwo reicht.«

»Nimm deine Gewehre mit. Nur für den Fall, dass du deine Meinung änderst.«

»Ich hab sie verkauft«, erklärte Elliot. Tatsächlich hatte er noch ein paar im Schuppen, aber die würde er nicht benutzen.

»Oh.«

Danach schwiegen sie, und Roger verschlang das Essen förmlich, als hätte er mehrere Tage lang nichts bekommen.

»Ich weiß, dass du das nicht verstehst«, sagte Elliot.

»Das stimmt«, erwiderte Roger mit vollem Mund. »Doch das muss ich ja auch nicht, sondern nur du. Daher, solange du es verstehst, ist alles in Ordnung.«

»Es gibt ein Gedicht. An viel davon kann ich mich nicht erinnern, bloß dass es von Edna St. Vincent Millay ist. Ich erinnere mich an den Titel und die ersten beiden Zeilen. Die gehen mir dauernd durch den Kopf. Wieder und wieder. Das Gedicht heißt ›Kriegsdienstverweigerer‹. Kennst du es vielleicht?«

Roger lachte laut auf. Das schien Elliot ein befremdliches Geräusch zu sein und völlig unangebracht.

»Ich kann dir garantieren, dass ich kein einziges Gedicht von Edna St. Vincent Millay kenne.« Er wirkte sehr zufrieden damit. Elliot hingegen kam es merkwürdig vor, darauf stolz zu sein. Oder zufrieden damit. »Trotzdem mach nur, und sag es mir. Wie lauten die Zeilen?«

»Sie lauten: ›Ich werde sterben, aber … das ist auch alles, was ich für den Tod tun werde.‹«

»Hm«, meinte Roger.

»Könntest du das näher ausführen?«

»Klingt schwierig.«

»Das sind die meisten guten Dinge«, antwortete Elliot.

Die Frau aus Pats Lesekreis kam zurück und brachte Elliot ein Glas Wein, setzte sich auf einen anderen Stuhl. Elliot trank den Wein rasch, und tatsächlich ging es ihm ein bisschen besser, weil es half, sein Gefühl des Losgelöstseins zu verstärken.

Niemand sonst näherte sich ihm, vermutlich wegen seines Ausbruchs vorhin, und Elliot gefiel das eigentlich ganz gut so.

* * *

An diesem Tag war er kurz vor sechs zu Hause.

Er sperrte die Eingangstür mit seinem Schlüssel auf und öffnete sie. So weit, so gut.

Wieder und wieder befahl er seinen Beinen, über die Schwelle zu treten. Oder er glaubte zumindest, dass er das tat. Er versuchte es. Nur wollten sie ihm einfach nicht gehorchen, oder sie wollten gehorchen, doch die Muskeln ignorierten den Nervenimpuls oder wurden überstimmt. Jedenfalls stand er auf der Fußmatte und versuchte, sich in der neuen Wirklichkeit zurechtzufinden.

Irgendwann musste er ins Haus gehen, weil er hier lebte. Das Problem war, er lebte hier nicht mehr mit Pat, und das würde er auch nicht wieder tun. Nie mehr. Nicht einen Tag lang, für den Rest seines Lebens. Er war erst zweiundfünfzig, was ihm im Moment ziemlich alt vorkam. Aber es war gut möglich, dass ihm noch vierzig Jahre seines Lebens blieben. Wie viele Tage ohne sie waren das?

Er überschlug das kurz im Kopf, stand weiter einfach hilflos auf seiner eigenen Fußmatte.

Es waren vierzehntausendsechshundert Tage. Und es gab nichts, was er tun konnte, um irgendeinen von ihnen zu ändern. Nun, rief er sich ins Gedächtnis, er konnte schon ein paar Dinge ändern. Nur nicht das Allerwichtigste.

Elliot seufzte tief, trat ins Haus und schloss die Tür hinter sich.

*So*, dachte er.

Er hatte es getan. Das beinah Unmögliche vollbracht. Und das war der schwerste Teil. Den Leuten war das nicht bewusst, doch Elliot war sich darüber im Klaren. Der schwerste Teil war nicht der Augenblick, wenn man den Rettungsdienst rufen musste. Es war noch nicht mal der, in dem man den Bestatter verständigen musste. Zugegeben, diese Momente waren alles andere als einfach, aber sie forderten einen auch völlig. Sie zogen einen mit, und man musste immer nur einen Fuß vor den anderen setzen. Sie lösten einen Schock aus, und dieser Schock dämpfte alles, was man ansonsten fühlen könnte.

Nein, das wirklich Schwierige war, wenn man auf der anderen Seite zu sich kam und einen Weg finden musste, wie das Leben von da aus weitergehen könnte.

* * *

Er holte seine olivgrünen Reisetaschen aus dem Wandschrank. Zwar besaß er bessere Koffer, doch die wollte er nicht in die Hütte mitnehmen. Er konnte nichts Gutes oder Teures mitnehmen. Es würde dort nur schmutzig werden.

Er warf die Reisetaschen aufs Bett und begann, sie mit Kleidung zu füllen.

Zuerst packte er Unterwäsche und Socken ein. Dann T-Shirts für warmes Wetter – für die Tage. Eine Jacke, falls es nachts kühl wurde, was auf jeden Fall passieren würde, sogar im Juni. Und seine guten Wanderstiefel und ein brandneues Paar Laufschuhe, die er nie benutzt hatte, weil Pat in der Woche, nachdem er sie gekauft hatte, ihre Diagnose erhalten hatte.

Dann hatte er keine Ahnung, wie er weitermachen sollte.

Er hatte keine Ahnung, was er damit bezweckte, zur Hütte zu fahren, also hatte er auch keine Ahnung, was er dafür einpacken sollte. Und außerdem verweigerte sein Verstand ihm den Dienst.

So stand er einfach am Bett, genauso gelähmt wie eben auf seiner Fußmatte. Es fühlte sich an, als hätte ihn jemand aus tiefstem Schlaf gerissen, sodass er nicht wach genug war, um sich auf das zu konzentrieren, was als Nächstes getan werden musste.

Schließlich gab er es auf und ließ sich ein heißes Bad ein. Er setzte sich hinein, vermied absichtlich jeden Gedanken.

Danach legte er sich auf seiner Seite ins Bett, ohne die halb gepackten Taschen aus dem Weg zu räumen.

Er würde zur Hütte fahren. Sobald er konnte. Aber nicht jetzt.

Überraschenderweise schlief er ein.

# Kapitel 6

## Mit dem Kopf nach unten schwimmen

### *Abby*

Abby holte sich heimlich einen Hammer aus dem Werkzeuggürtel ihres Vaters in der Garage. Sie steckte den Stiel in den Bund ihrer kurzen Hose und zog ihr T-Shirt drüber. Nur für den Fall, dass sie ihm über den Weg lief.

Sie ging in die Küche … und lief ihm tatsächlich prompt über den Weg.

Er saß am Küchentisch, trank Kaffee und hatte den Kopf über die Zeitung gebeugt. Er blickte weder auf, noch schien er sie überhaupt zu bemerken.

Sie blieb wie angewurzelt stehen und fühlte Kälte durch ihre Adern und ihren Bauch kriechen. Und nicht nur, weil sie seinen Hammer bei sich hatte. Es war ihre übliche Reaktion, wenn sie ihn sah.

So verharrte sie einen Moment, unsicher, wie sie sich am besten verhalten sollte.

»Was?«, sagte er, ohne von seiner Zeitung aufzuschauen. Er klang verärgert.

Wie typisch für ihn, dachte sie, dass er jedes Geräusch und jede Bewegung um sich herum wahrnahm, während er gleichzeitig so tat, als würde er von seiner Umgebung nichts mitbekommen, weil es ihn auch gar nicht interessierte.

»Was?«, fragte sie zurück.

Sie wollte ihn nicht nachäffen, denn das würde ihn vielleicht wütend machen. Es war ihr einfach so herausgerutscht.

»Was tust du hier?«, präzisierte er und klang dabei immer noch ärgerlich. »Außer dass du mir auf die Nerven gehst?«

Sie platzierte einen Arm unauffällig über dem Hammerkopf. Zumindest hoffte sie, dass es unauffällig war. »Ich laufe nur durch die Küche«, erwiderte sie. »Ich weiß nicht, warum dir das auf die Nerven gehen sollte.«

»Nein, du läufst nicht durch die Küche. Wenn du durch die Küche laufen würdest, würden sich deine Füße bewegen. Doch du stehst da und starrst mich an.«

*Wenn du so genau weißt, was ich tue*, dachte sie, *warum fragst du dann?*

Anscheinend wurde er es überdrüssig, auf ihre Antwort zu warten.

»Du ruinierst mir den Vormittag«, erklärte er. »Ich werde jetzt bis zehn zählen. Und wenn ich bei zehn ankomme, bin ich besser allein in dieser Küche.«

»Na gut«, sagte sie, ein bisschen zu laut.

Sie durchquerte die Küche und den Flur, nahm dann zwei Stufen auf einmal hoch zu ihrem Zimmer. Auf dem Weg nach oben empfand sie ein brennendes Gefühl der Abscheu für ihn. Etwas, das an Hass grenzte, allerdings achtete sie darauf, diese Grenze nicht zu überschreiten. Und außerdem war es nichts Neues.

Nur der Tag war ein neuer.

\* \* \*

Ihr Sparschwein stand vor ihr auf dem Schreibtisch. Genau in der Mitte, wo es sonst nie stand. Bis jetzt wenigstens. Normalerweise versteckte sie es auf dem Kleiderschrank, da sie einem der beiden Menschen, mit denen sie hier lebte, nicht traute. Aber nun hatte sie es runtergeholt. Und es dahin gestellt, wo es seiner Schlachtung harrte.

Sie holte den Hammer hervor. Hob ihn. Für einen Moment konnte sie sich nicht dazu durchringen, es zu tun.

Sie ließ die Hand mit dem Hammer wieder an ihre Seite sinken.

Sie war so stolz auf dieses Schwein.

Während Widerwille gegen die Tat in ihr hochkochte, streckte sie die Hand aus und berührte das Schweinchen am Rücken, als ob sie es streicheln würde. Sie hatte mit Absicht dieses Modell gekauft, ohne Stöpsel auf der Unterseite. Eins, bei dem man Geld nur reinstecken und nicht wieder herausnehmen konnte. Sie hatte vorgehabt, beim Sparen mutig und erwachsen zu sein. Und das war sie auch gewesen. Jede Woche, in der es irgendwie möglich war, steckte sie die Hälfte ihres Taschengeldes hinein … und die Hälfte ihres Geburtstagsgelds, wenn sie ausnahmsweise welches bekam.

Sie hatte keine Ahnung, wie viel drin war, stellte sich aber gerne vor, dass es über hundert Dollar wären.

Doch sie hatte keine andere Wahl, wurde ihr klar. Welpen brauchten Futter.

Sie ließ den Hammer runtersausen. Schwungvoller, als sie eigentlich vorgehabt hatte. Das Schwein zersprang in Dutzende Scherben, von denen ein paar durch den Raum flogen und an verschiedenen Stellen auf dem Fußboden landeten, über die Holzdielen schlitterten, ehe sie liegen blieben.

Sie sammelte das Geld ein und zählte es.

Zweiundsechzig Dollar.

Das war es. Das war alles. Zweiundsechzig Dollar.

Nach all den Belehrungen von Erwachsenen über das Sparen. Über Disziplin. Darüber, Hingabe an etwas zu beweisen und dass es sich später auszahlen würde und ihr zu einer besseren Zukunft verhelfen würde. Und dann belief sich das, was sie für ihre Mühen bekam, auf zweiundsechzig Dollar.

Sie stand für einen Moment wie erstarrt da, schaute aus dem Fenster in den überwucherten Garten, ließ einem komplett neuen Gedanken freien Raum. Wenn sich eine Lektion von Erwachsenen als falsch herausstellte – und das war hier der Fall –, war vielleicht noch viel mehr von dem, was sie ihr erzählt hatten, Unsinn. Womöglich hatten Erwachsene einfach keine Ahnung, wovon sie redeten.

Es konnte gut sein, dass sie besser dran wäre, wenn sie von nun an vor allem auf ihr eigenes Urteil vertrauen würde.

Die Tür zu ihrem Zimmer schwang auf. Abby hielt den Hammer nah an ihrem Bein, sodass man ihn von der Tür aus nicht sehen konnte.

Zum Glück war es bloß ihre Mutter.

»Liebling. Was ist passiert? Es klang, als ob etwas kaputtgegangen wäre.«

»Ja«, sagte Abby. »Mir ist mein Sparschwein runtergefallen. Aber es ist nicht so schlimm. Ich habe alles Geld aufgesammelt und werde mir ein neues besorgen.«

»Du bist ja barfuß. Du wirst dich noch verletzen. Rühr dich nicht vom Fleck, ich bring dir deine Hausschuhe. Und dann kannst du nach unten gehen und frühstücken, während ich die Scherben zusammenkehre.«

»Okay. Danke.«

Sie probierte ihre Idee bereits an ihrer Mutter aus. Die Idee, ihrer Mutter nicht mehr wirklich zuzuhören. Ihren Ratschlägen nicht mehr Folge zu leisten. Zugegebenermaßen hatte ihre Mutter gar nicht so viele Ratschläge für sie. Es war ihr Vater, der ihr dauernd sagte, was sie zu tun und zu lassen hatte. Wie sie zu leben hatte. Und ein paar ihrer Lehrer, die jedoch nicht ganz so schlimm waren.

Trotzdem war ihr neuer Plan irgendwie aufregend.

Und überraschend befreiend.

»Heute muss ich länger in der Schule bleiben«, sagte sie ihrer Mutter, als sie ihre Hausschuhe entgegennahm. »Wir haben zusätzliches Schwimmtraining.«

Das war keine auf Dauer tragfähige Ausrede, da in wenigen Tagen die Ferien anfangen würden. Also warum sollte das Team jetzt noch Extratraining brauchen? Es lag auf der Hand, dass in näherer Zukunft keine Wettbewerbe anstanden.

Aber ihre Mutter fragte nicht nach und verriet durch nichts, dass sie zu genau darüber nachdachte.

\* \* \*

Im Supermarkt lief Abby im Gang mit dem Hundefutter auf und ab, versuchte zu entscheiden, wie viel sie tragen konnte und was die kostengünstigste Wahl für Größe und Gewicht der Welpen wäre. Hier gab es auch Hundefutterschalen aus Plastik mit Umwerfschutz, die allerdings fast zehn Dollar kosteten.

Das erschien ihr dann doch ein bisschen übertrieben.

Es war noch vor der Schule, und sie würde zu spät kommen, wenn sie den ganzen Weg zur Hütte zu Fuß zurücklegte, um nach den Welpen zu sehen und sie zu versorgen. Eigentlich hatte sie vorgehabt, bis nach der Schule zu warten, aber das ging nicht. Das konnte sie einfach nicht. Wahrscheinlich waren sie hungrig und mussten raus. Und wie sollten sie wissen, dass überhaupt noch mal jemand erscheinen und sich um sie kümmern würde ... jemals?

Nein, wenn sie deswegen zu spät zur Schule kam, dann war das eben so. Sollten sie sie dafür bestrafen, wie sie es für richtig hielten.

Sie nahm einen Fünfkilobeutel Trockenfutter, obwohl sie nicht wusste, ob ihre Schützlinge das bereits fressen konnten. Falls nicht, würden sie jetzt wohl damit anfangen müssen. Um Geld zu sparen, beschloss sie, ihnen das Futter auf den Betonboden zu schütten.

Auf halbem Weg zur Kasse blieb sie stehen, da sie den Fehler in ihrem Plan bemerkte. Sie würden Trockenfutter vom Boden fressen können, doch sie mussten auch Wasser trinken. Und das mit der Papiertüte und dem Obstbeutel hatte nicht wirklich funktioniert. Sie hatten den behelfsmäßigen Napf nicht nur sofort umgeworfen, sondern würden ihn außerdem zerfetzen, sobald man sie damit allein ließ.

Gab es oben in der Hütte überhaupt fließendes Wasser? Abby hatte keine Ahnung. Falls nicht, würde sie es vom Fluss den Hügel hochschleppen müssen. Jeden Tag. Jedes Mal.

Sie seufzte, kehrte in den Gang mit dem Hundefutter zurück und nahm eine der teuren, kippsicheren Schalen. Sie war immer noch ratlos, was sie auf längere Sicht mit den Hunden tun sollte, oder auch nur mittelfristig. Aber heute brauchten sie etwas zu essen und Wasser. Und zwar jetzt.

Sie ging mit Napf und Futter zur Kasse.

Ihr Einkauf kostete über zwanzig Dollar. Nachdem sie so mühsam über Jahre hinweg das Geld in ihrem Sparschwein gesammelt hatte, war nun ein Drittel davon mit einer einzigen großen Geste weg.

Sie wartete auf eine Tüte, doch es sah mal wieder so aus, als würde man ihr keine anbieten.

»Ich brauche eine Tüte«, erklärte sie.

»Das Hundefutter ist in einer Tüte. Darum heißt es auch ›eine *Tüte* Hundefutter‹.«

Ein Gefühl machte sich in Abbys Magen breit. Sie mochte diese Kassiererin nicht. Die Frau war unhöflich und behandelte Kinder respektlos. Dabei war das nicht das Problem. Nicht an sich. Das Problem war, dass dies keine Einzelerfahrung für Abby war. Tatsächlich passierte ihr das gar nicht so selten. Überall, wo sie hinkam, verhielten sich Erwachsene ihr gegenüber so. Nicht alle, aber zu viele. Überall auf der Welt sprachen Leute in einem Tonfall mit Kindern, den sie bei anderen Erwachsenen niemals verwenden würden.

Und dann teilten ihr diese unhöflichen und herablassenden Leute mit, was genau sie zu tun hatte, als ob sie keine Wahl hätte, als ihnen zu gehorchen. Weil sie ein Kind war und sie über sie bestimmen konnten, obwohl sie weder ihre Lehrer noch mit ihr verwandt waren. Sogar wenn sie völlig Fremde waren.

Abby hatte das satt. Sie hatte es einfach satt.

»Ich habe außerdem diesen teuren Wassernapf gekauft«, verkündete sie, nur ein wenig lauter als nötig. Sie hatte nicht vor, für alle sichtbar mit Hundefutter über die Hauptstraße zu laufen, nachdem sie ihrer Mutter erzählt hatte, dass sie die Welpen ins Tierheim gebracht hatte. Natürlich würde sie das der Kassiererin nicht auf die Nase binden. »Und ich möchte beides zusammen in einer Tüte tragen, und ich bin eine Kundin genau wie jeder Erwachsene, der in diesen Laden kommt. Mein Geld ist genauso viel wert, und ich sollte genauso behandelt werden.«

Der Ladenmanager, ein alter Mann mit kurzem grauen Haar, erschien hinter der Kassiererin und erkundigte sich: »Gibt es hier ein Problem?«

»Ich möchte bloß eine Tüte«, antwortete Abby. »Ich habe zwei Dinge gekauft, und ich möchte sie zusammen in einer Tüte tragen. Außerdem möchte ich, dass man mit mir redet, als ob ich zählen würde.«

Der Manager bedachte seine Angestellte mit einem vernichtenden Blick, woraufhin sie Abby eine Papiertüte reichte. Und sie berechnete Abby nicht einmal was dafür.

»Dir noch einen schönen Tag«, sagte der Manager.

»Danke«, erwiderte Abby.

Doch während sie den Laden verließ, konnte sie das Gefühl nicht abschütteln, dass der Tag wenig verheißungsvoll begonnen hatte. Fast wie um diese Einschätzung zu unterstreichen, traf sie, als sie auf den Bürgersteig trat, Jamie Veitch. Sie rannte sie fast um.

»Oh, da bist du ja«, meinte Jamie. »Ich habe ein paarmal bei dir zu Hause angerufen, aber du warst nie da. Versuchst du etwa, mir aus dem Weg zu gehen?«

»Nein. Ich bin bloß viel unterwegs … um fit zu bleiben. Ich muss für das Schwimmteam im Herbst in Form bleiben.«

»Der Zweck von Sommerferien ist doch, mal Pause zu machen.«

Nur wollte Abby keine Minute dieser Pause mit Jamie verbringen.

Was auch der Grund war, warum sie sie gemieden hatte. Sie fand Jamie immer ein bisschen albern – das, was sie mochte, das, was sie für wichtig hielt. Jetzt, da Abby etwas wirklich Wichtiges zu tun hatte, würde es sich unerträglich anfühlen, Zeit mit ihrer alten Freundin zu verbringen.

Außerdem konnte Abby ihr nicht von den Welpen erzählen. Weil Jamie einfach kein Geheimnis für sich behalten konnte. Wenn man ihr irgendetwas anvertraute, konnte man sich darauf verlassen, dass es innerhalb von Minuten die ganze Stadt wusste. Wenn diese Stadt es je schaffen würde, auch nur den Anflug einer Handyverbindung zu bekommen – und sei es über einen weit entfernten Sendemast –, würden diese Minuten vermutlich zu Sekunden schrumpfen.

»Ich muss jetzt schnell meiner Mutter diese Lebensmittel bringen«, erklärte Abby.

Damit eilte sie davon, während ihre Freundin noch nach einer passenden Antwort suchte.

* * *

Auf dem ganzen Weg den Hügel hinauf schäumte Abby vor Wut. Die Sonne war bereits heiß und die Tüte schwer. Aber das war es nicht, was sie aufregte. Es waren die Erwachsenen. Und es war die Welt.

Die Welt, in der Erwachsene unschuldige Welpen in einen Sack steckten, ihn zubanden und in den Fluss warfen. Und trotzdem hatte Abby ihr ganzes Leben lang versucht, nach ihren Regeln zu spielen, weil sie geglaubt hatte, dass sie es besser wussten. Doch was, wenn sie das gar nicht taten? Was hatte sie ihr gesamtes Leben lang getan, wenn sie es nicht besser wussten als sie?

Es erinnerte sie an das eine Mal, als sie im großen Pool in der Schule unter Wasser beim Schwimmen die Orientierung verloren hatte und mit angehaltenem Atem immer weitergeschwommen war, um an die Oberfläche zu kommen. Und dann, gerade als sie schon fest damit gerechnet hatte, gleich die Wasseroberfläche zu durchbrechen und nach Luft schnappen zu können, hatten ihre Finger die Bodenfliesen berührt.

Zugegebenermaßen war sie da viel jünger gewesen. Und außerdem hatte sie es damals gehasst, unter Wasser die Augen aufzumachen. Trotzdem, das Gefühl hatte sie nie vergessen – so plötzlich festzustellen, dass sich alles, was man zu wissen glaubte, genau andersherum verhielt. Und das, obwohl sie sich so sicher gewesen war.

Als genauso dramatisch empfand sie die Änderung ihrer Einstellung gegenüber den Erwachsenen in ihrer Umgebung. Ihre Regeln und Ratschläge schienen ihr gänzlich verkehrt, wie ein Spiegelbild dessen, wovon sie stets geglaubt hatte, sie könne darauf vertrauen.

Immer wieder kaute sie das im Geiste durch, wie ein Hund, der an einem Knochen nagt.

Dann hob sie den Kopf und sah die Hütte, was sie überraschte. Sie hatte keine Ahnung gehabt, dass sie schon so weit gelaufen war. Sie hatte die Strecke wie im Flug zurückgelegt, während sie mit ihren Gedanken ganz woanders gewesen war.

Sie ging durch den Garten, und die Welpen hörten sie.

Sie hatten eine sehr merkwürdige Reaktion darauf, jemanden kommen zu hören. Sie kläfften. Mit ihren winzigen hellen Welpenstimmen bellten sie ernsthafte Warnungen, wie echte Wachhunde. Einer von ihnen heulte auf. Aber die meisten kläfften ihr die Botschaft entgegen, dass mit ihnen nicht zu spaßen war und sie sich besser nicht näher heranwagen sollte.

Abby hatte nicht gewusst, dass Hunde ihr Revier bereits im Welpenalter verteidigten. Allerdings hatten diese kleinen Kerle auch schon Schlimmes erlebt.

Sie musste sich ein Lachen verkneifen. Weil sie so klein und hilflos klangen, während sie sich bemühten, so groß und gefährlich zu sein.

Abby hob das durchtrennte Schloss an und öffnete die Tür. Und schon kamen sie zu ihr gelaufen, drängten sich um sie, wedelten mit ihren Schwänzen – so heftig, dass ihre gesamten Körper vor Freude wackelten … und vor Erleichterung, sie zu sehen.

Sie schaute in den Schuppen. Und sie roch den Schuppen.

»Zeitungen«, sagte sie. »Ich hätte Zeitungen mitbringen sollen.«

Ein Stapel davon hatte zu Hause neben den Mülltonnen gelegen, aber sie war nicht auf die Idee gekommen, sie mitzunehmen. Dabei würde sie definitiv eine dicke Schicht Zeitungspapier auf dem Betonboden des Schuppens verteilen müssen, damit er nicht schmutzig wurde.

Es würde schwierig werden, alles sauber zu kriegen. Sogar wenn sie hier oben Wasser hätte.

Währenddessen wuselten ihr die Welpen um die Beine und sprangen an ihr hoch und jaulten. Abby schaute zu ihnen runter, überwältigt davon, wie süß sie waren. Wie lebendig und ahnungslos und perfekt. Und sie beschloss, dass sie es sich verdient hatte, das für einen Moment einfach zu genießen. Sie gab sich große Mühe, für sie alles so zu machen, wie es richtig war, und die meiste Zeit über war das wirklich anstrengend. Doch die Welpen selbst waren reiner Spaß, und bis jetzt hatte sie sich diesen Spaß nicht ausreichend gegönnt.

Sie streckte sich auf der mit einer Schicht Tannennadeln bedeckten Erde auf dem Rücken aus und ließ die Hunde über sich klettern. Sie zwickten sie mit ihren spitzen Welpenzähnen, schlugen sie mit ihren Schwänzen und kitzelten sie mit ihren kleinen Pfoten am Bauch.

Es brachte sie zum Lachen.

Nicht nur wegen des Kitzelns. Wegen allem. Sie. *Sie* brachten sie zum Lachen.

Ihr schrecklicher Morgen – das Schlachten ihres Sparschweins und die Enttäuschung über die geringe Geldmenge darin, dann die Auseinandersetzung mit der Kassiererin und die Begegnung mit Jamie, die gemerkt hatte, dass Abby ihr aus dem Weg ging – rückte in den Hintergrund.

Plötzlich wurde der ganze Tag besser, und Abbys Stimmung stieg.

Sie hob einen Hund nach dem anderen hoch, hielt ihn über sich und betrachtete ihn aus der Nähe. Ihre kleinen rosa Bäuchlein waren warm und weich und rund. Sie alle reagierten unterschiedlich darauf, so gehalten zu werden. Der schwarze Welpe mit der weißen Schwanzspitze war der schüchternste von allen. Abby konnte jetzt erkennen, dass es ein Mädchen war. Es zappelte nicht, sondern hielt ganz still, als fühlte es sich nur sicher, wenn es so tat, als wäre es unsichtbar, bis es wieder abgesetzt wurde.

Der gefleckte mit den schwarzen Ohren, der am meisten wie ein Queensland aussah, war ebenfalls ein Mädchen, allerdings mutiger als die anderen. Es wand sich in Abbys Händen, jaulte und kläffte, versuchte sogar, ihr in die Nase zu beißen.

Abby nahm weiter einen nach dem anderen und schaute sie sich genauer an.

Sie konnte es nicht wirklich in Worte fassen, aber sie hasste es, in einer Welt zu leben, wo solch perfekte kleine Wesen für wertlos gehalten wurden. Sie wusste, dass diese Welt schon immer so gewesen war, und sie hasste es, dass sie gezwungen worden war, sich dessen bewusst zu werden. Dass sie gezwungen worden war, es zu erkennen.

Doch die Welpen selbst … Sie waren perfekt.

Sie würden ihr nie vorschreiben, wie sie zu leben hatte. Oder ihre Mutter schlecht behandeln. Oder sich weigern, ihr eine Tüte zu geben. Und sie würden unter keinen Umständen je versuchen, jemanden zu ertränken.

»Ich werde euch Namen geben müssen«, verkündete sie. »Nur um euch im Kopf auseinanderhalten zu können.« Sie erinnerte sich an etwas, was ihre Mutter ihr gesagt hatte, als Abby sechs Jahre alt gewesen war. Sie hatte eine streunende Katze mit nach Hause gebracht, aber ihr Vater hatte sie gezwungen, sie wieder abzugeben. Sie hatte die Katze Elsie genannt, doch ihre Mutter hatte ihr damals gesagt, dass man einem Tier, das man nicht behalten würde, keinen Namen geben sollte.

Dann erinnerte sich Abby an etwas noch Wichtigeres. Dass Erwachsene sich irren konnten. Und das vielleicht sogar oft taten. Und dass sie nicht mehr auf sie hören würde.

Sie hob den kleinen Rüden mit den braunen Ohren und den braunen Flecken über den Augen hoch.

»Dich werde ich Patches nennen«, teilte sie ihm mit, und er wedelte hoffnungsvoll und schüchtern. »Ich werde jedem Einzelnen von euch einen Namen geben. Aber ich werde mehr tun als das. Ich werde euch behalten. Euch alle sieben. Und niemand wird mir sagen, dass das eine schlechte Idee ist.«

* * *

Nach der Schule ging Abby zurück zur Hütte, und die Welpen waren glücklich, sie zu sehen. Wirklich überglücklich.

Dieses Mal hatte sie einen großen Stapel Zeitungen mitgebracht, um den Boden damit auszulegen. Und sie hatte sich heute Morgen die Umgebung der Hütte noch mal genauer angeschaut und einen Gartenschlauch gefunden. Zwar reichte er nicht ganz bis zum Schuppen, aber es gab einen Plastikeimer, mit dem sie das Wasser hinschaffen konnte. Und sie hatte auf der Terrasse der Hütte auch einen Besen entdeckt. Als Erstes musste sie im Schuppen sauber machen. Und dann den Hunden Futter und Wasser geben.

All diese Gedanken rückten jedoch in den Hintergrund, während sie sie beobachtete.

Sie jagten einander im nicht eingezäunten Garten, knurrten, jaulten und rannten einander um und warfen ihre Geschwister zu Boden – bis Abby sich dafür entschied, sich auf den Rücken zu legen und in den Himmel zu blicken. Dann schienen sich alle gleichzeitig auf sie zu stürzen, an ihr hochzuklettern, als wäre sie ein Berg, was dazu führte, dass sie sich wie Gulliver fühlte, aus der Geschichte von dem einen großen Mann in einem Land voller kleiner Menschen.

Sie schnappte sich die Hündin mit den schwarzen Ohren. Die mutige, die aussah wie ein Queensland Heeler, wenn auch kein reinrassiger. Das einzige andere Mädchen außer dem mit der weißen Schwanzspitze, soweit Abby das beurteilen konnte.

Die Kleine konnte ihre Ohren aufstellen, die riesig waren. Sie schienen den Rest ihres Kopfes zu überragen und ließen ihn winzig und fast damenhaft wirken. Ihre Augen waren klein und dunkel, perfekt rund mit nur einem kleinen bisschen Weiß an den Rändern. Diese Augen waren voller Eifer auf sie gerichtet. Sie winselte nicht oder schnappte spielerisch nach Abbys Gesicht, wie sie es heute Morgen getan hatte. Sie schaute Abby tief in die Augen, als wollte sie ihre Gedanken lesen.

»Du bist so *niedlich*!« Abbys Stimme hob sich beim letzten Wort zu fast so was wie einem Kreischen.

Die kleine Hündin wertete das als Aufforderung zum Spielen und begann heftig zu zappeln, weil sie runterwollte.

»Ich werde dich Queen nennen, weil du wie ein Queenslander aussiehst.«

Sie setzte sie ab und schnappte sich den Nächsten, den sie erwischen konnte.

Es war der Schwarze mit der rautenförmigen weißen Markierung auf der Brust.

»Und dein Name ist Kite«, verkündete sie.

Sie ließ ihn runter und griff sich den Nächsten. Es war der Schwarz-Braune, der Einzige, der an einen Schäferhundmix erinnerte.

»Und du bist Shep«, teilte sie ihm mit. »Okay, ich weiß. Es ist nicht sehr originell, aber ich brauche Namen, die ich mir leicht merken kann und die mir helfen, euch auseinanderzuhalten.«

Sie setzte ihn ab, doch es gelang ihr nicht, einen Weiteren zu fassen zu bekommen. Irgendwie waren sie jetzt total aufgedreht, wie von einer unsichtbaren Hand aufgezogen, und alles, woran sie interessiert zu sein schienen, war, um sie herumzutollen. Und sie ins Gesicht zu zwicken und ihre Nase abzuschlecken.

Und Abby konnte nicht anders, als darüber zu lachen.

Nach einer Weile richtete sie sich auf und schaute sie an, und sie schauten zurück.

»Mir ist gerade etwas klar geworden«, erklärte sie. »Es ist unmöglich, nicht glücklich zu sein, wenn sieben Welpen auf einem herumklettern. Das ist schlicht ausgeschlossen.«

Erstaunlicherweise wurden sie ganz still und betrachteten sie konzentriert. Als versuchten sie, sie zu verstehen, und wären besorgt, weil es ihnen nicht gelang.

»Nun«, meinte Abby und stand auf. »Ich fange wohl besser mit dem Putzen an.«

Sie holte den Besen und den Eimer und stellte sie an die Tür des Schuppens.

Dann ging sie mit einem Stapel Zeitungspapier hinein, um den Kot aufzusammeln und so viel Urin aufzunehmen, wie sie konnte. Der Gestank war überwältigend, und der Schuppen hatte nur ein kleines Fenster, das sich offenbar nicht öffnen ließ. Abby kam ein erschreckender Gedanke.

*Sie sollten hier nicht leben müssen. Sie brauchen ein besseres Zuhause.*

Sie schob diesen Gedanken beiseite, indem sie sich daran erinnerte, was Linda – die Frau vom Tierheim – gesagt hatte. Sie hatte gesagt, dass Welpen nicht schnell genug adoptiert wurden. Sie hatte ihr klipp und klar erklärt, dass sie eingeschläfert werden würden, wenn Abby sie dort ließ.

*Also habe ich ihnen zweimal das Leben gerettet. Das hier ist besser als das, was sie hätten, wenn ich sie nicht aus dem Fluss gefischt hätte.*

Sie knüllte die dreckigen Zeitungsfetzen zusammen und bemerkte, dass sie keine Mülltonne hatte, in die sie sie werfen konnte. Was sollte sie also damit machen? Sie verbrennen? Zu riskant. Am Ende würde sie noch den ganzen Wald in Brand stecken. Nein, am besten wäre es, morgen einen Müllbeutel mitzubringen, den sie hinterher wieder mit in die Stadt nehmen und dort in einem öffentlichen Mülleimer entsorgen würde.

Fürs Erste wickelte sie die schmutzigen Zeitungen fest in eine Schicht saubere und lagerte sie hinter dem Schuppen.

Dann trug sie den Eimer zum Schlauch und füllte ihn. Es musste einen Brunnen geben. Abby war klar, was für ein Glück sie hatte, dass er nicht versiegt oder die Pumpe kaputt war. Sie hatte keine Ahnung, wie sie das hier ohne Wasser hätte bewältigen sollen. Sie kippte den Wassereimer im Schuppen auf dem Betonboden aus und kehrte dann alles zur Tür hinaus. Das wiederholte sie. Und dann noch einmal und noch mal und noch mal. Bis sie damit zufrieden war, wie sauber der Boden war.

Während sie arbeitete, behielt sie die Welpen im Auge, merkte jedoch bald, dass sie darauf vertrauen konnte, dass sie sich nicht zu weit von ihr entfernen würden. Besonders da sie klug genug gewesen war, um mit dem Füttern zu warten, bis sie wieder nach Hause musste.

Sie kehrte Wasser zur Tür hinaus, bis der Boden des Schuppens nur noch feucht war, nicht mehr wirklich nass.

»Das werden wir trocknen lassen«, erklärte sie den Hunden.

Dann legte sie sich auf den Rücken und ließ die Welpen wieder um sich herumtoben und über sich klettern. Und sie musste lachen. Und lachen. Und lachen.

\* \* \*

Sie wachte jäh auf, überrascht, dass sie überhaupt eingeschlafen war. Sie lag auf dem Rücken in den Tannennadeln auf der Erde, und die Welpen schliefen auf ihr und um sie herum – drei auf ihrer Brust und ihrem Bauch, drei auf ihren Armen. Die schüchterne junge Hündin, die mit der weißen Schwanzspitze – Abby hatte sie Tippy genannt –, lag auf Abbys Beinen, abseits von den anderen, wie sie es vorzuziehen schien.

Die Sonne war fast untergegangen.

»Verdammt ... Ich muss nach Hause!«

Sie setzte sich vorsichtig auf, hielt die Welpen fest, die auf ihrer Brust gelegen hatten, und weckte dabei alle auf.

Sie setzte sie auf dem Boden ab und lief zum Schuppen, stellte erleichtert fest, dass der Fußboden nahezu trocken war.

Sie legte alles mit mehreren Lagen Zeitungspapier aus, füllte den Wassernapf und stellte ihn in eine Ecke. Die großen Kissen räumte sie in eine andere. Sie stellte den Karton dazu, den Mr Barker ihr gegeben hatte, aber auf der Seite, falls die Welpen das beschützende Gefühl mochten. Dann verteilte sie Trockenfutter auf dem sauberen Papier, und die Welpen kamen zum Fressen in den Schuppen gerannt.

Kurz bevor sie sie wieder einsperrte, schaute sie sich noch einmal prüfend um und war zufrieden. Es war sauber und trocken. Es gab Futter und Wasser und bequeme Plätze, wo sie sich hinlegen konnten. Es war sicher. Wenn man bedachte, wie die Alternative für sie ausgesehen hätte, war es gut genug. Sie zählte die Welpen, schloss die Tür und hakte den durchgeschnittenen Bügel des Schlosses ein.

»Wenn die Schule in ein paar Tagen aus ist, wird es besser«, sagte sie durch die Tür zu ihnen. »Dann kann ich den ganzen Tag hier sein.«

Sie winselten oder jaulten nicht oder sorgten auf andere Art dafür, dass sie sich schlecht fühlte, wahrscheinlich weil sie zu sehr mit ihrem Futter beschäftigt waren.

Dann rannte Abby den Hügel runter, den ganzen Weg nach Hause, ohne einmal anzuhalten.

# Kapitel 7

*Mary*

»Ich mach mir wegen Abby Sorgen«, sagte Mary.

Sie war zu Viv gefahren, damit sie nicht dabei beobachtet werden konnte, wie sie sich mit ihr traf. Stans Krankschreibung war nicht verlängert worden, und er war mürrisch wieder zur Arbeit gegangen, aber Mary traute dem nicht. Sie traute *ihm* nicht. Also hatte sie versteckt geparkt, hinter Vivs Garage.

»Warum?«

Viv stand am Küchentisch und füllte mit einer Kelle selbst zubereitete Gazpacho in zwei kobaltblaue Schüsseln. Es war ein warmer Junitag, der für kalte Suppe wie geschaffen war. Mary fand, dass das jetzt genau das Richtige sei.

»Sie ist in letzter Zeit ständig unterwegs. Praktisch dauernd. Das passt nicht zu ihr.«

»Hast du sie mal nach dem Grund gefragt?«

»Am ersten Tag. Sie hat erzählt, dass sie beobachtet hat, wie jemand einen Sack mit Welpen in den Fluss geworfen hat, und dass sie sie gerettet hat.«

»Sie ist in den Fluss gesprungen? Sie hätte umkommen können!«

»Sie ist eine ziemlich gute Schwimmerin. Aber trotzdem …
Ja. Genau. Das ist genau das, was ich ihr auch gesagt habe. Am
nächsten Tag hat sie dann behauptet, sie hätte nach der Schule
noch zusätzliches Schwimmtraining. Zu der Zeit habe ich mir
nicht viel dabei gedacht, doch das war einer der letzten Schultage
vor den Ferien. Also warum sollte die Schwimmmannschaft da
noch trainieren? Die Saison ist vorbei.«

Viv setzte sich auf die andere Seite des Tisches, faltete eine
Serviette auseinander und legte sie sich auf den Schoß. Sie fing
an zu essen, also tat Mary das ebenfalls, auch wenn sie sich
eigentlich hauptsächlich unterhalten wollte.

Sie schaute sich in der Küche um und ins Wohnzimmer. Es
war das erste Mal, dass sie bei Viv zu Hause war. Alles war sauber, aber unordentlich. Man konnte nicht übersehen, dass hier
kleine Kinder lebten. Am Kühlschrank hingen Wachsmalbilder,
und neben dem Couchtisch stand ein Plastikdreirad.

»Das schmeckt gut«, sagte Mary.

»Ich esse das gern im Sommer. Doch sprich weiter. Du
machst dir Sorgen um Abby.«

»Genau. Also, an dem Tag, an dem sie behauptet hat, dass
sie wegen des zusätzlichen Schwimmtrainings später heimkommt, war sie morgens auch zu spät in der Schule. Über eine
Stunde. Die Schule hat mich angerufen, um nachzufragen, ob
Abby krank ist. Und da habe ich mich erkundigt, warum sie
so kurz vor den Sommerferien noch Schwimmtraining hätten.
Niemand wusste davon irgendetwas, Viv.«

»Das überrascht mich nicht wirklich«, erwiderte ihre
Freundin.

»Abby war erst kurz vor Anbruch der Dunkelheit wieder
da. Und ich habe sie nicht darauf angesprochen. Deswegen
fühle ich mich schlecht. Als wäre ich irgendwie feige gewesen.

Wie eine dieser Mütter, die Angst haben, streng zu sein, weil ihr Kind sie dann vielleicht nicht mehr mag. Ich will nicht ausschließen, dass mir so was auch mal passiert, aber ich gebe mir wirklich Mühe, nicht so zu sein. Der Hauptgrund, warum ich nicht gefragt habe, ist, dass sie so offensichtlich bereit ist, mich anzulügen, also warum sollte ich sie fragen? Sie sagt mir ohnehin nicht die Wahrheit. Und das ist schmerzhaft, weil ich dachte, dass wir eine bessere Beziehung hätten. Ich hätte nicht gedacht, dass sie mir einfach ins Gesicht lügt.«

»Jedes Kind lügt, wenn die Wahrheit weit genug von dem entfernt ist, was seine Mutter hören möchte. Also, was vermutest du?«

»Ich glaube, sie hat einen Freund.«

»Sie ist erst dreizehn!«

»Ich weiß! Was denkst du denn, warum ich mir Sorgen mache? Es könnte jemand Älteres sein. Jemand, der … du weißt schon … sich damit auskennt, wie man junge Mädchen manipuliert. Wie auch immer, am nächsten Tag ist sie wieder so spät heimgekommen. Oder vielleicht war es sogar an den beiden nächsten Tagen. Das weiß ich nicht mehr so genau. Und dann am letzten Schultag … Nun, zugegeben, mittags ist Schluss, und es passiert nichts Wichtiges mehr. Aber sie ist überhaupt nicht hingegangen. Ich bin wieder angerufen worden. Sie fehlt sonst nie unentschuldigt, also wusste sie vermutlich nicht, dass die Schule sich bei mir melden würde. Das ist das Einzige, was ich mir vorstellen kann, denn eigentlich ist sie ja ziemlich klug. Jedenfalls war das gestern. Heute Morgen hat sie dann bloß ein bisschen Müsli gegessen und ist verschwunden.«

»Und das ist untypisch für sie?«

»Komplett. Sie ist immer so ein liebes Mädchen gewesen. Darauf konnte ich mich immer verlassen.«

»Sie ist jetzt ein Teenager, Mary. Kinder verändern sich, wenn sie in das Alter kommen.«

»Darüber bin ich mir im Klaren. Ich meine, niemand von uns kann vorher wissen, wie dieser Albtraum aller Eltern wirklich aussieht. Zumindest sagen das alle. Doch da ist noch eine andere Sache. Sie kommt echt spät nach Hause, und dann … ist sie irgendwie … anders.«

»Wie anders?«

»Glücklich. Irgendwie … erstaunlich glücklich.«

»Und ist das so ungewöhnlich?«

Mary beschämte ihre Antwort. Es beschämte sie, einzuräumen: »Ja, das ist ungewöhnlich. Bei uns zu Hause sind wir nicht glücklich.« Also sagte sie stattdessen: »Falls sie sich mit einem Jungen trifft, finde ich, sollte ich das wissen.«

»Da hast du recht«, pflichtete ihr Viv bei.

Ein, zwei Minuten aßen sie schweigend ihre Suppe.

»Was würdest du an meiner Stelle tun?«, fragte Mary.

»Vermutlich würde ich versuchen, herauszufinden, was sie da treibt. Indem ich ihr folge.«

»Oh, das würde niemals funktionieren. Sie würde es sofort bemerken. Mein Auto ist knallgelb.«

»Ich kenn dein Auto, Mary. Ja, ganz schrecklich gelb. Wie wäre es damit? Wir tauschen einfach unsere Autos.«

»Was, wenn Stan es mitkriegt?«

»Oh, zur Hölle mit Stan«, stieß Viv verächtlich hervor.

Das überraschte Mary. Und es verletzte ein wenig ihre Gefühle. »Du hast leicht reden.«

»Warte, bis er zur Arbeit aufbricht. An einem Tag, an dem Abby nicht so früh aufsteht, komm her, und nimm dann mein Auto, während sie noch schläft.«

»Das könnte klappen. Trotzdem fühlt es sich irgendwie unaufrichtig an.«

»Ich fürchte, dir bleibt nichts anderes übrig, Mary. Was, wenn sie sich nicht mit einem Jungen trifft? Was, wenn es ein erwachsener Mann ist? So was kann Mädchen ihres Alters durchaus passieren.«

»Du hast recht, Viv. Natürlich hast du recht. Um Abbys willen ... Für ihre Sicherheit muss ich herausfinden, was da los ist.«

* * *

Mary wachte kurz nach fünf auf und schlich sich so leise wie möglich durch den Flur zu Abbys Zimmer. Sie öffnete vorsichtig die Tür, wartete auf den Moment, in dem das Scharnier quietschen würde. Sie wollte Abby nicht aufwecken, weil sie keine gute Erklärung dafür hatte, dass sie ihr nachspionierte. Jedenfalls keine, die sie ihr verraten wollte.

Abbys Bett war ordentlich gemacht und ihre Tochter nicht mehr da.

Mary ging nach unten, kochte Kaffee und wartete, bis Stan zur Arbeit gefahren war.

Dann rief sie Viv an, um ihr mitzuteilen, dass sie nicht vorbeikommen würde, um das Auto zu holen.

»Nicht heute«, verkündete sie. »Ich habe sie schon verpasst.«

»Wann um Himmels willen hat sie denn das Haus verlassen?«

»Vor fünf. Es muss noch vor der Morgendämmerung gewesen sein.«

»Wir können es morgen noch einmal versuchen. Aber ... vor fünf Uhr morgens an einem der ersten Tage der Sommerferien? Eins wissen wir jetzt jedenfalls: Wo immer sie hingeht, sie will wirklich dringend dorthin.«

Der Gedanke verursachte Mary Magenschmerzen, doch sie erwiderte nichts darauf. Alles, was sie sagte, war: »Wir versuchen es morgen noch mal.«

* * *

Wie sich herausstellte, musste Mary nicht so lange warten.

Abby erschien um zwölf Uhr mittags an der Küchentür, verschwitzt und dreckig, aber strahlend.

»Ich bin überrascht, dich zu sehen«, sagte Mary. »Ich dachte, du würdest heute wieder den ganzen Tag wegbleiben.«

Abby wich dem Blick ihrer Mutter aus. »Ich muss auch gleich wieder los. Ich meine, ich *muss* nicht, aber ... ich bin gern draußen. Ich bin oben in den Bergen wandern gewesen. Das ist gutes Training für den Herbst, wenn es mit dem Schwimmen wieder losgeht. Doch dann habe ich Hunger gekriegt, also bin ich zum Mittagessen hergekommen.«

»Okay«, antwortete Mary. »Setz dich an den Tisch, und ich mach dir ein Sandwich und wärme etwas Suppe auf.«

Mary werkelte einige Minuten lang mit dem Rücken zu ihrer Tochter und dachte nach. Sie konnte mit ihrem Auto nicht da hoch. Sie konnte mit überhaupt keinem Auto dorthin. Man brauchte einen Jeep oder ein geländegängiges Fahrzeug, um dorthin zu gelangen.

Wenn Abby ihre Zeit tatsächlich da oben verbrachte, war die ganze Idee, ihr nachzufahren, hinfällig. Ihr Plan war zum Scheitern verurteilt, bevor sie auch nur angefangen hatte, ihn in die Tat umzusetzen.

Sie bestrich zwei Scheiben Weizenbrot mit genau so viel Senf, wie Abby es mochte, fügte dann Schweizer Käse und Putenaufschnitt hinzu – und traf eine Entscheidung.

Sie würde die Sache mit ihrer Tochter besprechen, und zwar genau jetzt.

Als sie sich umdrehte, sich auf einen Stuhl Abby gegenüber setzte und den Teller vor sie stellte, schlug ihr das Herz bis zum Hals.

Abby machte sich sofort über das Sandwich her.

»Wir müssen …«, begann Mary.

Aber dann schaute sie ihre Tochter an – schaute sie wirklich an, nicht bloß flüchtig und voller Sorge. Sie betrachtete alles, was sich ihren Augen bot, und plötzlich gab es kein Geheimnis mehr.

»Wir müssen was?«, fragte Abby leicht argwöhnisch.

»Nichts«, sagte Mary. »Ist nicht wichtig.«

Abbys Hände und Arme waren von roten Malen überzogen. Nicht wie Insektenbisse. Sondern winzige Kratzer, die von kleinen spitzen Zähnen stammten. Und auf dem T-Shirt, oben an der Schulter, wo Abby es vermutlich selbst nicht sehen konnte, entdeckte Mary einen Pfotenabdruck. Schätzungsweise von einem Welpen, nicht von einem ausgewachsenen Hund. Als wäre ein Welpe in etwas Feuchtes getreten, bevor er hochgesprungen war, um das Gesicht ihrer Tochter zu erreichen.

Mary saß einen Moment einfach da und war erleichtert. Hatte das Gefühl, als würde tatsächlich etwas von ihr wegfließen, wie eine Welle, die zurück in den Ozean rollte.

Da war kein Junge. Und kein Mann.

Sondern Welpen.

Abby hatte ihr die Wahrheit erzählt. Was irgendwie Sinn ergab, weil die Sache mit den Welpen im Fluss nicht wirklich etwas war, was sich ein Mädchen in Abbys Alter ausdenken würde. Die einzige Lüge war, dass sie sie ins Tierheim gebracht hatte. Sie hatte sie behalten und irgendwo versteckt.

Das wäre zu einer anderen Zeit in Marys Leben eine beunruhigende Erkenntnis gewesen, aber jetzt erschien es so natürlich und unschuldig, verglichen mit allem, was sie sich ausgemalt hatte.

Sie sah ihrer Tochter beim Essen zu und versuchte zu entscheiden, was sie sagen wollte.

Nach einer Weile blickte Abby sie an. »Eben hast du auch Suppe erwähnt, oder?«

»Kommt sofort.«

Mary öffnete eine Dose Suppe, goss sie in einen Topf und fügte Milch statt Wasser hinzu, weil es so etwas gehaltvoller war und besser schmeckte.

Sie musste nicht einmal besonders lang nachdenken. Die Antwort war völlig klar, in ihrem Kopf. In ihrem Bauch und ihrem Herzen.

Sie würde nichts sagen. Sie würde nicht einmal verraten, dass sie davon wusste.

Natürlich konnte Abby die Welpen niemals nach Hause bringen. Stan würde ausflippen. Doch wenn es ihr irgendwie gelang, sie zu behalten … wenn sie irgendeinen Unterschlupf für sie gefunden hatte … wer war Mary, einzuschreiten und ihr das Herz zu brechen? Endlich war Abby glücklich. Sie konnte das Leben auf eine Art genießen, von der Mary wusste, dass es in diesem Haus niemals möglich wäre.

Es würde vermutlich schwieriger werden, als Abby dachte, aber vielleicht konnte Mary ihr zutrauen, mit dieser Herausforderung klarzukommen.

Möglicherweise würde es auch gar nicht funktionieren, und es würde Abby trotzdem das Herz brechen, doch es erschien Mary sinnvoller, es einfach laufen zu lassen. Abby würde etwas erwachsener werden. Etwas lernen. Das Leben mochte ihr das Herz brechen, aber das war besser, als wenn es durch Mary geschah, bevor Abby erkannte, dass es nicht funktionieren würde.

Mary wollte sie nicht brechen.

Sie rührte die Suppe um und spürte dem Gefühl nach. Spürte, was sich veränderte und was gleich blieb. Es war merkwürdig tröstlich, ihrer Tochter zuzutrauen, die Welt selbst zu erleben. Selbst etwas zu lernen, statt Lektionen von zynischen Erwachsenen aufgedrängt zu bekommen, die glaubten, vorhersagen zu können, wie sich jede Situation entwickeln würde.

Sie gab die dampfende Suppe in eine Schüssel und stellte sie vor Abby.

»Was ist das?«, fragte die und roch daran.

»Hühnercremesuppe. Die magst du doch am liebsten.«

»Oh, gut. Danke, Mom.«

Mary blieb noch einen Moment dort stehen. Sie bewegte sich nicht, sondern sah nur ihre Tochter an.

Schließlich blickte Abby auf und fragte: »Was? Warum schaust du mich so an?«

»Nur so. Ich hab dich einfach lieb.«

Abby verdrehte bloß die Augen.

Mary verließ die Küche, lief nach oben und kramte hinten in der obersten Schublade ihrer Kommode. Als sie die rosafarbene Socke fand, zog sie zwei Zwanziger und einen Zehner heraus und steckte sie sich in die Rocktasche.

Stan würde niemals wissen, ob sie dreihundert Dollar für ihn ausgegeben hatte oder nur zweihundertfünfzig. Sollte er ruhig glauben, dass sie keine gute Schnäppchenjägerin war. Was machte das schon? Er verdiente dieses Geld weniger als jeder andere.

Abby versuchte etwas Wichtiges zu tun. Sie versuchte, glücklich zu sein.

Mary ging wieder nach unten in die Küche.

Erstaunlicherweise hatte Abby schon aufgegessen. Genau genommen war sie schon fast zur Tür hinaus.

»Abby. Warte.«

»Was? Warum? Ich hab es eilig.«

»Ich möchte dir was geben.«

Abby blieb genau lange genug in der Tür stehen, dass Mary das Geld aus der Tasche ziehen und es ihr hinhalten konnte.

»Du gibst mir Geld?«

»Ja.«

»Hab ich irgendwas richtig gemacht, von dem ich gar nichts weiß?«

»Du machst immer alles richtig. Das gehört zu den Dingen, für die ich wirklich dankbar bin.«

Abby streckte die Hand aus und nahm das Geld, fächerte die Scheine auf und zählte sie schnell, die Augen fast komisch weit aufgerissen. »Du gibst mir fünfzig Dollar? Einfach so? Ich meine … Ich will mich nicht beschweren. Ich nehme es natürlich. Aber … warum?«

»Oh, ich weiß nicht. Von deinem Vater kriegst du nie viel, es ist Sommer, und vielleicht fällt dir ja was ein, wofür du es ausgeben kannst. Du weißt schon.«

Eine merkwürdig lange Pause.

Dann sagte Abby: »Danke, Mom!«

Sie sprang zu Mary, plötzlich ungelenk und unfähig, ihre langen Glieder zu koordinieren, und küsste sie auf die Wange.

Eine Sekunde später stürmte sie zur Tür hinaus und war weg.

Mary ließ sich auf ihren Stuhl sinken und blieb eine Minute lang oder auch zwei am Tisch sitzen, spürte noch diesen flüchtigen Kuss.

Dann stand sie auf und rief Viv an, um ihr die Neuigkeiten mitzuteilen.

»Du hast etwas herausgefunden?«, fragte Viv sofort.

»Genau. Und es ist sehr viel unschuldiger als alles, was wir uns vorgestellt haben.«

# Kapitel 8

### *Elliot*

Als die Hütte in Sicht kam, fiel Elliot sofort auf, dass das Schloss aufgebrochen worden war – genau genommen bemerkte er das bereits von der Straße aus. Er war vielleicht noch vierzig, fünfzig Meter entfernt, wollte gerade mit seinem Pick-up in die unbefestigte Einfahrt einbiegen. Es war nicht so, dass er aus dieser Entfernung das aufgebrochene Vorhängeschloss sehen konnte. Vielmehr konnte er überhaupt kein Schloss sehen.

Er parkte den Pick-up und sprang raus, halblaut vor sich hinfluchend. Er lief zur Tür, die mit einem kurzen Stück Schnur, das durch die Ösen an Tür und Rahmen gefädelt und verknotet worden war, zugehalten wurde.

Er ging so nah heran, dass er die Schnur berühren konnte, löste den Knoten und zog sie heraus.

Es ergab keinen Sinn, überlegte er. Warum sollte man das Schloss an der Tür einer Jagdhütte aufbrechen, drinnen tun, was immer man hatte tun wollen, und dann alles wieder ordentlich zubinden, damit die Tür nicht offen stand? Das passte nicht zum üblichen Muster von Einbrüchen.

Elliot stieß die Tür auf und blickte hinein. Dabei verzog er das Gesicht und kniff die Augen zusammen, als könne er so das Schlimme sehen und zur gleichen Zeit nicht sehen.

Das Erste, was ihm auffiel, waren die beiden fehlenden Kissen von der Couch. Nicht dass sie wichtig wären. Dass sie nicht da waren, sprang ihm nur einfach ins Auge.

Und dann stellte er fest, dass auch sein Minikühlschrank verschwunden war.

»Verdammt!«, rief er wütend.

Er betrat die Hütte und begann die Schränke und Schubladen zu überprüfen.

Ein paar Geschirrteile und Gläser waren fort, aber nicht alles. Es war so, als ob zwei Leute sich je ein Set geholt hätten. Trotzdem fehlte das gesamte Besteck, was irgendwie ebenfalls nicht passte und was Elliot nicht wirklich verstehen konnte.

Er öffnete den Vorratsschrank und fand ihn komplett leer. Kein Mehl, keine Nudeln, keine Konserven. Kein Salz. Sie hatten tatsächlich Salz und Pfeffer mitgenommen. Wer stahl seinen Mitmenschen denn bitte Salz?

Zugegeben, nichts davon wäre jetzt noch gut, vielleicht mit Ausnahme der Konserven und des Salzes. Doch es ging ums Prinzip.

Elliot setzte sich für ein paar Minuten auf die Couch, ganz vorne auf die Kante, die Hände verschränkt und die Stirn dagegengelehnt, wobei er die Lider fest zusammenpresste.

Obwohl er vermutlich nicht in der Lage gewesen wäre, es in klare Worte zu fassen, hatte das Leben für ihn gerade eine rote Linie überschritten. Ja, Pat war gestorben, und das war furchtbar, aber das konnte er dem Leben nicht zum Vorwurf machen. Menschen starben. Es war ihm immer ein bisschen unreif erschienen, wenn Leute klagten: »Warum ich?«, wenn sie ein Schicksalsschlag ereilte. »Warum *nicht* du?«, wollte er dann antworten. »Warum nicht ich? Warum nicht irgendeiner von uns?«

Er war vollauf bereit, sich dem Leben zu seinen Bedingungen zu stellen.

Allerdings, extra hier heraufzukommen, damit es ihm besser ging, und dann auf so was zu treffen? Nun, das fühlte sich an, als ob das Universum es auf ihn abgesehen, sich gegen ihn verschworen hätte. Es war mehr, als er fair finden konnte.

»Der Schuppen«, sagte er plötzlich laut.

Hatten sie auch das Schloss am Schuppen aufgebrochen und ihn ausgeräumt? Dort war der Großteil seiner wertvolleren Besitztümer verstaut. Sein Schneemobil für den Winter zum Beispiel. Sein großes Stromaggregat und die Kanister mit Diesel, der als Treibstoff benötigt wurde. Werkzeug und Winden, Angeln und zusätzliche Gewehre.

Er blieb noch ein paar Sekunden sitzen, war noch nicht bereit, es herauszufinden. Dann seufzte er tief und ging aus der Hütte und nach hinten zum Schuppen, zwang sich, es zu überprüfen.

Auch dieses Schloss war aufgebrochen, obwohl es noch an der Tür hing. Der Bügel hielt die beiden Ösen zusammen, sodass die Tür geschlossen war.

Er dachte, er wüsste, was er dahinter vorfinden würde: nichts. Nur den nackten Betonboden. Trotzdem musste er nachsehen.

Er entfernte das aufgebrochene Schloss und öffnete die Tür – und erblickte nicht, was er erwartet hatte.

Alles, was er hier untergebracht hatte, war fort, trotzdem bot sich seinem Auge nicht einfach nur nackter Betonboden. Stattdessen lagen da mehrere Schichten Zeitungspapier und ein umgekippter Pappkarton. Die beiden Polsterkissen von seiner Couch waren als Lager zweckentfremdet worden. Es gab eine Wasserschüssel in der Nähe der Tür, die größtenteils voll war, und eine Tüte mit Trockenfutter oben auf einem Regal.

Und in der hintersten Ecke kauerte ein Wurf Welpen, die Elliot allesamt misstrauisch musterten. Anfangs hatten sie sich auf ihn zubewegt, alle zusammen, wie eine Welle, die an den Strand rollte. Aber er hatte genau erkennen können, wann den Hunden klar geworden war, dass Elliot nicht der war, den sie erwartet hatten. Jetzt drängten sie sich mit gesenkten Köpfen aneinander, einer winselte, ein anderer knurrte. Zwei bellten ihn an, und das schien ansteckend zu sein, denn es griff um sich, bis sie ihn alle ankläfften. Auf seinem eigenen Grund und Boden warnten sie ihn, wegzubleiben.

Er trat ein und schloss die Tür hinter sich, sodass sie nicht entwischen konnten.

»Jemand hat sich an meinem Eigentum vergriffen und mich bestohlen«, erklärte er den Welpen, »und dann hat er mir euch hiergelassen.« Sie stellten das Gebell ein, als ob sie ihm zuhörten. »Also, so funktioniert das nicht.«

Er ging zu dem Pappkarton und stellte ihn aufrecht hin, und die Welpen stoben in alle Richtungen auseinander.

Er griff nach einem, einem ganz schwarzen, doch der Welpe entwischte ihm. Und dann begannen sie alle wieder zu bellen.

Elliot setzte sich im Schneidersitz auf den Boden, um seine Lage zu überdenken. Dort, wo er saß, war das Zeitungspapier sauber. Offensichtlich hatten die Welpen gelernt, ihre Blase und ihre Verdauung einigermaßen zu kontrollieren, solange sie hier eingesperrt waren. Es gab ganz hinten eine Ecke, wo sie auf die Zeitungen gepinkelt hatten, fast als hätten sie sich dafür eine Stelle ausgesucht, die so weit wie möglich von ihrem Schlafplatz entfernt war.

»Ich werde euch alle in diesen Karton tun und euch zum Tierheim bringen«, teilte er ihnen mit. »Ihr könnt euch also schon mal an die Idee gewöhnen. Jedenfalls bleibt ihr nicht hier. Aber ich werde euch nichts tun. So jemand bin ich nicht. Ich weiß, ihr habt mich nicht ausgeraubt. Was immer hier passiert ist, ihr seid keine Verdächtigen. Und ich werde es nicht an euch auslassen.«

Er streckte eine Hand zu dem aus, der am mutigsten wirkte. Ein kleiner schwarz-weißer, wie ein Queensland Heeler aussehender Mischling mit schwarzen Ohren. Ein Weibchen. Sie näherte sich vorsichtig und schnupperte an seiner Hand. Dann sprang sie zurück in die Ecke und knurrte.

Weil die Welpen so klein und so jung waren, wirkte es beinahe komisch. Elliot war vermutlich vierzigmal schwerer als sie, doch sie stellten sich ihm tapfer entgegen.

Er streckte nicht noch einmal die Hand aus, sondern saß einfach da.

Nach einer Weile trauten sie sich zögernd in seine Nähe, einer nach dem andern. Er hob sie mit einer Hand unter ihren runden Bäuchlein an und setzte sie in die Kiste. Dann, nachdem die ersten paar drin waren, versuchten die Geschwister hinterherzuklettern, als ob sie auf jeden Fall zusammenbleiben wollten. Alles, was Elliot tun musste, war, sie hochzunehmen und reinzusetzen.

Er trug sie nach draußen und stellte die Kiste hinten auf die Ladefläche seines Pick-ups. Dann startete er den Motor und schnallte sich an. Während er die unebene Straße zur Stadt runterfuhr, beging Elliot den Fehler, zu ihnen zu sehen.

Sie starrten ihn an. Alle. Vierzehn helle kleine Augen waren auf ihn gerichtet. Bohrten sich durch seine harte Schale. Als ob sie glaubten, sie könnten ihn so dazu bringen, ihnen zu verraten, was mit ihnen passieren würde. Es gab keinen Zweifel daran, dass sie begriffen, dass ihre Lage sich gerade geändert hatte.

»Schaut mich nicht so an«, verlangte Elliot. »Nichts hiervon ist meine Schuld.«

\* \* \*

101

Er betrat den Empfangsbereich des Bezirkstierheims, wo sich hinter der Theke eine uniformierte Beamtin auf die Zehenspitzen stellte, um einen Blick in seinen Karton zu werfen.

»O nein«, rief sie und klang ehrlich enttäuscht. »Dann ist es ihr also nicht gelungen, sie an Leute zu vermitteln? Nun, das überrascht mich nicht wirklich. Aber sie schien ein so entschlossenes junges Mädchen zu sein. Ich dachte, vielleicht gelingt es ihr tatsächlich. Sind Sie ihr Vater?«

Elliot blinzelte ein paarmal verwirrt.

»Wir scheinen nicht auf dem gleichen Wissensstand zu sein«, bemerkte er. »Ich habe nicht die geringste Ahnung, von wem Sie da reden.«

»Na, das kleine Mädchen, das sie gefunden hat. Nun, nicht klein. Sie hat gesagt, sie sei dreizehn. Sie erschien mir nur klein, doch ich vermute, das passiert einem öfter, wenn man älter wird.«

»Mit dem Letzten haben Sie recht. Alles andere, was Sie gesagt haben, könnte genauso gut Griechisch gewesen sein. Sie haben diese Welpen also schon mal gesehen?«

»Jap. Vor ein paar Tagen war ein Mädchen mit ihnen hier. Sie hat erzählt, sie habe zufällig beobachtet, wie jemand sie in einem zugeschnürten Sack in den Fluss geworfen hat, um sie zu ertränken. Das passiert heutzutage nicht mehr so oft wie früher, aber ab und zu eben doch. Wie man sieht.«

»Wie sind sie denn hergekommen, wenn sie in einem Sack im Fluss waren?«

»Sie ist reingesprungen und hat sie rausgefischt.«

»Aus dem Fluss? Ich bin mir nicht mal sicher, ob *ich* das könnte.«

»Sie hat erklärt, sie sei in der Schwimmmannschaft der Schule und dass sie eine gute Schwimmerin sei. Sie wollte die Kleinen hierlassen, aber ich fürchte, ich habe ihr das Herz gebrochen, indem ich ihr ganz offen und ehrlich gesagt habe, wie die Chancen für die Welpen dann stehen. Das habe ich wirklich nicht gern getan, doch was blieb mir schon anderes übrig? Hätte ich lügen sollen?«

»Holen sich die Leute hier keine Welpen aus dem Tierheim?«

»Nicht so häufig, wie sie welche abgeben.«

Das war der Moment, in dem Elliot klar wurde, dass er sie nicht hierlassen konnte. Sie hier abzugeben wäre das Gleiche, wie sie zu töten.

»Also wo haben Sie sie denn gefunden?«, fragte die Frau und holte ihn damit aus seinen Gedanken.

»Sie waren in einem Schuppen auf meinem Grundstück. Oben in den Bergen.«

»Dann vermute ich mal, sie konnte sie nicht mit zu sich nach Hause nehmen.«

»Moment«, warf Elliot ein. »Bitte warten Sie. Sie scheinen sich so sicher zu sein, dass es das gleiche Mädchen ist, das sie in meinem Schuppen hält, dabei können Sie das gar nicht wissen. Schließlich haben Sie selbst gesagt, dass sie ein neues Zuhause für sie suchen wollte.«

»Mir kommt es einfach nicht sehr wahrscheinlich vor, dass sie jemanden gefunden hat, der alle sieben nimmt. Oder wie sehen Sie das? Der einzige Mensch, von dem ich mir vorstellen kann, dass er sieben Welpen auf einmal nehmen will, ist jemand, der bereits eine Beziehung zu ihnen aufgebaut hat.«

»Aber …«, setzte Elliot an.

Doch der Gedanke führte nirgendwohin. Er hörte einfach auf zu reden, stellte die Kiste auf die Theke und stand schweigend da. Und fühlte sich niedergeschlagen, weil sein Ärger verpufft war. Er hatte an ihm festhalten wollen, weil er ihm vorübergehend Energie verliehen und ihn aus der lähmenden, stets präsenten Trauer geholt hatte. Das war der Grund, weshalb er überhaupt diese Diskussion mit ihr begonnen hatte.

Er hatte die Welpen ins Tierheim gebracht, weil er geglaubt hatte, dass sie dem Einbrecher gehörten. Er war sich nicht länger sicher, wie er auf diese Idee gekommen war, aber er hatte es geglaubt. Und es war für ihn ein befriedigender Akt des Widerstandes gewesen, sie einzusammeln und herzubringen.

*So, und wenn du sie wiederhaben willst, musst du für alle sieben die Gebühr bezahlen. Das geschieht dir recht. Wie kannst du es wagen, zu denken, du könntest sie in meinem Schuppen lassen, nach allem, was du getan hast?*

Doch all dieser schöne, befriedigende Ärger war jetzt verschwunden.

Die Welpen gehörten einem kleinen Mädchen, das sein Leben riskiert hatte, um sie vor dem Ertrinken zu retten. Und das höchstwahrscheinlich nicht als Verdächtige für den Einbruch infrage kam.

Jetzt war der einzige Mensch, auf den Elliot sauer sein konnte, er selbst.

»Wollen Sie sie hierlassen?«, erkundigte sich die Frau.

»Nein. Das kann ich nicht. Ich meine, wenn es nur ein Mädchen ist. Ich sollte wahrscheinlich besser erst mal mit ihr reden. Kennen Sie ihren Namen?«

»Nein, leider nicht.«

»Nun, macht nichts. Ich werde sie bald genug kennenlernen. Sie wird zurückkommen, um sich um die Welpen zu kümmern, und dann werde ich da sein.«

* * *

»Ach«, sagte Elliot laut, als er wieder bei der Jagdhütte eintraf. »Das hat ja wirklich nicht lange gedauert.«

Das Mädchen stand in seinem Garten, die Arme vor der Brust verschränkt. Leicht vorgebeugt, als wappnete sie sich für die Auseinandersetzung, von der sie zu glauben schien, dass sie

104

ihr bevorstand. Er wusste, dass sie das fragliche Mädchen war, weil es einfach ein zu großer Zufall gewesen wäre, wenn sie das nicht gewesen wäre. Und weil sie wütend aussah.

Er stieg aus dem Pick-up und schaute sie an. Und sie erwiderte den Blick.

Sie wirkte beinah ... angriffslustig. Es erinnerte Elliot an die Welpen, die ihn im Schuppen warnend angebellt und angeknurrt hatten, obwohl er wesentlich größer und stärker war als sie. In gewisser Weise war es fast komisch. Aber nur ganz oberflächlich betrachtet. Darunter empfand Elliot so was wie Bewunderung. Er fragte sich unwillkürlich, wie anders sein Leben verlaufen wäre, wenn er, als er dreizehn gewesen war, Erwachsenen mit so viel Entschlossenheit gegenübergetreten wäre.

Elliot begann, um den Pick-up herumzugehen, um auf der Beifahrerseite die Kiste mit den Welpen herauszuholen.

Die Sonne brannte ihm auf den Kopf, während er um den Wagen lief, und der Wind zerrte an seinem Hemd. Die Luft schien wie aufgeladen, diese dünne Luft, die in höheren Lagen herrschte – irgendwie lebendiger als die in der Stadt. Vorhin war er zu abgelenkt gewesen, um das zu bemerken oder darüber nachzudenken, wie sehr es ihm gefehlt hatte.

»Haben Sie meine Hunde genommen?«, fragte das Mädchen.

Elliot ging weiter und schaute sie nicht an. »Ja«, antwortete er.

»Haben Sie sie zum Tierheim gebracht?«

»Ja und nein.«

»Das ist schrecklich! Sie sind ein schrecklicher Mann! Wie konnten Sie mir das antun? Wie konnten Sie *ihnen* das antun? Was für ein Mensch gibt die Hunde von jemand anderem im Tierheim ab?«

Elliot öffnete die Beifahrertür. Er nahm die Kiste und stellte sie auf die warme Motorhaube des Pick-ups.

»Was für ein Mensch quartiert seine Hunde auf dem Grund und Boden von jemand anders ein, ohne wenigstens zu fragen?«

Er beobachtete, wie sich ihre Miene veränderte. Sah, wie alle Angriffslust sie verließ. Es war vielleicht ein bisschen hart, das so zu ihr zu sagen, aber er hatte sie nicht verletzen oder aufregen wollen. Es war einfach eine Fehleinschätzung seinerseits gewesen. Sie hatte sich ihm als unbesiegbar präsentiert, und er hatte den Fehler begangen, ihr das abzunehmen.

»Tut mir leid«, entgegnete sie, und eine Sekunde sah es so aus, als könnte sie gleich anfangen zu weinen. »Ich dachte, die Hütte sei verlassen. Ich hab nicht damit gerechnet, dass irgendjemand was davon mitbekommt oder es irgendwen stört.«

»Nun, das stimmt vermutlich. Ich bin seit Jahren nicht hier gewesen.«

»Das mit den Couchpolstern tut mir auch leid. Die Kissen, meine ich. Ich konnte die Welpen nur nicht auf dem blanken Betonboden schlafen lassen. Ich weiß, dass sie sie angeknabbert haben, und ich kaufe Ihnen neue, sobald ich mein Taschengeld kriege.«

»Die sind nicht wirklich wichtig«, erwiderte er. »Sie sind weder besonders kostspielig gewesen noch etwas Besonderes.«

Sie standen beide einen Moment lang einfach da und musterten einander. Elliot fiel auf, dass all die Wut, der ganze Konflikt, verschwunden war. Und er wusste nicht einmal genau, woran es lag, außer vielleicht daran, dass ihre Entschlossenheit etwas Bezauberndes hatte. War das nicht das Wort, das die Frau im Tierheim benutzt hatte?

*So ein entschlossenes junges Mädchen.*

Das entschlossene junge Mädchen musste die Veränderung in seiner Stimme ebenfalls bemerkt haben. Und sie schien sich den Konflikt zurückzuwünschen.

»Trotzdem ist es schrecklich. Dass Sie meine Hunde ins Tierheim gebracht haben. Sie hätten warten können, bis ich herkomme, und mir sagen, dass ich sie irgendwo anders unterbringen muss. Aber so war es einfach gemein und furchtbar.«

Elliot blickte hinab in die Kiste. Er hielt sie mit beiden Händen, damit sie durch die Bewegung darin nicht umkippen und von der Motorhaube rutschen konnte. Doch die Welpen bewegten sich gar nicht. Sie konnten das Mädchen wegen der hohen Wände der Kiste nicht sehen, schienen allerdings ihrer Stimme zu lauschen. Einer der Kleinen schaute ihm in die Augen. Der ganz braune. Es war ein Blick, der zu sagen schien: »Die Welt übersteigt mein Verstehen.«

*Mir geht es ganz genauso*, dachte Elliot.

Er wandte seine Aufmerksamkeit wieder dem Mädchen zu. »Sind sie denn jetzt im Tierheim?«, fragte er sie. »Oder sind sie genau hier?«

Er wusste nicht, ob sie begriff, dass alle sieben Hunde auf der Motorhaube seines Pick-ups waren. Es war schwer zu sagen. Es war gut möglich, dass sie sie nicht hatte sehen können, weil es zu hoch für sie war, oder vielleicht war sie auch so darauf konzentriert, mit ihm zu streiten, dass sie die Kiste gar nicht bewusst wahrgenommen hatte. Oder sie wusste es, wollte ihn aber trotzdem als gemein beschimpfen.

»Sie haben sie zurückgebracht?«

»Ja, sie sind direkt hier.«

»Warum haben Sie das getan?«

»Weil die Frau im Tierheim mir von dir erzählt hat, dass du erst dreizehn bist. Und dass du in den Fluss gesprungen bist und sie rausgeholt hast, bevor sie ertrinken konnten. Und dann habe ich mir überlegt, dass du wohl nicht derjenige bist, der meine Vorhängeschlösser aufgebrochen und all meine Sachen gestohlen hat. Ich kenne nicht viele dreizehnjährige Einbrecherinnen, auch wenn mir natürlich klar ist, dass alles möglich ist. Trotzdem neige ich zu der Ansicht, dass diese beiden Dinge einander exkludieren.«

Sie verzog das Gesicht. Oder möglicherweise lag es auch einfach daran, dass ihr die Sonne in die Augen schien. »Ich weiß nicht, was das heißt.«

»Das nennt man so, wenn etwas nicht gleichzeitig zwei Sachen sein kann. Also zum Beispiel, dass jemand, der Welpen rettet, nicht gleichzeitig jemand ist, der in die Hütten von anderen Leuten einbricht. Oder wenigstens denke ich mir das so.«

»So wie Superman und Clark Kent nicht gemeinsam im gleichen Zimmer sein können?«

*Nicht ganz*, dachte er. Wenn sie eine Erwachsene gewesen wäre, hätte er den Vergleich auseinandergenommen. Superman und Clark Kent waren schließlich immer gemeinsam im gleichen Zimmer. Sie waren ja ein und dieselbe Person, nicht zwei Dinge, die nicht nebeneinander existieren konnten.

Aber sie war keine Erwachsene, daher antwortete er nur: »Ja, irgendwie so.«

»Also geben Sie sie mir zurück?«

Elliot hob die Kiste von der Motorhaube. Er trug sie zu dem Mädchen und stellte sie zu ihren Füßen ab.

»Danke«, sagte sie. »Und es tut mir leid, dass ich Sie angeschrien habe.«

»Das ist im Moment nicht so wichtig. Mich interessiert viel mehr, wer mein Schneemobil und mein Stromaggregat gestohlen hat. Hast du irgendwas beobachtet?«

»Nein, Sir«, erwiderte sie und nahm die Welpen aus der Kiste, einen nach dem andern, und setzte sie auf die Erde. »Ich weiß nichts darüber. Meine Freundin Jamie war diejenige, der zuerst aufgefallen ist, dass das Schloss an der Hütte aufgebrochen war. Aber ich glaube, sie hätte es mir erzählt, wenn sie wüsste, wer das getan hat.«

»Fragst du sie bitte trotzdem?«

»Klar.«

»Ich werde jetzt reingehen«, verkündete Elliot, der plötzlich merkte, wie sehr ihn der Tag erschöpft hatte. Er hatte keine Energie mehr, seit er Pat verloren hatte. »Ich bin furchtbar müde und muss mich kurz hinlegen.«

Er schaffte es bis zur Tür, dachte, das Gespräch sei beendet. Aber bevor er in der Hütte verschwinden konnte, rief sie: »Warten Sie!« Als er innehielt, fragte sie: »Was mache ich denn jetzt?«

»Weswegen?«

»Muss ich mir einen neuen Platz suchen, an dem ich die Hunde unterbringen kann?«

»Natürlich«, antwortete er. »Das ist schließlich mein Schuppen.«

Für ihn war das etwas, das auf der Hand lag und nicht extra ausgesprochen werden musste. Doch der Ausdruck auf ihrem Gesicht verriet ihm, dass er ihre Zähigkeit wohl überschätzt hatte. Erneut.

# Kapitel 9

## GLAS

### *Abby*

Abby befand sich weiter in seinem Vorgarten, saß mit den Welpen auf der Erde, als er zur Tür herauskam und zu seinem Pick-up ging. Sie war noch da, weil sie gedacht hatte, er würde sich für ein Nickerchen hinlegen oder so, sodass sie mehr als genug Zeit hätte.

Und weil sie nicht wusste, wo sie sonst mit ihnen hinsollte.

Er blieb stehen, als er sie bemerkte. Sie dachte, er würde sie vielleicht anschreien, weil er nicht bester Laune zu sein schien. Oder vielleicht war er das auch nie. Woher sollte sie das wissen? Sie hatte ihn ja gerade erst kennengelernt.

»Du bist ja immer noch hier«, stellte er fest und musterte sie aus schmalen Augen. Er schien nicht sonderlich erfreut, aber er wurde nicht laut. Kein bisschen.

»Ich dachte, Sie wollten ein Nickerchen machen, sodass es nicht weiter schlimm wäre.«

Patches, einer der Welpen, traute sich, zu ihm zu laufen. Er richtete sich auf und stellte seine Vorderpfoten gegen die Beine des Mannes. Der Typ beugte sich runter und kraulte den Hund abgelenkt zwischen den Ohren, als sei ihm gar nicht bewusst, dass er es tat. Trotzdem wertete Abby, die verzweifelt wollte, dass die Welpen ihn umstimmten, das als gutes Zeichen.

»Das hatte ich vor. Doch dann ist mir eingefallen, dass ich Lebensmittel im Wagen habe, die gekühlt werden müssen. Daher muss ich in den Ort fahren und mir eine Kühlbox und ein oder zwei Beutel Eis besorgen, damit mir nichts schlecht wird.«

Abby wartete und sagte nichts. Schaute den Welpen zu, die um ihn herumwuselten. Sie wollte ihn fragen, warum er nicht gleich auf dem Hinweg beim Supermarkt angehalten hatte. Es war ja nicht so, als wäre es eine Überraschung für ihn, dass er Essen mitgenommen hatte. Schließlich hatte er es ja gekauft. Aber sie befürchtete, es könnte unhöflich wirken, und sie fand, sie könne es sich nicht leisten, unhöflich zu sein.

»Ich hatte hier einen kleinen Kühlschrank«, fügte er hinzu, als merkte er selbst, dass mehr Erklärungen notwendig waren. »Der gehört nur leider zu den Dingen, die gestohlen worden sind.«

Er setzte sich wieder in Richtung seines Pick-ups in Bewegung.

Abby hatte das Gefühl, sie sollte besser schnell reden. »Warten Sie«, rief sie. »Eine Minute noch. Wie lange wollen Sie in der Hütte bleiben?«

Er blieb stehen. Drehte sich um und warf ihr erneut diesen Blick aus schmalen Augen zu. Allerdings stand die Sonne jetzt in seinem Rücken, daher lag es definitiv an ihr. Oder den Hunden. Oder beidem.

»Die Frage möchte ich nicht beantworten, glaube ich«, erwiderte er.

»Warum nicht? Leute stellen einander die ganze Zeit solche Fragen. Das nennt man Small Talk, wissen Sie? ›Wo kommen Sie her?‹ ›Wie lange haben Sie vor, zu bleiben?‹«

»Ich möchte das nicht beantworten, weil ich das ungute Gefühl habe, dass du vorhast, diese Information dafür zu nutzen, die Welpen sofort wieder im Schuppen unterzubringen, wenn ich erst mal weg bin.«

Abby rappelte sich hoch und klopfte sich den Staub von der Jeans. Sie machte einen Schritt oder zwei auf ihn zu. »Wenn Sie doch überhaupt nicht hier sind, wieso würde es Sie da stören? Es ist ja nicht so, als ob Sie im Moment irgendetwas im Schuppen aufbewahren würden. Ich meine, es tut mir sehr leid, dass Ihre Sachen gestohlen wurden. Ganz ehrlich – das ist nicht nur so dahingesagt. Es ist nicht richtig, dass man Sie bestohlen hat. Sie haben das nicht verdient, denn das verdient niemand. Aber es ist passiert, und nun ist der Schuppen leer.«

»Ich werde ja anfangen, die gestohlenen Sachen zu ersetzen, die ich darin untergebracht hatte. Vielleicht nicht das Schneemobil, weil ich nicht weiß, ob ich noch sportlich genug bin, um im Winter hier heraufzukommen. Doch ich muss eindeutig ein neues Stromaggregat kaufen. Das Solarmodul ist nur ganz klein, und ich habe außerdem nicht besonders viel Batteriespeicher dafür.«

Er hielt inne und blickte ihr forschend ins Gesicht, als wolle er etwas über sie herausfinden. Sie hatte keine Ahnung, was das sein sollte, daher wusste sie auch nicht, ob es sie störte.

Sie wollte gerade den Mund öffnen, nur kam er ihr zuvor.

»Hör zu, es tut mir leid«, begann er. »Du scheinst ein wirklich nettes Mädchen zu sein, und ich weiß, dass dir das echt wichtig ist. Ich verstehe, dass du dein Herz an sie verloren hast. Und ich weiß, du hältst mich für gemein und furchtbar …«

»Nein, das stimmt nicht, ich halte Sie weder für gemein noch für furchtbar.«

»Du hast vorhin beides über mich gesagt. Aber lassen wir das. Du warst aufgebracht. Was auch immer. Unterm Strich ist es schlicht so, dass ich im Moment eine furchtbare Zeit in meinem Leben durchmache. Ich bin unglücklich, und ich möchte allein sein. Ich brauche etwas Ruhe, damit ich mich besser fühle. Und ich komme im Moment mit den Dingen nicht gut klar. Zusätzliche Aufregung wie das hier … Nun, es tut mir leid, doch ich schaff das einfach nicht. Ist nicht böse gemeint.«

Er wartete eine Sekunde oder zwei. Vielleicht wartete er ab, ob sie etwas zu erwidern hatte. Dann holte er seine Autoschlüssel aus der Tasche und öffnete die Fahrertür von seinem Pick-up.

»Warten Sie«, sagte sie. »Warum sind Sie unglücklich?«

Sie wusste, das ging sie nichts an, aber es fühlte sich für sie an, als sei das ihre letzte Chance, zu ihm durchzudringen. Ihn dazu zu bringen, sie mehr zu mögen. Und ihn dann umzustimmen.

Er lehnte sich an das Dach seines Pick-ups, und Abby wusste, dass er versuchte zu entscheiden, ob er ihr sagen sollte, sie solle sich verkrümeln, oder ob es einfacher wäre, ihr zu antworten. Sie war sich nicht sicher, woher sie das wusste, doch sie tat es. Der Typ schien Gefühle zu haben, die Abby beinah sehen konnte. Vielleicht weil es gerade nicht gut für ihn lief.

»Meine Frau ist kürzlich gestorben«, antwortete er über seine Schulter. Er warf die Worte mehr oder weniger in die Richtung, wo sie stand. Er drehte sich nicht um oder schaute ihr in die Augen, als spräche er sie gar nicht selbst aus.

»O nein. Tut mir leid. Wow. Das muss echt furchtbar sein.«

»Siehst du, sogar eine Dreizehnjährige kriegt das richtig hin«, meinte er halblaut.

»Was denn?«

»Ist nicht weiter wichtig. Das ist im Nachhinein schwer zu erklären. Ja. Es ist furchtbar. Und jetzt entschuldige mich bitte.«

Er setzte sich auf den Fahrersitz, startete den Motor und fuhr davon.

* * *

Abby lief mehrere Minuten lang die Straße entlang, und die Welpen folgten ihr mehr oder weniger gut. Sie trug die Kiste, in die sie die Tüte mit dem Trockenfutter und die leere Wasserschüssel gestellt hatte.

Die Kissen hatte sie zurückgelassen, weil sie zu viel zu tragen gewesen wären. Und weil sie ihr ja gar nicht gehörten – auch wenn sie vermutlich weitestgehend ruiniert waren und weggeworfen werden mussten. Möglicherweise würde sie nachher noch mal zurücklaufen und den Mann fragen, ob sie sie haben könne.

Sie blieb auf der Straße stehen und zählte die Welpen, wie sie es alle paar Meter tat. Sie machte sich Sorgen wegen Kojoten, obwohl man denen gewöhnlich nicht am helllichten Tag begegnete. Trotzdem war es auch nicht ausgeschlossen.

Nach einiger Zeit kam die alte, halb verfallene Scheune in Sicht.

Das, das wusste Abby genau, war ein garantiert verlassenes Anwesen.

Das Dach des Wohnhauses war eingestürzt und hatte den größten Teil der Mauern mit eingerissen. Die Scheune war mehr oder weniger in einem Stück, aber sehr alt. Und sie wirkte nicht sonderlich stabil.

Abby rief die Welpen zu sich auf den Hof, und zusammen umrundeten sie das Gebäude, liefen durch Unkraut und Schutt. Es hatte noch vier Wände, doch mehr Positives gab es darüber nicht zu berichten.

Als sie wieder vorne ankamen, zählte Abby die Welpen, dann öffnete sie die Tür zur Scheune. Sie schwang problemlos auf. Abby sah einen breiten Lichtstrahl von oben durch ein riesiges Loch ins Gebäude fallen. Ungefähr ein Viertel des Dachs fehlte, schätzte sie. So groß war das Loch.

Trotzdem würde sie die Hunde hier einsperren können.

Sie ging umher, schaute sich um, betrachtete die Haufen aus … Na ja, irgendwann mal war das wohl irgendetwas gewesen. Jetzt war alles Müll. Altmetall, früher vielleicht Teile eines Traktors, das inzwischen aber so stark verrostet war, dass sich das nicht mehr zweifelsfrei feststellen ließ. Holz, das irgendwann möglicherweise Bauholz oder der eingestürzte Teil des Dachs gewesen war. Es war jetzt schwer zu sagen.

»Ich vermute, es ist besser als das Tierheim«, erklärte sie, und mehrere der Welpen spitzten die Ohren, um ihr zuzuhören. Einer legte den Kopf schief, auf diese unbeschreiblich niedliche Art, wie Hunde das manchmal tun, wenn sie versuchen, etwas zu verstehen.

Ihre größte Sorge war, dass ein Sturm aufziehen und eine heftige Böe die Scheune über den Welpen zum Einsturz bringen könnte.

»Andererseits steht sie schon ziemlich lange und trotzt den Elementen«, versuchte sie sich zu beruhigen.

Da ertönte ein Schrei, der ihr durch Mark und Bein fuhr. Es fühlte sich an, als würde eine Klinge sie durchbohren, wie ein Bajonett. Es war der Schmerzensschrei eines Tiers.

Sie blickte nach unten und sah Patches auf drei Pfoten hüpfen. Eine Hinterpfote hielt er hoch, und er hinterließ eine Blutspur. Sie schaute sich im Licht des Lochs im Dach den Boden genauer an. Überall lagen Scherben. Braune, gebogene Scherben. Jemand hatte hier drin offensichtlich Bier getrunken und dann die Flaschen zerschlagen. Eine der Ecken war damit übersät.

»O nein! Patches. Warte!«

Sie rannte zu ihm, hoffte, dass sich die Scherben nicht durch die Sohlen ihrer Schuhe bohren würden. Sie hob ihn hoch und drehte ihn in ihren Armen auf den Rücken. Er hatte sich den Ballen einer Hinterpfote aufgeschnitten. Der Schnitt war tief und blutete stark.

»Wir müssen hier raus!«, rief sie den Welpen zu. »Kommt!«

Sie rannte zur Scheunentür, wappnete sich innerlich dafür, einen weiteren Schmerzensschrei zu hören. Erstaunlicherweise schafften sie es ohne zusätzliche Verletzungen ins Freie.

Sie räumte die Wasserschale und das Trockenfutter aus dem Karton und setzte Patches hinein. Zunächst einmal, um die Wunde sauber zu halten, während sie nachdachte. Sie brauchte etwas, womit sie die Pfote verbinden konnte. Und es musste ziemlich sauber sein. Doch Abby hatte nur die Kleidung, die sie am Körper trug.

Also setzte sie sich auf den unkrautüberwucherten Boden und zog sich einen Schuh aus, dann die weiße Socke darunter und schlüpfte barfuß wieder in den Schuh. Sie nahm den armen Patches hoch und wickelte die Socke vorsichtig um seine Pfote, wobei er erneut vor Schmerz jaulte. Die Socke war sofort von hellrotem Blut durchtränkt.

»Kommt!«, forderte sie die Welpen auf.

Sie folgten ihr mehr oder weniger. So, wie Welpen eben folgen. Mit vielen Umwegen und Gebalge. Und Augenblicken, in denen sie komplett vergaßen, hinter ihr herzulaufen, und Abby sie erst wieder daran erinnern musste.

Sie konnte ihr Herz heftig klopfen hören.

Die Socke stoppte die Blutung nicht so gut, wie sie gehofft hatte, aber sie hatte Angst, sie fester zu binden. Rote Tropfen landeten auf ihren Beinen und auf der Straße.

Wie sollte sie die Welpen durch die Stadt bringen? *Da sind überall Autos.*

In beinah genau dem Moment, in dem sie das Wort »Autos« dachte, kam ein Pick-up die Straße heraufgefahren. Sie wollte mit den Armen rudern, um den Fahrer aufzuhalten, damit er nicht einen der Welpen überfuhr. Doch sie hatte keine Hand frei. In der einen hatte sie Patches, mit der andern übte sie Druck auf seine Pfote aus.

Glücklicherweise sah der Fahrer sie und hielt an.

Sie lief zu dem Wagen und merkte dabei, dass es der Mann von der Hütte war. Er war mit seiner Kühlbox und dem Eis auf dem Rückweg aus der Stadt.

Er ließ sein Fenster runter und beugte sich heraus.

»Was ist passiert?«

»Er ist auf eine Scherbe getreten«, erklärte Abby. Sie ging näher zum Fenster, wobei ihr die Welpen um die Füße wuselten. »Es ist schlimm. Der Schnitt ist ganz tief. Ich muss ihn zum Tierarzt bringen, aber ich …« Sie wusste nicht, wie sie das am besten ausdrücken sollte. Andererseits lag es vielleicht auch auf der Hand.

»Darf ich mal schauen?«

Das fragte er, als ob sie übertriebe. Als ob Abby ihm den Schnitt zeigen und er daraufhin erwidern würde: »Ach, das ist nichts. Damit brauchst du nicht zum Tierarzt.«

Nichts würde Abby mehr freuen.

Daher nahm sie die Socke weg, und gemeinsam betrachteten sie Patches' aufgeschlitzten Pfotenballen. Sahen, wie beunruhigend heftig es blutete.

»Steig ein«, sagte der Mann. »Wickel sie so gut wie möglich wieder ein, und steig ein.«

»Aber die anderen …«

»Tu's einfach«, unterbrach er sie und verließ den Pick-up, der mit laufendem Motor dastand.

Abby tat es. Weil es sich so angehört hatte, als hätte er einen Plan. Als wäre er bereit, sich der Sache anzunehmen. Und Abby wünschte sich – *brauchte* – verzweifelt jemanden, der sich der Sache annahm.

Sie ging um den Wagen herum zur Beifahrerseite, und er hielt ihr die Tür auf, während sie hineinkletterte.

Dann verfolgte sie, wie er auf der Straße umherlief und ihre Welpen einsammelte. Manchmal zwei auf einmal, manchmal einen in jeder Hand, steckte er sie durch das offene Seitenfenster und setzte sie auf die vordere Bank.

»Wie viele sind es noch mal?«

»Sieben.«

»Welcher fehlt?«

»Der ganz Schwarze.«

»Den sehe ich nirgends … Oh. Da ist er ja.«

Er lief dem letzten Welpen hinterher, pflückte ihn vom Weg und stieg dann selbst ein. Es war für ihn ziemlich schwierig, eine Stelle zu finden, wo keine Welpen waren. Und Abby konnte ihm nicht helfen, weil sie keine Hand frei hatte.

Als der Mann schließlich hinterm Steuer saß, legte er den Gang ein und fuhr die Straße hoch.

»Wo wollen Sie hin?«, fragte ihn Abby. »Zum Tierarzt müssen wir in die andere Richtung.«

»Es geht schneller, wenn wir in der nächsten Einfahrt wenden. Hier auf der Straße würde das nie in drei Zügen klappen. Wir bräuchten vermutlich eher dreißig.«

Sie beschloss, lieber den Mund zu halten und ihm die Entscheidungen zu überlassen.

Die nächste Einfahrt war die von dem Anwesen mit dem verfallenen Gebäude und der Scheune mit den Glasscherben. Er rollte auf die Einfahrt, legte den Rückwärtsgang ein und setzte auf die Straße zurück, bevor er flott Richtung Stadt fuhr. Die Reifen des Pick-ups holperten über Spurrinnen und Schlaglöcher, rüttelten Abby durch und wirbelten eine Staubfahne auf, die sie hinter sich herzuziehen schienen.

Abby sah die alte Scheune im Seitenspiegel. Sah, wie sie immer kleiner wurde. Es kam ihr fast so vor, als sei sie irgendwie böse. Wie etwas aus einem Horrorfilm. Wie ein halb lebendiges Gebäude, das nur zu dem Zweck existierte, Leute und Tiere reinzulocken und sie dann zu verletzen.

Sie fragte sich, warum sie das nicht gleich bemerkt hatte.

Als sie zu einem Punkt in der Ferne verblasst war, blickte sie den Mann an. Sein Haar war an den Schläfen von Grau durchzogen und seine Stirn gefurcht.

»Vielen Dank, dass Sie mir helfen«, sagte sie.

»Ich bin nicht gemein und furchtbar.«

»Das habe ich auch nie behauptet … Oh. Tut mir leid. Ich fürchte, ich hab das gesagt, oder? Aber das hätte ich nicht tun sollen.«

Sie fuhren schweigend weiter, bis der Fluss in Sicht kam.

»Darf ich Ihnen etwas erzählen?«, erkundigte sie sich. Weil es sich anfühlte, als ob die Notlage sie einander näherbrächte.

»Ich denke, du kannst mir alles erzählen, was du möchtest.«

»Ich hatte diese plötzliche Erkenntnis, dass Erwachsene vielleicht gar nicht so viel wissen. Und ich wollte mir mein eigenes Urteil bilden. Sie wissen schon. Sie ignorieren und tun, was ich für das Beste halte. Doch jetzt glaube ich …«

Sie beendete den Gedankengang nicht, denn sie wusste nicht genau, wie.

Er wartete eine Weile, als ob er ihr Zeit lassen wollte.

Dann sagte er: »Und jetzt wächst dir alles über den Kopf.«

»Ja, Sir.«

»Bitte nenn mich nicht ›Sir‹. Dann fühle ich mich so alt.«

»Ich kenne Ihren Namen nicht.«

»Oh. Ich heiße Elliot. Elliot Colvin.«

»Dann Mr Colvin.«

»›Elliot‹ wäre besser.«

»Man hat mir beigebracht, Erwachsene nicht mit dem Vornamen anzureden.«

»Aber ich bitte dich ja darum.«

»Oh. Okay, meinetwegen.«

Sie fuhren über die Brücke. Die Brücke, die so leicht der Schauplatz des letzten Augenblicks dieser sieben kostbaren Leben hätte sein können.

Er überraschte sie, indem er zu reden begann. Und er überraschte sie auch mit dem, was er sagte. Es war das Letzte, was sie von einem Erwachsenen erwartet hätte.

»In gewisser Weise hattest du recht. Wir Erwachsenen wissen meist gar nicht so viel, wie wir euch weismachen möchten. Ganz oft tun wir nur so. Insofern war das also nicht nur zutreffend, dieses Gefühl, das du hattest, es ist tatsächlich ein notwendiger Teil des Erwachsenwerdens. Irgendwann auf dem Weg dahin muss jeder Jugendliche erkennen, dass Erwachsene fehlbar sind. Dass sie nicht die ultimative Autorität sind, für die man sie gehalten hat. Andererseits war der zweite Teil – der Teil, als du dachtest, du wüsstest es besser – nicht ganz richtig. Erwachsene haben nun mal mehr Lebenserfahrung. Ich bin der Erste, der zugibt, dass wir nicht alles wissen, aber du musst zumindest der Idee gegenüber aufgeschlossen sein, dass wir ein paar Dinge wissen, von denen du keine Ahnung hast.«

Abby saß einen Moment da und dachte über seine Worte nach. Dachte darüber nach, wie er mit ihr sprach. Nicht als wäre sie klein und dumm, als wäre sie seine Feindin, sondern einfach von einem Menschen zum anderen.

Und es half ihr. Es half ihr, die Dinge klarer zu sehen.

»Das ist ein sehr guter Ratschlag, Sir.«

»Elliot.«

»Richtig. Sorry.«

Für eine merkwürdig lange Weile sprachen sie gar nicht. Als ob es zu viel wäre, einander so gut kennenzulernen, und als ginge das alles zu schnell.

»Ich mach mir Sorgen, dass Ihre schönen Autositze Blut abbekommen«, erklärte sie.

Er zuckte die Achseln. »Das ist Kunstleder. Das lässt sich abwaschen.«

»Oh. Gut.« Dann holte sie tief Luft und sagte: »Danke, Elliot.«

# Kapitel 10

## Probieren Sie das mal

### *Elliot*

Elliot trat aus der Tierarztpraxis auf die Straße, ließ das Mädchen mit dem verletzten Welpen darin zurück. Er hatte eben schon eine Weile lang nach einem Parkplatz im Schatten gesucht, weil er sich um die sechs Welpen hinten auf dem Pick-up Sorgen machte. Leider hatte er keinen gefunden. Er musste sich mit einem in der Nähe eines großen Straßenschilds begnügen, das seinen Schatten über ungefähr ein Drittel der Ladefläche warf.

Er hatte die Welpen immer zwei auf einmal zur Ladefläche getragen, wo sie winselten und irgendwie unruhig waren, als schienen sie zu ahnen, dass sie gleich allein gelassen werden würden.

Er blieb noch eine Weile in der heißen Sonne stehen – möglicherweise mehrere Minuten lang –, um sich zu vergewissern, dass sie nicht über die Seitenwände klettern konnten. Aber sie waren noch ziemlich klein, und die Wände der Ladefläche waren hoch.

Trotzdem ging Elliot nur ein paar Meter weit, bevor er stehen blieb und sich umdrehte. »Bleibt genau da«, wies er sie an.

Er kam sich dabei albern vor, weil sie natürlich überhaupt noch nicht erzogen waren und eindeutig kein Wort verstanden.

Er kehrte zurück in den Wartebereich der Praxis, doch da war niemand mehr.

»Ihre Tochter ist mit dem Tierarzt in einem Behandlungszimmer«, informierte ihn die Tierarzthelferin. »Sie können auch rein, wenn Sie möchten.« Sie deutete auf eine Tür.

Elliot öffnete schon den Mund, um die Frau zu korrigieren und ihr mitzuteilen, dass er nicht der Vater des Mädchens war. Beinahe hätte er ihr verraten, dass er nicht mal ihren Namen kannte. Doch er schloss den Mund wieder und sagte nichts. Denn es handelte sich um eine lange und ziemlich komplizierte Geschichte, von der er sich nicht mal selbst sicher war, dass er sie restlos nachvollziehen konnte.

Er öffnete die Tür zum Behandlungszimmer und ging hinein. Drinnen konnte er weder einen Tierarzt noch den Welpen entdecken. Nur das Mädchen saß allein auf einem Stuhl und weinte.

»Was ist passiert?«, fragte er sie.

Sie blickte hoch. Ihr Gesicht war schmutziger, als Elliot klar gewesen war. Er konnte die hellen Spuren sehen, die ihre Tränen auf ihren Wangen hinterlassen hatten. »Sie mussten ihn mit nach hinten nehmen und ihn … Wie nennt man das, wenn sie einen in Schlaf versetzen?«

»Einschläfern? Also Euthanasie? Warum? Das war ja nur ein Schnitt.«

»Nein, nein, das nicht. Nicht einschläfern. Nur so lange schlafen lassen, wie sie brauchen, um die Wunde zu nähen. Er hat einfach nicht mit dem Zappeln aufgehört. Wir waren zu viert und haben ihn festgehalten, aber er hat einfach immer weiter gezappelt. Daher haben sie ihn mit nach hinten genommen, um diese Sache mit ihm zu machen … Es klingt ein bisschen wie das Wort, das Sie benutzt haben, allerdings nicht ganz.«

»Anästhesie?«

»Ja, genau!«

Elliot setzte sich auf den einzigen anderen Stuhl, der ziemlich dicht bei dem des Mädchens stand, und spürte, wie er sich langsam wieder beruhigte. Es wunderte ihn, dass er so heftig und so plötzlich darauf reagiert hatte. Er kannte dieses Mädchen und ihre Welpen kaum. Warum war er bei dem Gedanken, dass sie einen verlor, so erschüttert gewesen?

Je länger er darüber nachsann, desto klarer wurde ihm, dass er die Antwort vermutlich kannte. Doch wie bei jedem Gedanken, der irgendwie mit dem Tod zusammenhing, zog er es vor, nicht lange dabei zu verweilen.

»Ich hab ganz vergessen, dich nach deinem Namen zu fragen«, erklärte er.

»Ist mir auch aufgefallen. Ich dachte, es interessiert Sie nicht.«

Elliot wusste nicht, was er darauf erwidern sollte, daher unterließ er es ganz.

»Abby«, sagte sie.

»Abby«, wiederholte er. »Also, warum sitzt du hier und weinst, wenn der Welpe nur irgendwo dahinten ist und eine Anästhesie bekommt?«

»Weil ich fürchte, dass es jetzt mehr kostet. Ich habe etwas Geld, aber das ist für ihr Futter und andere Dinge, die sie brauchen. Jetzt muss ich es für den Tierarzt ausgeben, und ich dachte, es könnte vielleicht reichen. Doch jetzt habe ich Angst, dass es nicht genug ist. Was, wenn ich die Behandlung nicht bezahlen kann? Womöglich bekomme ich Patches erst zurück, wenn ich das Geld habe, und dann kriege ich ihn nie.«

Elliot hörte sich alles schweigend an.

Dann schaute er sich um. An den Wänden hingen Fotos von schrecklichen pathologischen Befunden bei Hunden. Ein fortgeschrittener Fall von Räude oder irgendeiner anderen schweren Hauterkrankung. Ein Hundeherz, das von Würmern befallen war, ein Bild, bei dem Elliot das Blut in den Adern gefror. Er konnte sich nicht vorstellen, weshalb irgendjemand solche Bilder rahmen und aufhängen sollte. Es sei denn, es ging darum, Leute derart zu verschrecken, dass sie eher geneigt waren, mehr Geld für Vorsorgeuntersuchungen bei ihren Haustieren auszugeben.

Er blickte zurück nach unten auf den schwarz-weißen Linoleumbelag des Fußbodens.

»Wie viel hast du denn?«, fragte er schließlich.

»Noch achtzig oder neunzig Dollar. Meinen Sie, das reicht?«

»Das bezweifle ich. Nein. Tut mir leid, ich versuche nicht, dich zu entmutigen. Ich hab keine Haustiere, daher kann ich es nicht mit Sicherheit sagen. Aber wenn er eine Anästhesie gebraucht hat ... Dann nein, ich glaub nicht, dass das genug sein wird.«

Eine Weile lang war alles, was er von ihr hörte, ein tiefes Seufzen.

Dann erklärte Abby: »Sie haben mich nicht gefragt, wie ich bezahlen will. Ich glaube, der Grund dafür ist, dass sie dachten, Sie wären mein Dad. Sie wussten nicht, dass ich hier praktisch auf mich allein gestellt bin. Wahrscheinlich vermuten sie, dass Sie Ihre Kreditkarte zücken und die Sache übernehmen werden, als wäre es nichts.«

Elliot schaute kurz zu dem Mädchen. Er hatte sie aus dem Augenwinkel in seine Richtung blicken sehen, daher blickte er zurück. Sie brauchte ganz offensichtlich Hilfe, doch sie würde nicht einfach damit rausrücken und ihn darum bitten. Dennoch hatte sie einen Ausdruck in den Augen, der ihm verriet, sie hoffte, Elliot würde ihr Retter sein.

Aber Elliot wollte niemandes Retter sein. Er fühlte sich kaum in der Lage, sich selbst zu retten. Er brauchte vielmehr selbst Rettung.

Es war so, wie diese Frau gesagt hatte. Diese Frau aus Pats Lesekreis, die bei der Beerdigung mit ihm gesprochen hatte. »Dies ist ein Tag in Ihrem Leben, an dem es Ihnen zusteht, vor allem an Ihre eigenen Gefühle zu denken, statt auf die anderer Rücksicht zu nehmen.« Nur dass es sich länger hinzog als nur einen Tag.

Er öffnete den Mund, um Abby das mitzuteilen.

Bevor er das tun konnte, schwang eine Tür auf, und ein junger Mann, der Elliots Einschätzung nach der Tierarzt sein musste, kam herein. Er sah keinen Tag älter als fünfundzwanzig aus, hatte jedoch ein Namensschild, auf dem »Dr. Prieczek« stand.

»Okay«, verkündete Dr. Prieczek. »Wir haben den Pfotenballen mit vier Stichen genäht. Was nicht leicht war, denn da war nicht viel Platz, aber wir haben es geschafft. Du kannst deinen Hund allerdings nicht gleich mit heimnehmen. Wir müssen ihn noch ein bisschen hierbehalten, bis er ganz wach ist. Und er wird eine von diesen Halskrausen tragen müssen, die alle hassen – Menschen und Hunde gleichermaßen. Niemand will einen Clownskragen. Doch ohne würde er sich die Fäden im Nullkommanix rausreißen. Außerdem braucht er ein Antibiotikum.«

»Also, wie lange muss ich warten?«, fragte Abby.

»Oh, du kannst heimfahren. Du holst ihn dann um sechs ab, oder du kannst anrufen und fragen, ob er schon vorher so weit ist. Ich werde seinen Papierkram an Janice vorne an der Anmeldung weiterleiten, und du kannst die Rechnung jetzt begleichen oder wenn du ihn nachher abholst. Was auch immer einfacher für dich ist.«

Jetzt stand Elliot plötzlich – obwohl er keine bewusste Erinnerung daran hatte, sich erhoben zu haben –, und das Mädchen stand neben ihm. Und er konnte spüren, wie sie allen

Mut zusammennahm, um dem Tierarzt die Wahrheit über ihre finanzielle Situation zu beichten. Sich seiner Gnade auszuliefern. Und er konnte ebenfalls spüren, wie schwer ihr das fiel. Es schien, als hinge es praktisch wahrnehmbar in der Luft.

Sie öffnete den Mund, aber Elliot hielt sie auf. Er legte einen Arm um sie und drehte sich mit ihr zur Tür.

»Wir begleichen das jetzt«, sagte er über die Schulter.

Er ging mit Abby in den Warteraum. Ihre Augen waren riesig und ganz rund, und ihr Mund war leicht geöffnet, als hätte sie ihn vor Schreck zu schließen vergessen. Sie sah aus, als ob sie ihn fragen wollte, was er meinte. Doch offensichtlich traute sie sich das nicht.

Janice war am Telefon.

Abby und er warteten nebeneinander vor dem Tresen. Elliot zückte seine Brieftasche und suchte darin nach der Kreditkarte mit dem höchsten Kreditrahmen. Die legte er auf den Tresen.

»Ich werde es zurückzahlen«, versprach Abby leise.

»Ja, auf jeden Fall.«

»Ich weiß noch nicht, wie, muss ich zugeben. Ich krieg nur zehn Dollar Taschengeld in der Woche, aber irgendwie werde ich es zurückzahlen. Auf jeden Fall kann ich Ihnen schon mal die knapp neunzig Dollar geben, die ich hab.«

»Und wie willst du dann weiter Futter für die Welpen kaufen?«

»Keine Ahnung.«

Sie warteten eine Weile länger. Elliot begann mit seinem Fuß auf den Boden zu tippen. Die Tierarztgebühr kam erst wieder ins Spiel, als Janice ihr Telefonat beendete und ihnen die zweihundertsiebenundsiebzig Dollar hohe Rechnung für Patches' Behandlung präsentierte.

* * *

»In der Hütte gibt es jede Menge zu tun«, meinte Elliot. »Falls du es abarbeiten möchtest.«

»Was denn zum Beispiel?«

Sie lehnten gemeinsam an der Ladefläche des Pick-ups, schauten auf die sechs Welpen, die glücklicherweise nicht ausgebrochen waren.

»Offenbar stand die Tür einige Zeit offen. Daher ist alles voller Staub und Schmutz und muss geschrubbt werden. Sogar die Wände. Es ist auch alles aus Holz und völlig ausgetrocknet. Was wiederum bedeutet, dass alles mit Öl eingerieben werden muss. Die Böden, die Wände, die Schränke. Das ist unfassbar viel Arbeit, obwohl es nur eine Hütte ist.«

»Das klingt trotzdem nicht nach Arbeit für zweihundertsiebenundsiebzig Dollar.«

»Und die Fenster müssen von innen und außen geputzt werden.«

»Klingt immer noch nicht nach zweihundertsiebenundsiebzig Dollar.«

»Egal. Wir finden was. Steig ein.«

»Das geht nicht. Ich kann hier nicht weg. Ich muss auf Patches warten.«

»Das dauert vielleicht Stunden.«

»Aber ich möchte nicht noch mal den ganzen Weg hierher zu Fuß laufen müssen.«

Elliot wusste nicht, wie er ihr ihre sechs Welpen zurückgeben sollte. Die Kiste war in all der Verwirrung irgendwo zurückgeblieben. Er öffnete den Mund, um ihr zu sagen, was er als Nächstes tun würde. Allerdings wusste er merkwürdigerweise selbst gar nicht, was das sein würde. Er begann einfach zu reden und war genauso neugierig darauf wie alle anderen, zu hören, was er sagen würde.

»Dann nehme ich die Kleinen erst mal mit«, erklärte er. »Und wenn Patches hier wegdarf, kannst du ihn zurückbringen.«

»Zurückbringen?« Aus ihrer Stimme klang eine gewisse Anspannung. Wieder schien sie wissen zu wollen, was er meinte. Wieder wagte sie nicht, ihn zu fragen.

»Du brauchst einen Ort, wo sie bleiben können. Wenigstens für den Moment. Und Patches braucht einen trockenen und sauberen Schlafplatz. Zumindest, bis alles verheilt ist.«

»Genau«, antwortete Abby. »Wenigstens für den Moment. Danke, Elliot.« Sie ging zum Eingang der Tierarztpraxis zurück. Dann blieb sie stehen und drehte sich noch einmal zu Elliot um. »Hey. Probieren Sie mal etwas aus, wenn Sie wieder dort oben sind.«

»Okay. Was?«

»Setzen Sie sie alle auf den Boden. Und dann ... legen Sie sich dazu.«

»Dazulegen?«

»Genau.«

»Warum? Und dann was?«

»Das werden Sie schon sehen. Probieren Sie es aus. Sie haben doch gesagt, Sie seien unglücklich, oder?«

»Stimmt.«

»Nun, ich hab festgestellt, dass es unmöglich ist, unglücklich zu sein, wenn man auf dem Rücken liegt, umgeben von lauter Welpen, die einfach tun, was Welpen eben so tun. Vertrauen Sie mir. Ich weiß es. Ich weiß vielleicht nicht alles, aber *das* weiß ich.«

Elliot glaubte nicht, dass er sich mit den Welpen auf den Boden legen würde. Das klang ihm zu sehr nach der Vorstellung einer Dreizehnjährigen davon, wie man nicht unglücklich war, und Elliot wusste, dass das bei ihm nicht reichen würde.

Er öffnete die Beifahrertür von seinem Pick-up und hielt dann inne. Ihm war ein Gedanke gekommen.

»Warte«, rief er.

Abby war schon halb in der Tierarztpraxis, hielt jedoch auf der Türschwelle inne. »Was denn?«

»Hast du meine Eingangstür eigentlich mit Schnur zugebunden?«

Sie blickte hinab auf den Bürgersteig, als sei sie verlegen, weil man sie ertappt hatte. »Ja. Das war ich.«

»Warum? Du wusstest ja überhaupt nicht, wem die Hütte gehört.«

»Nein. Aber ich wusste, sie gehört irgendjemandem. Und ich wusste, wem auch immer sie gehört, ihm muss etwas daran liegen, denn warum sonst sollte sie jemandem gehören, wenn der Betreffende kein Interesse daran hat?«

»Das war jedenfalls sehr nett von dir.«

»Es war nur das, was jeder tun würde. Ich meine … denke ich.«

»Ich finde, das ist auch etwas wert.«

»Ich weiß nicht, was Sie meinen.«

»Es sollte irgendeine Belohnung dafür geben. Ich könnte die Summe reduzieren, die du mir schuldest.«

Sie blieb einen Moment auf der Schwelle stehen. Dann veränderte sich ihr Gesicht, verzog sich zu so etwas wie einem kleinen Lächeln. Oder zumindest zu etwas, das dem näherkam als alles andere, was er bislang bei ihr gesehen hatte.

»Danke, Elliot«, sagte sie.

Und dann ließ sie die Tür hinter sich zufallen.

\* \* \*

Elliot fuhr vorsichtig zurück zur Hütte. Ungewohnt langsam. Besonders bei den Schlaglöchern, denn die sechs Welpen waren immer noch hinten auf der Ladefläche, und er wollte sie nicht zu sehr durcheinanderrütteln.

Von Zeit zu Zeit blickte er in den Rückspiegel. Sie saßen da, die Köpfe gehoben, die Nasen im Wind. Als ob die Luft mit faszinierenden und wichtigen Informationen angefüllt wäre und sie die Gerüche lesen würden wie ein Mensch die Zeitung.

Seltsamerweise fiel ihm erst, als er den Wagen an der Hütte parkte, auf, dass er keine Ahnung hatte, was er mit ihnen anfangen sollte. Nicht einmal kurzfristig.

Er stand eine Weile an der Ladefläche und schaute sie an. Und sie saßen da und schauten zurück.

»Ihr wollt wahrscheinlich was zu fressen«, erklärte er.

Sie wedelten wie verrückt. Elliot hatte keine Ahnung, ob sie wussten, was das Wort »fressen« hieß. Vielleicht waren sie einfach nur begeistert, weil er das Schweigen gebrochen hatte und mit ihnen sprach.

»Allerdings habe ich kein Hundefutter. Tut mir leid.«

Das Wedeln ihrer Schwänze wurde langsamer. Vermutlich übermittelte Elliot zu viel Gefühl mit den Worten. Machte die Welpen mit seinem Tonfall auf den Unterschied zwischen guten und schlechten Nachrichten aufmerksam.

»Abby hat es mitgenommen, als sie vorhin hier weg ist, und ich weiß gar nicht, wo sie … Ach, was tue ich denn hier? Ich rede mit euch, als ob ihr mich verstehen könntet.«

Der ganz braune Welpe legte fragend den Kopf schief. Elliot fand das beinah erschreckend niedlich.

»Ich denke, ich kann euch immerhin Wasser geben. Ihr habt wahrscheinlich Durst.«

Er griff nach seiner kürzlich erworbenen Kühlbox, die in einer Ecke der Ladefläche stand und die er vorhin mit Eis gefüllt hatte. Als er den Deckel anhob, um hineinzuschauen, stellte er fest, dass die Hälfte des Eises bereits geschmolzen war. Und er hatte noch nicht einmal sein Essen darin untergebracht.

Wieder seufzte er und trug sie in die Hütte, sagte nichts zu der Tatsache, dass die Box an den Ecken angekaut war – nicht einmal im Geiste.

Er fand eine Schüssel aus Metall, die nicht gestohlen worden war, und füllte sie mit Wasser aus dem Wasserhahn.

Er trug sie raus zum Pick-up, und die Welpen rannten einander beinah um, so eilig hatten sie es, hinzukommen. Sie leerten sie binnen fünfzehn oder zwanzig Sekunden.

Während er ihnen beim Trinken zusah, legte Elliot eine Hand auf die Ladefläche und entschied, dass es zu heiß war, um sie hierzulassen.

»Ich bringe euch wohl besser in den Schuppen«, erklärte er.

Er hob immer zwei auf einmal runter und ging zum Schuppen. Drei folgten, drei taten das nicht.

Er behielt die Nachzügler im Auge, öffnete die Tür und spähte hinein. Abby hatte den Boden gefegt und sauber gemacht und die ganzen Zeitungen weggeräumt. Die einzigen Dinge, die sich noch auf den sonst leeren Regalen befanden, waren seine beiden angeknabberten Sofakissen.

»Also«, sagte er und blickte die zwei Welpen an, die ihm in den Schuppen gefolgt waren. »Es ist nicht wirklich für euch vorbereitet. Aber ich möchte nicht, dass ihr draußen auf die Straße lauft, daher werde ich euch hier einsperren, bis sie zurückkommt. Himmel. Da mache ich es schon wieder, rede mit euch, als verstündet ihr jedes Wort.«

Er trat rasch hinaus und sperrte sie ein.

Draußen gelang es ihm, drei weitere zu erwischen. Er hob sie auf den Arm und versuchte das erbärmliche Gewinsel und Gekratze von der anderen Seite der Schuppentür zu ignorieren.

Er brachte die drei hinein, wofür er die Tür öffnen musste – was er sofort bereute, denn die beiden, die drin gewesen waren, nutzten die Gelegenheit zur Flucht. Er setzte die drei Neuen drinnen ab und schloss die Tür so schnell, wie er konnte. Allerdings nicht schnell genug. Zwei der drei entkamen wieder.

Elliot seufzte, öffnete die Tür und ließ sie offen. Er setzte sich, lehnte sich mit dem Rücken an die Schuppenwand und schaute zu, wie die Welpen rumliefen und spielten.

»Also, das hier funktioniert nicht«, sagte er laut zu niemandem im Besonderen.

Er entschied, dass die einzige wirklich funktionierende Maßnahme so was wie ein Babygitter im Schuppen sein würde. Irgendeine Barriere, sodass er die Welpen auf der anderen Seite absetzen konnte. Aber natürlich hatte er nichts in der Art hier.

Die kleine schwarz-weiße Hündin, die wie ein Queensland Heeler aussah, lief in einem großen Bogen zu ihm zurück und sprang über seine Beine, was ihm ein Lachen entlockte. Nur ein einziges kurzes Lachen. Es klang in seinen eigenen Ohren komisch, wie ein Überbleibsel eines so tief verschütteten Teils seiner Vergangenheit, dass er es kaum wiedererkannte.

Dann verstummte das Lachen, und er merkte, dass er in einer unangenehmen Situation gelandet war. Er hatte immer noch nicht das Nickerchen gemacht. Er hatte immer noch nicht seine Lebensmittel gekühlt. Auch wenn gar nicht mehr so viel Eis zum Kühlen da war. Und er konnte nicht mal reingehen und sich dort hinlegen, weil er die Hunde nicht unbeaufsichtigt auf dem uneingezäunten Grundstück lassen wollte.

Er stand da und nahm immer zwei auf einmal in seine Arme, hob sie zurück auf die Ladefläche des Pick-ups. Das war der einzige Platz, der ihm einfiel, wo sie bleiben würden. Als er alle beisammenhatte, setzte er sich in den Pick-up, startete den Motor und lenkte ihn zwischen zwei Bäume. Er konnte zwar kaum noch die Fahrertür öffnen, um wieder auszusteigen, aber wenigstens war die Ladefläche jetzt im Schatten.

Er blickte hinab auf die Welpen, und sie schauten zu ihm hoch.

Dann kletterte er über die Stoßstange zu ihnen.

»Was zur Hölle?«, sagte er laut zu ihnen. »Was habe ich schon zu verlieren?«

Er streckte sich auf dem Rücken aus, ließ seine Beine über die Ladeklappe hängen. Und sie taten genau das, was man von einer Bande Welpen erwarten würde. Sie stürzten sich auf ihn, alle auf einmal. Sie kletterten über seinen Bauch und seine Brust und drehten sich wild, benutzten ihn wie ein Sprungbrett. Sie leckten ihm das Gesicht und knabberten an seiner Nase. Einer von ihnen packte mit den Zähnen seinen Ärmel und begann daran zu zerren. Und ließ keinerlei Anzeichen erkennen, dass er damit je wieder aufhören wollte.

Elliot lag da, schützte, so gut es ging, sein Gesicht und lachte, ungefähr drei oder vier Minuten lang. Dann richtete er sich auf.

»Nun, das war lustig, solange es gedauert hat«, meinte er. »Aber …«

Ein drittes Mal würde er so was Dummes nicht tun – den Welpen die Welt mit Worten erklären. Elliot wusste natürlich, was das »aber« war. Sie hingegen nicht. Und sie mussten das auch gar nicht.

Es war lustig gewesen, ja, und er hatte flüchtig so etwas wie Glück verspürt. Wie Miniurlaub von den Sorgen. Das Problem an Urlaub war nur leider, dass er immer irgendwann vorbei war und man wieder nach Hause musste. Abbys Glücksrezept war interessant und schön, allerdings nicht von Dauer.

»Ich werde jetzt reingehen und ein Nickerchen machen«, teilte er den Welpen mit.

Er stieg von der Ladefläche.

Die Hunde winselten und jaulten, doch er ignorierte sie so gut wie möglich und betrat die Hütte.

Er verstaute die Lebensmittel in der Kühlbox und streckte sich auf der Couch aus, ohne sie zu einem Bett auszuklappen.

Trotzdem konnte er die Welpen noch winseln hören. Ein paar Minuten lang versuchte er einzuschlafen, gab dann aber auf und kehrte zu ihnen nach draußen zurück.

Sie überschlugen sich fast vor Begeisterung, ihn zu sehen.

Er hob sie nacheinander aus dem Pick-up und setzte sie auf die Erde. Dann streckte er sich auf dem Boden aus und gönnte sich einen weiteren, diesmal jedoch deutlich längeren Urlaub.

# Kapitel 11

## JÄGERGRÜN UND TIEFSEEBLAU

### *Mary*

Es war nach ein Uhr mittags, als das Telefon an der Küchenwand klingelte. Mary war sich sicher, dass es Viv war, denn sonst rief sie kaum jemand an. Sie griff nach dem Hörer.

»Hallo, Viv«, sagte sie.

Stille am anderen Ende der Leitung.

»Hallo?« Diesmal war es eine Frage.

»Oh. Tut mir leid. Hallo. Hier ist nicht Viv. Hier ist Cara Masterson. Sie wissen schon, Paulas Mutter?«

»Oh. Ja. Natürlich. Wie geht es Ihnen?«

Mary hatte keine Ahnung, warum Paula Mastersons Mutter sie anrufen sollte, es sei denn, Abby steckte in irgendwelchen Schwierigkeiten. Doch zu fragen: »Was wollen Sie?«, wäre vermutlich unhöflich. Also wartete Mary einfach.

»Oh, gut, gut. Ich wollte nur ... Wahrscheinlich ist es gar nichts, Mary. Ich bin mir nicht einmal sicher, ob es richtig ist, Sie deswegen anzurufen.«

Mary spürte, wie sich Eiseskälte in ihrem Magen ausbreitete.

»Was? Was ist es? Sagen Sie es mir.«

»Kennen Sie irgendeinen Grund, warum Abby mit einem Mann Mitte fünfzig reden sollte, der nicht von hier ist? Weil er das Haus renoviert, ist Steve mehrfach durch die Stadt zum Eisenwarengeschäft gefahren. Das an der Tank Street, falls Sie es kennen. Und dabei hat er Abby mit einem Mann reden sehen. Wie sie sich an seinen Pick-up gelehnt hat. Und sie hatten eine … Ich glaube, das Wort, das er benutzt hat, war ›intensiv‹. Eine intensive Unterhaltung. Als würden sie einander kennen. Aber kennt Abby einen Mann in dem Alter, der nicht aus der Stadt ist?«

Mary öffnete den Mund, um zu antworten, doch sie erhielt keine Gelegenheit, etwas zu sagen.

»Höchstwahrscheinlich ist es ja nichts. Ich meine, vermutlich ist es nichts. Vielleicht hat er sie nur nach dem Weg gefragt. Aber selbst das fühlt sich merkwürdig an, denn so, wie die Dinge heutzutage sind, sollte er einen Erwachsenen fragen und nicht eine Dreizehnjährige ansprechen. Das erweckt so schnell einen falschen Eindruck. Steve wusste nicht genau, was er davon halten sollte, also ist er ihm, als er gesehen hat, dass der Typ durch die Stadt zurückgefahren ist, ein Stück gefolgt. Nicht den ganzen Weg bis nach oben, denn er ist auf die Straße abgebogen, die hoch in die Berge führt. Sie wissen schon, über die Brücke an der Tank Street und dann mitten ins Nichts, in die Nähe vom Nationalpark. Die Straße ist nur anfangs befestigt, und da ist so wenig Verkehr, dass Steve das Gefühl hatte, er könnte ihm nicht da hinauf folgen. Er hat gesagt, es wäre zu offensichtlich gewesen. Sie wissen schon. Dass Steve ihn verfolgt. Aber diese Straße endet weiter oben, also hat er sich gedacht, er muss wohl in einer der alten Jagdhütten wohnen. Er hat gesagt, den Typen erkennt man ganz leicht, denn er hat einen grünen Pick-up. Ein dunkles Jägergrün. So etwas fährt ja niemand mehr. Niemand fährt mehr farbige Autos. Steve und ich haben gerade gestern Abend darüber geredet. Ist Ihnen das auch schon aufgefallen?«

Wieder öffnete Mary den Mund, um etwas zu erwidern. Wieder gelang es ihr nicht.

»Alle haben nur noch silberne oder schwarze Autos. Und wenn es doch eine Farbe hat, dann gleich Feuerwehrrot. Was ein großer Fehler ist, weil man damit bloß häufiger angehalten wird. Oh, tut mir leid, ich wollte nicht vom Thema abschweifen. Vermutlich ist es nichts. Jetzt fühle ich mich schlecht, weil ich Sie angerufen hab und Sie sich am Ende wegen etwas aufregen, was vielleicht ganz harmlos ist. Aber was, wenn es das *nicht* ist und ich Sie nicht anrufe? Wie schlecht würde ich mich dann fühlen?«

»Es war richtig, dass Sie sich bei mir gemeldet haben, Cara.«

»Und denken Sie, es ist harmlos?«

»Ich weiß nicht, was ich denken soll.«

Doch sie erinnerte sich an etwas, was Abby zu ihr gesagt hatte. Als sie so unerwartet zum Mittagessen in der Küche erschienen war. *Ich bin gern draußen. Ich bin oben in den Bergen wandern gewesen.* Da war es unwahrscheinlich, dass sie dem Typen nur zufällig in der Stadt begegnet war.

In Mary breitete sich schlagartig ein übelkeiterregender Schreck aus. Und Schuldgefühle. Schuldgefühle, weil sie eine entsetzlich schlechte Mutter war. Weil sie Abbys stundenlange Abwesenheit viel zu schnell als unschuldigen Spaß abgetan hatte.

Wenn Abby etwas Schlimmes zustieß, würde sie sich das niemals verzeihen können. Niemals.

Einen so großen Fehler verzeiht man sich einfach nicht.

\* \* \*

Mary erklomm unter der heißen Sonne keuchend den Berg. Es war schwer.

Vor Jahren, als Stan gerade mit ihnen hergezogen war, hatte Mary die ganze Zeit Wanderungen unternommen. Manchmal den halben Tag lang, so weit die Berge hoch, wie ihre Beine sie trugen. Aber jetzt wurde ihr zu ihrer Bestürzung klar, dass sie für diese Art von Anstrengung nicht mehr fit genug war.

Sie musste häufig eine Pause einlegen, stützte die Hände auf die Oberschenkel und atmete heftig, bis sie bereit war, die nächsten Schritte in Angriff zu nehmen. Doch sie ruhte sich nie lange aus. Weil sie das nicht konnte.

Es ging schließlich um Abbys Sicherheit.

Sie kam an verschlossenen Toren vorbei, die meisten überwuchert von irgendwelchen Pflanzen. Sie konnte nicht erkennen, ob jemand hinter diesen Toren lebte oder ob die Häuser überhaupt bewohnbar waren.

Weiter oben stand ein altes, verfallenes Haus mit einer unheimlich wirkenden Scheune, die Mary eine Gänsehaut verursachte. Sie musste sich eingestehen, dass ihre Tochter hier auf keinen Fall allein unterwegs sein sollte. Sie hatte gedacht, dass es sicher wäre, weil es an der frischen Luft war. Draußen eben. Aber ein junges Mädchen konnte überall in Schwierigkeiten geraten, und jede derart verlassene Gegend steckte voller Gefahren.

Sie kam an Propantanks und Wassertanks und Solarmodulen auf Streben vorbei, wobei alles sehr alt und dreckig und verrostet und unbenutzt aussah.

Sie begann sich zu fragen, ob hier überhaupt irgendetwas oder -jemand war. Oder ob sie nur ihre Zeit und ihre Energie verschwendete.

Zwanzig Minuten später konnte sie nicht mehr. Sie setzte sich mitten auf die Straße, auf eine harte Furche, und brach vor Erschöpfung beinah in Tränen aus. Aber sie wusste, sie musste aufstehen und weitergehen. Dennoch ließ sie sich diesmal ein paar Minuten Zeit. Eine echte Pause.

Schließlich zwang sie ihre erschöpften Glieder, sich erneut zu bewegen. Sie stemmte sich hoch und machte sich wieder auf den Weg.

Nach zehn Schritten kam sie um eine Kurve, und da war es.

Ein dunkelgrüner Pick-up, der an einer schmalen Stelle merkwürdig zwischen den Bäumen stand, als versuchte jemand, den Wagen zu verstecken. Ein Mann in den Fünfzigern lag ausgestreckt auf dem Boden. Auf dem Rücken. Mit einem Wurf Welpen.

Vielleicht waren es gar nicht Abbys Welpen, durchfuhr es Mary wie ein Blitz. Vielleicht gehörten sie diesem Fremden, und Abby war hier oben und spielte mit ihnen, weil sie zu jung und zu unschuldig war, um die möglichen Gefahren so einer Beziehung zu verstehen. Benutzten Männer nicht genau so etwas, um Kinder in die Falle zu locken?

Er bemerkte sie und setzte sich rasch auf, hielt zwei der Welpen an seine Brust gedrückt.

Marys Herz klopfte so schnell, dass ihr schwindelig wurde. Doch sie stellte ihn zur Rede, denn das war der Grund, warum sie hier war. Und das war es, was sie jetzt tun musste.

»Wo ist meine Tochter?«

Der Fremde setzte die Welpen auf den Boden, stand auf und kam zu ihr. Mary dröhnte der Puls in den Ohren. Der Mann schaute ihr direkt in die Augen. Seine eigenen hatten eine ungewöhnliche Farbe – ein dunkles Blau. Fast Marineblau. Wie sturmgepeitschtes Meer. Er strahlte große Bedachtsamkeit aus, und es schien ihr, als trüge er eine unsichtbare Rüstung.

»Das ist eine seltsame Frage«, erwiderte er. »Vor allem von jemandem, den ich noch nie getroffen oder auch nur gesehen habe.«

»Streiten Sie ab, dass Sie sie kennen?«

»Ist Ihre Tochter Abby?«

»Dann kennen Sie sie also! Ich will sofort wissen, wo sie ist! Woher kennen Sie sie? *Warum* kennen Sie sie? Was haben Sie überhaupt mit einem Mädchen in ihrem Alter zu schaffen?«

»Ich weiß nicht, welche dieser Fragen ich jetzt beantworten soll.«

»Alle!«

Der Mann seufzte und blickte zu Boden, und Mary hatte das merkwürdige Gefühl, dass sie ihm Angst machte. Ihn womöglich sogar verletzte. Als wäre sie der Schurke hier. Nicht andersherum.

»Ich habe sie erst heute Vormittag kennengelernt«, erklärte er. »Sie hat eine Mitfahrgelegenheit in die Stadt gebraucht.«

»Warum konnte sie nicht laufen? Sie läuft überallhin.«

Keine Antwort.

»Das ist kein gutes Zeichen«, stellte sie fest. »Dass Sie nicht mal eine einfache Frage beantworten wollen. Ich bin mir sicher, dass Sie etwas verbergen.«

Immer noch keine Antwort.

»Okay. Dann wende ich mich an den Sheriff.«

Sie drehte sich um, um den Berg wieder hinabzusteigen, und plötzlich wallte Panik in ihr auf. Warum hatte sie das gesagt? Welche Idiotin erzählte einem Mann, der vielleicht gefährlich war, dass sie ihm den Sheriff auf den Hals hetzen wollte? Und dann auch noch mitten im Nirgendwo wie hier?

Mary hatte gerade ein Buch gelesen, in dem die Heldin in einem Haus mit dem Mörder allein war und ihm alles erzählt hatte, was sie wusste – wie sie herausgefunden hatte, dass er ein Verbrechen begangen hatte. Und dann hatte er sich natürlich auf sie gestürzt und hatte versucht, sie ebenfalls zu töten. Mary hatte das Buch zur Seite gelegt und nicht zu Ende gelesen, weil es ihr so dämlich erschienen war. Sie hatte tatsächlich laut zu dem Buch gesagt: »So dumm ist ja wohl niemand!« Und jetzt musste man sich nur mal anschauen, was sie gerade getan hatte.

Und er war hinter ihr. Sie konnte hören und spüren, wie er immer näher kam.

»Warten Sie!«, rief er.

Er klang ... flehend. Fast hilflos. Als wäre die Welt im Moment einfach zu viel für ihn. Also blieb sie stehen, drehte sich um und wartete ab, was er zu sagen hatte.

»Ich dachte, die Welpen wären ein Geheimnis«, erklärte er. »Sie wissen schon. Etwas, das sie ihren Eltern nicht erzählt hat. Ich wollte sie nicht verpetzen.«

Sie sah ihm wieder in die Augen. Er erwiderte ihren Blick nicht, sondern schaute zu Boden.

»Warum haben Sie versucht, Ihren Pick-up zu verstecken?«

»Das habe ich ja gar nicht. Die Welpen waren hinten auf der Ladefläche, und in der Sonne war es zu heiß. Ich wollte, dass sie Schatten haben.«

»Wenn das Abbys Welpen sind, warum haben Sie sie denn überhaupt hier bei sich?«

»Sie hat sie in meinem Schuppen einquartiert. Ich bin erst heute Morgen hergekommen, nachdem ich schon sehr lange nicht mehr hier war. Daher hat sie vermutlich gedacht, die Hütte sei aufgegeben worden. Ich habe ihr gesagt, sie soll sie irgendwo anders hinbringen. Aber dann hat sich einer von ihnen verletzt. Es hat ziemlich heftig geblutet. Sie wollte zu Fuß zum Tierarzt, doch ich habe sie hingefahren, weil ich gesehen habe, wie schwierig das war.«

Mary stand einen Moment einfach da, überlegte fieberhaft. Sie wusste, dass die Geschichte von der Rettung der Welpen nichts war, was Abby sich ausgedacht hätte. Zumindest hätte Abby Mary nicht erzählt, dass sie in den Fluss gesprungen sei, wenn das nicht stimmte – wenn sie es nicht hätte erzählen müssen –, denn sie hatte gewusst, dass ihre Mutter außer sich sein würde. Warum sollte sie sich eine Geschichte ausdenken, die ihr nur Ärger einbringen würde? Und ja, sie hatte schließlich gewusst, dass Abby die Hunde irgendwo versteckte …

Trotzdem fehlte da noch etwas. Irgendeine Information, denn so war es noch nicht stimmig.

»Warum haben Sie die Welpen dann wieder hierher mitgenommen?«

Seine Miene wurde verlegen. Mary meinte sogar zu erkennen, dass er tatsächlich ein klein wenig rot wurde.

»Es hat sich herausgestellt, dass ich ein ziemliches Weichei bin«, antwortete er.

Zu ihrer Überraschung lachte Mary laut auf. Das lag zum einen an der Art, wie er das sagte, und zum anderen war es vermutlich einfach die notwendige Entladung ihrer Anspannung.

»Sie sind okay«, erklärte sie, beinahe als würde sie es sich selbst und ihm im gleichen Moment versichern. »Gott sei Dank.«

»Hätten Sie gerne etwas Kaltes zu trinken? Sie sehen so erhitzt und müde aus.«

Sie wollte dankend ablehnen und so schnell wie möglich wieder verschwinden. Doch ihr war tatsächlich heiß, und sie war müde. Und durstig. Außerdem fühlte sie sich schuldig und war leicht verlegen wegen dem, was sie zu ihm gesagt hatte.

»Ich glaub, das Angebot nehme ich an. Es tut mir leid, dass ich Sie so schrecklicher Dinge beschuldigt habe. Jetzt fühle ich mich furchtbar.«

»Ist schon in Ordnung.«

»Wie kann es in Ordnung sein?«

»Sie schien einfach so … Ihre Tochter, meine ich. Ich kenne sie ja erst seit ein paar Stunden, aber ich hatte den Eindruck, als wäre sie … allein auf der Welt. Es erleichtert mich, wenn ich jetzt weiß, dass sie jemanden hat, der bereit ist, es mit allen aufzunehmen, damit ihr nichts zustößt. Das erleichtert mich wirklich. Bitte behalten Sie die Welpen im Auge, während ich kurz reingehe und uns was zu trinken hole.«

* * *

Mary lehnte in der offenen Tür der Hütte und schaute hinein. Und beobachtete ihn. Und drehte sich immer wieder um, um sich davon zu überzeugen, dass die herumtollenden Welpen keinen zu großen Quatsch machten.

Die Hütte war hübsch eingerichtet, auch wenn alles verstaubt und dreckig war. Mary konnte sich nicht vorstellen, wie jemand in all dem Schmutz leben konnte. Dann erinnerte sie sich, dass er erwähnt hatte, er sei erst heute Morgen hier hochgefahren. Und er hatte sich in der Zwischenzeit hauptsächlich mit Marys Tochter und ihren Notfällen beschäftigt.

Sie betrachtete die Tierköpfe an den Wänden, und ihr lief ein Schauer über den Rücken, weil sie kein Freund der Jagd war. Sie schaute wieder den Mann an, versuchte das Töten von Tieren mit dem in Einklang zu bringen, was sie sah. Er füllte Plastikgläser mit Eis aus einer billigen Supermarkt-Kühlbox. An der linken Hand trug er einen goldenen Ehering. Mary blickte rasch weg, nicht sicher, warum sie das überhaupt überprüft hatte.

»Sie jagen?«, fragte sie ihn.

»Nicht mehr.«

Er trat zu ihr an die offene Tür und reichte ihr eine Dose mit einem Softdrink sowie ein Plastikglas mit Eis. Zusammen gingen sie vom Haus in den Garten.

»Es tut mir leid, aber wir können uns hier nirgends hinsetzen«, sagte er. »Früher hatte ich hier oben Campingstühle, doch die sind gestohlen worden.«

»Das tut mir leid«, erwiderte sie und ließ sich im Schneidersitz auf dem Boden nieder. Ein Welpe kletterte sofort über ihre

Beine und erschreckte sie. »Man sollte zwei Klappstühle draußen lassen können, ohne dass sie gleich jemand mitnimmt.«

»Sie waren nicht draußen«, stellte er richtig und setzte sich in einem sehr respektvollen Abstand zu ihr ebenfalls auf die Erde. »Sie waren im verschlossenen Schuppen.«

»Jemand hat Ihren Schuppen aufgebrochen?«

»Den Schuppen und die Hütte. Und hat fast alles gestohlen, was nicht niet- und nagelfest war, und dann auch noch die Tür aufgelassen. Darum ist es drinnen auch so dreckig.«

»Das würde Abby niemals tun.«

»Nein, das weiß ich. Sie ist nur hinterher vorbeigekommen und hat den leeren Schuppen für die Welpen genutzt. Sie ist diejenige, die die Tür zugebunden hat, damit es nicht noch schlimmer wird. Leider hatte sie zu dem Zeitpunkt schon ziemlich lange offen gestanden.«

Mary öffnete die Dose und goss sich ein. Sie war so durstig, dass sie spürte, wie ihr das Wasser im Mund zusammenlief, während sie das Sprudeln beobachtete. Sie nahm einen langen Schluck und schloss die Augen, genoss die Kälte, die den Weg der Flüssigkeit nach unten begleitete.

»Ich mag Ihre Tochter«, fuhr der Mann fort. »Allerdings nicht auf irgendeine Weise, die Ihnen Sorgen bereiten müsste. Ich mag sie einfach nur, weil sie so begeisterungsfähig ist. Und entschlossen.«

»Ja, das ist meine Abby.«

Sie trank mit geschlossenen Augen ein paar Schlucke, und ihr fiel auf, dass zwischen ihnen eine unangenehme Stille entstanden war.

»Ihre Frau muss viel Geduld haben«, stellte Mary fest und überraschte sich damit selbst. Sie hatte gar nicht gewusst, dass sie etwas sagen würde, ganz zu schweigen von einer so unhöflichen und lächerlichen Bemerkung.

»Wie meinen Sie das?«

»Na ja, Sie wissen schon. Das mit der Jagd. Man spricht immer von Fußballwitwen. Und Golfwitwen. Einen Ehemann zu haben, der zur Jagd in die Berge fährt, muss ganz ähnlich sein.«

Sie sah ihn absichtlich nicht an, während sie redete. Sie hatte ihre Verlegenheit noch immer nicht überwunden. Tatsächlich wurde sie sogar größer. Sie wollte hier weg, doch sie fühlte sich verpflichtet, erst auszutrinken.

»Oh«, erwiderte er. »Ja. Hatte sie. Sehr viel Geduld.«

»Hatte? Ach, stimmt ja. Sie haben gesagt, sie gehen nicht mehr auf die Jagd. Also, einer der Welpen hat sich verletzt? Nicht zu schwer, hoffe ich.«

»Nichts Lebensbedrohliches. Nur ein Schnitt. Aber er musste genäht werden. Und schauen Sie, ich hoffe, das ist okay. Abby hatte nicht genug Geld für den Tierarzt. Und wie ich ja schon erwähnt habe … Ich bin ein ziemliches Weichei. Daher habe ich es ausgelegt und ihr gesagt, sie könne die Hütte putzen, als Möglichkeit, es mir zurückzuzahlen. Leider ist mir dabei gar nicht in den Sinn gekommen, dass ihre Eltern etwas dagegen haben könnten, dass sie bei mir ist. Natürlich verstehe ich das. Junges Mädchen, mittelalter Mann. Wenn Sie möchten, dass ich das Angebot zurückziehe …«

Mary musterte ihn eindringlich. Sein Gesicht. Seine dunkelblauen Augen. Es war nicht leicht, doch es gehörte zu den Dingen, die sie tun musste. Sie wägte einen Moment lang ganz genau ab, was sie dort wahrnahm.

»Nein«, sagte sie dann entschlossen und war sich ganz sicher. »Ziehen Sie es nicht zurück. Ich weiß jetzt, dass sie hier gut aufgehoben ist. Es tut mir leid, dass ich etwas anderes gedacht habe. Sie sind ein netter Mann und wollten nur helfen. Und es wird ihr guttun. Sie möchte auf eigenen Füßen stehen und diese Welpen aufziehen. Ich weiß nicht, ob ihr das gelingt, aber ich weiß, sie wird dabei eine Menge lernen. Es wird gut für sie sein, zu wissen, dass man sich verletzen kann und dass Ärzte teuer sind und dass es eine Weile dauert, Schulden abzuarbeiten. Ich hab nur eine Bitte. Ich wusste von den Welpen. Sie hat mir erzählt, dass sie sie gerettet hat, hat allerdings behauptet, sie hätte sie ins Tierheim gebracht. Auch wenn mir klar war, dass das nicht stimmt.«

»Doch, da war sie«, widersprach der Mann. »Die Frau im Tierheim hat mir das erzählt. Nur hätten sie die Hunde eingeschläfert, wenn sie sie dort gelassen hätte. Also hat sie das nicht getan. Sie dort gelassen, meine ich. Immerhin war es die halbe Wahrheit.«

»Nun ja, man hofft bei der eigenen Tochter auf mehr als die halbe Wahrheit, aber ich denke, auch das ist etwas wert.«

»Woher wussten Sie, dass sie sie immer noch hat?«

»Plötzlich war sie kaum noch zu Hause und die ganze Zeit unterwegs, und dann ist sie mit kleinen Bisswunden an den Händen und Pfotenabdrücken auf der Kleidung heimgekommen.«

»Ich vermute, das sind gute Hinweise, ja. Was war es denn, was ich für Sie tun soll? Sie haben gesagt: ›Ich habe eine Bitte.‹ Aber dann haben Sie mir nie gesagt, was für eine.«

»Ich wollte … Bitte erzählen Sie ihr nicht, dass ich hier war, okay? Ich möchte ihr das Gefühl lassen, dass sie diese Sache wirklich ganz allein macht, nicht dass ich ihr hinterherspioniere. Also erwähnen Sie nicht, dass wir uns kennengelernt haben. Und wo wir davon reden, ich muss los. Ich möchte ihr nicht auf dem Heimweg begegnen.«

Sie nahm den letzten Schluck aus ihrem Glas und stand auf. Er blieb sitzen. Ein Welpe kam herangestürmt, zwickte Mary durch ihre Hose in die Wade, und sie schrie vor Schreck auf. Dann lachten sie beide. Mary und dieser Mann. Sie lachten gemeinsam über etwas. Es war ein merkwürdiges Gefühl.

Sie musste daran denken, dass Stan garantiert einen Anfall gekriegt hätte, wenn er dabei gewesen wäre.

»Danke, dass Sie meiner Tochter geholfen haben«, sagte sie. »Sie scheinen ein sehr netter Mann zu sein.«

Dann drehte sie sich um und trat eilig den Rückweg an, noch ehe sie hören konnte, was er darauf antwortete.

# Kapitel 12

## DIE FLÜCHTIGKEIT

### *Abby*

Als sie zur Hütte zurückkam, hatte Abby Patches unter ihrem Shirt, drückte ihn fest an ihren nackten Bauch. Er war schläfrig, hatte nur drei gesunde Pfoten, und außerdem hatte sie nicht gewollt, dass man sie in der Stadt mit ihm sah. Hier oben war es zwar unwahrscheinlich, dass sie jemandem begegnete, aber Patches fühlte sich warm und weich an ihrer Haut an, und außerdem konnte er noch nicht selbst laufen. Daher trug sie ihn den ganzen Weg zur Hütte hoch, so wie sie ihn durch die Stadt getragen hatte. Versteckt.

Der schreckliche Plastikkragen steckte eng zusammengerollt hinten in ihrer Hosentasche, unter dem Saum ihres T-Shirts.

Elliot saß mit den Welpen auf dem Boden, die begeistert auf sie zugerannt kamen, als sie sie entdeckten. Sie sprangen aufgeregt an ihr hoch und zerkratzten ihr mit ihren scharfen kleinen Krallen die Beine.

Sie zog Patches unter dem Shirt hervor, und er blinzelte unglücklich.

Seine Hinterpfote war verbunden und mit einer Gummisocke gesichert, damit der Mull sauber und trocken blieb. Und der Tierarzt hatte recht – ohne die Halskrause würde der Verband nicht lange überleben.

Sie holte den Kragen aus ihrer Hosentasche und versuchte ihn um Patches' Hals herum anzubringen, doch sie hatte nur eine Hand frei, weil sie den Hund mit der anderen festhalten musste.

Elliot verfolgte das alles milde interessiert.

»Soll ich dir helfen?«, erkundigte er sich nach einer Weile.

»Ja, bitte. Ich möchte ihn nicht runtersetzen, bevor er den Kragen umhat, weil er vermutlich sofort abhaut.«

Sie drückte den Welpen fest an ihren Bauch, während Elliot den Plastikkragen anbrachte und die weichen Verschlüsse zuzog, mit denen sich die Weite regulieren ließ.

»Setz ihn ab, und lass uns sehen, wie er damit klarkommt«, meinte Elliot.

Behutsam stellte Abby Patches auf seine drei Pfoten und richtete sich dann auf. Die anderen sechs Welpen stürzten sich auf ihn und warfen ihn um. Er kämpfte sich wieder auf die Beine und versuchte wegzuhumpeln, hielt dabei immer noch die verletzte Pfote hoch. Sofort stieß er mit dem Rand des Plastikkragens gegen Queens Gesicht, prallte zurück und landete auf seinem Hundepo. Queen stand da, wirkte verblüfft und blinzelte mit dem Auge, das getroffen worden war. Patches kämpfte sich erneut auf seine drei Pfoten und stand dann mit gesenktem Kopf da, schien zu eingeschüchtert, um sich zu bewegen.

Abby setzte sich auf die Erde, um ihn zu beobachten. Elliot ließ sich nicht weit von ihr entfernt nieder, und gemeinsam schauten sie den Welpen zu. Patches verriet weiter keine Neigung, sich der Welt mit diesem Ding um den Hals zu stellen.

»Wow«, bemerkte Elliot. »Das wird wirklich schwierig für ihn, oder? Wie lange muss er den tragen?«

»Mindestens zehn Tage. Bis die Fäden gezogen werden können.«

»Das werden zehn schwere Tage für ihn.«

»Ja, ich weiß.«

Eine Weile saßen sie einfach da und beobachteten die Welpen. Die drängten sich um Patches, liefen allerdings nicht herum und spielten auch nicht. Ihn noch halb unter Narkose und verletzt zu sehen schien ihnen allen den Schneid abgekauft zu haben, Menschen wie Hunden.

»Das hier ist alles viel schwieriger, als ich dachte«, erklärte Abby.

Sie blickte hinüber zu Elliot, der nachdenklich nickte.

»Selbst ein Welpe allein ist schon eine Herausforderung. Die meisten Leute denken, sie wissen, wie schwierig es ist, einen jungen Hund zu erziehen. Aber dann, nachdem sie es getan haben, müssen mehr oder weniger alle zugeben, dass sie eigentlich gar keine Ahnung hatten. Das ist eine von den Sachen, die immer anstrengender sind, als man sich das vorstellt, wenn man sich dafür entscheidet. Und die meisten Leute nehmen ja auch nicht sieben auf einmal. Eigentlich kenne ich niemanden, der sieben Welpen auf einmal bei sich aufgenommen hat.«

»Nun, Sie kennen mich«, antwortete Abby.

»Stimmt. Ich meinte, bevor ich dich getroffen hab.«

Sie verfolgten, wie Patches zwei weitere Schritte nach vorn in Angriff nahm und dabei den Kopf zu weit senkte. Der Rand des Plastiktrichters blieb am Boden hängen, und er stolperte, landete mit der Schnauze voran auf der Erde, kippte dann zur Seite, weil der Kragen verhinderte, dass er auf sein Gesicht fiel. In dem Moment schien er zu kapitulieren. Er ließ sich in eine sphinxähnliche Position sinken, testete das Gewicht des Dings und wie es ihn behinderte. Schließlich legte er sich auf die Seite und begnügte sich damit, im warmen Nachmittagssonnenschein ein Nickerchen zu machen.

»Und? Haben Sie es ausprobiert?«, fragte Abby Elliot.

Sie rechnete damit, dass er erwiderte: »Was ausprobiert?« Das tat er nicht. Offenbar bewegte er sich gedanklich in dieselbe Richtung wie sie.

»Ja.«

»Und?«

»Es war schön, solange es gedauert hat. Es war einfach nur so … Du weißt schon. Vorübergehend. Flüchtig. Sobald man sich aufsetzt und es vorbei ist, meine ich … Das war's dann. Es war kein dauerhaftes Glücksgefühl.«

»Es gibt kein dauerhaftes Glücksgefühl«, stellte sie fest.

Es erschien ihr komisch, dass sie ihm eine so grundlegende Tatsache des Lebens erklären musste. Schließlich war Elliot ein Erwachsener und so.

»Ich bin mir nicht sicher, warum du das sagst.«

»Na ja, denken Sie doch mal darüber nach. Wann war das letzte Mal, dass jemand Sie glücklich gemacht hat und dann, wenn das vorbei war, das Glück immer weiter angehalten hat? Das gibt es gar nicht, oder? Wenn es das gäbe, glaube ich, hätte ich schon davon gehört. Es wäre ziemlich berühmt, so was, wenn es das denn gäbe.«

Für eine seltsam lange Weile schwieg er. Wenn Abby hätte raten müssen, hätte sie gesagt, dass er wirklich darüber nachdachte, so wie sie ihn gebeten hatte. Und wenn, dann war das ein revolutionäres Verhalten von einem Erwachsenen.

»Meine Frau hat mich dauerhaft glücklich gemacht«, verkündete er nach einiger Zeit.

»Ja, aber … Bitte nicht falsch verstehen, aber jetzt ist sie nicht mehr da, und Sie fühlen sich schrecklich. Also war das auch etwas, das Sie nur glücklich gemacht hat, solange es da war. Länger hat es nicht angehalten.«

»Ich vermute, du hast recht«, erklärte er.

»Ich denke … man sollte versuchen, das Glück zu genießen, solange es dauert, richtig?«

»Das ist vermutlich ein überaus weiser Ratschlag.«

Zwei der Welpen, Queen und Kite, begannen über Abbys Beine zu klettern und sie in die Hände zu beißen. Anfangs war es mehr ein Knabbern, nur waren die kleinen Zähne furchtbar spitz und scharf, und es war bloß eine Frage der Zeit, bis einer zu fest zubiss.

»Au!«, schrie sie und riss ihre Hand zurück. »Pass doch auf. Das tut schließlich weh.« Sie beugte sich vor, um sich den Schaden anzuschauen, den Queen angerichtet hatte. Es blutete.

Elliot erhob sich und verschwand wortlos in der Hütte, nicht mit einem »Auf Wiedersehen« oder so, und Abby war sich nicht sicher, ob er zurückkommen würde oder nicht. Sie begann im Kopf noch mal durchzugehen, was sie zu ihm gesagt hatte. Vielleicht hatte sie ihn unbeabsichtigt gekränkt.

Vermutlich hätte sie in Bezug auf seine Frau besser den Mund gehalten. Ja. Das war es. Was hatte sie sich nur dabei gedacht, so was zu ihm zu sagen?

Eine Minute später erschien er wieder, hatte ein Plastikkästchen mit einem roten Kreuz darauf in der Hand. Abby wusste sofort, was es war, sogar aus der Entfernung, weil sie das Zeichen wiedererkannte. Alle Welt wusste, was das war. Es war so was wie ein internationaler Begriff.

»Danke«, sagte sie und nahm es ihm ab.

Sie öffnete es und stellte es auf den Boden. Darin befanden sich Pflaster in verschiedenen Größen und kleine Plastikpäckchen mit antibiotischer Salbe.

Sie machte sich daran, den Biss zu verarzten.

»Du solltest dich nicht von ihnen beißen lassen«, stellte Elliot fest. »Es ist zwar normal für Welpen, in alles reinzubeißen,

153

aber nur, bis man sie erzogen hat. Es ist kein Verhalten, das man ermutigen will.«

»Ich weiß gar nicht, was ich deswegen tun soll.«

»Erzieh sie. Sogar ein einzelner Welpe kann eine echte Katastrophe sein, wenn er nicht erzogen wird. Sieben unerzogene Welpen ... Nun ... Das möchte ich mir lieber gar nicht ausmalen.«

Abby seufzte und sah sich erneut überwältigt von dem Gefühl, dass das hier bereits zu schwer war und minütlich schwieriger wurde.

»Ich weiß nicht, wie man Hunde erzieht«, erklärte sie.

»Das weiß niemand, bis man es selbst tun muss. Bis man sich die Zeit nimmt, es zu lernen. Leih dir ein Buch über Hundeerziehung aus der Bücherei. In eurer Stadt gibt's doch eine, oder?«

»Es gibt eine Filiale. Ja.« Shep kletterte auf ihren Schoß und begann, an ihrem Ellbogen zu knabbern. »Autsch! Aus! Himmel. Was glaubt ihr eigentlich, wie viele Pflaster Elliot hier drin hat?«

Sie hob den Welpen runter und stellte ihn auf die Erde. Er kam sofort zurück und machte sich mit seinen Zähnen über ihren kleinen Finger her.

»Das muss gar nicht so kompliziert sein«, meinte Elliot. »Für das meiste braucht man einfach nur gesunden Menschenverstand. Hier. Ich zeig's dir.«

Er erhob sich wieder und ging zu seinem Pick-up. Sie beobachtete, wie er die Fahrertür öffnete und ein zusammengerolltes Seil unter dem Sitz hervorholte. Er zog ein Taschenmesser aus seiner Jeanstasche und öffnete die Klinge. Dann schnitt er vier Stücke von dem Seil ab. Abby schätzte, dass sie ungefähr fünfzig Zentimeter lang waren.

Er ließ das Messer wieder zuklappen, warf den Rest des Seils zurück in seinen Pick-up und kam mit den Seilstücken dorthin zurück, wo Abby saß. Er ließ sich im Schneidersitz neben ihr nieder und begann Knoten in die Enden der Seilstücke zu machen.

Als er eins fertig hatte, reichte er es Abby.

Nun, da die Knoten drin waren, erinnerte es an diese Hundespielzeuge, die vage wie Knochen aussahen. Wie ein teures Zerrspielzeug, das man seinem Hund im Supermarkt kaufte, nur dass diese Version kaum etwas gekostet hatte. Und sie musste dafür nicht den Berg hinunter in die Stadt laufen.

Elliot nahm sich das zweite Seilstück vor.

Queen kam angerannt, packte ein Ende und zog daran, und Elliot hielt dagegen und ließ sie zerren. Abby war überrascht, wie kräftig die kleine Hündin schon war. Dann ließ Queen das Seil fallen und versuchte stattdessen, Elliot in die Finger zu beißen.

»Nein!«, rief Elliot.

Es war laut und scharf. Es klang ernst. Und es erschreckte Abby. Es erschreckte auch Queen, die zurücksprang und sich auf ihren Po setzte. Sie blickte Elliot verwirrt an – prüfend – und legte den Kopf leicht schief.

Elliot hielt ihr das Seilspielzeug hin und ermutigte sie, danach zu schnappen.

Sie tat es, und sie begannen wieder mit dem Tauziehen.

»Braves Mädchen!«, lobte er den Hund und schaute dann zu Abby. »Siehst du? Das meiste ist ziemlich einfach. ›Nein, tu das nicht, das will ich nicht. Hier, das ist etwas, von dem ich möchte, dass du es stattdessen tust. Braves Mädchen, weil du tust, was ich will. Ich lobe dich, wenn du tust, was ich möchte.‹«

»Verstanden.« Abby spürte, wie das Gefühl, dass alles zu viel war, verschwand. »Danke.«

Sie hielt Shep ihr Seilstück hin, und sie spielten fast eine Minute lang damit. Abby wünschte sich, sie hätten einen Platz im Schatten gefunden. Hier in der Sonne war es echt heiß. Aber sie wollte bei Elliot sitzen bleiben, weil er so viel wusste, und sie wollte alles hören, was er zu sagen hatte.

Ihr kam zum ersten Mal der Gedanke, dass manche Leute Väter hatten, die wie Elliot waren. Abby fragte sich, wie das wohl wäre. Es wäre auf jeden Fall völlig anders als das Leben, das sie im Moment führte, so viel stand fest.

»Also«, begann sie. »Woher wissen Sie so viel über Hunde? Sie haben erzählt, Sie hätten keine Haustiere.«

»Ich hatte mal welche«, antwortete er. »Ich hatte jahrelang Hunde. Doch dann habe ich meine Frau kennengelernt, und sie war allergisch. Auf Hunde und Katzen.«

»Oh. Wie schade. Wollen Sie sich dann jetzt wieder einen Hund holen?«

Lange Zeit schwieg er. Abby ging die Unterhaltung im Geiste noch einmal durch, nur für den Fall, dass sie etwas gesagt hatte, was sie nicht hätte sagen sollen.

»Ich hab darüber nachgedacht«, erwiderte Elliot schließlich und riss sie damit aus ihren Gedanken. »Heute, während du fort warst, habe ich genau darüber nachgedacht.«

»Gut. Sie sollten sich einen Hund zulegen. Das wäre gute Gesellschaft für Sie. Damit es bei Ihnen zu Hause nicht so einsam ist.«

»Sind die Kleinen hier denn immer noch zur Adoption freigegeben?«

Abby schaute kurz zu ihm hinüber, wandte den Blick dann aber rasch ab. »Oh«, sagte sie. »*Meine* Hunde. Mir war nicht klar, dass wir über *meine* Hunde reden.«

»Nun, das müssen wir nicht. Ich könnte ins Tierheim gehen und mir da einen aussuchen. Doch ich dachte eigentlich, du hättest vor, Besitzer für diese Hunde zu finden.«

»Ja«, bestätigte Abby. »Das *war* es, was ich vorhatte.«

»Aber dann hast du dein Herz an sie verloren.«

»Ja. Trotzdem. Sieben Welpen sind wirklich viel. Ich weiß nicht. Ich muss darüber nachdenken, was ich dabei empfinde. Welchen würden Sie denn wollen?«

»Eigentlich hatte ich an zwei gedacht. Auf die Art und Weise sind sie tagsüber nicht allein, wenn ich bei der Arbeit bin, und haben einander als Gesellschaft.«

»Oh«, sagte Abby ein weiteres Mal. »Zwei.« Wenn sie daran dachte, hatte sie ein mulmiges Gefühl. Dennoch, fünf Welpen wären viel einfacher zu handhaben als sieben, nicht zu vergessen billiger. Und Elliot würde ihnen ein gutes Zuhause bieten. »Welche beiden würden Sie denn wollen?«

Sie sahen beide zu den Welpen, die ganz still standen. Es war beinahe schockierend, dass sie alle so ruhig waren, außer bei dem armen Patches, der nicht wirklich eine Wahl hatte. Sie schauten alle die beiden Menschen an, als begriffen sie die Ernsthaftigkeit ihrer Unterhaltung. Als würden sie sie verstehen. Oder wenigstens, als könnten sie das, wenn sie nur genau genug zuhörten.

»Verrätst du mir noch mal die Namen?«, erkundigte sich Elliot.

Abby wunderte sich, dass er es so formulierte, denn die hatte sie ihm bisher überhaupt noch nicht genannt.

»Das ist Queen.« Sie zeigte auf den entsprechenden Welpen. »Und das Shep. Patches kennen Sie ja bereits. Der mit dem weißen Fleck auf der Brust ist Kite. Tippy ist die mit der weißen Schwanzspitze. Der Braune heißt Buffy. Und der ganz Schwarze ...«

»Sag es mir nicht, lass mich raten. Midnight.«

»Nein, das ist zu unoriginell, selbst für mich. Ich habe ihn Noche getauft. Das ist Spanisch für ›Nacht‹.«

»Stimmt«, bemerkte Elliot.

Sie starrten die Welpen ein paar Momente länger an, und die Welpen blieben ihrerseits wie Statuen stehen und starrten zurück.

»Ich denke, ich würde Queen und Patches nehmen«, entschied Elliot.

»Oh«, meinte Abby.

»Es sei denn, du möchtest es nicht.«

»Nun ... Es ist nur ... Die beiden sind irgendwie auch meine Lieblinge.«

Aber dann konnte Abby nicht anders, als sich zu fragen ... Was, wenn er gesagt hätte, er hätte gerne Tippy und Shep? Hätte sie dann geantwortet – und es so auch empfunden –, dass Tippy und Shep ihre Lieblinge wären? »Nein, vergessen Sie das«, schob sie rasch hinterher, ehe er etwas erwidern konnte. »Ich hab keine Lieblinge. Ich liebe sie alle gleich. Wichtig ist, dass sie ein gutes Zuhause bekommen. Wenn Sie also Queen und Patches haben wollen, dann sollten Sie Queen und Patches nehmen.«

»Wir haben ja noch ein bisschen Zeit, um darüber nachzudenken. Wir beide.«

»Wie lange wollen Sie denn hierbleiben?«

Abby fiel siedend heiß wieder ein, dass sie ihm diese Frage schon einmal gestellt hatte. Das war heute Vormittag gewesen, doch es fühlte sich nicht so an. Es fühlte sich an wie eine Unterhaltung, die bereits vor Monaten stattgefunden hatte. So viel war seither passiert. So viel hatte sich geändert.

Heute früh hatte er ihr nicht geantwortet. Er hatte ihren Motiven misstraut. Würde das jetzt anders sein?

»Ich bin mir nicht sicher«, sagte er. »Ich hatte keine konkrete Vorstellung. Früher bin ich immer für eine Woche hier heraufgefahren, manchmal auch zehn Tage. Aber da hatte ich auch was zu tun. Ich bin hergekommen, um zu jagen, und damit war ich den ganzen Tag beschäftigt. Wenn ich nichts erlegt habe, war ich auf der Pirsch. Wenn ich etwas erlegt hatte, musste ich mich um die Weiterverarbeitung kümmern. Doch jetzt, wo ich nicht mehr auf die Jagd gehe, habe ich wirklich keine Ahnung, wie lange ich es hier oben aushalte. Ich meine … Was soll ich hier schon tun? Im Garten sitzen und beobachten, wie die Sonne über den Himmel zieht? Ich hatte befürchtet, ich würde mich schnell zu Tode langweilen, und dann würde ich vermutlich wieder in meinen Pick-up steigen und nach Hause fahren. Aber, das kann ich dir versichern, Abby … bislang war mir kein bisschen langweilig.«

Abby lächelte, beinah gegen ihren Willen, weil es sich so anhörte, als ob er etwas Gutes über sie sagte. Und vielleicht auch über ihre ganzen Welpen.

»Nun, wir werden beide drüber nachdenken«, erwiderte sie. »Doch wenn Sie entscheiden, dass Sie sie wollen, sollten Sie sie nehmen. Ich bin schließlich auf der Suche nach einem guten Zuhause für sie. Ich sollte nicht selbstsüchtig sein.«

»Du kommst mir nicht selbstsüchtig vor. Überhaupt nicht.«

Zum zweiten Mal innerhalb von weniger als einer Minute hatte er etwas Nettes über Abby gesagt. Etwas, das ihr das Gefühl gab, als würde er sie mögen. Als ob ihre Gesellschaft für ihn mehr Segen als Fluch wäre.

Sie versuchte zu zählen, wie oft ihr Vater ihr so ein Gefühl gegeben hatte, aber sie konnte sich an kein einziges Mal erinnern. Kein einziges.

»Danke«, antwortete sie. »Ich muss jetzt nach Hause. Ich bin halb verhungert, und meine Mutter wird sich langsam fragen, wo ich bleibe.«

»Genau«, pflichtete er ihr bei. »Lauf nach Hause, damit deine Mutter weiß, dass es dir gut geht.«

Es klang ein bisschen komisch, wie er das sagte. Als ob er wüsste, wie wichtig das war. Aber vielleicht bildete Abby sich das auch nur ein.

»Oh, warten Sie«, erwiderte sie. »Ich kann nicht einfach nach Hause. Ich muss noch die Welpen im Schuppen unterbringen. Und ich muss Ihre Hütte putzen.«

»Das Putzen kann bis morgen warten. Es ist spät. Und du kannst sie hier draußen bei mir lassen, wenn du mir erklärst, wie man sie zurück in den Schuppen kriegt. Alle zur selben Zeit, meine ich. Damit hatte ich bislang kein Glück.«

»Ich kenne im Grunde genommen nur eine Methode. Man muss warten, bis sie hungrig sind, und dann kippt man etwas von dem Trockenfutter auf den Boden. Dann muss man allerdings die Tür ganz schnell zumachen, während sie fressen. Oh. Mir ist gerade eingefallen … Das Hundefutter und die Wasserschüssel sind immer noch unten bei der alten Scheune. Ich musste alles fallen lassen, als Patches sich verletzt hat. Ich lauf rasch hin und hol es.«

»Und ich lege inzwischen den Boden mit Zeitungspapier aus.«

»Oh«, sagte Abby, stand auf und klopfte sich den Staub vom Hosenboden ihrer Jeans. »Das ist wirklich nett von Ihnen. Danke. Achten Sie darauf, dass die Ränder möglichst flach aufliegen, sonst zerfetzen sie alles. Glauben Sie, ein Buch über Hundeerziehung verrät mir, wie ich sie davon abhalten kann?«

»Vermutlich nicht.«

»Nein.« Abby seufzte. »Vermutlich nicht. Das habe ich mir irgendwie schon gedacht.«

Sie setzte sich in Bewegung und ging den Abhang runter, dachte wieder daran, wie es sich wohl anfühlen würde, einen Vater zu haben, der einem nicht nur erlaubte, die Welpen zu behalten, sondern auch den Schuppen mit Zeitungspapier auslegte, während man selbst das Trockenfutter holte. Rasch schob sie den Gedanken beiseite, denn das war nun mal nicht das, was das Schicksal ihr beschert hatte, und daran war wohl kaum etwas zu ändern.

Warum sollte sie also Zeit damit verschwenden, darüber nachzudenken? Abby vermutete, sie würde ohnehin nie erfahren, wie sich das anfühlte.

# Kapitel 13

## Vaterschaft oder das Fehlen davon

### *Elliot*

Elliot wachte am Morgen auf und verharrte einen Sekundenbruchteil lang in dem herrlichen Zustand, in dem er nicht an seinen kürzlich erlittenen Verlust dachte. Dann jedoch brach es wieder über ihn herein, begrub ihn unter sich, wie es das jeden Morgen seit Pats Tod getan hatte.

Er stand langsam auf, leicht missmutig, und bereitete sich eine Tasse von dem löslichen Kaffee zu, den er gestern im Supermarkt gekauft hatte. Er hasste löslichen Kaffee, aber der Einbrecher hatte auch den Kaffeekocher gestohlen.

Er saß da und blickte aus dem Fenster zu den Bergen, nahm mehrere Schlucke von dem widerlichen Gebräu.

Dann fielen ihm die Welpen wieder ein.

Er ging zur Tür, den Kaffeebecher noch in der Hand, und dachte, dass es ihnen gefallen würde, wenn sie rausgelassen würden. Er öffnete die Tür und stellte fest, dass sie bereits draußen waren. Abby, die auf einem kleinen Hügel auf der Erde saß, spielte mit ihnen. Sie hatte in jeder Hand eins der Seilstücke

162

mit den Knoten, und am anderen Ende hing jeweils mehr als ein Welpe.

Sie drehten sich alle zu Elliot um und schauten ihn an, dann stürzten die Welpen zu ihm und drängten sich um seine Beine, um ihn zu begrüßen.

»Was machst du da?«, fragte er das Mädchen.

»Ich bin zum Putzen da.«

»Okay, in Ordnung. Aber … Was tust du dort oben?«

»Ich war mir nicht sicher, ob Sie schon wach sind, und ich wollte Sie nicht wecken.«

»Oh. Verstehe. Nun, das war sehr rücksichtsvoll von dir. Doch ich bin jetzt wach. Wie man sehen kann. Also komm rein.«

\* \* \*

Elliot wusste, er würde sich schlecht fühlen, wenn er einfach auf der Couch saß, während das Mädchen arbeitete, daher lehnte er sich gegen die offen stehende Tür und trank weiter den widerlichen Kaffee. Die Morgenluft fühlte sich auf seinem Gesicht kühl und frisch an, angenehm belebend. Außerdem konnte er auf diese Weise die Welpen im Auge behalten, was ihm das Gefühl vermittelte, er täte etwas Nützliches.

Abby fegte. Sie ging mit dem Besen bis ganz tief in die Ecken, achtete darauf, möglichst allen Schmutz zu erwischen und auch das vertrocknete Polstermaterial von irgendeinem Nagetier, das hier in Elliots Abwesenheit ein Nest gebaut hatte.

»Es tut mir leid«, sagte sie. »Ich wollte es Ihnen nicht aufbürden, auf sie aufzupassen. Ich könnte sie auch mit reinnehmen und die Tür schließen.«

»Na ja, noch sind sie ja nicht stubenrein.«

»Oh. Richtig.«

»Ist schon in Ordnung. Ich genieße hier einfach den Morgen.« Er beobachtete, wie Patches sich aufrappelte und versuchte, einem seiner Brüder hinterherzulaufen. Aber er stieß mit seinen Vorderpfoten immer wieder gegen den Plastikkragen. Nach einer Weile gab er es auf und ließ sich schicksalsergeben auf den Boden sinken.

Elliot öffnete den Mund, um etwas dazu zu sagen. Mitleid mit dem armen kleinen Kerl zu bekunden. Doch Abby kam ihm zuvor.

»Haben Sie Kinder?«, wollte sie von ihm wissen.

Sie unterbrach dabei nicht ihre Arbeit, und das fegende Geräusch ihres Besens unterteilte ihre Frage in einzelne Wörter.

»Nein. Keine Kinder.«

»Warum nicht? Wollten Sie keine?«

»Ich bin mir nicht sicher. Es ist eine komplizierte Frage.«

»Tut mir leid, falls ich unhöflich war. Das wollte ich nicht.«

»Ist schon okay. Ich hatte eine Karriere, die mir eine Menge bedeutet hat. Und Pat hatte auch eine Karriere, die ihr viel bedeutet hat. Und keiner von uns wollte das auf Eis legen. Ich glaube, irgendwann hätten wir beide schon gern Kinder gehabt. Aber wir haben es immer vor uns hergeschoben. Und dann war es zu spät.«

Das Fegegeräusch verstummte. Elliot hob den Blick von den Welpen und sah zu Abby, die sich auf den Besen stützte. Seine Augen benötigten eine Minute, um sich an das dunklere Innere der Hütte zu gewöhnen.

»Das ist wirklich zu schade«, erklärte sie. »Denn Sie wären ein wunderbarer Vater.«

Eine Minute lang antwortete Elliot nicht. Möglicherweise wirklich eine ganze Minute. Er war zu sehr damit beschäftigt, zu fühlen, wie sich diese Erklärung in ihm bewegte. Darauf zu warten, dass sie eine Stelle fand, wo sie sich niederlassen konnte.

Abby schien es aufgegeben zu haben, auf eine Antwort von ihm zu hoffen, denn sie hatte wieder zu fegen begonnen.

»Ich bin mir nicht ganz sicher, warum du das sagst«, meinte er nach einer Weile. »Doch es ist auf jeden Fall nett, das zu hören.«

»Es liegt nur irgendwie auf der Hand. Ich meine, glauben Sie nicht, dass Sie ein wunderbarer Vater wären?«

»Das weiß ich nicht. Ich vermute, ich hatte gehofft, ich würde es sein. Wenn sich je die Gelegenheit bieten würde. Aber es ist schwierig, so was über sich selbst zu wissen.«

»Nun, mir können Sie getrost glauben«, erwiderte Abby. Sie schob ihn aus dem Weg, um einen Haufen Dreck und andere unangenehme Sachen zur Tür hinauszukehren. »Ich hab den schlimmsten Vater der Welt, daher kenne ich mich aus.«

Ein paar Sekunden lang schwieg Elliot. Er wusste nicht, was er darauf antworten sollte. Er war sich nicht sicher, ob es überhaupt klug wäre, irgendetwas zu sagen, auch wenn es schwierig war, so eine Bemerkung dort liegen zu lassen, wo sie sie hatte fallen lassen.

»Warum ist er denn so schrecklich?«, erkundigte er sich nach einer Weile.

»Keine Ahnung. Das müssen Sie ihn fragen.«

»Nein, ich meine … Was ist so schlimm an ihm?«

»Alles.«

»Schlägt er dich?«

Elliot fürchtete sich vor ihrer Antwort. Denn wenn sie Ja sagte, würde er sich verpflichtet fühlen, etwas dagegen zu unternehmen. Das war ein merkwürdiger Gedanke. Doch es war ein Gedanke, den er dennoch hatte, wobei es sich fast so anfühlte, als hätte der Gedanke ihn.

»Nein. Eigentlich nimmt er mich überhaupt nicht wahr. Er tut so, als wäre ich gar nicht da.«

»Schlägt er deine Mutter?«

Ein Bild von Abbys Mutter tauchte vor Elliots geistigem Auge auf. Wie sie neben ihm auf der Erde gesessen hatte, vor der Hütte. Nachdem sie so tapfer den ganzen Weg den Berg hoch auf sich genommen hatte, bereit, ihre Tochter gegen einen vermeintlichen Feind zu verteidigen. Sie war Elliot so verletzlich erschienen. So gut. Genauso entschlossen wie ihre Tochter. Er hatte das Gefühl, als ob er den Berg runterlaufen und Abbys Vater schlagen müsste, falls Abby mit Ja antwortete. Obwohl das natürlich etwas war, das Elliot niemals tun würde. Aber genau so, wie er etwas unternommen hätte, wenn Abby in Gefahr gewesen wäre, hatte er das Gefühl, hierbei etwas tun zu müssen.

»Nein. Er schlägt sie nicht. Er ist nur einfach gemein. Ich glaube ja, dass er schlicht selbst unglücklich ist. Das ist er schon immer, und ich vermute, aus irgendeinem Grund denkt er, es wäre besser, wenn alle um ihn herum ebenfalls unglücklich sind. Daher vermittelt er ihr immer den Eindruck, sie sei unzulänglich oder minderwertig.«

»Warum verlässt sie ihn nicht?«

»Wo sollte sie denn hin?«

»Ich weiß nicht. Irgendwohin.«

»Ich glaub, das ist schwer zu erklären. Sie hat nie einen Beruf erlernt oder gearbeitet. Sie hat jung geheiratet. Daher ist sie von zu Hause, wo sie mit ihren Eltern gewohnt hat, direkt zu meinem Vater gezogen. Ich könnte mir vorstellen, dass sie nicht weiß, wie sie den Lebensunterhalt für sich und mich verdienen soll. Eine Weile hat sie Geld gespart. Sie wissen schon, vom Haushaltsgeld, damit sie irgendwann mit mir weggehen kann. Ich sollte eigentlich nichts davon wissen, aber ich hab gehört, wie sie mit ihrer Freundin Viv darüber gesprochen hat. Doch dann hat sie mir vor ein paar Tagen fünfzig Dollar gegeben. Ich hab zu der Zeit nicht groß drüber nachgedacht, aber jetzt, wo ich das tue, würde ich sagen, dass sie es aufgegeben haben muss und nicht länger spart, denn sonst hätte sie kein Geld verschenkt. Daher ist wahrscheinlich nichts daraus geworden.«

Elliot schaute wieder hinaus zu den Welpen, blinzelte im hellen Sonnenlicht.

»Das ist schade«, meinte er.

Er war sich nicht sicher, wie – oder ob – er sagen sollte, dass es ihm ehrlich leidtat, das zu hören. Denn das sollte es nicht. Es sollte ihn überhaupt nicht berühren. Es sollte ihm nicht nahegehen, ihm nicht wichtig genug sein, dürfte ihn nicht so tief treffen. Daher beschloss er, nur das zu sagen, was er dann auch aussprach. Nur eine milde Erwiderung, die gesellschaftlich akzeptabel schien.

»Ja, das ist es auf jeden Fall«, pflichtete ihm Abby bei. »Tja. Okay, mit dem Fegen bin ich fertig. Was soll ich jetzt tun?«

\* \* \*

Es war kaum eine Stunde später, als Abby mit einer leeren Flasche von dem Lederreinigungsmittel, das er für das Sofa und den Sessel gekauft hatte, aus der Hütte trat. Er war draußen und spielte mit den Hunden, und sie hatte die Flasche hinter ihrem Rücken, daher benötigte Elliot etwas Zeit, um zu begreifen, was schiefgelaufen war.

»Oh, oh«, sagte sie.

»Oh, oh, was?«

»Ich fürchte, ich hab Mist gebaut.« Sie zog die leere Flasche hinter ihrem Rücken hervor und zeigte sie ihm. »Ich muss zu viel davon benutzt haben. Tut mir wirklich leid.«

»Dann lass uns mal nachschauen«, erwiderte er.

Er ging mit ihr in die Hütte und rechnete damit, dass das Leder förmlich von dem Zeug triefen würde, doch tatsächlich sah es immer noch ein bisschen trocken aus.

»Du hast nicht zu viel genommen«, erklärte er.

»Aber es ist aufgebraucht.«

»Das ist meine Schuld. Ich hab nicht so viel gekauft, wie nötig gewesen wäre. Das Leder saugt das Zeug ja richtig auf. Ich sag dir, was wir tun. Ich fahr schnell in die Stadt und besorge eine neue Flasche. Und vielleicht auch was zu Mittag, während ich dort bin. Irgendwann wirst du schließlich mal eine Pause einlegen und was essen müssen.«

\* \* \*

Er fuhr am Fluss entlang – direkt an der Stelle, bevor die Straße eine Kehre machte und über die Brücke führte –, als er sie entdeckte. Erst war er sich nicht sicher, ob sie es überhaupt war. Schließlich hatte er sie nur einmal getroffen. Doch sie sah auf jeden Fall aus wie Abbys Mutter.

Sie war zu Fuß unterwegs und wollte gerade die Brücke betreten. Es gab keinen Gehweg, daher drehte sie sich um, um sich umzuschauen, bevor sie den Fuß draufsetzte. Aber sie schien ihn oder seinen jägergrünen Pick-up gar nicht zu bemerken.

Er fuhr auf die Brücke und wurde langsamer, rollte neben ihr her und ließ das Beifahrerfenster runter.

»Hey«, sagte er und wünschte, er wüsste ihren Namen. Leider hatte er nicht daran gedacht, danach zu fragen oder ihr seinen zu verraten.

»Oh, hallo«, erwiderte sie.

Doch sie blieb nicht stehen.

»Soll ich Sie mitnehmen?«

»Nein, danke. Ist alles gut.«

Er rollte weiter langsam neben ihr her, während er mit ihr sprach.

»Walken Sie, um fit zu bleiben?«

»Nicht wirklich. Mein Auto springt nicht an. Ich glaube, die Batterie ist leer.«

»Dann sollte ich Sie sogar unbedingt mitnehmen.«

»Nein, das passt schon so. Ich muss nur schnell einkaufen. Das kann ich zu Fuß erledigen.«

»Und dann all die Lebensmittel den ganzen Weg entlang bergauf schleppen?«

»Das schaffe ich schon. Trotzdem danke.«

Elliot trat auf die Bremse, und der Pick-up blieb stehen. Abbys Mom blieb ebenfalls stehen, als fragte sie sich, warum er das getan hatte.

Gleich würde er etwas sagen, das sie aufregen könnte. Aber es musste raus.

»Weil Sie sich Sorgen machen, was Ihr Mann davon halten würde, wenn Sie sich von einem Nachbarn im Auto mitnehmen lassen?«

Er sah, wie sich eine steile Falte zwischen ihren Augenbrauen bildete. Sie drehte sich um und starrte ihn durch das Fenster an, doch weil die Sonne hinter ihm war, blinzelte sie vor allem. Sie ging die zwei Schritte zu seinem Auto und stützte die Unterarme auf die Tür.

»Was wissen Sie über meinen Mann?«, fragte sie. Ihre Stimme klang angespannt, war aber kaum lauter als ein Flüstern. Als ob die halbe Stadt sie sonst hören könnte.

»Abby hat mir ein bisschen was über ihn erzählt.«

»Das hätte sie nicht tun sollen.«

Sie nahm die Arme weg und setzte sich wieder in Bewegung.

»Tut mir leid, dass ich Sie verärgert habe«, erklärte er und ließ den Pick-up ein Stück vorwärtsrollen. »Seien Sie bitte nicht wütend auf Abby. Sie hat nicht versucht, mir irgendwelche Geheimnisse zu verraten. Wenigstens glaube ich das nicht. Das Thema kam nur irgendwie ganz natürlich in einer Unterhaltung auf.« Sie antwortete nicht, daher fuhr er einen Augenblick weiter schweigend neben ihr her. Dann fügte er hinzu: »Oh, stimmt ja.

Sie können überhaupt nicht wütend auf sie werden, weil Sie ihr ja gar nicht gesagt haben, dass wir uns begegnet sind.«

Am anderen Ende der Brücke trat sie auf das unbefestigte Bankett. Elliot fuhr rechts ran und stellte den Motor aus. Er wollte, dass ihr klar war: Wenn sie wirklich von ihm und seinem Angebot, ihr zu helfen, wegwollte, dann würde er sie nicht daran hindern.

Aber sie kam erneut zu dem offenen Autofenster.

»Ich kann mir einfach nicht vorstellen, wie ›Mein Vater ist ein schrecklicher Mensch‹ ganz natürlich in einer Unterhaltung aufkommt.«

»Nun, wir haben ganz allgemein über Väter gesprochen«, erklärte er. Elliot saß und sie stand ein paar Minuten lang schweigend da. Dann sagte er: »Ich habe ein Starthilfekabel. Wir könnten zu Ihrem Auto fahren und es ausprobieren. Vielleicht kann ich sogar feststellen, was da Strom zieht. Es sei denn, Sie brauchen einfach eine neue Batterie.«

»Die Batterie ist erst eineinhalb Jahre alt«, erwiderte sie.

»Irgendwas könnte unbemerkt Strom verbrauchen.« Wieder ein kurzes Schweigen. Dann fügte er hinzu: »Er ist doch bei der Arbeit, oder?«

»Sie haben keine Vorstellung davon, wie es in einer Kleinstadt zugeht. Alle sehen alles. Alle reden mit allen anderen.«

»Wenn er so schlimm ist, wie Abby behauptet, könnte ich mir vorstellen, dass sie ihm aus Rücksicht auf Sie nicht alles zutragen. Um zu verhindern, dass Ihr Leben noch schwieriger wird.«

»Manche vielleicht«, antwortete sie. »Leider nicht alle.« Er glaubte, dass sie jetzt entweder einsteigen oder weitergehen würde, aber sie tat keins von beidem. »Abby liebt ihren Vater«, teilte sie ihm mit.

In dem Moment begriff Elliot, dass es sie kränkte, dass Abby ihren Vater gegenüber jemandem, der nicht zur Familie gehörte, schlechtgemacht hatte. »Davon bin ich überzeugt, irgendwo tief innerlich. Nur hatte sie nicht eine positive Sache über ihn zu sagen. Schauen Sie, unterm Strich ist es doch so: Sie verdienen etwas Besseres. Sie verdienen es nicht, zu Fuß bis in die Stadt laufen und Ihre Einkäufe dann bergauf nach Hause schleppen zu müssen, bloß weil Sie Angst vor seiner Reaktion haben, wenn Sie sich von einem Nachbarn helfen lassen.«

Sie seufzte. Dann öffnete sie die Beifahrertür und stieg ein.

Elliot wendete und fuhr zurück über die Brücke, den Berg hoch.

»Woher wissen Sie, was ich verdiene?«, erkundigte sie sich leise. »Sie kennen mich ja gar nicht.«

»Sie mich auch nicht. Aber nach nur fünf Minuten in meiner Gesellschaft haben Sie verkündet, dass ich ein netter Mann sei, der lediglich versucht, Ihrer Tochter zu helfen. Oder etwas in der Art. Also woher wussten Sie das?«

»Es war offensichtlich. Etwas, das ich sofort erkennen konnte.«

»Genau«, antwortete Elliot. »Und genauso weiß ich, dass Sie etwas Besseres verdienen als das.«

* * *

»Da haben wir das Problem ja schon«, stellte Elliot fest. Er hatte noch nicht mal seinen Pick-up verlassen, als er das sagte. Und er hatte auch noch nicht die Handbremse angezogen oder den Motor ausgemacht.

»Sie sind ja noch gar nicht ausgestiegen.«

»Ich weiß. Das musste ich nicht.«

Er zog die Handbremse an und schaltete den Motor aus.

»Sie wissen, dass es das Gelbe ist, richtig?«

»O ja«, sagte er. »Es ist sehr gelb.«

Sie gingen zusammen in ihren Vorgarten. Elliot konnte nicht umhin, an dem Auto vorbei zum Haus zu schauen. Er fand, dass man eine Menge über Leute erfuhr, wenn man sich ihre Häuser anschaute.

Es war klein und hatte verblichene Holzwände, und seit Jahren hatte sich offensichtlich niemand die Mühe gemacht, die herabgefallenen Kiefernnadeln vom Dach zu kehren, denn auf den Schindeln lag eine dicke, vermodernde Schicht davon. Elliots Ansicht nach war es nicht schlimm, dass es ein bescheidenes Haus war oder dass es klein war. Anhand solcher Kriterien würde er sich nie ein Urteil erlauben. Er hatte nur einen Gesichtspunkt, was die Häuser von Leuten betraf: Sieht das Haus so aus, als ob jemand es in Schuss hält? Mit anderen Worten, lässt sein Aussehen irgendeine Form von Besitzerstolz erkennen?

Bei diesem Haus war das jedenfalls nicht der Fall. Dieses Haus schien vor ein paar Jahrzehnten errichtet und danach sofort der Vernachlässigung preisgegeben worden zu sein.

Das änderte nichts an seinen Gefühlen in Bezug auf diese Frau. Es sorgte nur dafür, dass er ihren Ehemann noch weniger leiden konnte, wenn das überhaupt möglich war.

»Also, was ist es, das Sie schon aus dem Auto heraus erkennen können?«, wollte sie wissen und riss ihn damit aus seinen Überlegungen.

»Ihre Bremslichter sind an.«

»Hm. Das ist seltsam. Warum sollten sie brennen?«

»Da bin ich mir noch nicht sicher«, antwortete er.

Er öffnete die Fahrertür des wirklich sehr gelben Autos. Er streckte seinen rechten Fuß rein, schob die Schuhspitze unter das Bremspedal und drückte es nach oben.

»Jetzt sind sie aus«, stellte sie fest.

»Das Bremspedal klemmt.«

»Und was tue ich dagegen?«

»Das weiß ich noch nicht so genau. Vielleicht reicht es, etwas Schmiermittel drunterzusprühen. Vielleicht ist auch irgendwas gerostet und muss ersetzt werden. In der Zwischenzeit können Sie tun, was ich gemacht habe. Ziehen Sie das Bremspedal wieder zurück. Überprüfen Sie das einfach, bevor Sie aussteigen und ins Haus gehen. Vergewissern Sie sich, dass die Bremslichter nicht an sind. Wenn es nicht hilft, das Pedal hochzuziehen, könnten Sie die Kabel von der Batterie trennen. Auf diese Weise sorgen Sie dafür, dass Sie am nächsten Vormittag einkaufen fahren können.«

»Ich hab keine Ahnung, wie man die Kabel abzieht.«

»Ich kann es Ihnen zeigen.«

»Ist es gefährlich?«

»Nicht wenn man darauf achtet, dass man die stromleitenden Teile auf keinen Fall mit irgendetwas aus Metall überbrückt.«

Elliot ging zurück zu seinem Pick-up, stieg ein und startete den Motor. Er fuhr so dicht wie möglich neben das fahruntaugliche Auto. Dann holte er sein Starthilfekabel hinter seinem Sitz hervor.

»Bitte öffnen Sie die Motorhaube«, wies er sie an.

»Ich bin Ihnen so dankbar, dass Sie mir helfen. Außerdem sparen Sie mir vermutlich jede Menge Geld.«

»Gern geschehen.«

Er öffnete die Motorhaube von seinem Pick-up und befestigte die Kabelenden so, wie sein Großvater es ihm vor Jahrzehnten beigebracht hatte. Pluspol und Pluspol, Minuspol und Massepunkt.

»Wir lassen das jetzt eine Minute laufen«, erklärte er. »Bevor Sie versuchen, Ihr Auto zu starten.«

Er lehnte sich zurück an den Kühlergrill seines Pick-ups, verschränkte die Arme ... und hatte keine Ahnung, was er sagen sollte.

»Mary«, unterbrach sie seine Gedanken.

»Entschuldigung?«

»Das ist mein Name. Mary.«

»Oh. Tut mir leid. Scheint fast so, als wäre das eine schlechte Angewohnheit von mir, zu vergessen, Leute nach ihrem Namen zu fragen. Elliot.«

»Vielen Dank fürs Helfen, Elliot.«

»Was mag Abby eigentlich gern zum Lunch?«

»Oh, sie ist nicht sehr wählerisch in Bezug auf Essen. Sie ist mit beinahe allem zufrieden.«

»Aber mal angenommen, ich würde in die Stadt fahren und wollte uns was zu Mittag holen …«

»Ist sie oben in der Hütte und putzt?«

»Ja.«

»Sie mag die Baguette-Sandwiches, die sie in dem Laden namens Sandwich Port machen. An der Hauptstraße. Und am allerliebsten mag sie die mit Salami.«

»Danke.«

Eine Weile lang sagten sie nichts. Zwei oder drei Minuten vielleicht. Sie lehnten einfach am Pick-up und starrten ihr sehr gelbes Auto an. Als ob es gleich etwas Interessantes tun würde.

»Jetzt können Sie versuchen, den Motor anzulassen«, meinte er.

Er sprang beim ersten Versuch an.

Als Mary wieder ausstieg, hatte sie einen ganz anderen Ausdruck im Gesicht. Eine ganz neue Energie. Als ob nicht immer alles so schwierig wie möglich sein müsste, an jedem einzelnen Tag ihres Lebens.

# Kapitel 14

## EINE MÖGLICHKEIT

### *Mary*

Sie lehnte neben ihm am Kühler seines Pick-ups, keinen halben Meter von seinem rechten Arm entfernt. Ihr Auto lief jetzt. Genau wie sein Pick-up. Sie konnte das Vibrieren in ihrem Rücken spüren. Er hatte das Überbrückungskabel sorgfältig wieder aufgerollt und hinter seinem Sitz verstaut. Aber er hatte ihr geraten, den Motor noch ein wenig länger laufen zu lassen, bevor sie losfuhr. Damit sie sicher sein konnte, dass die Batterie genug aufgeladen war, sodass das Auto von allein ansprang, falls der Motor ausging.

Mary hoffte, dass dieser Ratschlag auf Fakten beruhte und es sich nicht nur um einen Vorwand dafür handelte, hier länger mit ihr zu stehen und ihr zu erklären, was sie seiner Ansicht nach verdiente.

Sie fühlte sich bei der ganzen Sache etwas unbehaglich. *Er* sorgte dafür, dass sie sich unbehaglich fühlte. Tatsächlich wurde es immer schlimmer, je mehr Zeit sie in seiner Gegenwart verbrachte.

Obwohl das gewöhnlich nicht ihre Art war, beschloss sie, das Problem direkt anzusprechen.

»Ich weiß, was Sie denken«, begann sie.

Sie erkannte, dass er im Geiste ganz woanders gewesen war. Er sah aus, als wäre er aus dem Halbschlaf hochgeschreckt. Er betrachtete sie mit gerunzelter Stirn, wirkte jedoch zur selben Zeit fast amüsiert.

»Wirklich? Das überrascht mich. Ich weiß nicht einmal selbst, was ich denke.«

»Sie denken, ich sollte ihn verlassen.«

»Oh«, sagte er. Seine Belustigung verschwand, das Stirnrunzeln blieb. »Nun, das ist es nicht, was mir gerade durch den Kopf gegangen ist, nein. Eigentlich habe ich über gar nicht viel nachgedacht. Aber trotzdem ist das meine Meinung, ja.«

»Die ganze Sache geht Sie überhaupt nichts an.«

»Das ist richtig. Das weiß ich. Darum habe ich das auch nicht wieder angesprochen. Sie haben das getan.«

»Oh«, machte sie. Sie konnte eine große Welle der Verlegenheit in sich aufsteigen spüren. Ihr Gesicht wurde glühend heiß. »Das stimmt wohl.«

Sie nahm aus dem Augenwinkel eine Bewegung wahr und wandte sich um, um nachzusehen. Es war die Gardine eines Fensters am Haus ihrer Nachbarin Effie Winger. Der Stoff war ein kleines Stück zurückgezogen, als hätte eine Hand ihn angehoben. In dem Moment, in dem Mary hinschaute, fiel er schnell wieder zurück.

»Großartig«, murmelte Mary. »Das fehlt mir gerade noch.«

»Was denn?«, erkundigte sich Elliot.

»Nichts.«

Aber es war nicht nichts. Nicht für Mary. Eine neugierige Nachbarin, gepaart mit der Unterhaltung mit diesem Mann, stellte eine echte Gefahr für sie dar. Was wiederum dafür sorgte, dass sie sich in die Defensive gedrängt fühlte, was ihr ebenfalls nicht gefiel.

»Es ist wegen meiner Tochter«, erklärte sie knapp.

»Was ist wegen Ihrer Tochter?«

»Dass ich bei ihm bleibe. Ich bleibe wegen Abby. Mädchen im Teenageralter brauchen viele Sachen. Kleidung für die Schule und all so was. Was könnte ich ihr ohne meinen Ehemann und sein Einkommen schon bieten? Es wäre nicht richtig, von ihr zu erwarten, dass sie in Armut lebt. Ich habe nie gearbeitet. Ich habe keine Ahnung, womit ich unseren Lebensunterhalt verdienen sollte, und das wäre ihr gegenüber nicht fair. Verstehen Sie?«

Einen Moment lang antwortete er nicht. Das einzige Geräusch war das leise Brummen der beiden Motoren. Mary glaubte, dass die Batterie ihres Autos unterdessen ausreichend aufgeladen war. Sie verspürte ein überwältigendes Bedürfnis, ins Auto zu springen und davonzurasen. Doch sie blieb neben ihm stehen, fühlte immer noch das Vibrieren seines Pick-ups in ihrem Rücken.

»Nun, es geht mich ja nichts an«, meinte er schließlich. »Was der Grund ist, warum ich es auch diesmal nicht angesprochen habe. Ich denke allerdings, dass es für Ihre Tochter Wichtigeres gibt als Schulkleidung.«

Mary wartete, vermutete, er würde fortfahren und ihr mitteilen, was genau das sei. Aber sein Schweigen zog sich in die Länge. Schließlich entschied sie, dass er seine Gedanken für sich behielt, bis er sicher war, dass sie sie hören wollte.

»Was zum Beispiel?«

Sie wollte es nicht wirklich hören. Doch sie fragte trotzdem, weil sie wusste, dass sie sonst später, nachdem sie weggefahren war, grübeln würde. Und sie wusste, dass es ihr keine Ruhe lassen würde und sie es wieder und wieder im Geiste umherwälzen würde, bis sie mental erschöpft wäre. Es würde ihr den Tag ruinieren.

»Bitte beantworten Sie mir eine Frage«, begann er. »Ich will das nicht aus Neugier wissen, sondern um mein Argument klarer rüberzubringen. Wie war es, als Sie aufgewachsen sind?«

»Wie war was?«

Effie Wingers Gardine wurde erneut ein Stück zurückgeschoben. Mary blickte verärgert hin, und sie fiel wieder zurück.

»Zwischen ihren Eltern. Wie war es während Ihrer Kindheit und Jugend bei Ihnen zu Hause?«

Marys Gesicht wurde heiß. Und sie wusste, wenn sie diese Frage beantwortete, würde sie vermutlich richtig rot werden, was sie schrecklich fand. Aber sie öffnete den Mund und antwortete trotzdem. Sie wusste nicht einmal genau, warum, nur dass sie generell nicht gut darin war, Nein zu sagen, wenn Leute etwas von ihr wollten.

»Mein Vater war ein Tyrann«, erklärte sie. »Er hat meine Mutter tyrannisiert. Na und? Was bedeutet das für Ihr Argument?«

»Also sind Sie mit diesem Bild einer Ehe vor Augen aufgewachsen und haben es verinnerlicht. Haben gedacht, dass es so normal ist. Und dann, als Sie geheiratet haben … Nun, was ich meine, ist, dass meiner Ansicht nach der vielleicht größte Gefallen, den Sie Abby tun können, der ist, dieses Muster jetzt zu durchbrechen. Ich denke, dass das auf lange Sicht wichtiger wäre als neue Schulkleidung.«

»Ich glaube, meine Autobatterie ist jetzt genug geladen«, verkündete sie.

Sie stieß sich von dem Pick-up ab, an dem sie gelehnt hatte, und ging schnell zur offenen Fahrertür ihres Autos. Um von ihm wegzukommen. Von dieser Unterhaltung. Von seinen Spekulationen über ihr Leben.

»Es tut mir leid, wenn ich Sie verärgert habe«, rief er ihr hinterher. »Wenn ich das alles oder auch nur etwas davon nicht hätte sagen sollen, tut es mir wirklich leid. Nur haben Sie immer wieder davon angefangen.«

»Danke, dass Sie mir Starthilfe gegeben haben«, erwiderte sie über die Schulter.

Sie stieg hastig ins Auto und schlug die Tür hinter sich zu.

Gerade als sie den Gang einlegte, klopfte es auf der Fahrerseite an ihre Scheibe. Erschreckt zuckte sie zusammen. Sie zwang sich, sich zu beruhigen, schob den Schalthebel wieder in die Parkposition und seufzte.

Sie ließ das Fenster herunter.

»Was?«

Er hielt ihr etwas, was wie eine Visitenkarte aussah, durch das offene Fenster hin. Sie war keine zehn Zentimeter von ihrer Nase entfernt. Gräulicher Karton mit geprägten bordeauxroten Buchstaben. Weder griff sie danach, noch berührte sie sie. Sie war sich nicht sicher, ob sie überhaupt atmete.

»Ich habe ein Gästezimmer mit zwei Betten«, sagte er. »In der Stadt. Wenn Sie glauben, dass Sie und Ihre Tochter tatsächlich auf der Straße landen könnten, nun … Sie könnten bei mir bleiben, bis Sie einen Job gefunden haben. Etwas Besseres für sich gefunden haben.«

Mary fühlte, wie sich das Blut in ihren Adern in Eis verwandelte. Sie spürte, wie ihr Gesicht zu kribbeln begann. Ihr armes, eben noch glühend heißes Gesicht musste plötzlich mit eisiger Kälte klarkommen.

»Ich kenne Sie nicht einmal. Und Sie kennen mich nicht.«

Sie schaltete und versuchte wegzufahren. Oder versuchte wenigstens klarzumachen, dass sie das wollte. Dass sie dazu bereit war. Doch die Hand mit der Karte wurde nicht zurückgezogen.

»Nehmen Sie sie. Sie müssen sie ja nicht benutzen, wenn Sie nicht wollen«, beharrte er. Seine Stimme hörte sich ruhig an und fast … sanft. »Aber schlagen Sie mein Angebot nicht rundheraus aus. Es ist eine Möglichkeit. Nur eine Möglichkeit. Die verdient wohl jeder.«

In Marys Welt schien die Zeit einzufrieren. Es fühlte sich an, als würde sie etliche Minuten damit verbringen, nichts zu sagen. Nichts zu tun. Einfach nur zu versuchen, zu atmen und weiterzuexistieren mit der Visitenkarte direkt vor ihrer Nase.

»Wenn ich sie nehme, darf ich dann jetzt los?«, fragte sie, als sie es schaffte, wieder etwas herauszubringen.

»Natürlich.«

Sie nahm die Karte.

Die Hand verschwand.

Mary schloss das Fenster und fuhr schnell in Richtung Stadt.

Wenn sie sich dafür entschied, die Karte zu behalten, wurde ihr bewusst, musste sie ein verdammt gutes Versteck dafür finden. Es müsste der letzte Ort auf der Welt sein, an dem Stan je nachschauen würde.

Aber nein. Sie würde sie nicht behalten. Das konnte sie nicht.

Sie ließ die Scheibe herunter und wollte die Karte fast loslassen, hätte es beinahe auch getan. Doch ihre Finger, als handelten sie gänzlich unabhängig von ihrem Gehirn, umklammerten sie weiter.

Vielleicht wäre es besser, die ganze Sache erst einmal mit Viv zu besprechen, bevor sie vorschnelle Entscheidungen traf.

* * *

»Okay, warte mal«, sagte Viv. »Was ich nicht verstehe, ist, warum du so aufgebracht bist.«

»Ich dachte, das wäre offensichtlich.«

»Tut mir leid. Für mich nicht.«

Sie saßen in Vivs Garten an einem schmiedeeisernen Tisch im Schatten. Viv hatte Mary ein Glas Eistee eingeschenkt – echten, selbst aufgebrühten Eistee, nicht den Instantmist, den Mary bei sich zu Hause hatte –, und das, obwohl ihr Besuch ungeplant und unangekündigt gewesen war.

»Bist du überhaupt im Supermarkt gewesen?«, wollte Viv wissen. »Hast du Einkäufe im heißen Auto liegen?«

»Nein, das habe ich komplett vergessen. Ich bin direkt hergekommen.«

»Also erklär mir noch einmal, warum das schlecht ist.«

»Er ist verheiratet.«

»Sind das nicht gute Neuigkeiten? Wenn du sein Angebot jemals annehmen würdest, wäre die Ehefrau ja ebenfalls dort. Da gibt es dann keine Fragen. Aber hör zu, Mary, du hast ein ziemlich gutes Gespür für Menschen. Hat es sich so angefühlt, als wäre an seinem Angebot irgendetwas merkwürdig?«

»Nein«, erwiderte Mary, ohne zu zögern. »Nein, es fühlt sich an, als wolle er einfach helfen.«

»Was ist also das Problem?«

Mary schwieg und nahm einen Schluck von ihrem Eistee. Es frustrierte sie, dass ihre Freundin die Situation nicht verstand. Normalerweise verstand Viv immer sofort alles.

Dann wurde Mary klar, dass das Problem vielleicht auf ihrer Seite lag. Möglicherweise hatte sie bisher nicht klar genug gemacht, was sie an der ganzen Sache so beunruhigend fand.

Sie ging in sich und stellte zu ihrer eigenen Überraschung fest, dass sie es nicht wusste. Kein Wunder, dass sie es nicht gut erklären konnte.

»Ich fühle mich einfach nur sehr ... angespannt ... in seiner Gegenwart«, versuchte sie es.

»Aber du kannst mir nicht sagen, warum?«

»Nicht wirklich, nein.«

181

»Dann werden wir jetzt ein kleines Spiel spielen. Nehmen wir mal an, du wärst in einer Quizshow und der Preis für die richtige Antwort wären zehntausend Dollar. Du kennst sie nicht. Okay. Doch du wirst nicht einfach erklären: »Ich weiß es nicht«, und die Sache vergessen. Weil du es genauso gut versuchen könntest, richtig? Wenigstens hast du dann die Chance, den Preis zu gewinnen.«

»Oh«, sagte Mary. »Das ist irgendwie merkwürdig.«

»Lass dich für den Moment einfach drauf ein.«

Mary beobachtete kurz eine Libelle, die über dem Tisch schwebte. Sie hatte irgendwo gelesen, dass Libellen in ihrem Leben mehr als eine Verwandlung durchliefen. Sie fragte sich, ob ihr eigenes Leben sich jemals ändern würde. Es schien nie so, als würde das passieren.

»Er ist einfach irgendwie ...« Die Pause wurde länger. »Ich glaube ... attraktiv.«

Sie riskierte einen Blick zu Viv, die die Augenbrauen hochzog.

»Und das ist schlimm?«

»Ich weiß es nicht. Ich rate nur, wie du gesagt hast.«

»Aber deswegen fühlst du dich in seiner Gegenwart unbehaglich?«

»Ich denke schon.«

»Willst du damit andeuten, dass der Typ dich aus der Ruhe bringt, weil du dich vielleicht ein wenig zu ihm hingezogen fühlst?«

Mary wollte antworten, doch ihr wurde bewusst, dass sie sich eine Hand vor den Mund geschlagen hatte. Sie hatte es nicht einmal bemerkt. Sie ließ sie wieder in den Schoß sinken.

»Irgendwie hab ich das gesagt, oder?«

Sie tranken einen Moment weiter ihren Eistee.

»Behalt die Karte erst mal«, riet ihr Viv. »Du musst sie ja nicht benutzen, wenn du das nicht willst. Aber es ist eine Option. Und davon hast du nicht gerade viele in deinem Leben.«

»Genau so hat er es auch ausgedrückt«, bemerkte Mary, die immer noch versuchte, mit der plötzlichen Erkenntnis über Elliot und ihre erwachenden Gefühle ihm gegenüber klarzukommen. »Das könnte ich niemals tun. Er ist verheiratet. *Ich* bin verheiratet.«

Eine kurze Stille. Dann griff Viv zu Marys Überraschung über den Tisch und pochte mit ihren Fingerknöcheln gegen Marys Stirn, als würde sie an eine Tür klopfen.

»Au«, rief Mary.

»Hallo?«

»Was?«

»Es ist nichts Falsches daran, Gefühle für einen verheirateten Mann zu haben.«

»Das ist es sehr wohl.«

»Nein, ist es nicht. Es wäre falsch, ihnen nachzugeben. Was du fühlst, geht niemanden etwas an. Wirf die Karte nicht weg. Benutze sie, wenn du das musst. Behalt deine Gefühle für dich.«

»Falls Stan sie jemals finden würde, wäre die Hölle los.«

Mary war überrascht, sich das sagen zu hören, weil das hieß, dass sie darüber nachdachte, die Karte zu behalten und zu verstecken. Vielleicht hieß es sogar, dass sie sich schon dazu entschlossen hatte.

»Es ist eine Visitenkarte«, erklärte Viv. »Was könnte einfacher sein, als sie zu verstecken? Leg sie in eins deiner Bücher. Stan hat mit Lesen nicht viel am Hut, richtig?«

»Er liest die Zeitung, aber darauf beschränkt es sich. Zwar besitzt er mehrere Bücher über den Zweiten Weltkrieg, von denen ich annehme, dass er sie gelesen hat. Doch die hat er schon seit Jahren nicht mehr angefasst.«

»Hast du irgendwelche Bücher, die du gebraucht gekauft hast?«

»Jede Menge. Ich kaufe ständig Bücher im Trödelladen.«

»Steck sie in eins von denen. Falls Stan sie dann jemals zufällig findet, erzähl ihm einfach, dass du sie noch nie zuvor gesehen hast und dass sie schon im Buch gewesen sein muss, als du es gekauft hast. Irgendetwas, was der Vorbesitzer als Lesezeichen benutzt hat.«

»Wow«, sagte Mary und trank ihren Eistee aus. »Du bist richtig gut.«

»Jetzt fahr zum Supermarkt, bevor du es wieder vergisst. Und dreh wegen dieser ganzen Sache nicht so durch. Du kannst alles empfinden, was du willst. Das geht niemanden etwas an, und niemand muss es wissen.«

\* \* \*

Mary kam mit den Einkäufen nach Hause, und während sie sie wegpackte, war sie überrascht von dem Gefühl der Karte in der Brusttasche ihrer Bluse. Überrascht, weil es kein Gefühl hätte geben sollen. Es hätte sich nicht nach etwas anfühlen sollen.

Es war nichts Störendes, Steifes, nichts Heißes oder Kaltes. Es war nur etwas dort. Natürlich wusste Mary, dass es bloß ein kleines Stück Pappe war, ohne jegliche magische Fähigkeit, also musste sie davon ausgehen, dass das Gefühl von ihr selbst stammte. Weil es ihr etwas bedeutete.

Sie nahm die Karte in die Hand und brachte sie ins Wohnzimmer. Vor dem Bücherregal hielt sie inne und überflog die Titel auf den Buchrücken. Lyrik wäre vermutlich am besten, entschied sie. Stan verabscheute Lyrik mit Inbrunst und wurde nicht müde, ihr das mitzuteilen.

Ihre Augen blieben an einer Sammlung von Emily-Dickinson-Gedichten hängen.

»Das sollte funktionieren«, sagte sie laut in den stillen Raum hinein.

Sie nahm den schmalen Band in die Hand und ließ ihn aufklappen. Er öffnete sich auf einer Seite mit dem Gedicht »Aus einem Gefängnis wird ein Freund«. Es kam Mary fast schmerzhaft passend vor. Wie ein kosmischer Witz auf ihre Kosten.

Sie gab sich Mühe, das Gedicht nicht zu lesen, während sie die Karte zwischen die Seiten steckte, ganz weit nach innen. Dann stellte sie das Buch zurück ins Regal und verließ das Haus durch die Vordertür.

Sie lief über den vertrockneten Rasen zu Effie Winger und klopfte an.

Effie öffnete fast sofort. Sie hatte das Haar in Lockenwicklern, obwohl es mitten am Nachmittag war. Das erschien Mary merkwürdig, vor allem weil Effie allein lebte.

»Was?«, fragte Effie. »Sie kommen doch sonst niemals rüber und wollen was von mir.«

»Es war nur ein Nachbar«, sagte Mary.

»Was war nur ein Nachbar?«

»Sie wissen ganz genau, wovon ich rede.« Mary wandte den Blick ab und richtete ihn auf Effies Fußmatte. Es machte sie verlegen, die ältere Frau so zur Rede zu stellen. »Ich habe gesehen, wie Sie uns beobachtet haben.« Sie wartete, aber es kam kein Protest, daher sprach sie weiter. »Mein Auto ist nicht angesprungen. Das Bremspedal klemmt, wodurch die Bremslichter angeblieben sind, und deshalb war die Batterie leer. Dieser Nachbar hat mich getroffen, als ich zu Fuß auf dem Weg in die Stadt war, und er hat mich hierher zurückgefahren und mir Starthilfe gegeben. Und das war alles.«

»Ich kenne alle unsere Nachbarn«, entgegnete Effie. »Und ich hab den Typen noch nie gesehen.«

»Er lebt nicht durchgehend hier. Ihm gehört eine der Jagdhütten oben in den Bergen. Am Nationalpark.«

»Es ist einfach bloß interessant«, meinte Effie.

»Was?«

»Dass Sie es für nötig befunden haben, zu mir zu kommen und mir wortreich zu erzählen, dass es nichts war. Mir scheint, wenn es denn tatsächlich nichts war, würden Sie einfach annehmen, dass ich das selbst erkennen würde. Und dann hätten Sie nicht das Bedürfnis, rüberzulaufen und es mir zu erklären.«

»Du meine Güte, Sie sind genauso schlimm wie Stan«, erwiderte Mary seufzend. Dann machte sie, überrascht von ihrer eigenen Direktheit, auf dem Absatz kehrt und eilte mit langen Schritten zurück in die Sicherheit ihres eigenen Hauses.

Noch während sie das tat, fiel ihr ein, dass sie nicht so unhöflich zu Effie hätte sein sollen, denn jetzt hatte die ein Druckmittel gegen Mary in der Hand. Und sie konnte sich jederzeit entschließen, es einzusetzen.

# Kapitel 15

## Das Orakel

### *Abby*

Auf Händen und Knien schrubbte Abby den Schmutz von dem schönen Holzfußboden in der Hütte. Oder zumindest war er mal schön gewesen. Bevor Waschbären und Buschratten und was auch immer sonst hier Unterschlupf gesucht hatte, gekommen waren. Bevor die Tür offen gestanden hatte, sodass Wind, Regen und Dreck ihr zerstörerisches Werk hatten beginnen können. Doch wenn Abby dabei ein Wörtchen mitzureden hatte, würde alles wieder richtig schön aussehen, wenn sie fertig war.

Das war sie Elliot schuldig. Sie schuldete ihm viel.

Als er zur Hütte zurückkehrte, fiel Abbys Blick sofort auf die Tüte in seinen Händen. Nicht die braune aus dem Supermarkt, in der wahrscheinlich nur mehr von dem Lederreiniger war. Nein, er hatte außerdem eine weiße Papiertüte vom besten Imbiss der Stadt dabei.

»Der Sandwich Port!«, rief sie begeistert. »Das ist mein Lieblingsimbiss!«

Dann hielt sie inne und überlegte, ob sie vielleicht was Falsches gesagt hatte. Vielleicht hatte er bloß für sich selbst was geholt. Aber … nein, er hatte erklärt, dass er für sie beide Lunch besorgen wolle. Oder etwa nicht?

Wenn sie sich nur sicher genug wäre, dass sie sich korrekt erinnerte.

»Gut«, erwiderte er.

Er holte ein in Papier gewickeltes Baguette-Sandwich aus der Tüte und legte es auf den inzwischen blitzsauberen Couchtisch. Abby war stolz darauf, wie gut sie das hinbekommen hatte.

»Was für eine Sorte ist das?«, fragte sie.

Sie spürte, wie ihr das Wasser im Mund zusammenlief. Plötzlich wurde ihr bewusst, wie hungrig sie nach dem langen Vormittag mit anstrengender körperlicher Arbeit war.

»Salami«, antwortete er und holte zu ihrer großen Erleichterung ein zweites Sandwich aus der Tüte.

»Oh. Das ist meine Lieblingssorte. Nur ist es wahrscheinlich für Sie.«

»Nein. Ich habe mir eins mit Eiersalat und Käse ausgesucht.«

»Ernsthaft? Sie möchten lieber Eiersalat und Käse als Salami haben?«

»Ernsthaft«, sagte er.

»Wow. Danke. Wirklich. Danke. Dann wasche ich mir mal besser die Hände.«

Sie spülte sie im Waschbecken in der Küche mit Seife ab. Als sie sich die Hände abgetrocknet und sich umgedreht hatte, war er bereits wieder draußen, saß mit den Sandwiches inmitten von Tannennadeln – und den Welpen – auf der Erde. Abby konnte das durch die offene Hüttentür sehen.

Sie ging ebenfalls raus, um ihm Gesellschaft zu leisten.

»Ich fand es hier draußen besser, weil wir sie da im Auge behalten können«, verriet er ihr.

»Oh. Gute Idee.« Sie setzte sich mit ein bisschen Abstand zu ihm im Schneidersitz hin. »Ich meine … vermutlich. Nur, werden sie nicht versuchen, uns was von unserem Essen zu klauen?«

»Ich bin mir nicht sicher«, erwiderte er. »Aber auch das wäre dann eine Gelegenheit, sie zu erziehen.«

Er reichte ihr das Salami-Sandwich.

Sie packte es aus, und sofort hatte sie zwei Welpen – Kite und Noche – auf dem Schoß, die versuchten, nach dem Essen zu schnappen. Sie scheuchte sie weg.

»Warte hier«, sagte Elliot.

Abby stand auf, um ihr Sandwich in Sicherheit zu bringen. Sie nahm drei große Bissen, während er weg war, und es schmeckte himmlisch. Beinahe hätte sie die Augen geschlossen, so gut war es. Nicht dass sie diese Sandwiches nicht schon vorher mal gegessen hätte, doch da war sie nicht so hungrig gewesen.

Elliot erschien wieder und hatte eine leicht verbeulte Getränkedose in der Hand.

»Wie soll uns etwas zu trinken dabei helfen, die Welpen zu erziehen?«

»Das ist nichts zu trinken«, erklärte er.

Er ließ sich wieder auf der Erde nieder, das Sandwich in der einen Hand und die Dose in der anderen. Die Welpen stürzten sich auf ihn.

»Sieht aus wie etwas zu trinken«, meinte Abby, die sich ebenfalls wieder hinsetzte.

»Es ist nur eine leere Dose. Ich habe etwas Kleingeld reingetan.«

»Kleingeld?«

»Münzen.«

»Oh. Wozu?«

Bevor er antworten konnte – oder vielleicht war das auch seine Antwort –, sprang Queen an ihm hoch und versuchte, etwas von seinem Sandwich abzubeißen.

»Nein«, sagte er streng. Dazu schüttelte er die Dose. Fest. Es war unfassbar laut. Sogar Abby erschrak. Queen machte einen Satz nach hinten, weg von dem Scheppern, und landete auf ihrem Hintern. Tippy rannte fast bis zur Straße und drehte sich dann um, um das Geschehen aus sicherer Entfernung mit wachsamen Augen zu beobachten.

»Braves Mädchen«, lobte Elliot und tätschelte Queen den Kopf, was sie vorsichtig akzeptierte.

Der Welpe bewegte sich zögernd wieder nach vorn, das Sandwich weiter fest im Blick.

»Nein«, ermahnte Elliot sie.

Dieses Mal musste er die Dose nur heben, und Queen zog sich zurück.

»Wow«, sagte Abby. »Das funktioniert ja tatsächlich. Sie können das echt gut. Wo haben Sie das gelernt?«

»Das weiß ich nicht mehr genau. Es ist inzwischen so lange her, dass ich Hunde hatte. Wahrscheinlich aus einem Buch über Hundetraining oder so.«

Unterdessen hatten sich die Welpen von Elliots Sandwich abgewandt und nun Abbys als Beute ins Auge gefasst. Außer Tippy, die sich sicherheitshalber immer noch fernhielt.

»Kann ich mir das kurz ausleihen?«, fragte sie ihn.

Er gab ihr die Dose, und sie hielt sie drohend in die Höhe, woraufhin die Welpen zurückwichen und sich hinsetzten. Ein paar von ihnen blieben auch stehen und starrten sie an. Aber aus respektvollem Abstand.

»Das ist genial«, sagte sie.

Ein oder zwei Minuten lang aßen sie schweigend. Abby machte sich in Gedanken eine Notiz, zur Bibliothek zu gehen, sobald sie mit der Arbeit hier fertig war. Also, falls die dann noch offen hatte. Sie musste jedes Buch über Hundetraining lesen, das sie in die Finger kriegen konnte. Sie hatte keine Ahnung gehabt, dass man bei Welpen so viel ausrichten konnte, und war plötzlich von dem Wunsch beseelt, sie zu erziehen.

»Ich hatte hier mal Stühle«, bemerkte Elliot und brach damit das Schweigen.

»Die sind ja noch da«, antwortete Abby, unhöflicherweise mit vollem Mund.

»Campingstühle meine ich. Zum Draußensitzen.«

»Oh. Solche Stühle. Was ist damit passiert?«

»Die gehören zu dem, was die Einbrecher haben mitgehen lassen.«

»Oh«, sagte Abby. »Das ist doof.«

»Genau.«

»Ich finde es *richtig* doof. Also, nicht nur den Verlust der Stühle. Die waren wahrscheinlich billiger als fast alles andere, was gestohlen wurde, doch das ist immer noch richtig doof. Ich meine, Ihre Frau stirbt, was furchtbar ist. Und dann kommen Sie her, weil Sie etwas Ruhe und Frieden brauchen und sich ein bisschen besser fühlen möchten. Und dann das. ›Überraschung! Wir haben all Ihr Zeug geklaut.‹ Das muss sich wirklich, wirklich schrecklich angefühlt haben. So zusätzlich zu allem anderen.«

Eine Weile erwiderte er nichts. Abby wandte ihren Blick von den starrenden Welpen zu Elliot. Er schaute sie nicht an, hatte allerdings diesen Gesichtsausdruck … Fast so, als ob ihn ihre Worte zum Weinen bringen könnten. Er weinte nicht. Aber es sah so aus, als wäre das eine Möglichkeit.

»Tut mir leid, wenn ich etwas Falsches gesagt habe«, erklärte sie leise.

»Nein, ich weiß das zu schätzen. Es war ein schwieriger Tag, und ich weiß es ehrlich zu schätzen, dass dir bewusst ist, wie ich mich gefühlt habe.«

Sie kaute und schluckte, als ihr plötzlich etwas auffiel. Etwas Furchtbares.

»O nein. Und dann war *ich* da. Das kann nicht dazu beigetragen haben, dass Sie sich besser gefühlt haben, vor allem wenn ich daran denke, was ich Ihnen alles an den Kopf geworfen habe. Dass Sie ein schlechter Mensch sind, weil Sie meine Hunde ins Tierheim gebracht haben, obwohl mir zu dem Zeitpunkt schon hätte klar sein müssen, dass Sie sie dabeihatten und mir zurückgeben wollten.«

»Na ja, das haben wir ja geklärt«, sagte er, die Stimme tief und sanft. Nett, dachte sie.

»Es tut mir trotzdem leid.«

»Mach dir deswegen keine Sorgen.«

Erneut breitete sich Stille zwischen ihnen aus, und Abby nutzte sie, um ihr Sandwich weiter in sich hineinzustopfen.

»Weißt du …«, begann er. Doch dann schien er es nicht eilig zu haben, den Gedanken zu Ende zu bringen.

»Was?«

»Ich hab nur nachgedacht …« Ein weiteres Zögern.

»Worüber?«

»Vielleicht hätte deine Mutter gar kein Problem damit, wenn du ihr von den Welpen erzählst.«

Abby hörte mit dem Kauen auf. Es war nicht leicht, mit vollem Mund zu reden, trotzdem tat sie es. »Warum sagen Sie das?«

»Ich bin mir nicht sicher. Aber … du hast doch ein gutes Verhältnis zu deiner Mutter, oder?«

Abby konnte sich immer noch nicht dazu bringen, weiterzukauen. »Ich schätze schon«, murmelte sie.

»Ich weiß, dass du sie nicht gern anlügst.«

Abby schluckte den größtenteils unzerkauten Bissen runter. Was im Hals wehtat. »Woher wissen Sie das?«

»Nun. Ich *weiß* es nicht. Ich hätte nicht sagen sollen, dass ich es *weiß*. Du scheinst mir einfach niemand zu sein, dem es nichts ausmacht, jemanden anzulügen, an dem ihm was liegt. Habe ich da recht?«

Abby war ein bisschen schlecht. Vielleicht kam das vom zu schnellen Essen. Vielleicht auch nicht. »Ich würde mich besser fühlen, wenn ich es ihr erzählen könnte. Aber was, wenn sie mich zwingt, sie abzugeben?«

»Ich weiß es nicht, Abby. Ich habe nicht alle Antworten. Ich hab nur einfach den Eindruck, als wäre sie jemand, dem du vertrauen könntest.«

»Dabei kennen Sie sie ja gar nicht.«

»Nenn es ein Bauchgefühl.«

Sie verzehrten den Rest ihrer Mahlzeit schweigend.

In Abbys Kopf wirbelten die Gedanken durcheinander. Am meisten beschäftigte sie Elliots Vorschlag. Es wirkte so, als *wüsste* er Dinge. Als ob die Ratschläge, die er ihr gab … fast übernatürlich zutreffend und richtig wären. Besser als alle anderen Ratschläge, die sie je erhalten hatte.

Wenn irgendjemand anders angeregt hätte, dass sie ihrer Mutter von den Welpen erzählte, hätte Abby es vermutlich, ohne lange darüber nachzudenken, weit von sich gewiesen. Doch Elliot klang seltsam überzeugt. Und offenbar verstand er Dinge, von denen andere Leute keine Ahnung hatten.

Wenn Elliot war, was er zu sein schien – was Abby allmählich durchaus für möglich hielt –, wenn er eine vertrauenswürdige Quelle von Wissen über die Welt war, dann wollte sie darüber Bescheid wissen. Sie wollte es bestätigt haben. Erkennen, was sie an ihm hatte.

Also würde sie es möglicherweise – nur möglicherweise – ihrer Mutter beichten. Um ihn auf die Probe zu stellen.

Es war ein großes Risiko. Eins, das sie unter Umständen die Welpen kosten konnte. Natürlich war es auch möglich, dass sie sie auf andere Weise verlor. Wenn sie keinen Platz fand, an dem sie sie halten konnte, oder wenn ihr das Geld ausging.

Andererseits, wenn Elliot recht hatte, könnte ihre Mutter eine hilfreiche Verbündete sein. Womöglich hatte sie sogar mehr Geld, das sie beisteuern würde.

»Es könnte sinnvoll sein, darüber nachzudenken«, sagte sie.

Er wirkte überrascht, dass sie nach so langem Schweigen sprach.

»Ich denke nicht, dass du es bereuen wirst.«

Er klang so sicher. Was dazu führte, dass sie ihm glaubte. Oder zumindest *wollte* sie ihm dringend glauben.

»Ich sollte mich wieder an die Arbeit machen«, erklärte sie.

»Bist du nicht erschöpft?«

»Schon. Aber ich habe es Ihnen versprochen.«

»Wir haben nie vereinbart, dass du alles an einem Tag erledigen musst. Du hast heute viel geschafft. Lauf nach Hause, und ruh dich aus. Sprich mit deiner Mutter. Morgen kannst du zurückkommen und weiterputzen.«

\* \* \*

Abby hatte fast ein Viertel der Strecke nach Hause zurückgelegt, als ihr auffiel, dass sie vergessen hatte, Elliot eine sehr wichtige Frage zu stellen. Oder vielleicht hatte sie sich einfach nicht getraut. Es war schwierig für sie, das herauszuspüren.

Sie drehte um und ging den Hügel wieder hoch, obwohl sie müde war.

Die Welpen waren im Schuppen, wo Elliot und sie sie eingesperrt hatten, damit sie nicht versuchen würden, ihr nach Hause zu folgen.

Sie klopfte an die Hüttentür, und die Welpen hörten sie und begannen ihr übliches Begrüßungskonzert aus Kläffen und Jaulen.

Elliot kam zur Tür und blinzelte ins Licht, als ob er gerade aufgewacht wäre.

»Hast du was vergessen?«, fragte er.

»Falls ich mich entschließe, es meiner Mom zu sagen ... Nun ... ich hab darüber nachgedacht. Sie wird mich wahrscheinlich fragen, ob ich einen Platz habe, an dem sie bleiben können. Das ist ein großer Teil des Problems – ob sie Ja oder Nein sagen wird –, die Frage, ob ich einen Ort habe, wo ich sie halten kann. Und ich weiß nicht, was ich ihr darauf antworten soll. Sie haben nur gesagt, sie könnten in Ihrem Schuppen bleiben, solange bei Patches noch die Fäden drin sind und der Verband sauber und trocken sein muss. Doch wir haben nicht darüber geredet, was danach passieren wird. Also ... das ist irgendwie schwierig, aber ich habe beschlossen, dass ich Sie einfach fragen werde: Habe ich einen Platz, wo sie bleiben können?«

Er starrte über ihre Schulter in die Ferne, als ob er den Hunden interessiert beim Kläffen zuhörte. Abby überlegte, ob er überhaupt ernsthaft über ihre Bitte nachdachte.

»Nun«, sagte er schließlich. »Bis Patches' Wunde komplett verheilt ist, werde ich wahrscheinlich bereits auf dem Weg nach Hause sein. Und ich vermute, es macht keinen großen Unterschied für mich, ob Welpen in meinem Schuppen sind, wenn ich nicht einmal hier bin. Also solange du alles schön sauber hältst ... warum nicht?«

»Sie können sich darauf verlassen, ich werde es blitzsauber halten. Es ist nur ... Sie hatten gesagt, Sie müssten auch wieder Sachen darin lagern. Wie zum Beispiel einen neuen Generator.«

Abby hasste es, ihn darauf hinweisen zu müssen. Sie hätte es vorgezogen, ihn nicht daran zu erinnern. Doch es wäre noch schlimmer, wenn es ihm später wieder einfiel und er seine Meinung dann änderte.

»Ich schätze, ich könnte den Generator auf der Terrasse festketten«, sagte er.

Abby rannte zu ihm und warf die Arme um ihn. Zu heftig, wie sie bemerkte, als es zu spät war, um es zu korrigieren.

Sie schien ihm kurz alle Luft aus den Lungen zu pressen. Abby konnte es hören. Ihm entschlüpfte ein leises »Uff«.

Sie ließ ihn los und trat einen Schritt zurück.

»Sie sind der netteste Mann auf der ganzen Welt«, rief sie, und die Worte überschlugen sich förmlich. »Danke.«

Dann drehte sie sich um und lief weg, bevor er es sich anders überlegen konnte.

\* \* \*

Als Abby zu Hause ankam, hatte sie drei Bibliotheksbücher über Hundeerziehung dabei. Sie hielt sie nah an ihrer Seite, sodass man die Titel nicht lesen konnte, und fand ihre Mutter in der Küche, wo sie etwas in einem Topf auf dem Herd umrührte.

Abbys Nase verriet ihr, dass es Spaghettisoße war, was enttäuschend war. Bei ihnen gab es oft Spaghetti. Abby hätte lieber ein Steak gehabt. Andererseits, wenn sie die ganze Zeit Steak essen würden, hätte ihre Mutter keine fünfzig Dollar sparen können, um sie ihr zu geben, als sie sie am meisten gebraucht hatte.

»Hey«, sagte Abby.

Ihre Mutter zuckte zusammen, als hätte sie sich erschreckt. Als ob sie so in Gedanken versunken gewesen wäre, dass sie fast eingeschlafen war und Abby nicht einmal reinkommen gehört hatte.

»Oh. Hey, Abby.«

»Ich wollte …« Aber sie konnte sich nicht dazu bringen, weiterzureden.

»Was denn?«

»Nicht so wichtig. Ich geh dann mal in mein Zimmer.«

Abby lief ein paar Schritte den Flur entlang und stoppte wieder. Weil sie sich an Elliots seltsame Angewohnheit erinnerte, richtigzuliegen.

Sie drehte um und kehrte in die Küche zurück. »Also …«, fing sie wieder an.

Ihre Mutter wandte sich um, um ihr ihre volle Aufmerksamkeit zu schenken. Um zuzuhören. Sie selbst schien nichts zu sagen zu haben. Abby versuchte es. Doch es wollte einfach nichts aus ihrem Mund kommen.

»Möchtest du Kekse?«, fragte ihre Mutter schließlich.

»Sonst gibt es nie Kekse vor dem Abendessen.«

»Heute machen wir eine Ausnahme.«

Ihre Mutter nahm eine Plastikdose vom Küchenschrank. Kekse waren bei Abby zu Hause immer selbst gebacken.

Abby ließ sich auf einen Stuhl am Küchentisch fallen und schaute ihrer Mutter dabei zu, wie sie einen Teller mit drei Cookies vor sie stellte. Mit Schokoladenstückchen. Dann öffnete ihre Mutter den Kühlschrank und nahm Milch heraus. Sie goss Abby ein Glas ein und brachte es ihr zum Tisch.

»Also, warum kriege ich vor dem Essen Cookies?«, fragte Abby.

»Ich hatte den Eindruck, als wolltest du reden.«

»Oh«, sagte Abby. Sie schob die Bücher tiefer unter den Tisch und bedeckte sie mit der Serviette, die ihre Mutter ihr gegeben hatte. »Ja. Ich denke, das stimmt wohl.«

Aber für ein oder zwei Minuten knabberte sie nur an einem Keks, seltsam langsam, als wäre sie sich nicht ganz sicher, ob sie ihn tatsächlich essen wollte. Und bestimmt nicht, als wäre sie sich sicher, dass sie reden wollte, weil sie sich dessen nicht im Geringsten sicher war.

Vielleicht hatte Elliot recht. Das musste sie wissen. Wie konnte sie nicht wissen, ob er bei etwas so Wichtigem wie dem hier richtiglag?

»Du musst mir allerdings versprechen, Dad nichts davon zu erzählen«, erklärte sie.

»Oh, Liebes. Ich erzähle ihm so wenig, wie ich nur kann.«

»Das ist kein richtiges Versprechen.«

»Okay. Ich verspreche es. Was immer du mir heute anvertraust, bleibt unter uns.«

Abby seufzte. Sie zupfte nervös an der Serviette auf ihrem Schoß.

»Ich habe so ein bisschen … Vor einer kleinen Weile … als wir über etwas geredet haben … Nun … Also, wie soll ich es ausdrücken? Ich habe nicht wirklich gelogen, doch ich habe dir auch nicht wirklich alles gesagt, was es zu sagen gab.«

Abby wartete, überlegte, ob sie sich sichtbar wand. Wahrscheinlich schon. Eigentlich hatte sie gedacht, dass ihre Mutter an diesem Punkt wütend werden würde.

Nichts passierte. Sie schaute ihrer Mutter ins Gesicht. Ihre Mutter schaute nach unten auf den Tisch und hörte zu. Oder wartete eher darauf, auch den Rest zu hören. Sie wirkte nicht wütend.

Abby nahm einen tiefen Atemzug und schob alle Bedenken beiseite.

»Erinnerst du dich, als ich neulich total durchnässt nach Hause gekommen bin und dir erzählt habe, dass ich diese Welpen aus dem Fluss gerettet habe?« Abby wartete die Antwort ihrer Mutter nicht ab. Es war ja ohnehin eine rhetorische Frage. Wer könnte so etwas vergessen? »Du hast mich gefragt, was ich mit ihnen gemacht habe, und ich habe erwidert, dass ich sie zum Tierheim gebracht hätte. Und das stimmte auch. Ich hab sie zum Tierheim gebracht. Das war wahr. Ich habe sie nur … nicht … dort gelassen.« Sie wartete. Ihre Mutter schwieg. »Du sagst ja gar nichts.«

»Ich wusste nicht, dass ich das soll.«

»Schon. An dieser Stelle. Ja.«

Sie wollte wissen, ob ihre Mutter wütend war, aber sie wollte es nicht laut aussprechen. Wollte sie nicht erst auf die Idee bringen.

»Ich bin mir sicher, dass du gute Gründe dafür gehabt hast«, meinte ihre Mutter. »Ich kenne dich. Und ich weiß, wenn du geglaubt hättest, dass die Welpen im Tierheim ein schönes Zuhause bekommen würden, hättest du sie dort abgegeben.«

»Sie hätten sie *getötet*«, erklärte Abby leise. Ihre Stimme senkte sich beim letzten Wort. Dann wartete sie, sagte eine Weile lang nichts. Ihre Mutter sagte ebenfalls nichts. »Also bist du nicht wütend?«

»Es beunruhigt mich, dass du mich nicht ins Vertrauen gezogen hast. Doch nun hast du das ja nachgeholt, daher fühle ich mich jetzt besser.«

Urplötzlich schoss Abby ein Gedanke durch den Kopf. Ein großer, machtvoller Gedanke. Er kam aus dem Nichts und füllte alles aus, beherrschte ihre gesamte Welt.

*Elliot weiß alles. Er weiß, was all die anderen Erwachsenen nicht wissen, obwohl sie so tun, als würden sie das. Ich wünschte, meine Mutter wäre nicht mit Dad verheiratet. Ich wünschte, sie wäre mit Elliot verheiratet.*

Abby presste die Lippen noch fester aufeinander und sagte nichts. Sie wartete darauf, dass ihre Mutter ihr jede Menge Fragen über die Welpen stellen würde. Wo hatte Abby sie untergebracht? Wie wollte sie ihnen Futter kaufen, wenn das Geld, das sie ihr geschenkt hatte, aufgebraucht war? Was, wenn es Tierarztrechnungen gab? Was, wenn Abbys Vater es herausfand?

Keine dieser Fragen wurde gestellt.

»Ich möchte, dass du sie kennenlernst«, verkündete Abby plötzlich entschlossen.

Aber was sie eigentlich meinte, war: »Ich möchte, dass du Elliot kennenlernst.«

»Okay«, sagte ihre Mutter. »Sicher. Das kann ich tun.«

Allerdings stand in ihren Augen ein abgelenkter, leicht besorgter Ausdruck, ohne dass Abby eine Ahnung hatte, wieso.

Sie fragte nicht. Die Dinge waren unendlich viel besser gelaufen, als sie befürchtet hatte, und sie wollte es nicht vermasseln. Sie trank ihre Milch aus und aß ihre Kekse und zog sich mit den Hundebüchern in ihr Zimmer zurück. Und ließ das, was gut gelaufen war, auf sich beruhen.

Doch dann, als sie ungefähr ein Fünftel des ersten Buches gelesen hatte, lief sie wieder nach unten und steckte den Kopf in die Küche. »Mom?«

»Ja, Liebes?«

»Willst du mir nicht sagen, wie schwierig das alles wird? Sich um all diese Welpen zu kümmern?«

»Das hatte ich nicht vor, Liebes. Nein.«

»Gibt es irgendeinen besonderen Grund dafür?«

»Es ist eine Weile her, dass du sie gerettet hast«, antwortete ihre Mutter. »Also vermute ich, das hast du bereits selbst herausgefunden.«

# Kapitel 16

## Ein Mann

### *Elliot*

Elliot putzte sich gerade an der Spüle die Zähne, als er die Welpen im Schuppen bellen hörte. Für gewöhnlich bellten sie nicht, es sei denn, sie hatten etwas Auffälliges gehört. Außer einem leisen Winseln ab und zu waren sie in der Regel still. Oder vielleicht drangen die Geräusche, die sie machten, sonst auch nicht durch die Schuppentür bis zu der Hütte.

Er spuckte die Zahnpasta aus und spülte sich rasch den Mund aus, ging dann zur Tür und riss sie auf.

Abby stand auf der Schwelle, eine Hand zum Anklopfen gehoben. Sie hüpfte praktisch auf und nieder, als ob etwas in ihr wäre, das sie kaum im Zaum halten konnte. »Oh, da sind Sie ja«, rief sie.

Elliot öffnete den Mund, um etwas zu erwidern, es gelang ihm jedoch nicht, sie zu unterbrechen. Sie war wie ein Wirbelsturm. Ein Sturm aus Information in Form von Worten.

»Also, warten Sie, bis ich es Ihnen erzählt habe, Elliot. Sie hatten recht! Sie meinten, ich sollte es ihr sagen und dass es, wenn ich das tue, für sie in Ordnung wäre, und auch da hatten

Sie recht. Ich war mir da überhaupt nicht sicher, daher hatte ich ziemlich Bammel davor, es ihr zu beichten, aber dann habe ich mich einfach überwunden, und es war für sie in Ordnung. Sie hat mir noch nicht einmal Ratschläge erteilt oder Vorträge darüber gehalten, wie schwierig es sein würde, wie es Erwachsene gewöhnlich tun. Sie wissen schon, dass da all diese Probleme auf mich zukommen würden, an die ich überhaupt nicht gedacht hätte, weil ich bloß ein Kind bin und nicht all die schlimmen Dinge berücksichtigen kann, die unter Umständen passieren könnten. Warum machen Erwachsene das eigentlich, Elliot?«

Elliot hielt einen Moment inne, bevor er etwas erwiderte, um sicher sein zu können, dass sie ihm auch tatsächlich Raum für eine Antwort lassen würde. »Ich bin verwirrt«, erklärte er. »Warum tun sie … was von den Dingen, die du gerade gesagt hast?«

»Kinder darüber belehren, was alles Schreckliches passieren könnte. Als ob sie denken, es sei besser, sich immer das Allerschlimmste auszumalen, das eintreten könnte, und dann sorgen sie dafür, dass man es sich ebenfalls vorstellt. Und ich verstehe das einfach nicht, weil ja schließlich auch gute Dinge geschehen könnten. Also warum halten sie einem keine Vorträge darüber?«

»Keine Ahnung«, meinte Elliot. »Möglicherweise käme ich mit deinen Fragen besser zurecht, wenn ich nicht gerade erst aufgewacht wäre.«

»Oh, hab ich Sie geweckt? Tut mir leid.«

»Nein, ich war schon aufgestanden. Nur ist es noch nicht sehr lang her.« Er machte eine Pause und lauschte auf das Bellen und Jaulen aus dem Schuppen. »Vielleicht solltest du gehen und sie rauslassen, schließlich wissen sie, dass du hier bist.«

»Sie kommt her«, verkündete Abby, ohne sich einen Schritt von seiner Türschwelle wegzurühren.

»Ich fürchte, ich kann dir nicht folgen.«

»Meine Mom. Sie kommt her. Ich hab sie gebeten, hier her-aufzukommen und die Welpen kennenzulernen. Und Sie. Ich hoffe, das stört Sie nicht. Vermutlich hätte ich erst fragen sollen, aber es ist ja schließlich nicht so, als hätten Sie hier irgendwo ein Telefon.«

»Alles gut«, beruhigte Elliot sie. Er öffnete den Mund, um hinzuzufügen: »Ihr Auto wird es nie die Schotterpiste herauf-schaffen.« Dann fiel ihm gerade noch rechtzeitig ein, dass er gar nicht wissen durfte, was für ein Auto sie fuhr und wie runter-gewirtschaftet und klapprig es war. »Hat sie einen Pick-up, mit dem sie hier rauffahren kann?«

»Nein, sie kommt zu Fuß.«

»Das ist ein langer Weg und auch steil.«

»Ich mach das jeden Tag.«

»Du bist dreizehn.«

»Sie hat gesagt, sie schafft es. Sie musste nur erst noch ein paar Dinge erledigen. Doch wahrscheinlich ist sie inzwischen schon aufgebrochen.«

»Okay«, antwortete Elliot. »Ich nehme den Pick-up und fahr ihr entgegen.«

Das war gut, denn er konnte sie unmöglich zu Hause ab-holen. Das würde am Ende zu weiteren Problemen für sie führen. Wenn er sie aber unterwegs traf und ihr eine Mitfahrgelegenheit auf dem wie ausgestorben daliegenden obersten Teilstück der Straße anbot, wäre das perfekt.

Er schnappte sich seine Schlüssel und lief zum Pick-up, hörte immer noch das Japsen und Jaulen der Welpen, die drin-gend rausgelassen werden wollten. Während er einstieg, blickte er über seine Schulter zurück zu Abby, die reglos dastand und ihn anstarrte.

»Was?«, fragte er.

»Wollen Sie denn gar nicht wissen, wie sie aussieht?«

»Na ja, wie viele Leute werden schon gerade diese Straße hochkommen?«

»Stimmt. Na, egal, sie hat heute Vormittag eine rote Bluse an. Sagen Sie ihr, dass Sie der Typ mit den Welpen sind, damit sie weiß, dass Sie kein Fremder sind und dass sie keine Angst haben muss, einzusteigen.«

»Verstanden«, antwortete Elliot.

Doch schon der Gedanke an diese einfache Aufgabe gab ihm das Gefühl, müde zu sein. Alles tat das. Durch die Trauer wurden die einfachsten Aufgaben zu mehr, als er ertragen konnte, und er hatte keine Ahnung, wie lange er so würde leben müssen.

Abby setzte sich endlich in Bewegung, lief zum Schuppen, um die Hunde rauszulassen. Elliot fuhr rasch los, bevor er sich darüber Sorgen machen müsste, dass ihm ein Welpe vor den Wagen lief.

* * *

Er entdeckte sie nach ungefähr zwei Dritteln der Strecke, und sie hatte tatsächlich eine rote Bluse an, so wie Abby es ihm beschrieben hatte.

Er blieb stehen, ließ sein Fenster runter und blickte sie an. Und sie blickte zurück.

Es fiel ihm schwer, zu erkennen, was er in ihren Augen und auf ihrem Gesicht las, vor allem weil nicht alle Teile von ihr dasselbe auszudrücken schienen. Einerseits wirkte sie froh darüber, ihn zu sehen, und andererseits kam es ihm vor, als würde es sie genauso traurig stimmen. Oder vielleicht nicht traurig. Vielleicht froh, ihn zu sehen, aber gleichzeitig machte es ihr Angst.

Das war alles ziemlich schwer zu entscheiden.

Von der körperlichen Anstrengung keuchte sie. »Wollen Sie in die Stadt?«, fragte sie ihn atemlos.

»Nein, ich bin hergefahren, um Sie abzuholen.«

»Oh, vielen Dank.«

Sie ging zur Beifahrertür seines Pick-ups und stieg ein. Elliot fuhr weiter bergab Richtung Stadt, hielt Ausschau nach einer Stelle, an der er gut wenden konnte.

»Ich bin auch nicht mehr so jung, wie ich mal war«, erklärte sie.

»Da sind Sie nicht allein«, erwiderte Elliot.

Mehrere Minuten lang sprachen sie nicht. Bis er in einer unkrautüberwucherten Einfahrt seinen Wagen gewendet hatte und sie wieder bergauf unterwegs waren. Sie öffneten beide gleichzeitig den Mund, um etwas zu sagen, und brachen auch in genau dem gleichen Moment ab, wollten dem anderen den Vortritt lassen.

»Sie zuerst«, meinte Mary.

»Ich möchte mich nur für gestern entschuldigen.«

»Oh. Für welchen Teil?«

»Ich weiß, dass Sie sich unwohl gefühlt haben, weil ich über Ihre Ehe geredet hab, und natürlich muss nicht eigens erwähnt werden, dass Sie recht haben – es geht mich nichts an. Ich hätte es nicht aufs Tapet bringen sollen, und es tut mir leid.«

Sie schien darauf zu warten, dass er noch was hinzufügte. Doch das tat er nicht.

»Nun, also … danke. Ich weiß, Sie versuchen, hilfreich zu sein.«

»Es ist beinahe niemals hilfreich, wenn man Leuten sagt, sie sollten mehr so leben, wie man selbst sich das vorstellt … Haben Sie je beobachtet, dass irgendjemand sein Leben deswegen ändert?«

»Selbst wenn es nichts hilft«, entgegnete sie, »muss ich Ihnen wenigstens zugutehalten, dass Sie es in bester Absicht getan haben.«

Sie hielt den Kopf von ihm abgewandt, sah zum Fenster hinaus, als ob es dort draußen irgendetwas Wunderbares gäbe. Einen Cañon aus rotem Fels oder eine Herde Karibus. Irgendwas, von dem sie ihren Blick nicht losreißen konnte. Oder vielleicht fühlte sie sich einfach besser, wenn sie Elliot nicht anschaute.

Er beobachtete sie, so gut das möglich war, ohne die Augen zu lange von der Straße zu nehmen.

»Es ist nur ...«, begann er, nicht mal sicher, worauf er hinauswollte. Vermutlich nicht mal sicher, wo er anfangen wollte. »Ich treffe von Zeit zu Zeit Menschen wie Sie, die der Welt so viel zu geben hätten, und ich kann einfach nicht begreifen, warum sie nicht von Leuten umgeben sind, die ihren Wert erkennen.«

Sie antwortete nicht. Sie wandte sich auch nicht zu ihm um. Aber er glaubte, sehen zu können, dass ihr Gesicht sich rötete, besonders rund um das Ohr.

»Da mache ich es schon wieder«, stellte er fest. »Ich werde jetzt einfach aufhören zu reden.«

Während er in die Stille lauschte und ihre gerötete Haut betrachtete, befasste er sich innerlich mit der Frage, warum er so was überhaupt sagte. Schließlich kannte er sie gar nicht. Woher wollte er also wissen, was sie der Welt zu geben hatte?

Seine Ermahnung im Geiste war jedoch nicht annähernd so gut ausformuliert. Es war einfach eine frustrierte Erklärung, die sich ganz generell um die Frage drehte: *Was ist eigentlich los mit dir, Elliot?*

Dennoch, im Nachklang dieses Gedankens fiel Elliot auf, warum er das wissen könnte.

Weil sie ihn ein bisschen an Pat erinnerte. Nur ein kleines bisschen.

Sie sah überhaupt nicht aus wie Pat. Ihr Haar war feiner und glatter, hatte einen helleren Braunton. Ihre Züge waren schärfer, die Konturen ausgeprägter. Und sie war kleiner und zierlicher. Feingliedriger. Aber sie hatte einen Ausdruck in den Augen, der ihm vertraut erschien. Etwas Starkes und Klares.

Kurz hinterfragte er das. Vielleicht erinnerte ihn der Ausdruck in Marys Augen nur an den von Pats. Pat war auf jeden Fall stark und klar gewesen, doch wenn die Frau neben ihm stark war, warum hatte sie sich nicht schon längst befreit und stand auf eigenen Füßen?

Trotzdem sagte ihm sein Bauchgefühl, dass der Ausdruck, den er in ihren Augen bemerkt hatte, für sich selbst sprach. Es war kein Fehler. Es war exakt, was es war, und er sollte dem vertrauen, was er dort erkannt hatte.

Er blickte durch die Windschutzscheibe und sah vor sich die Hütte auftauchen, was eine enorme Erleichterung war. Er hatte das hier ziemlich vermasselt. Erneut. Für sie … und sogar in seinem eigenen Kopf. Alles fühlte sich chaotischer an. Er war froh, hier anzukommen, wo er und Abbys Mutter nichts übereinander wissen durften.

Das würde deutlich leichter werden.

\* \* \*

»Oh, die sind ja wirklich zu süß, oder?«, rief Mary aus.

Sie stand ein paar Meter vor seiner Veranda, und die Welpen drängten sich um ihre Füße, wedelten so heftig mit ihren Schwänzchen, dass ihre ganzen Körper in Bewegung waren. Elliot war auf dem Weg in die Hütte gewesen, um was zu trinken zu holen, aber dann war er doch in der offenen Tür stehen geblieben und beobachtete stumm die Szene.

»Leg dich auf den Boden«, sagte Abby zu ihrer Mutter, und ihre Stimme war vor Aufregung ganz hoch.

»Auf den Boden?«

»Ja.«

»Warum sollte ich das tun?«

»Probier es einfach aus, Mom. Vertrau mir.«

»Dann werden meine Sachen schmutzig.«

»Na und? Du steckst sie am Ende des Tages ja ohnehin in die Waschmaschine, oder?«

Mary stand einen Moment lang da, als ob sie begriffe, dass er mitbekommen würde, was gleich passieren würde. Wenn es würdelos war oder peinlich, Elliot würde es sehen.

Das wenigstens schien ihre Sorge zu sein. Das war es, was Elliot auf ihrem Gesicht zu erkennen glaubte.

Es war ein schüchterner, nervöser Blick, und es brachte etwas auf, das Elliot bislang nicht bewusst wahrgenommen hatte. Vielleicht war es die ganze Zeit da gewesen, aber er befasste sich erst in diesem Moment damit.

Sie war sich seiner als Mann bewusst. Sie reagierte auf ihn, wie eine Frau manchmal in der Gegenwart eines interessanten Mannes reagierte.

Es war eine lange Zeit her, dass irgendeine Frau so auf ihn reagiert hatte.

Seit Pats Diagnose hatte Elliot jede Menge Respekt erfahren, und er war mit Mitgefühl überschüttet worden. Er war als jemand Bemitleidenswertes betrachtet worden und nicht als attraktiver Mann.

Mary bemitleidete ihn nicht, weil sie es nicht wusste.

Und das fühlte sich gut an.

In der Minute, in der ihm bewusst wurde, dass es sich gut anfühlte, regten sich Schuldgefühle in ihm. Als sei er dabei ertappt worden, wie er Pat betrog. Obwohl es hier eindeutig keinen Betrug gab und auch keine Pat mehr. Doch es war noch keine angemessene Zeit verstrichen, um es vorsichtig auszudrücken.

All das durchlief ihn wie ein schwacher Strom, als ihre Blicke sich begegneten.

Er schaute rasch weg.

Mary streckte sich auf den Kiefernnadeln und der Erde aus und wurde sofort mit den überschwänglichen Liebesbekundungen von sieben Welpen beglückt. Sogar Patches war fit genug, um auf ihr herumzuklettern, obwohl er regelmäßig mit seinem Plastikkragen gegen ihr Kinn oder seine Geschwister stieß.

Marys unbeschwertes Lachen erklang in der Morgenluft.

Es war schön, jemanden lachen zu hören, überlegte Elliot. Er war schon so lange nicht mehr Zeuge von Lachen gewesen, dass er sich kaum noch daran erinnerte, wie es war. Er vermutete, dass es Mary da nicht viel anders ging und dass, selbst wenn das nicht zutraf, es sicher nicht ihr eigenes Lachen gewesen war.

\* \* \*

»Ich sollte reingehen und mich an die Arbeit machen«, erklärte Abby.

Sie lief in die Hütte, bevor Elliot sie aufhalten konnte. Was er versuchte. Er hatte bereits einen Finger gehoben, um ihre Aufmerksamkeit zu erregen, und den Mund geöffnet, um etwas zu sagen. Weil er sich irgendwie komisch fühlte, wenn er mit Mary allein war. Er wollte Abby davon überzeugen, noch zu bleiben, weil ihre Gegenwart dafür sorgte, dass ihm das Zusammensein sicherer vorkam. Weniger intensiv.

Aber es war zu spät. Sie war bereits in der Hütte verschwunden.

Er blickte zu Mary, die auf den Boden starrte und so wirkte, als fühle sie sich genauso unbehaglich wie er. Wenn nicht sogar mehr.

»Keine Sorge«, versicherte ihr Elliot. »Ich verspreche, ich werde nichts über Ihr Leben sagen. Und es tut mir leid. Ich weiß gar nicht, was in mich gefahren ist. Lassen Sie uns einfach über normale Dinge reden wie normale Leute, die sich unterhalten. Normalerweise.«

Eine lange Pause entstand, in der sie die Augen fest auf die Erde gerichtet hielt.

Dann erkundigte sie sich: »Worüber reden normale Leute denn normalerweise? Ich erinnere mich gar nicht mehr daran.«

Elliot lachte laut auf. Eine Sekunde später begriff er, dass sie gar keinen Witz gemacht hatte.

Er sah zu den Welpen, die das Interesse an den Menschen verloren und sich wieder ihren epischen Spielkämpfen untereinander zugewandt hatten. Alle außer Tippy, die abseits und allein unter einem Baum saß und den ganzen Trubel beobachtete, als sei sie unendlich erleichtert, heute außen vor gelassen zu werden.

»Also«, begann Elliot. »Wenn sieben Welpen in der Nähe sind … dann, denke ich, würden die meisten über die Welpen reden.«

»Oh.« Mary blickte die jungen Hunde an.

Ein paar Minuten lang schauten sie ihnen stumm zu. Zumindest waren er und Mary stumm. Die Welpen knurrten, winselten und jaulten und schrien manchmal sogar auf, wenn ein Zahn sich zu tief in ihrem Fell verhakte. Aber die Menschen blieben still.

»Sie sind echt niedlich«, bemerkte Mary nach einer Weile und brach das Schweigen.

»Auf jeden Fall«, erwiderte Elliot.

»Ich mach mir trotzdem Sorgen. Es ist so eine große Verantwortung für ein Mädchen in Abbys Alter. Wenn einen eine Dreizehnjährige um einen Welpen bittet, muss man sich schon genau überlegen, ob sie der Verantwortung gerecht werden kann. Doch sieben? Sieben Welpen?«

»Falls es irgendwie hilft, wenn Sie das wissen, ich habe vor, zwei von ihnen zu behalten. Ich würde sie mit nach Hause nehmen, wenn ich wieder heimfahre. Ich vermute, das nützt nicht viel, oder? Ich meine, fünf Welpen. Das sind trotzdem wirklich viele.«

Sie sah ihn an – richtig an –, zum ersten Mal überhaupt, soweit er sich erinnern konnte.

»Nein, das hilft auf jeden Fall. Also, es ist ein guter Anfang. Vielleicht findet sie ja auch noch für einige der anderen ein Zuhause.«

»Vielleicht. Wenn sie sich dazu durchringen kann, sich von ihnen zu trennen.«

»Trotzdem befürchte ich, dass es ihr das Herz brechen wird.«

Elliot antwortete darauf nichts. Er hätte sie gerne beruhigt, aber das konnte er nicht. Es schien ihm, als ob ein gebrochenes Herz durchaus möglich wäre.

»Sie tun das nicht nur ihretwegen, oder?«, erkundigte sie sich, und ihre Stimme klang dünn und unsicher.

»Dass ich zwei Welpen nehme?«

»Ja. Das.«

»Nein. Es geht mir um die Gesellschaft. Ich werde bald schon wieder arbeiten und bin der Ansicht, dass zwei Hunde besser sind als einer, weil sie einander Gesellschaft leisten können, während ich tagsüber weg bin.«

Sie öffnete den Mund, doch es kam nichts heraus. Ihre Augen richteten sich neben ihm auf die Tür der Hütte. Elliot drehte sich um und folgte ihrem Blick. Er sah, dass die Tür nun wieder offen stand und Abby sie mit zufriedenem Gesichtsausdruck betrachtete, als würden sie beide etwas richtig machen. Etwas, das ihr überaus gut gefiel.

»Ihr beide unterhaltet euch«, stellte sie fest. »Schön. Worüber redet ihr? Ich wusste, ihr würdet euch gut verstehen. Das wusste ich einfach.«

»Ich sollte vermutlich los«, erklärte Mary.

Sie sprang auf und lief zur Straße, bevor Elliot Einwände erheben konnte.

»Soll ich Sie fahren?«, rief er ihr hinterher.

Sie hob einen Arm und winkte, blieb aber nicht stehen. »Alles gut. Bergab ist es kein Problem. Trotzdem danke. Ich muss nur wirklich nach Hause.«

# Kapitel 17

*Mary*

Abby stürmte kurz nach zwölf durch die Hintertür in die Küche.

Mary war an der Spüle und wusch das Geschirr vom Frühstück ab. Es war ganz untypisch für sie, es so lange stehen zu lassen. Aber es war ja auch ein ziemlich untypischer Vormittag gewesen.

»Ich bin zum Mittagessen nach Hause gekommen«, erklärte Abby hastig und aufgeregt. »Ich hoffe, das ist in Ordnung. Ich hab mir gedacht, Elliot sollte mir nicht jeden Tag Essen kaufen, vor allem da ich das alles überhaupt nur mache, weil ich ihm sowieso schon Geld schulde.« Sie hielt inne und fing Marys Blick auf. »Oh, das wusstest du noch gar nicht.«

Mary wusste es natürlich, allerdings nicht von Abby. Ihr fiel gerade noch rechtzeitig ein – bevor sie den Mund öffnen und etwas sagen konnte, was ihr besser nicht rausrutschen sollte –, dass sie über die finanzielle Abmachung rund um den Tierarztbesuch gar nicht informiert war.

Sie holte Cookies aus dem Regal, während Abby ihr die Geschichte von Patches und seinem Unfall erzählte.

»Ich hab gesehen, dass einer von ihnen eine bandagierte Pfote und einen dieser Plastikkragen hat«, sagte Mary, als sie glaubte, dass Abby fertig war.

Sie stellte einen Teller mit Keksen vor ihrer Tochter auf den Tisch, die sie mit großen Augen anstarrte.

»Ich kriege vor dem Essen Cookies?«

»Du hast so hart gearbeitet«, erwiderte Mary. »Du hast bestimmt Appetit. Ich bin mir sicher, dass du danach trotzdem noch vernünftig essen wirst.«

Sie setzte sich auf den Stuhl ihrer Tochter gegenüber und beobachtete, wie sie sich einen Cookie im Ganzen in den Mund schob und zu kauen versuchte. Normalerweise hätte Mary ihr gesagt, dass das unhöflich sei. Aber Mary hatte etwas anderes im Sinn, etwas, das sie schon den ganzen Vormittag beschäftigte, und Abbys Mangel an Tischmanieren kümmerte sie im Moment nur sehr wenig. Weil Marys Aufmerksamkeit etwas ganz anderem galt.

»Süße ...«, begann sie.

»Ja?«

Oder irgendetwas wie das Wort »ja«. Es war wegen des erst halb gegessenen Cookies schwer zu verstehen.

»Als du wolltest, dass ich zur Hütte gehe und diesen Mann treffe ...«

»Elliot.«

»Genau. Elliot. Du wolltest nur, dass ich ihn treffe, weil ... Ich meine, du wolltest nicht ... Ich denke, was ich wissen will, ist ...«

Abby verdrehte die Augen, während sie schluckte. »Meine Güte, Mom. Falls ich verstehen soll, was du mir mitteilen willst, muss ich dich enttäuschen: Ich hab keine Ahnung, worauf du hinauswillst.«

»Du hast gesagt, du wusstest, dass wir uns mögen würden. Aber du hast gemeint, als Freunde, richtig? Du dachtest, dass ich ihn auf freundschaftlicher Ebene mögen könnte.«

Zu ihrer Überraschung zuckte Abby die Achseln. »Ich weiß nicht. Woher hätte ich wissen sollen, auf welche Weise ihr euch mögen würdet?«

»Aber du hast nicht … Ich meine, du würdest nicht …«

»Mom. Du tust es schon wieder.«

»Ich kann mir nur einfach nicht vorstellen, dass du … Ich meine, er ist ein verheirateter Mann.«

»Nein, ist er nicht.«

»Er trägt einen Ehering.«

»Seine Frau ist gestorben.«

Einen Moment saß Mary da und musste diese Information verdauen. Sie konnte fühlen, wie es sie traf, als wäre es der Tod von jemandem, den sie gut gekannt hatte. Und sie wusste überhaupt nicht, warum.

Sie erinnerte sich, dass er gesagt hatte, er wolle zwei Welpen zur Gesellschaft behalten, und das war ihr für einen verheirateten Mann merkwürdig vorgekommen. Als würde er so ganz beiläufig zugeben, dass er in seiner Ehe einsam war. Sie hätte ihn fast gebeten, das näher auszuführen. Doch irgendetwas hatte die Unterhaltung in andere Bahnen gelenkt. Und vielleicht hätte sie auch sowieso nicht gefragt, denn ehrlich, was ging sie das schon an?

»Oh, Süße, das ist ja schrecklich.«

»Aber echt. Es hat ihn schwer getroffen.«

»Wann ist sie gestorben?«

»Etwa fünf Tage bevor er hergefahren ist. Und er ist erst seit wenigen Tagen hier.«

Mehr Stille, während Mary diese weiteren Neuigkeiten verarbeitete. Alles, was sie über ihn wusste, neu sortierte. Jedes Wort, jeder Blick, jeder Eindruck, den sie von ihm und seinem Leben und seiner Stimmung gehabt hatte, musste plötzlich durch die Linse dieser neuen Information gefiltert werden.

»Krieg ich jetzt etwas zu essen?«, wollte Abby wissen.

Mary schaute auf und sah, dass Abby alle Cookies, die sie ihr hingestellt hatte, verputzt hatte.

»Ja. Natürlich. Möchtest du ein Sandwich?«

»Gibt es auch Suppe?«

»Ich kann dir Suppe warm machen. Allerdings haben wir momentan nur Tomate.«

»Das ist in Ordnung. Ich hab richtig Hunger.«

»Bin schon dabei.«

Mary stand auf und ging zum Kühlschrank, war immer noch leicht geschockt. Sie war sich ihrer selbst zu sehr bewusst, ihrer Bewegungen, und die vertraute Küche um sie herum schien irgendwie unwirklich zu sein. Wie in einem Traum.

Bevor sie den Kühlschrank öffnete, drehte sie sich noch einmal zu ihrer Tochter um.

»Und Süße …«

»Was?«

»Er ist vielleicht kein verheirateter Mann, doch ich bin immer noch eine verheiratete Frau.«

»Aber du bist mit Dad verheiratet. Wer würde mit Dad verheiratet sein wollen?«

»Wie auch immer, Süße …«

Mary bemerkte aus dem Augenwinkel eine Bewegung. Sie sah hin und entdeckte Stan, der im Durchgang zur Küche stand und sie aus schmalen Augen betrachtete. Ihr Magen wurde zu Eis.

Sie hatte keine Ahnung, wie viel er gehört haben mochte.

»Was tust du denn hier?«, fragte sie.

»Darf ich nicht zum Mittagessen nach Hause kommen?«

»Doch. Natürlich darfst du das.« Tatsächlich ermutigte sie ihn regelmäßig dazu, weil es Geld sparte. Es war so viel günstiger, als auswärts zu essen. Aber bisher hatte er ihre Andeutungen offenbar nicht verstanden. »Ich wollte Abby gerade ein Sandwich und etwas Tomatensuppe machen.«

»Ich hasse Tomatensuppe. Das weißt du. Wie lange kennst du mich jetzt? Wie kann es sein, dass du immer noch nicht weißt, dass ich Tomatensuppe hasse?«

»Tut mir leid. Das ist alles, was wir haben. Ich wusste nicht, dass du zum Mittagessen hier sein würdest. Das bist du sonst nie. Dann einfach ein Sandwich, nehme ich an.«

»Vergiss es. Egal. Ich gehe wieder. Ich gehe zum Sandwich Port. Scheint mir nicht zu viel verlangt. Nur ein ordentliches Mittagessen, wo ich so hart arbeite.«

Bevor Mary den Mund öffnen konnte, um ihm zu antworten, hatte er schon die Hintertür aufgestoßen, sodass die Tür weit aufschwang, und war hinausgelaufen.

Mary eilte hin, um sie hinter ihm zu schließen.

Sie schaute zu ihrer Tochter, die ihren Blick erwiderte. Mary konnte sehen, dass sie beide das Gleiche dachten. Sich über dieselbe Situation Gedanken machten. Aber sie sagten beide nichts. Vielleicht wagten sie es nicht. Vielleicht war ihnen beiden zutreffenderweise klar, dass sie schon viel zu viel gesagt hatten.

Mary bereitete das Mittagessen für ihre Tochter in ohrenbetäubender Stille zu.

* * *

Als es Zeit wurde, die Teller wegzuräumen, konnte Mary wieder sprechen.

»Wirst du wieder zu ihm gehen?«

»Nein. Ich bin fertig.«

»Wirklich? Du hast die ganze Arbeit schon erledigt?«

»Zwei Vormittage. Das scheint mir ziemlich viel zu sein.«

»Schuldest du ihm noch was?«

»Nein. Er hat gesagt, für ihn wäre das so in Ordnung. Es war richtig viel Arbeit.« Abby blieb sitzen, während Mary ihren

Teller und ihre Schüssel vom Tisch nahm. Dann, während Mary das Geschirr abspülte, fügte Abby hinzu: »Er ist sehr nett.«

»Ja«, erwiderte Mary, ohne ihre Tochter anzusehen. »Er ist in der Tat sehr nett.«

* * *

Mary ging den ganzen Weg den Berg hoch zu seiner Hütte. Vielleicht kam es ihr nur so vor, aber es erschien ihr jedes Mal ein wenig leichter, wenn sie den steilen Aufstieg in Angriff nahm. Möglicherweise wurde sie von dem vielen Laufen wieder fitter, was nicht schlecht wäre. Das wäre schön, dachte sie.

Alle paar Schritte warf sie einen Blick über ihre Schulter, um sich zu vergewissern, dass niemand sie beobachtete oder ihr folgte.

Sie vermutete, dass sie an der Hüttentür würde anklopfen müssen, was ihr schwerfallen würde. Es würde sich anfühlen, als würde sie in seinen Bereich eindringen. Und sie stellte sich vor, wie er die Tür plötzlich aufreißen und sie anstarren und von ihr erwarten würde, dass sie erklärte, warum sie gekommen war. Das alles war sehr einschüchternd.

Doch nichts davon passierte.

Als sie um die letzte Kurve kam, entdeckte sie ihn im Garten vor dem Haus, mit den Welpen.

Er hatte zwei von diesen weißen Gartenstühlen aus Plastik gekauft und vor der Hütte aufgestellt. Aber da saß er gar nicht. Er lag auf dem Rücken im Gras, hob einen Welpen nach dem anderen hoch und hielt ihn über sich. Schaute zu ihm hoch, als würde er sich ihre Gesichter genauestens einprägen.

Mary beobachtete, wie sie mit den Schwänzen wedelten, während sie auf ihn hinuntersahen. Sie mochten ihn. Wie Mary auch. Mehr, als ihr lieb war. Und jetzt mochte sie ihn sogar noch mehr, weil sie wusste, dass er mit den Welpen spielte, wenn Abby nicht da war. Sie nicht einfach nur, wie sie es sich vorgestellt hatte, in den Schuppen sperrte, bis Abby zurückkam, um sich wieder um sie zu kümmern.

Sie wollte ihn nicht mehr mögen. Doch es schien nicht viel zu geben, was sie dagegen tun konnte.

Dann entdeckte er sie und setzte sich auf, wobei er sich einen der Welpen vor die Brust hielt. Den verletzten mit dem Verband um die Pfote.

»Oh«, sagte er. »Hallo.«

Mary fühlte, dass ihr Gesicht heiß wurde und sie vermutlich errötete, und es war ihr peinlich.

Sie lief das letzte Stück zu ihm und setzte sich auf einen der Plastikstühle. Er stellte den Welpen auf die Erde und kam auf die Beine, klopfte sich seine Jeans ab und griff um sich herum, um sich das Hemd hinten auszuschütteln. Er nahm auf dem anderen Stuhl Platz und sagte nichts. Vermutlich wartete er darauf, dass sie erklärte, warum sie hergekommen war.

»Sie haben Stühle«, bemerkte Mary und ignorierte einen der schwarzen Welpen, der wild an ihrem Hosenbein zerrte.

»Ja, habe ich«, bestätigte er.

Und schien leider wieder darauf zu warten, dass sie sich erklärte.

»Ich wollte Sie wegen etwas warnen«, begann sie.

»Okay.«

Und dann wartete er erneut.

»Mein Ehemann könnte … Betonung auf dem Wort ›könnte‹ … mit angehört haben, wie Abby und ich uns über Sie unterhalten haben. Also weiß er vielleicht, dass wir Sie kennen.«

»Und das wäre nicht gut.«

Es hörte sich für Mary nicht nach einer Frage an.

»Bei Stan trifft das auf beinahe alles zu.«

»Woher sollte er wissen, wo er mich finden soll?«

»Nun, er könnte mir folgen oder so.«

»Also haben Sie sich sofort auf den Weg zu mir gemacht, um mir zu erzählen, dass es schlecht wäre, wenn er Ihnen folgen würde?«

Seine Worte drangen durch die Luft und vibrierten in Marys Magen. Sie brannten, während sie durch sie hindurch-flossen. In Gedanken formulierte sie es nicht wirklich so, doch wenn man sie gezwungen hätte, eine andere Gelegenheit zu nennen, bei der sie sich so beschämt gefühlt hatte, wäre ihr ver-mutlich nichts eingefallen.

»Okay«, erwiderte sie. »Ich bin eine Idiotin.«

»Nein, sind Sie nicht. Ich hab mich nur gefragt, warum Sie nicht Abby gebeten haben, es mir das nächste Mal auszurichten, wenn sie herkommt, um nach den Welpen zu sehen.«

»Oh. Wow.« Marys Gesicht wurde noch heißer, falls das überhaupt möglich war. Und röter, nahm sie an. »Ich bin tat-sächlich eine Idiotin.«

»Bitte sagen Sie das nicht.«

»Leider stimmt es. Zu meiner Verteidigung muss ich aller-dings erwähnen, dass ich mir große Mühe gegeben hab, dafür zu sorgen, dass mir niemand unbemerkt folgen kann.«

»Vielleicht heftet er sich an Abbys Fersen. Und möglicher-weise ist sie nicht so vorsichtig. Also sind Sie keine Idiotin.«

»So fühle ich mich aber. Es tut mir wirklich leid, wenn ich Sie in eine unangenehme Lage gebracht habe.«

Sie gab sich große Mühe, ihn nicht anzuschauen, während sie sprach. Sie betrachtete die Welpen, die sich miteinander balgten. Das taten sie beide. So war es einfacher.

»Das ist mir egal«, versicherte er ihr.

»Wenn Sie Stan je kennengelernt hätten, würden Sie das nicht sagen.«

»Wenn er sich unbedingt prügeln will, dann bitte. Dann soll er das bekommen. Und das sage ich nicht häufig. Ich bin kein Kämpfer. Ich setze nicht gern meine Fäuste ein, und ich habe das nicht mehr getan, seit ich jung war. Aber ein Mann, der seine Frau derart schlecht behandelt und schikaniert, dass sie Angst hat, mit einem Nachbarn zu reden ... ein Mann, dessen eigene Tochter glaubt, er sei ein schrecklicher Vater ... ein Mann, der nicht zu schätzen weiß, dass er Sie in seinem Leben hat, und trotzdem meint, eifersüchtig sein zu dürfen, wenn Sie mit mir sprechen, nun ... Wenn er sich mit mir anlegen möchte, dann wird er seine Chance bekommen.«

Mary saß einen Augenblick stumm da, war sich nicht sicher, was sie sagen sollte. Seine Bereitschaft, sie zu verteidigen, schien ihr fast ein Beweis dafür zu sein, dass er sie mochte, aber das fühlte sich zu gut an, um wahr zu sein. Sie kannten einander ja kaum.

»Warum würden Sie das für mich tun?«, erkundigte sie sich nach einer Weile.

Seine Antwort ließ fast eine ganze Minute auf sich warten. Eine Minute war eine lange Zeit, wurde ihr klar, wenn man auf eine Antwort wartete. Vor allem auf eine, die wichtig war.

»Ich glaube, Sie erinnern mich ein wenig an meine Frau.«

Seine Worte trafen sie wie ein Hieb in den Magen, wie ein Bissen, den sie zu kauen vergessen hatte und niemals würde verdauen können. Sie konnte nicht einmal sagen, ob sie sie mochte oder nicht. Es war zu kompliziert. Alles war plötzlich schrecklich kompliziert.

»Abby hat mir erzählt, dass sie gestorben ist. Vor Kurzem erst. Das tut mir so leid. Ich kann mir gar nicht vorstellen, wie furchtbar das für Sie sein muss.«

Es verstrichen einige Sekunden, bevor er antwortete.

»Ich hoffe, Sie verstehen das jetzt nicht falsch«, begann er. Mary spürte, wie sich ihr Magen zusammenzog bei der Vorahnung, dass sie gleich verletzt werden würde. Ein bekanntes Gefühl. »... aber vermutlich können Sie es sich tatsächlich nicht vorstellen. Denn es war eine wundervolle, ausgeglichene und ganz gleichberechtigte Ehe. Eine wahre Partnerschaft. Und wenn Sie nicht früher schon einmal verheiratet waren oder eine andere Beziehung hatten, von der ich nichts weiß, vermute ich, haben Sie keine Idee davon, wie sich das anfühlt oder wie entsetzlich es ist, das zu verlieren.«

»Ich war noch ganz jung, als ich Stan geheiratet habe«, erklärte sie. »Es gab niemand anderen.«

Mehrere Minuten lang saßen sie da und sahen schweigend den Welpen beim Herumtollen zu. Der mit dem Plastikkragen stolperte immer wieder und fiel auf seine Schnauze. Es überraschte Mary, dass er nicht einfach aufgab und sitzen blieb. Es schien ihr eine Menge Ausdauer und Beharrlichkeit zu erfordern. Und sie merkte, dass ihr das Bewunderung abverlangte.

»Ich frage mich, wer von uns beiden es besser getroffen hat«, meinte sie, und sie wunderte sich selbst, dass sie den Mut fand, das auszusprechen. Vielleicht hatte der verletzte Welpe sie inspiriert. »Sie hatten etwas Gutes und haben es verloren. Ich habe niemals etwas so Gutes gehabt, also kann ich auch nicht unter dem Verlust leiden. Ich frage mich, wer es besser getroffen hat.«

»Ich denke, das bin ich«, antwortete er, ohne zu zögern. »Was glauben Sie?«

»Das glaube ich, ehrlich gesagt, auch«, erwiderte Mary.

# Kapitel 18

## Niemand hat Mitleid mit den Fischen

*Elliot*

Er holte für sie beide Softdrinks, und eine Weile lang saßen sie im Schatten unter den Bäumen und tranken, ohne zu reden. Sie schaute zu, wie die Welpen spielten. Er hielt eins der verknoteten Seilstücke in der Hand, an dem immer ein Hundejunges hing, das an dem Ende kaute und zerrte. Es dauerte nie lange, bis ein anderes sich auf seinen spielenden Bruder oder seine Schwester stürzte, woraufhin der oder die von dem Seil ablassen musste, um sich zu verteidigen, und dann bemächtigte sich ein neuer Welpe des Seils.

Das ging eine Weile so. Elliot spürte die vertraute Erschöpfung, die von der Trauer herrührte, aber statt sich zu wünschen, dass Mary heimging, stellte er fest, dass es angenehm war, jemanden um sich zu haben, der ihn von seinen trüben Gedanken ablenkte. Er fragte sich unwillkürlich, was sie wohl dachte. Sie schien eindeutig nicht den Drang zu verspüren, so schnell wie möglich von hier wegzukommen, wie es zuvor der Fall gewesen war.

Einen Moment später überraschte sie ihn, indem sie zu reden begann. »Also, was werden Sie jetzt tun?«

Er öffnete den Mund, um ihr von seinem Abschluss als Ingenieur und seinem Job bei Meade zu erzählen, wo er seit Monaten nicht mehr gewesen war. Es fühlte sich an wie ein Traum, in dem er einen Arbeitsplatz gehabt hatte. Nicht wie ein echter Teil seiner persönlichen Geschichte.

Doch sie redete weiter.

»Ich meine, Sie sind früher hier heraufgekommen und auf die Jagd gegangen, das weiß ich, weil Sie es erwähnt haben. Aber jetzt, wo Sie nicht mehr jagen, bin ich mir nicht sicher, was Sie hier tun wollen.«

»Da bin ich mir auch nicht sicher«, erwiderte er.

Sie wandte den Kopf und blickte ihn kurz an, und er hatte den Eindruck, dass es sie verlegen machte, ihn anzuschauen.

»Nun, was haben Sie die letzten paar Tage denn so getan?«

»Hauptsächlich habe ich mich mit Ihrer Tochter und ihren sieben energiegeladenen Welpen beschäftigt. Doch das war natürlich ungeplant. Das war einfach einer der Bälle, die das Leben einem gern mal zuwirft, wenn man es am wenigsten erwartet.«

»Was hatten Sie denn gedacht, was Sie hier oben tun könnten? Angeln Sie?«

»Angeln und Jagen unterscheiden sich nicht wirklich«, sagte er und überließ es ihr, die weiteren Schlüsse selbst zu ziehen.

»Das stimmt vermutlich. Denn schließlich hat man bei beidem nachher ein totes Tier. Aber eine Menge Leute verschwenden nicht zu viele Gedanken an die Fische – vielleicht sind es für sie gar keine Tiere. Als wären sie etwas völlig anderes … Ich weiß nicht. Irgendwas. Eine ganz eigene Lebensform. Weil sie so …«

Es entstand eine Pause, fast so, als wollte sie das nicht weiter ausführen.

»So ... was?«, fragte er nach mehreren Sekunden. »Mich interessiert, was Sie darüber denken.«

»Nun, sie sind ... sie sind kalt, wissen Sie? Sie sind nicht warmblütig. Und sie haben kein Fell. Und man könnte zwar sagen, dass sie Gesichter haben, nur ganz andere als Säugetiere.«

»Mit anderen Worten: Sie sind ganz anders als wir.«

»Ich glaube, das meine ich«, bestätigte sie. »Ja.«

»Das kommt mir unfair vor.«

Sie tranken eine Minute länger schweigend ihre Softdrinks. Kite sprang über Elliots Füße. Patches stürmte hinter ihm her, blieb jedoch mit seinem Plastikkragen an Elliots Schuh hängen, fiel hin und landete mit der Schnauze voran im Dreck. Elliot half ihm wieder auf, aber der kleine Kerl schien nicht nur unverletzt, sondern auch kein bisschen eingeschüchtert. Elliot setzte Patches wieder auf die Füße, und der Welpe rannte zurück zu seinen Geschwistern. Er benutzte die verbundene Pfote inzwischen wieder ganz normal, schonte sie höchstens noch ein kleines bisschen.

Elliot wandte den Kopf und stellte fest, dass Mary ihn beobachtete. Beifällig. Genau genommen war das Wort, das ihm spontan in den Sinn gekommen war, »zärtlich«, doch das verdrängte er sofort wieder.

»Ich wollte nicht sagen, dass es *von Ihnen* unfair ist«, stellte er richtig.

»So habe ich das auch gar nicht aufgefasst.«

Das fand er interessant. Denn er hatte sie für eine sehr empfindsame Frau gehalten, vom Leben in die Defensive gedrängt und daher geneigt, alles auf sich zu beziehen und als Kränkung zu empfinden. Er nahm an, dass sie sich an ihn gewöhnt hatte und sich in seiner Gesellschaft entspannte, ihm traute.

»Ich finde es ziemlich befremdlich, wie wir unser Mitgefühl verteilen«, erklärte er. »Dass wir einzig Mitleid mit denen haben, die uns am meisten an uns selbst erinnern. Ich will nicht sagen, dass ich das nicht verstehe. Es ist nicht schwer, Mitgefühl mit jemandem zu haben, der so ist wie wir. Das fällt uns leicht. Ich glaube nur, es ist eine Schande, dass wir es nicht übertragen können. Man fragt sich unwillkürlich, wie die Welt wohl aussähe, wenn unser Mitgefühlsmuskel ein bisschen stärker ausgeprägt wäre.«

»Das ist eine seltsame Art und Weise, es auszudrücken«, meinte sie. »Denken Sie, dass es wie ein Muskel funktioniert? Je mehr wir ihn benutzen, desto mehr kann er?«

»Bislang nur anekdotisch, aufgrund meiner eigenen Erfahrung, beginne ich es in Betracht zu ziehen. Ich fange an zu glauben, dass da etwas dran sein könnte.«

»Sie haben mir noch gar nicht auf die Frage geantwortet, was Sie dachten, dass Sie hier oben machen würden.«

»Oh. Ja. Nun, einfach vor meinem Leben weglaufen und hier in der Stille und Einsamkeit rumsitzen, vermute ich.«

Sie lachte leise und leicht bedauernd. »Stille haben Sie nun ganz bestimmt nicht gefunden.«

»Richtig. Wobei ich inzwischen zu der Ansicht neige, dass Stille überschätzt wird.«

Er wartete auf ihre Antwort. Doch die kam nicht. Daher sprach er weiter. »Ein Freund von mir hat Wandern vorgeschlagen. Wahrscheinlich hatte ich mir also überlegt, ein bisschen zu wandern.«

Es überraschte ihn, als sie bei dem Wort aufstrahlte. Er konnte es sehen und spürte es in der Luft zwischen ihnen. Es ließ sie auf eine Art und Weise lebendig werden, wie es nichts anderes in der kurzen Zeit, die er sie nun kannte, vermocht hatte.

»Oh, ich bin früher so gern gewandert!« Ihre Stimme klang beinahe ehrfürchtig, als würde sie ein wildes Tier oder einen Edelstein bewundern. »Anfangs wollte ich vor allen Dingen zu Hause rauskommen, aber hier oben ist es so wunderschön.

Ich bin einige der Berge ungefähr bis zur Hälfte hochgestiegen. Es gab wilde Tiere, und der Himmel hatte dieses wunderbar dunkle Marineblau, und ich fand es so schön, wie der Wind die Blätter in den Bäumen bewegte, als ob ihnen schauderte. Und wenn ich dann später wieder zu Hause war, war ich so müde, dass ich mich wie ein ganz anderer Mensch gefühlt habe. Viel entspannter, wissen Sie?«

»Endorphine«, warf er ein.

»Sind die dafür verantwortlich?«

»Zumindest zum großen Teil. Die Natur hat eine bestimmte Wirkung auf Menschen, und die ist schwer zu bemessen. Unsere Wissenschaft erfasst solche Phänomene normalerweise nicht ausreichend. Meiner Meinung nach wenigstens.«

Sie beobachteten die Welpen eine Weile schweigend.

»Wie wäre es mit einer kleinen Wanderung?«, sagte er plötzlich.

Es war nichts, was er sich vorab sorgfältig überlegt hatte. Der Gedanke war ihm fertig ausformuliert in den Sinn gekommen. Er entsprang mehr einem Gefühl als sorgfältigem Abwägen. Irgendwie hatte die Idee von ihm Besitz ergriffen, dass er, wenn er sie aus dieser Stadt und von ihrem schrecklichen Mann wegholen könnte, den Teil von ihr finden könnte – oder ihr helfen könnte, diesen Teil von sich zu finden –, der nie mehr zurückkehren wollte.

Er wusste, so verhielt es sich vermutlich gar nicht, und höchstwahrscheinlich würde es nicht funktionieren. Aber er wusste auch, es würde keinen Schaden anrichten, selbst wenn es fehlschlug. *Genau genommen*, dachte er, *wird es nur dann gefährlich, wenn es funktioniert.*

Er beobachtete, wie sich etwas in ihrem Blick änderte. Sie schaute halb weg von ihm, starrte auf die herumtollenden Welpen. Sie wollte mit ihm gehen. Das konnte er ihr an den

Augen ablesen. Die einzige Frage, die noch blieb, war, ob sie es wagen würde.

»Können wir sie mitnehmen?«, fragte sie.

»Ich fürchte, dafür sind sie zu jung. Ich glaube, sie sind, während wir wandern, im Schuppen besser aufgehoben.«

»Okay. Ja. Das würde ich gern tun. Ich muss nur rechtzeitig wieder zu Hause sein. Ich muss da sein, wenn Stan von der Arbeit heimkommt, sonst kriegt er einen Anfall.«

Elliot hatte eine weitere Idee, ebenfalls fertig ausformuliert und ebenfalls eher ein Sinneseindruck als ein richtiger Gedanke. Vielleicht konnte er ihr ihre eigene Angst aufzeigen, sodass sie sie durch seine Augen sehen konnte. Alles, was man seit Jahren jeden Tag hat, beginnt irgendwann normal zu werden, das wusste er. Wichtig ist daher der Moment, in dem man es durch die Augen eines anderen betrachtet. Dann erst nimmt man es wirklich wahr.

Es war keine leichte Aufgabe, aber er hatte tatsächlich nichts zu verlieren.

»Okay«, sagte er. »Ich werde den Welpen im Schuppen etwas Trockenfutter auf den Boden schütten, dann können wir los.«

* * *

Sie erreichten eine Stelle mit Felsbrocken, die am Fuß des Berges auf den Wanderweg gefallen waren. Er reichte ihr eine Hand, um ihr über die Hindernisse zu helfen, doch sie war bereits drübergeklettert. Sehr geschickt, zumindest sah es so aus. Daher ging er weiter, spürte sie einen Schritt oder zwei rechts hinter sich.

Knorrige Bäume schienen hier direkt aus massivem Felsen zu wachsen, unter Ausnutzung von dem bisschen Erde, das sich in den Ritzen verbarg. Elliot bewunderte ihre Sturheit. Er schaute zu den Blättern, um festzustellen, ob sie zitterten. Auf so was hatte er noch nie zuvor geachtet. Aber es gab keinen Wind. Die Luft schien ganz still zu stehen. Außerdem war es heiß.

Er hatte nur eine kleine Wasserflasche für jeden von ihnen dabei. Das würde darüber bestimmen, wie weit sie heute gehen konnten.

Mit einer Hand beschattete er seine Augen und blickte nach oben, stellte fest, dass der Himmel exakt die dunkelblaue Farbe hatte, die sie ihm beschrieben hatte.

Er schaute über seine Schulter, um zu überprüfen, ob die Stadt von diesem Teil des Wanderwegs aus zu sehen war. Das war nicht der Fall, doch beim Drehen des Kopfes fing er unbeabsichtigt ihren Blick auf. Sie wandte ihn rasch ab.

Er wurde langsamer, damit sie zu ihm aufschließen konnte.

»Kurze Pause«, sagte sie.

Er wusste nicht, ob sie meinte, dass sie irgendwo hinter einen Busch verschwinden müsse, oder ob sie zu Atem kommen wollte. Er wartete mit ihr, schaute hinab in ein schmales Felsental zwischen den Bergen. Es schien sich um Letzteres zu handeln. Sie stützte die Hände auf die Oberschenkel und atmete keuchend. Er beobachtete, wie über den Felsen heiße Luft aufstieg und die Umrisse der Landschaft dahinter verzerrte.

»Wissen Sie«, erklärte sie, »wenn Sie wieder zurück in der Stadt sind, dann werde ich diese Gespräche vermissen. Über so was spreche ich mit niemandem sonst.«

Elliot war sich nicht sicher, was für Gespräche sie meinte.

»Wie beispielsweise …«, sagte er.

»Wie unsere Unterhaltung über Fische. Warum wir Mitgefühl mit Säugetieren haben, aber nicht mit Fischen. Niemand, den ich kenne, redet so über das Leben. Mit meiner Freundin Viv spreche ich über alles Mögliche. Mehr als nur Small Talk. Wir reden über Sachen wie Kinder und Ehe. Wir reden darüber, wie es ist, wenn man versucht, über die Runden zu kommen und das Leben Tag für Tag einigermaßen anständig über die Bühne zu bringen. Doch nichts so Philosophisches. Ich habe noch nie über so was geredet wie die Frage, warum niemand Mitleid mit den Fischen hat. Stan spricht darüber jedenfalls nicht. Morgens ist er meistens schweigsam, trinkt wortlos seinen Kaffee und fährt zur Arbeit. Und wenn er dann heimkommt, redet er über seinen Arbeitstag, aber über sonst nichts. Meistens beschwert er sich. Sie wissen schon. Alle sind immer unfair zu ihm. Alle behandeln ihn immer schlecht. Ich treffe jede Menge Leute, die nett und freundlich sind, und ich weiß überhaupt nicht, warum es Stan nicht auch so geht. Ich kann mir nicht vorstellen, dass das Zufall ist.«

»Nein«, sagte Elliot. »Das denke ich auch nicht.«

»Manchmal spricht er über seinen Tag und ist glücklich. Nun, *irgendwie* glücklich, *seine* Version von ›glücklich‹. Doch seine Version von ›glücklich‹ hat immer damit zu tun, anderen eins auszuwischen. Die Oberhand zu behalten, als ob er der große Zampano wäre. Wissen Sie, was ich meine? Ich hatte eigentlich immer den Eindruck, dass Menschen, die der große Zampano sein wollen, in Wirklichkeit eine ganz kleine Nummer sind.«

Darüber dachte er nach, antwortete aber nichts.

Sie setzten sich wieder in Bewegung, und er war sich ihres keuchenden Atems bewusst. Vielleicht ging er zu weit und zu hoch mit ihr, vor allem angesichts der Hitze. Es mochte ihre Kräfte übersteigen, und womöglich traute sie sich nicht, ihm das zu sagen. Doch zumindest würde sie später am Abend dieses wunderbare Endorphinhoch haben. Das wäre immerhin etwas.

Er musste auf jeden Fall dafür sorgen, dass sie nicht zu spät nach Hause kam. Er blickte auf die Uhr und überschlug, wann sie umkehren müssten. Er wollte sie nicht in Schwierigkeiten bringen. Wobei ein kleiner Teil von ihm wollte, dass sie *dachte*, sie könnte zu spät zu Hause sein. Um zu sehen, wie sie sich dann fühlte und benahm. Dann könnte er nämlich abschätzen, wie viel Angst sie tatsächlich vor ihrem Ehemann hatte. Und vielleicht, nur ganz vielleicht, konnte er dafür sorgen, dass sie das auch selbst erkannte.

Sie überquerten einen Gebirgsbach, schmal, aber erstaunlich tief und schnell fließend, indem sie von einem flachen runden Stein auf den nächsten traten.

»Lieben Sie ihn denn noch?«, fragte er. »Nach all diesen Jahren? Entschuldigung«, fügte er rasch hinzu. »Sie müssen darauf nicht antworten, wenn Sie das nicht wollen. Es war ziemlich unhöflich von mir, denn es geht mich nichts an.«

Sie folgten ein oder zwei Minuten lang schweigend weiter dem steiler werdenden Wanderweg. Elliot betrachtete die dunklen Schuhabdrücke, die seine nassen Stiefel auf dem lockeren Boden hinterließen.

Er konnte in den Baumwipfeln Buschhäher und Diademhäher kreischen hören, und er legte den Kopf in den Nacken, um zu sehen, welche Vögel genau da gerade Krach machten. Sie klangen aufgeregt, als ob sie einander vor einer großen Gefahr warnten. Einen Moment lang fürchtete sich Elliot vor dem, was sie so in Aufregung versetzte. War ein Bär oder ein Berglöwe in der Nähe? Dann erkannte er, dass *sie* die Gefahr waren. Er und Mary waren der Grund für all diese Panik.

»Nein«, erwiderte sie. »Ich hab drüber nachgedacht, und ich glaub nicht, dass ich das noch tue.«

Er wartete einen Moment ab, ob sie noch mehr hinzufügen würde. Ob sie kurz davor stand, ihm ihre Seele zu entblößen, denn in dem Fall wollte er sie keinesfalls aus ihrem Gedankengang reißen. Doch sie sagte nichts mehr.

»Wenn andere Menschen uns misshandeln«, erklärte er, »können wir uns von ihnen entlieben.«

»Er misshandelt mich nicht.« Sie verfiel für ein oder zwei Sekunden in Schweigen. Dann fügte sie hinzu: »So sollte ich es wohl besser nicht ausdrücken. Ich meinte körperliche Misshandlung. Dabei gibt es ja auch emotionale Misshandlungen und verbale Misshandlungen, und das heißt nicht ohne Grund alles Misshandlung, richtig? Vor Jahren hatte ich eine Freundin, jemanden, mit dem ich keinen Kontakt mehr habe, aber sie hat mir etwas gesagt, was ich nie vergessen werde. Sie hat gesagt, wir lassen uns von Leuten misshandeln, so weit, wie wir bereit sind, uns selbst zu misshandeln. Doch sobald sie anfangen, uns schlechter zu behandeln, als wir uns selbst behandeln, wissen wir, dass wir einen Schlussstrich ziehen müssen.«

»Also … befürchten Sie, wenn Sie beginnen, netter zu sich selbst zu sein, wäre in Ihrem Leben möglicherweise kein Raum mehr für Stan?«

Darauf hatte sie offenbar keine Antwort.

Sie gingen mehrere Minuten lang still weiter, und die einzigen Geräusche waren das Knirschen der Steinchen unter ihren Schuhsohlen, der Wind in ihren Ohren und ihr keuchender Atem. Elliot dachte, dass er sie vermutlich beleidigt und eine rote Linie überschritten hatte. Er hatte keine Ahnung, wie er das in Ordnung bringen sollte oder ob er das überhaupt wollte. Ob er glaubte, dass er es sollte.

»Sehen Sie?«, sagte sie nach einer Weile mit ausgeglichener, fester Stimme. Vielleicht ein bisschen … verwundert. »Solche Gespräche wie dieses führe ich niemals mit irgendjemand anders.«

* * *

Ungefähr zehn Minuten nachdem sie den Bach überquert hatten, kehrten sie um, und Elliot begann sich zu sorgen, dass ihm die Chance, zu ihr durchzudringen, entglitt. Bloß schien es ihm falsch, ihr absichtlich einen Schreck einzujagen. Aber andererseits ... Gab es etwas Schlimmeres, als sie zurück in eine schreckliche Ehe zu schicken, während sie weiterhin gar nicht wusste, welche Alternativen sie hatte?

Sie erklommen eine Anhöhe, und Elliot sah erneut den tiefen Bach, der durch eine Schlucht floss, ungefähr hundert Meter unterhalb der Stelle, wo sie waren.

Mit einem Mal hielt er an. Sie merkte es und folgte seinem Beispiel. Sie standen da, starrten zu dem Bach unter ihnen, ohne etwas zu sagen. Dann warf sie ihm einen fragenden Blick zu.

Er schluckte trocken und begann zu reden, wusste, er setzte damit ihr Vertrauen aufs Spiel. Doch irgendwie fühlte es sich für ihn an, als ob alles, was er tun konnte, besser wäre als nichts. Manchmal im Leben, das war ihm bewusst, war es tatsächlich besser, abzuwarten, solange man sich unsicher war. In anderen Situationen war beinahe alles, was man zu unternehmen beschloss, besser, als nichts zu tun. Er hatte einmal einen Chef gehabt, der ihm immer gesagt hatte: »Tu auf jeden Fall etwas, irgendetwas, selbst wenn es falsch ist.« Gelegentlich hatte es sich als schlechter Rat herausgestellt, aber allzu oft war es genau das Richtige gewesen.

»Was, wenn ich Ihnen jetzt erzählen würde, dass wir erst in ein paar Stunden sicher nach Hause kommen könnten?«, wollte er von ihr wissen. Er beobachtete ihr Gesicht und bemerkte das vorhersehbare Aufflackern von Sorge in ihren Augen. Er ließ sich im Schneidersitz auf dem Weg nieder. Sie stand ein paar Sekunden lang wie erstarrt da.

»Warum sollte es nicht sicher sein?«

»Sagt Ihnen der Begriff ›Sturzflut‹ was?«

Sie setzte sich neben ihn auf den Boden, die Beine ausgestreckt. »Ich hab schon davon gehört«, meinte sie. »Doch es ist Sommer, und im Sommer regnet es hier so gut wie nie. Muss es nicht erst irgendwo regnen, damit es zu einer Sturzflut kommen kann?« Ihre Stimme hatte einen flehenden Unterton. Als würde sie versuchen, mit der Wirklichkeit zu verhandeln.

Er schaute ihr ins Gesicht, bevor er antwortete. Sie suchte beunruhigt mit den Augen den Himmel ab, und ihre Miene verriet ihre Sorge.

»Ja, irgendwo. Dieses ›irgendwo‹ kann allerdings ziemlich weit entfernt sein.«

»Na ja, könnten wir nicht einfach schnell runtergehen? Schließlich ist jetzt ja keine Flut da.«

»Aber wenn eine Flut käme, würde sie diese Schlucht dort unten in kürzester Zeit füllen. Wir müssten auf viel höherem Grund sein, so wie hier, um in Sicherheit zu sein. Wir brauchen mindestens eine Viertelstunde, um von hier aus dort hinunterzugelangen und dann wieder eine sichere Höhe zu erreichen.«

»O Gott«, sagte sie. »Stan bringt mich um.« Sie saßen schweigend einen Moment lang da. Dann konnte er etwas anderes in ihr aufsteigen spüren, und als sie den Mund öffnete, um zu sprechen, konnte er es auch hören. Es war wachsendes Zutrauen zu ihren eigenen Beobachtungen. »Moment mal«, wandte sie ein. »Wenn Sie wussten, dass es irgendwo heftig regnet und eine Sturzflut möglich wäre, warum haben Sie uns dann hier heraufgeführt und über den Bach? Gibt es tatsächlich eine Warnung vor einer Sturzflut?«

»Nein«, erwiderte er. »Nicht dass ich wüsste.«

Während sie das stumm verdaute, musterte er aus dem Augenwinkel ihr Gesicht. Er hatte damit gerechnet, dass sie verärgert sein würde, doch sie wirkte vor allen Dingen verwirrt.

»Warum haben Sie das dann gesagt?«

»Ich hab ja nicht behauptet, *dass* eine kommt. Nicht wirklich. Ich habe mehr ganz allgemein und hypothetisch über Sturzfluten gesprochen. Aber es stimmt schon. Ich habe es so klingen lassen, als ob es eine echte Gefahr sei, und ich habe zugelassen, dass Sie kurz diesen Eindruck hatten. Was, wie ich weiß, nicht fair ist.«

Sie musterte sein Profil, doch er schaute sie nicht an.

»Warum haben Sie es dann getan?«

»Ich wollte wissen, in wie großen Schwierigkeiten Sie stecken würden, wenn Sie nicht da wären, wenn Ihr Mann von der Arbeit nach Hause kommt. Ich wollte nicht, dass Sie das tatsächlich erleben, weil ich Ihnen nichts Schlechtes wünsche, und ich würde auf keinen Fall wollen, dass Ihnen etwas zustößt. Ich wollte einfach wissen, wie groß Ihre Angst davor ist.«

»Nun, das beweist überhaupt nichts«, antwortete sie und klang leicht verstimmt.

»Wirklich nicht? Sie haben gesagt, er würde Sie umbringen.«

»Doch nicht im wortwörtlichen Sinne.«

»Wie denn dann?«

»Was meinen Sie?«

»Wie würde er Sie im übertragenen Sinne umbringen?«

»Ich weiß nicht. Er würde sich furchtbar aufführen, glaube ich.«

»Aber Ihre Furcht ist ein Hinweis darauf, wie schlimm es sein würde. Wie sehr er Sie leiden lassen würde, bloß weil Sie nicht zu Hause sind, wenn er das von Ihnen erwartet.«

»Nur weil ich vor etwas Angst habe, heißt das ja nicht, dass sie berechtigt ist. Leute haben vor allem Möglichen Angst, und manchmal ist diese Angst übertrieben. Völlig überzogen, wissen Sie?«

Er wandte den Kopf und sah ihr direkt in die Augen, und wie zu erwarten, schaute sie rasch weg.

»Ist Ihre Angst vor Stan überzogen?«

Eine Weile blickten sie beide auf das fließende Wasser. Wie es da plätschernd über die Felsblöcke strömte, erschien es ihm so friedlich, aber das war das Einzige, was ihm friedlich vorkam.

»Nein«, erwiderte sie schließlich. »Wahrscheinlich nicht.«

»Eins der Probleme, denen man sich aussetzt, wenn man mit so jemandem zusammenlebt, ist, dass solche Menschen dazu neigen, Sie an den eigenen Einschätzungen zweifeln zu lassen. Es immer als Ihren Fehler hinzustellen, wenn sie selbst etwas Gemeines getan haben. Ihnen immer das Gefühl zu geben, dass Sie gar nicht wirklich sehen, was Sie tatsächlich vor sich haben. Und als ob es falsch von Ihnen wäre, so zu empfinden, wie Sie empfinden. Gefühle sind nicht richtig oder falsch. Sie sind einfach, was sie sind. Sie leben jetzt schon so lange mit ihm zusammen. Sie kennen ihn besser als alle anderen. Wenn Sie denken, dass Sie einen Grund haben, vor ihm Angst zu haben, dann ist das vermutlich so. Ich würde meinen, Sie sind besser dran, wenn Sie Ihrer Angst vertrauen. Hören Sie auf, mit ihr zu diskutieren.«

»Wo wir gerade von ›gemein‹ sprechen«, sagte sie mit fester Stimme, »das war überhaupt nicht nett von Ihnen. Mich in dem Glauben zu lassen, dass ich zu spät nach Hause kommen würde.«

»Ich weiß, und es tut mir leid. Es war vielleicht nicht richtig. Wenn ich Sie damit verletzt habe, entschuldige ich mich aufrichtig. Ich glaube, ich wollte Ihnen einfach die Augen öffnen, damit Sie erkennen, wie schlimm es um Sie bestellt ist. Wenn das ein Fehler war, dann geschah es nur aus den besten Beweggründen. Ich wollte nicht absichtlich gemein sein.«

Sie saßen eine Weile da, und sie schwieg. Er fühlte sich, als ob er ihren Verstand arbeiten hören könnte. Wie sie nachdachte. Aber sie teilte ihre Gedanken nicht mit ihm. Und warum auch? Sie kannten einander kaum, und er hatte sie gerade reingelegt und ihr Angst eingejagt.

»Lassen Sie uns jetzt zurückgehen«, meinte er. »Ich möchte nicht, dass Sie tatsächlich Schwierigkeiten bekommen.«

Sie standen auf und machten sich gemeinsam auf den Rückweg, überquerten den Bach, indem sie wiederum von einem Felsblock auf den nächsten traten.

Dabei bemerkte er, dass sie kurz bachaufwärts schaute und dabei das Gesicht verzog, als rechnete sie damit, eine Wasserwand auf sich zurasen zu sehen. Natürlich war da nichts.

Während sie das steile Ufer auf der anderen Seite hochkletterten, um auf den Wanderweg zu gelangen, sagte sie schließlich etwas. »Ich weiß nicht, was ich deswegen unternehmen soll.«

»Ich habe Ihnen eine Möglichkeit genannt, Ihnen einen Unterschlupf geboten«, erwiderte er. »Und in der Firma, für die ich arbeite, gibt es beinahe immer freie Stellen für Einsteiger.«

»Wollen Sie damit sagen, dass Sie mir einen Job besorgen könnten?«

»Ich glaube schon. Auf jeden Fall wird ganz bestimmt innerhalb von wenigen Monaten was frei.«

»Aber ich hab doch überhaupt keine Erfahrung.«

»Deshalb heißt es ja ›für Einsteiger‹.«

»Oh.«

Eine lange Zeit gingen sie schweigend weiter. Bis die Stadt unten vor ihnen auftauchte, sich vor ihnen erstreckte. Sie blieben beide stehen und betrachteten sie, als sähen sie sie mit neuen Augen. Oder wenigstens sah sie für Elliot irgendwie anders aus. Als ob das etwas wäre, was er sich so nie vorgestellt hätte.

»Werden Sie es zumindest in Erwägung ziehen?«

»Ich glaub schon«, sagte sie zu seiner Überraschung. »Ich glaube, ich werde es wirklich in Erwägung ziehen. Genau genommen … Ich denke, ich könnte sogar sofort damit anfangen.«

# Kapitel 19

HÜPF, HÜPF, KNALL

*Abby*

Es waren die Welpen, die die Wanderer zuerst bemerkten.

Abby war zur Hütte hochgelaufen und hatte sie zum Spielen aus dem Schuppen gelassen. Elliot war nicht da, und Abby hatte keine Ahnung, wo er war. Ihre Mutter war ebenfalls nicht da, und Abby hatte auch keine Ahnung, wo *sie* war. Also beschloss sie, am besten gar nichts zu denken und stattdessen lieber den Welpen beim Spielen zuzusehen.

Nach einer Weile merkte sie, dass ein paar von ihnen den Hügel hochschauten – die wachsameren von ihnen, wie Tippy und Queen. Abby blickte in die gleiche Richtung und erkannte die Umrisse von zwei Personen – zwei Wanderern –, die den Pfad herunterkamen.

Sie waren zu weit entfernt, als dass man irgendwelche Details hätte ausmachen können.

Es war das allererste Mal, dass Abby jemanden dort oben wandern sah.

Queen legte den Kopf in den Nacken und stieß mehrere Beller aus, die allmählich in einen Laut übergingen, der wie ein

Kojotenheulen klang. Tippy rannte um Abby herum und versteckte sich hinter ihren Beinen. Der Rest der Welpen unterbrach ihr Spiel nicht.

Dann ließ Queen den Kopf wieder sinken und wurde still. Als wüsste sie nun, wer dort kam.

Es verstrichen vielleicht zwei Minuten, bis auch Abby eine Ahnung hatte, um wen es sich bei den beiden handelte. Und sogar dann war sie sich nicht sicher – zumindest nicht sicher genug – und wagte daher nicht zu hoffen, dass sie richtiglag. Aber sie verfolgte weiterhin, wie die zwei Wanderer näher kamen und mehr und mehr wie Elliot und ihre Mutter aussahen.

Abby spürte, dass sie sich auf die Zehenspitzen gestellt hatte und auf und nieder wippte, während sie sie beobachtete. Eine Minute später, als sie die Bluse erkannte, die ihre Mutter heute angezogen hatte, verwandelte sich das Wippen in kleine Freudensprünge. Sie sprang die ganze Zeit auf und ab, während sie zuschaute, wie sie zur Hütte runterkamen. Anders hielt sie es nicht aus, sonst hätte sich zu viel Energie für ihren Körper und ihr Gehirn in ihr angestaut.

»Es hat funktioniert!«, verkündete sie laut.

Ein paar der Welpen drehten sich zu ihr um, wie um festzustellen, ob sie mit ihnen redete. Also wiederholte sie es noch ein paarmal, an die Welpen gerichtet.

»Es hat funktioniert, es hat funktioniert, es hat funktioniert! Ich wusste, es würde funktionieren! Ich wusste, sie würden sich mögen, und jetzt tun sie es, und es hat funktioniert!«

Die Sohlen ihrer Turnschuhe hoben immer noch bei jedem zweiten Wort vom Boden ab.

\* \* \*

Als Elliot und Abbys Mutter die Hütte erreichten und überschwänglich von den Welpen begrüßt wurden, fiel Abby auf, dass Elliot sie fragend musterte.

»Warum bist du so gehüpft?«, wollte er von ihr wissen.

»Weil ich glücklich bin.«

Natürlich erklärte sie ihm nicht, worüber sie so glücklich war.

»Okay, das ist schön«, sagte er.

Abby schaute ihre Mutter an, die ihren Blick allerdings nicht erwiderte. Sie schien ihn gar nicht zu bemerken. Sie wirkte, als sei sie derart mit ihren eigenen Gedanken beschäftigt, dass sie nichts von ihrer Umgebung mitbekam.

Abby hatte sogar kurz den beunruhigenden Eindruck, dass ihre Mom ein bisschen … besorgt aussah.

Aber in ihrer Freude entschied Abby, dass der Grund dafür nicht war, dass ihre Mutter Elliot nicht mochte, sondern dass sie ihn eben *doch* mochte und deswegen Schuldgefühle hatte. Abby war nicht bereit, sich von irgendwas ihre gute Laune verderben zu lassen.

»Ich sollte Sie nach Hause fahren«, stellte Elliot fest. Er sprach zu Abbys Mutter, nicht zu Abby. Seine Stimme hatte einen anderen Unterton. Die Art, wie er mit ihr redete, hatte sich verändert. Sein Tonfall klang, als würde er sie gut oder schon seit Langem kennen. Und als hätte sie ihm Sachen anvertraut.

»Sie wissen schon. Damit Sie nicht zu spät kommen.«

Abbys Mutter sagte nichts. Sie schien ihn nicht gehört zu haben. Er streckte eine Hand aus und berührte sie an der Schulter, und sie zuckte zusammen.

Er wiederholte seinen Vorschlag. »Ich sollte Sie nach Hause fahren. Damit Sie auf keinen Fall zu spät da sind.«

»Ich bin mir nicht sicher, ob das so eine gute Idee wäre«, meinte sie.

Abby wusste, warum sie das sagte. Ihr Vater würde bald von der Arbeit nach Hause kommen. Es wäre nicht gut, wenn sich die beiden Männer begegneten. Sogar Abby mit ihren dreizehn Jahren wusste das. Sie wusste genug, um das zu verstehen.

»Ich werde den Großteil der Strecke mit Ihnen fahren und Sie an einem Stück der Straße rauslassen, wo es niemand sieht.«

»Ja«, antwortete Abbys Mutter, wobei sie immer noch ein bisschen abgelenkt wirkte. »Ich schätze, das wäre gut.«

»Kann ich auch mitkommen?«, fragte Abby. »Ich bin es echt leid, dauernd den steilen Weg hoch- und wieder runterzugehen.«

Das war wahr und nicht wahr, zur selben Zeit. Ja, sie hatte keine Lust, so weit zu Fuß zu gehen. Sicher, in Elliots Pick-up mitzufahren wäre ein netter Luxus.

Aber sie hatte heute noch nicht viel Zeit mit den Welpen verbracht. Nicht so viel, wie ihr lieb gewesen wäre. Und sie würde auch länger bleiben, wenn da nicht eine Sache wäre: Sie musste ungestört mit ihrer Mutter reden, und zwar so bald wie möglich. Sie musste unbedingt wissen, ob es stimmte, was sie beobachtet zu haben glaubte.

\* \* \*

Elliot ließ sie auf dem geteerten Teil der schmalen Straße raus, etwa zweihundert Meter oberhalb ihres Hauses. Sie liefen gemeinsam den abschüssigen Weg runter, wobei sie auf der linken Seite gingen, gegen den Verkehr. Vermutlich rein aus Gewohnheit, denn es gab hier keine Autos.

Abby legte sich im Geiste zurecht, wie sie es formulieren sollte. Wie sie die eine Frage stellen sollte, die so wichtig und so bedeutend war. Sie wollte es unbedingt wissen, zögerte jedoch. Vielleicht, weil sie sich nicht sicher war, wie sie es am besten machen sollte, aber viel wahrscheinlicher, weil sie Angst vor der Antwort hatte. Angst davor, dass sie sich irrte und ihre Glücksblase platzen würde.

»Er ist echt nett«, sagte Abby. »Findest du nicht auch?«

Sie liefen weiter. Abby begann sich zu fragen, ob ihre Mutter sie überhaupt gehört hatte.

Sie öffnete den Mund, um es zu wiederholen, doch da begann ihre Mutter zu sprechen.

»Wärst du wirklich glücklicher, wenn wir nicht mit deinem Vater zusammenleben würden?«

»Viel glücklicher«, erklärte Abby, ohne zu zögern.

Ihre Mutter blieb am Straßenrand stehen, also tat Abby das ebenfalls. Sie sahen einander in die Augen.

»Das hast du mir nie gesagt.«

»Nein.«

»Es wirkt seltsam, dass du dir da so sicher zu sein scheinst – so sicher, dass du wie aus der Pistole geschossen geantwortet hast –, obwohl du es mir gegenüber nie auch nur mit einem Wort erwähnt hast.«

»Nun, es ist schon seltsam, so was zu seiner Mutter zu sagen.«

»Stimmt. Wir hätten nicht annähernd so viel Geld.«

»Du tust so, als hätten wir jetzt viel. Das haben wir nicht.«

»Was wir jetzt haben, ist eine Menge, verglichen mit dem, was wir für eine Weile haben würden, falls wir deinen Dad verlassen. Bist du dazu bereit, nur mit dem Notwendigsten zu leben? Ist es dir das wert?«

»Ja«, sagte Abby.

Sie setzten ihren Weg fort. Abby bemerkte, dass zwischen den Augenbrauen ihrer Mutter eine steile Falte erschienen war, als ob sie über etwas so angestrengt nachdächte, dass es wehtat.

Abby holte tief Luft und stellte die große Frage. »*Werden* wir denn irgendwo ohne Dad leben?«

Aber ihre Mutter antwortete nicht. Nicht, als sie die erste Kreuzung der Stadt überquerten, und auch nicht, als sie den Abzweig erreichten und in ihre Straße einbogen.

Abby riskierte einen Blick, um zu überprüfen, ob das Auto ihres Vaters in der Einfahrt stand. Als sie sah, dass das nicht der Fall war, atmete sie erleichtert auf.

Da blieb ihre Mutter erneut stehen. »Elliot hat uns sein Gästezimmer angeboten«, teilte sie Abby mit.

»Welches Gästezimmer? Er hat kein Gästezimmer. Die Hütte besteht nur aus einem Raum.«

»Nicht in der Hütte. In seinem richtigen Haus, in der Stadt. Du weißt schon. Bis wir auf eigenen Füßen stehen und uns eine eigene Wohnung leisten können.«

»Könnte ich meine Welpen mitnehmen?«

»Oh«, sagte ihre Mutter. »Das ist eine große Frage, oder?«

»Ja. Irgendwie schon. Also, was denkst du?«

»Ich bin mir nicht sicher. Vermutlich könnten wir sie mit zu Elliot nehmen, weil er sie zu mögen scheint. Allerdings hab ich keine Ahnung, wie es danach weitergeht. Ich kann mir nicht vorstellen, wie man mit sieben Hunden eine Wohnung mieten soll. Oder … fünf, glaube ich. Zwei will er ja wohl für sich. Wahrscheinlich musst du für ein paar von ihnen ein neues Zuhause finden. Ich weiß wirklich nicht, wie das ablaufen würde, Abby. Da sind viele Unwägbarkeiten. Wir würden etwas komplett Neues wagen. Wir würden improvisieren müssen.«

Abby verspürte ziemlich viel Unruhe in ihrem Bauch und ihrer Brust. Da waren ein Engegefühl und ein Kribbeln. Schmetterlinge. Sie bemühte sich, nicht weiter darauf zu achten.

»Also …«, fing sie an.

Sie hoffte, ihre Mutter würde Antworten liefern, ohne dass Abby noch mehr Fragen stellen müsste. Doch ihre Mutter schien wieder ganz in ihre Gedanken versunken zu sein. So standen sie einfach auf ihrer Straße, keine hundert Meter von ihrem Haus entfernt, sagten und taten nichts.

»Wirst du sein Angebot annehmen?«, wollte Abby schließlich wissen.

Zu ihrer Überraschung schaute ihre Mutter ihr direkt in die Augen. Abby schaute zurück, fand es aber unmöglich, zu deuten, was sie dort im Gesicht ihrer Mutter sah. Es konnte alles sein. Ein Gewirr aus Empfindungen und Gedanken.

»Das ist eine sehr schwierige Entscheidung«, erklärte ihre Mutter schließlich. »Und ich muss gründlich darüber nachdenken. Ich glaube, es ist besser, wenn wir nicht wieder drüber reden, bis ich dazu gekommen bin. Darüber nachzudenken, meine ich. Und noch was: Ich möchte, dass wir keine weiteren Risiken eingehen, wie wir es heute Mittag getan haben. Im Haus über Dinge zu reden, die dein Vater nicht hören darf, und uns dann umzuschauen und ihn hinter uns zu entdecken. Daher halte ich es für am besten, wenn wir einfach eine Weile lang gar nicht drüber reden.«

»Okay«, sagte Abby.

Dann machten sie sich wieder auf den Weg zu ihrem Haus.

Und Abby musste sich zusammenreißen, damit sich das Hüpfen nicht in ihre Schritte schlich.

\* \* \*

Sie betraten das Haus durch die Hintertür, die Küchentür. Sie war nicht abgeschlossen.

»Stan?«, rief ihre Mutter. Laut und unvermittelt genug, dass Abby vor Schreck zusammenzuckte.

»Er ist nicht zu Hause«, erwiderte sie. »Sein Pick-up steht nicht in der Einfahrt.«

Ihre Mutter reagierte nicht auf Abbys Antwort. Vielleicht hatte sie sie gar nicht gehört. Oder vielleicht hörte sie sie, ohne den Sinn zu registrieren.

Oder vielleicht ... nur vielleicht, dachte Abby, wusste ihre Mutter sehr wohl, dass der Pick-up nicht in der Einfahrt stand, befürchtete aber, dass es ein Trick war. Vielleicht vertraute ihre Mutter simplen Fakten nicht mehr, was ihren Vater betraf. Vielleicht hatte sich das Haus in ein Minenfeld verwandelt, ungewohnt sogar im Vergleich mit dem Normalzustand bei ihnen.

Abby schaute zu, wie ihre Mutter zum Wohnzimmer ging, wobei sie immer weiter nach Abbys Vater rief.

»Stan?«

Abby hörte sie ein weiteres Mal rufen, doch dann brach sie merkwürdigerweise mittendrin ab.

»Sta...«

Abby wollte ihrer Mutter ins Wohnzimmer folgen, um herauszufinden, was sie dort gesehen hatte, das sie hatte verstummen lassen. Das verhindert hatte, dass sie den einsilbigen Namen zu Ende aussprach.

Abby hatte das vor. Sie war gerade dabei, es zu tun.

Aber ehe sie dazu kam, fiel ihr etwas ins Auge.

Es war das Telefon ihres Vaters. Es lag auf dem Küchentisch, war eingeschaltet, und der Bildschirm zeigte etwas, das ein Foto zu sein schien. Das Handy hatte sich nicht automatisch in den Schlafmodus versetzt.

Abby machte einen Schritt darauf zu. Vorsichtig, als ob der Linoleumboden vermint wäre.

Abbys Vater war der Einzige in der Familie, der ein Handy besaß, weil er außerhalb der Stadt arbeitete und dort immerhin ein wenig Empfang hatte. Kaum genug, um einen Anruf zu tätigen, ohne dass die Verbindung abbrach, doch er war trotzdem stolz darauf. Er hatte es immer bei sich, gewöhnlich in der Brusttasche, als ob er es in der Nähe seines Herzens tragen wollte.

Daher hatte er es also nicht einfach nur vergessen und versehentlich auf dem Küchentisch liegen lassen.

Sie ging einen weiteren Schritt darauf zu, betrachtete den Bildschirm des Telefons, rechnete fest damit, dass es sich plötzlich sperren würde. Entweder war ihr Vater noch vor ein bis zwei Minuten hier gewesen, oder er hatte es so eingestellt, dass es überhaupt nicht in den Schlafmodus wechselte. So oder so, er hatte es hier auf den Küchentisch gelegt, mit dem Display nach oben. Und darauf war ein Foto.

Abby beugte sich vor, um es zu betrachten, und spürte ein heißes Kribbeln um ihre Ohren.

Das Bild zeigte Elliot und Abbys Mutter. Sie saßen vor Elliots Hütte auf zwei weißen Plastikstühlen. Was hieß, dass das Foto nur heute aufgenommen worden sein konnte, weil die Stühle neu waren. Abbys Mutter lehnte sich leicht in Elliots Richtung, wobei sich ihr Gesicht ungefähr auf halbem Weg zwischen den beiden Stühlen befand. Sie berührten sich nicht, trotzdem hatte Abby den Eindruck, als ob sie es täten. Irgendwie war es ein Foto von zwei Menschen, die einander vertrauten. Einander kannten.

Abby fiel das genaue Wort, das sie suchte, nicht ein, aber es war so etwas wie »Vertrautheit«.

Einer der Welpen befand sich ebenfalls auf dem Bild. Es war Kite, und er hatte die Schnürsenkel an einem Schuh ihrer Mutter aufgemacht und zog daran. Doch Abbys Mutter schien es nicht zu bemerken. Ihre ganze Aufmerksamkeit galt Elliot.

Und es war auf dem Foto festgehalten, alles davon, für alle zu sehen. Auf dem Handy ihres Vaters.

»Oje«, sagte Abby. Allerdings nur leise. Dann drehte sie den Kopf in Richtung Wohnzimmer und rief nach ihrer Mutter. »Mom?« Keine Antwort. Sie rief lauter. »Mom?« Immer noch nichts. »*Mom!* Ehrlich, ich glaube, du musst dir das hier anschauen!«

Nichts. Stille.

Abby löste sich aus ihrer Erstarrung und lief ins Wohnzimmer.

Ihre Mutter stand wie angewurzelt in der Mitte des Zimmers und blickte entsetzt auf das Chaos um sie herum.

Alle Bücher waren aus den Schränken gerissen worden. Die meisten lagen verstreut auf dem blanken Parkett, was Abby merkwürdig vorkam. Sie hatte den Holzfußboden bislang höchstens an den Rändern und in den äußersten Ecken gesehen, denn sonst war er immer von der einen Wand bis zur anderen von einem persischen Teppich bedeckt gewesen, der jetzt unerklärlicherweise verschwunden war.

Einige Bücher waren achtlos zu schiefen Türmen gestapelt, andere waren offenbar wahllos irgendwo auf dem Boden gelandet. Ein paar waren in Kartons gepackt worden. Die Lampen waren fort. Alle. Die alte Decke, die ihrer Großmutter väterlicherseits gehört hatte, lag nicht mehr über der Sofalehne. Und die Wände waren kahl, denn es hingen keine Bilder mehr daran.

»Sind wir bestohlen worden?«, fragte Abby ihre Mutter. »Wir lassen die Küchentür ja immer unversperrt. Ich weiß, es ist nur eine kleine Stadt, trotzdem sage ich immer, dass wir die Tür nicht offen lassen sollten.«

»Ich glaube nicht, dass das Diebe waren. Einbrecher bringen normalerweise keine Umzugskartons mit und stehlen keine Bücher.«

»Aber ... was ist hier dann passiert?«

»Ich hab keine Ahnung«, erwiderte ihre Mutter.

»Da ist etwas in der Küche, von dem ich denke, dass du es dir anschauen musst.«

Abby machte sich auf den Weg in die Küche und nahm an, dass ihre Mutter ihr folgen würde. Doch als sie über ihre

Schulter blickte, stellte sie fest, dass ihre Mutter sich nicht vom Fleck gerührt hatte. Abby erkannte, dass sie sich wahrscheinlich beide in einer milden Form von Schockstarre befanden.

»Ernsthaft, Mom. Du musst dir das anschauen.«

Ihre Mutter drehte sich um und sah Abby an, als ob die sie aus einem tiefen Schlaf geweckt hätte. Dann kam sie mit Abby in die Küche.

Abby trat zur Seite, wartete in der Nähe des Kühlschranks und ließ ihre Mutter sich dem gefährlichen Telefon allein nähern.

Für einen sehr langen Moment starrte ihre Mutter nur darauf. Sie betrachtete es, wie es da auf dem Tisch lag, als ob sie insgeheim damit rechnete, dass es sich plötzlich bewegen würde. Es war immer noch nicht in den Schlafmodus gewechselt, insofern glaubte Abby, dass es das nie tun würde. Dass ihr Vater es absichtlich so eingestellt hatte, dass das Display immer eingeschaltet bleiben würde.

»Ist das, na ja …«, fing Abby an. Dann zögerte sie, weil sie nicht davon überzeugt war, dass es sicher war, fortzufahren. Aber nach einer Weile entschied sie, dass sie es sagen musste. Irgendjemand musste was sagen. Irgendjemand musste zumindest versuchen, zu klären, was das war, dieser Moment, der mit einem Mal um sie herumschwirrte. Abby beschloss, dass sie mutig genug sein konnte, es zu versuchen. »… ein großes Problem?«

»O ja«, erwiderte ihre Mutter. »Definitiv ein Problem. Definitiv groß.«

Ein Gedanke blitzte in Abbys Kopf auf, eine Art plötzliches Wissen.

»Er packt alles ein?«, fragte sie ihre Mutter. »Er packt all unser Zeug ein, weil … Glaubst du, er wird uns zwingen, wegen dieser Sache hier *wegzuziehen*?«

Ihre Mutter antwortete nicht.

Sie schauten beide in Richtung Wohnzimmer, von wo eine Abfolge von Geräuschen zu ihnen drang. Zuerst das Schloss an der Haustür – ein Schlüssel, der darin umgedreht wurde. Dann war es das Klicken, mit dem der Schnapper zurücksprang. Dann das Knarzen der Angeln, als sich die Tür öffnete und jemand hindurchtrat.

Es gab nur einen Jemand, der das sein konnte.

Der einzige Gedanke in diesem Moment, an den Abby sich hinterher erinnern konnte, war, dass sie ihren Besuch bei den Welpen zu kurz gehalten hatte. Es war ihr überhaupt nicht in den Sinn gekommen, dass es womöglich ihr letzter sein könnte. Sie hatte freiwillig darauf verzichtet, mehr Zeit mit ihnen zu verbringen. Und jetzt würde sie sie vielleicht nie mehr wiedersehen.

# Kapitel 20

## Untreu

### *Mary*

Mary stand ganz still und lauschte dem Geräusch, das seine harten Stiefelsohlen auf den Wohnzimmerdielen machten. Es schien im leeren Raum zu hallen.

Sie sah nervös zu ihrer Tochter, die ihren Blick erwiderte. Niemand sprach ein Wort. Mary fragte sich, ob Abby überhaupt atmete. Dann überlegte sie, ob sie selbst das noch tat.

Es war ein bizarr zusammenhangloser Gedanke, doch sie hätte schwören können, einen Flugbegleiter in ihrem Kopf sagen zu hören: »Setzen Sie zuerst Ihre eigene Maske auf, bevor Sie anderen Personen helfen.«

Sie atmete krampfhaft ein.

Stan kam in die Küche. Er schaute weder Mary noch seine Tochter an und wirkte auch nicht aufgebracht. Nein, natürlich war er aufgebracht, dachte Mary. Das musste man gar nicht erwähnen, das konnte man sehen. Doch allem Anschein nach stand er nicht kurz vor dem Explodieren. Vielmehr machte er einen merkwürdig ruhigen Eindruck. *Unheimlich* ruhig, als hätte er sich von seiner Familie oder vielleicht sogar von seinem Leben gefühlsmäßig distanziert.

Er hatte vier Umzugskartons bei sich, zwei in jeder Hand, und seine Finger waren weiß, weil er sie so fest umklammerte.

Er hielt ihnen die Kartons hin, allerdings ohne Mary oder Abby anzusehen. Sein Blick war auf den Linoleumboden gerichtet.

»Wann hast du diesen Boden das letzte Mal gewachst?«, wollte er wissen, offensichtlich von Mary.

Das kam ihr so merkwürdig und unpassend vor, als wäre er nicht ganz zurechnungsfähig. Als hätte er tatsächlich den Verstand verloren.

Sie öffnete den Mund, um zu antworten, doch er schnitt ihr das Wort ab.

»Egal. Das ist jetzt nicht wichtig. Das ist das Problem von jemand anderem. Geht und packt alles, was ihr mitnehmen wollt, in diese Kartons. Was nicht hineinpasst, muss hierbleiben.«

Mary konnte ihr Herz schlagen spüren. Sie konnte es auch hören. Es war so laut in ihren Ohren, dass es ihr fast unmöglich war, irgendetwas zu verstehen.

Sie schaute erneut zu ihrer Tochter, die versuchte, ihren Blick aufzufangen. Mary bemühte sich, die Botschaft in Abbys Augen zu lesen. Aber vielleicht hatte sie sich da auch vertan.

»Ich ziehe hier nicht weg«, verkündete Mary.

Es fühlte und hörte sich an, als hätte jemand anders das gesagt. Es hörte sich an wie etwas, das ein echter Mensch sagte, dabei fühlte sich Mary total unwirklich.

Für einen merkwürdig langen Moment schien die Welt stillzustehen.

Dann ließ Stan die Kartons fallen und stürzte sich auf sie. Es war so plötzlich und gewalttätig, dass Mary erschreckt aufschrie. Allerdings nicht laut. Stan hatte die Hände nach ihrem

Hals ausgestreckt. Sie glaubte, dass er sie tatsächlich erwürgen wollte, doch er packte sie an ihrer Bluse und zog ihr Gesicht dicht vor seins.

Sie konnte in seinem Atem schalen Biergeruch wahrnehmen.

»Wir kommen mit!«, schrie Abby.

Wieder stand die Welt still.

»Sie hat das nicht so gemeint«, fuhr Abby hastig fort. »Sie weiß nicht, was sie da sagt. Ich werde mit ihr reden. Wir kommen mit. Natürlich kommen wir mit.«

Stan ließ seine Hände sinken und trat einen Schritt zurück. Mary atmete wieder. Zu viel und zu schnell. Sie hatte das Gefühl, als würde sie gleich das Bewusstsein verlieren.

»Deine Tochter ist klüger als du«, stellte er fest.

Damit verließ er das Zimmer.

Mary und Abby standen stockstarr da und lauschten dem Geräusch seiner sich entfernenden Schritte. Dann hörten sie, wie die Vordertür hinter ihm zuschlug.

»Was sollte das?«, fragte Mary zischend. »Warum hast du das gemacht?«

»Jetzt ist nicht der richtige Zeitpunkt dafür, sich ihm zu widersetzen. Ich laufe zu einem unserer Nachbarn. Oder ich rufe den Sheriff an. Und wir können es ihm vor Zeugen sagen. Das ist sicherer.«

Mary stand für einen Moment da, blinzelte und versuchte ihren Herzschlag zu beruhigen.

»Er hat recht«, meinte sie schließlich zu ihrer Tochter.

»Womit?«

»Du bist klüger als ich.«

»Nein«, widersprach Abby. »Du bist nur wie gelähmt, wenn du Angst hast. Du packst jetzt erst einmal ein paar Sachen ein, während ich rüber zu den Nachbarn laufe und den Sheriff rufe.«

»Aber nicht zu Effie Winger. Geh zu den Blakes auf der anderen Seite.«

Abby fragte nicht, warum.

Nachdem ihre Tochter das Haus verlassen hatte, stand Mary einen Augenblick da und überlegte, warum Abby etwas über sie wusste, das Mary sich kaum selbst eingestanden hatte.

Dann zwang sie sich, sich zu bewegen.

Sie begann, die Bücher durchzusehen, die über den gesamten Wohnzimmerboden verstreut waren, und suchte nach dem Emily-Dickinson-Buch. Sie würde es bei Stans Büchern verstecken müssen, denn sie wagte es nicht, es in ihre eigenen Kartons zu tun, weil sie wusste, dass Stan von nun an regelmäßig ihre Sachen durchgehen würde.

Als sie es schließlich in einem Haufen aussortierter Dinge neben der Tür fand, wählte sie zwei weitere Bücher mit Lyrik aus, die sie mitnehmen würde. Sie hatte Angst, dass es zu viel Aufmerksamkeit erregen würde, wenn sie nur das eine Buch rettete.

Sie legte sie ganz unten in den Umzugskarton, den Stan vermutlich mitnehmen würde, weil er bis zum Rand voll war mit seinen Zweiter-Weltkrieg-Machwerken.

Dann lief sie nach oben und suchte nach ihrem Geldbündel in der Socke hinten in ihrer Kommode. Die Socke war da, aber sie war leer.

Mary war nicht überrascht. Tatsächlich war ihr schon seit einer Weile klar gewesen, dass ihr Geld dort nicht länger sicher war. Also hatte sie den Betrag aufgeteilt und das meiste davon auf ihrer Seite des Bettes unter der Matratze versteckt. Sie hatte darauf gebaut, dass Stan, wenn ihm auffiel, dass was fehlte, davon ausgehen würde, dass sie es für ein Geschenk für ihn ausgegeben hatte. Wenigstens hatte sie beschlossen, dass sie das behaupten würde, und gehofft, dass ihr das etwas Zeit verschaffen würde.

Sie holte das Geld unter der Matratze hervor und schob es sich in den Schuh.

Dann machte sie sich daran, Dinge einzupacken, auch wenn sie nicht genau wusste, warum. Vielleicht damit sie den Schein wahren konnten, bis der Sheriff eintraf.

* * *

»Ich …«, sagte Abby und stockte kurz. »Mir ist gerade was eingefallen, was noch mitsoll.«

Sie hatten auf der Schaukel auf der vorderen Veranda gesessen und verfolgt, wie Stan die Ladefläche des Pick-ups belud. Also, eigentlich hatten sie auf den Sheriff gewartet, aber hoffentlich wusste Stan das nicht.

Leider schien er nun fertig zu sein mit dem Verstauen und Verzurren all ihrer Sachen. Oder zumindest der Sachen, die sie jetzt noch besaßen.

Er lehnte mit verschränkten Armen am Pick-up, klopfte mit einem Fuß ungeduldig auf den Boden und wartete.

Mary und Abby waren beide bereits zwei Mal zurück ins Haus gelaufen, wegen letzter Erledigungen oder wegen Dingen, die sie angeblich vergessen hatten.

»Was, schon wieder?«, rief Stan.

Es war zu spät. Abby war schon aufgesprungen und drinnen verschwunden.

Stan kam durch den staubigen Vorgarten auf die Veranda. Marys Herz begann wild zu pochen. Das Blut, das dieses Organ hektisch durch ihren Körper pumpte, fühlte sich kälter an.

Stan beugte sich vor, bis sein Gesicht auf derselben Höhe wie ihres und zudem ganz dicht vor ihrem war. Er erschien ruhig. Doch das trug nicht dazu bei, Marys Angst zu beschwichtigen.

»Ich habe dich niemals betrogen«, sagte er mit sanfter Stimme. Fast hatte sie den Eindruck, dass er in diesem Moment eher verletzt als wütend war. »Ich weiß, du denkst, ich wäre ein schlechter Ehemann und ein schlechter Mensch, weil ich nicht gerade ein sonniges Gemüt habe, aber ich sorge dafür, dass jeden Tag Essen auf dem Tisch steht, und ich war dir immer treu. Ich habe keine andere Frau auf eine Art angeguckt, die irgendwie bedeutsam gewesen wäre.«

Mary bat ihn nicht, »irgendwie bedeutsam« zu definieren.

Er hielt inne, und Mary konnte sich nicht entscheiden, was sicherer wäre – etwas zu sagen oder stumm zu bleiben. Und während sie darüber nachdachte, zog sich das Schweigen unangenehm in die Länge.

»Hast du darauf nichts zu erwidern?«

»Ich habe dich auch niemals betrogen«, erklärte sie.

»Oh, aber das hast du, Mary. Du hast es getan, und das weißt du genau. Du wirst jetzt vermutlich sagen, dass nichts Körperliches zwischen dir und dem Mann vorgefallen ist, und ich hab keine Ahnung, ob das die Wahrheit ist oder nicht. Vielleicht ist es das. Nehmen wir einfach mal an, es wäre so. Trotzdem hast du Zeit mit ihm verbracht und das vor mir geheim gehalten, und du hast Gefühle für ihn. Das solltest du nicht abstreiten, denn ich weiß es. Ich habe es mit eigenen Augen gesehen. Ich habe gesehen, dass du ihn so angeschaut hast, wie du mich angeschaut hast, vor all den Jahren, als wir jung waren – damals, als ich so naiv war, zu glauben, dass du das immer tun würdest. Aber du hast mich schon ewig nicht mehr so angeschaut, und jetzt entdecke ich diesen Ausdruck in deinen Augen, allerdings für einen anderen Mann. Also, das ist nicht ›treu‹, oder?«

Mary öffnete den Mund und versuchte etwas zu erwidern, doch es kam kein Laut heraus. Sie hatte keine Ahnung, was sie antworten sollte. Alles, was er da behauptete, stimmte.

»Komm schon, was hast du dazu zu sagen?«, fragte er, war es offensichtlich leid geworden, weiter zu warten. Er kam sogar noch näher, bis sich ihre Nasen beinahe berührten. Sie konnte Zigarettenrauch in seinem Atem riechen, auch wenn er vor zwanzig Jahren mit dem Rauchen aufgehört hatte und sie bis heute nicht bemerkt hatte, dass er damit wieder angefangen hätte. »Ich hoffe, dass ihr diese ganze Verzögerungstaktik nicht nur abzieht, weil ihr auf den Sheriff wartet«, fuhr er fort. »Denn der wird nicht kommen.«

Aus dem Augenwinkel bemerkte Mary, wie Effie Winger in ihren Vorgarten trat. Sie beobachtete, dass die ältere Frau so tat, als müsse sie ihre Rosen genauestens betrachten. Mary war klar, dass Effie unbedingt wissen wollte, was bei ihnen geschah, denn wer geht schon nach draußen, bloß um die eigenen Blumen zu inspizieren?

Sie fragte sich, ob Effie sie bei Stan verpetzt hatte, oder vielleicht hatte Stan sie auch nur genauer überwacht, als sie angenommen hatte.

Unterdessen redete Stan weiter.

»Der Deputy hat meinen Pick-up gesehen und mich angehalten, als ich in der Stadt war, um zu tanken und mehr Gurte zu kaufen, um die Sachen festzuzurren. Er hat mich gefragt, ob alles in Ordnung sei. Das habe ich ihm bestätigt. Du kennst Eddie nicht so wie ich. Ich bin früher immer mit ihm angeln gegangen.«

Mary wusste das mit dem Angeln natürlich, ihr war nur nicht klar gewesen, dass sie und ihre Tochter heute solches Pech haben würden. Sie hatte gedacht, die Chancen stünden gut, dass jemand anders im Sheriffbüro den Anruf entgegennehmen würde.

»Er will sich nicht zwischen einen Mann und seine Frau stellen«, sprach Stan weiter. »Er denkt sich, solche Dinge regelt man am besten zu Hause, untereinander. Jetzt komm, und steig in den Wagen, damit wir losfahren können.«

Mary warf einen Blick von der Seite zu Effie Winger und bemerkte, dass Effie zu ihr schaute. Eine ältere Nachbarsfrau garantierte nicht gerade viel Sicherheit, dachte sich Mary, aber es würde reichen müssen.

»Ich komme nicht mit«, erklärte sie.

Dann verzog sie das Gesicht und wartete, um zu sehen, was er tun würde, beziehungsweise es zu spüren.

Genau in diesem Moment kam Abby aus der Vordertür auf die Veranda gerannt.

Und zu Marys großer Überraschung streckte Stan die Hand nicht nach ihr, sondern nach Abby aus. Er packte sie hinten an ihrem Shirt und schleifte sie zum Pick-up.

Mary musste hilflos mit ansehen, wie er sie direkt unter dem Kragen hinten an ihrem Shirt festhielt, sodass Abby auf Zehenspitzen laufen musste. Ihre Haltung war völlig unnatürlich, wie bei einer Marionette, was unter anderen Umständen vielleicht lustig gewirkt hätte.

Er öffnete die Tür zum Rücksitz der extralangen Fahrerkabine und schob Abby hinein.

Sie versuchte, auf der anderen Seite wieder aus dem Auto hinauszuschlüpfen, aber Stan schnappte sie erneut, diesmal am Hosenbund, und zerrte sie zurück auf den Sitz, wo er sie anschnallte.

Er hielt sie immer noch am Oberarm fest, als er sich zu Mary umdrehte.

»Deine Tochter kommt mit«, rief er in Richtung Veranda. »Und ich nehme an, dass du sie weiter sehen möchtest, oder?«

Mary wandte den Kopf zu Effie Wingers Grundstück, doch ihre Nachbarin war wieder in ihrem Haus verschwunden.

Also stand sie auf und lief zum Pick-up.

Sie stieg ein, ohne weiter Widerstand zu leisten oder irgendetwas zu sagen.

Die ersten ungefähr fünfzig Kilometer legten sie in ungebrochenem Schweigen zurück. Es war jetzt schon fast dunkel, und Mary hatte keine Ahnung, wo Stan sie hinbrachte.

Hin und wieder fing sie Abbys Blick im Rückspiegel auf. Jedes Mal, wenn sie hinschaute, schien es ihr, dass ihre Tochter zurücksah.

Als Stan plötzlich etwas sagte, zuckten sie beide erschreckt zusammen.

»Ich kann es gar nicht erwarten, zu erfahren, was du mir zum Geburtstag besorgt hast«, bemerkte er.

Mary saß wie erstarrt da, angestrahlt von den Scheinwerfern entgegenkommender Fahrzeuge, und fragte sich, ob er das ernst meinte.

Sie erwiderte nichts.

Glaubte er wirklich, dass all dies mit einer netten Geburtstagsüberraschung für ihn enden würde? Glaubte er, er konnte sie gegen ihren erklärten Willen zwingen, ihn zu begleiten, sie und Abby also praktisch entführen, und sie wären trotzdem eine glückliche Familie?

Es kam ihr beinahe verrückt vor, so etwas zu denken.

Es konnte natürlich auch eine Warnung gewesen sein. Vielleicht war das seine Art, ihr zu verstehen zu geben, dass er wusste, wie viel von dem Geld weg war. Dass er sie beobachten würde, um herauszufinden, wo sie es versteckt hatte und was sie damit zu tun gedachte. Sie konnte die Scheine unter ihrer rechten Ferse spüren.

Sie überlegte hin und her, wie er das gemeint haben könnte. Sie versuchte sogar erneut, Abbys Blick im Rückspiegel aufzufangen, aber es war jetzt zu dunkel, um viel erkennen zu können.

Sie bat ihn nicht, seine Bemerkung weiter auszuführen, und sie gab ihm auch keine Antwort.

* * *

»Ich muss mal aufs Klo«, verkündete Mary irgendwann.

Sie waren auf dem langen Stück eines zweispurigen Highways, fuhren in Richtung Stadt, und es gab hier nur wenige Tankstellen. Aber am Ende des Hügels konnte sie im Dunkeln die Lichter der großen neuen Raststätte sehen. Es war eine sehr schöne, so wie die in den guten Vororten, und sie wollte, dass sie dort anhielten.

Sie musste nicht wirklich auf die Toilette. Es war mehr das Bedürfnis, sich neu aufzustellen. Und wenn sie Glück hatte, ergab sich vielleicht die Gelegenheit, allein mit ihrer Tochter zu sprechen. Unbeobachtet von Stan.

»War das nicht gerade erst der Grund für deine vielen Trips zurück ins Haus?«

Mary schätzte, dass sie jetzt schon seit über einer Stunde unterwegs waren. Außerdem war es Abby gewesen, die zurück ins Haus gelaufen war, um das Bad zu benutzen. Mary wies Stan nicht darauf hin. Sie korrigierte keinen seiner beiden Fehler.

»Ich habe heute ziemlich viel Sprudel getrunken«, erklärte sie.

Im Scheinwerferlicht des Gegenverkehrs sah sie den Ausdruck auf Stans Gesicht, und ihr wurde klar, dass sie einen Fehler begangen hatte. Sie bemerkte, dass er die Stirn runzelte. Genug, um ihr Sorge zu bereiten.

Stan kaufte keine Limo für zu Hause und erlaubte auch Mary nicht, welche zu kaufen. Er hielt Sprudel und Softdrinks für eine Vergeudung seines hart verdienten Geldes. Er behauptete immer, man könne ja einfach Leitungswasser trinken und das koste praktisch nichts. Ab und zu gönnte sich Mary dennoch Instant-Eistee.

»Sprudel? Wo zur Hölle hast du denn …«

Plötzlich brach er ab und sprach nicht weiter.

Die Tankstelle tauchte rechts von ihnen auf, und Stan riss das Steuerrad herum, bog abrupt auf den Parkplatz ab.

»Egal«, sagte er. »Ich will es gar nicht wissen.«

Sie kamen mit quietschenden Reifen vor dem Minimarkt zum Stehen. Außer dem Jungen hinter der Kasse, der noch nicht das Erwachsenenalter erreicht hatte, war alles wie ausgestorben.

»Beeil dich«, ermahnte Stan sie.

Mary schnallte sich ab und drehte sich zu ihrer Tochter um. Der Minimarkt war hell erleuchtet, und das Licht fiel durch die große Glasscheibe auf das Gesicht ihrer Tochter. Abby wirkte ein wenig verängstigt, aber hauptsächlich traurig.

»Komm mit auf die Toilette«, sagte Mary. »Denn dein Vater will sicher nicht noch einmal anhalten.«

»Wie wollt ihr die Toilette denn beide zur selben Zeit benutzen?«, fragte Stan.

»Die neuen Tankstellen haben alle größere Damentoiletten. Mit mehreren Kabinen.«

Mary war noch nie in dieser Tankstellentoilette gewesen und hatte keine Ahnung, ob das stimmte.

»Na gut«, erwiderte Stan. »Vergesst nur nicht, dass ich hier sitze und alles genauestens beobachte.«

Mary stieg aus, in die laue Nacht hinein. Sie legte ihrer Tochter einen Arm um die Schultern und ging mit ihr zum Eingang. Die Tür schwang weit auf, und eine elektronische Klingel ertönte. Mary erwartete, dass der junge Angestellte ihnen mitteilen würde, dass die Toilette nur für Kunden sei, sodass sie eine Packung Kaugummi oder so kaufen müssten. Aber er schaute nicht einmal zu ihnen.

Abby zog die Tür zur Toilette auf. Es gab drei abgetrennte Kabinen, alle leer.

»Hast du das gewusst?«, fragte sie leise.

»Nein. Ich habe nur versucht, einen Ort zu finden, an dem wir uns ungestört unterhalten können.«

Sie traten in verschiedene Kabinen, und Mary nutzte die Gelegenheit, tatsächlich aufs Klo zu gehen. Denn es war nicht ausgeschlossen, dass Stan sich wirklich weigern würde, noch einmal anzuhalten, wenn sie ihn darum bat.

»Ich mache mir Sorgen wegen der Welpen«, sagte Abby durch die Trennwand.

»Das weiß ich, Süße.«

»Was wird Elliot denken, wenn ich nicht auftauche, um mich um sie zu kümmern?«

Mary war sich nicht sicher, wie sie diese Frage beantworten sollte, also schwieg sie.

»Also …«, begann Abby. »Wir müssen nicht zurück in den Pick-up steigen. Wir könnten den Angestellten bitten, die Polizei zu rufen. Wir könnten einfach bei ihm stehen bleiben, bis sie kommen.«

»Da gibt es ein paar Probleme«, erwiderte Mary. »Zuerst einmal wird Stan mit allem wegfahren, was wir besitzen. Wir haben nicht einmal Wechselkleidung oder eine Zahnbürste. Aber vor allem ist da eine Sache auf der Ladefläche des Pickups, die wichtiger ist als je zuvor. Es ist Elliots Visitenkarte mit seiner Adresse und Telefonnummer in der Stadt. Es sei denn, du hast eine Idee, wie wir ihn erreichen können.«

»Nicht in der Stadt«, sagte Abby.

Sie saßen einfach weiter da, obwohl sie beide fertig waren. Keine von ihnen stand auf oder spülte oder zog sich wieder an oder trat aus der Kabine, um sich die Hände zu waschen.

»Kennst du seinen Nachnamen?«, erkundigte sich Mary.

»Nein. Ich glaube nicht, dass er mir den überhaupt verraten hat. Oder wenn, dann war es ganz am Anfang, als ich ihn frisch kennengelernt hatte, und mir war nicht klar, wie wichtig es sein würde. Wie auch immer, ich erinnere mich nicht daran. Warum hast du die Karte nicht in deine Hosentasche gesteckt oder in deine Handtasche oder so?«

»Weil ich befürchtet habe, dass dein Vater all meine Taschen von nun an durchsuchen wird. Ich hab sie in einem Buch versteckt, das er nie im Leben aufschlagen wird. Es ist ein Buch aus dem Secondhandladen, also falls er sie zufällig doch findet, kann ich einfach behaupten, dass der alte Besitzer des Buches sie als Lesezeichen benutzt hat.«

»Oh«, sagte Abby. »Das ist schlau.«

»Das war Vivs Idee«, gab Mary zu und schämte sich dafür, dass ihr das nicht selbst eingefallen war. »Ich wollte die Adresse und Telefonnummer eigentlich auswendig lernen, bevor wir losgefahren sind, aber ich hatte Angst, dass dein Vater genau in dem Moment reinkommt, wenn ich das Buch aufschlage. Ich wollte es so schnell wie möglich in dem Umzugskarton mit den anderen Büchern verstauen, denn ich wusste, wenn er mich erwischt, würde ich es nicht mitnehmen können. Jetzt frage ich mich allerdings, warum ich mir seine Anschrift nicht schon vor Tagen eingeprägt habe.«

»Du konntest das ja nicht ahnen«, tröstete Abby sie.

Mary empfand überwältigende Dankbarkeit für diese einfache Aussage. Sie überhäufte sich mit Selbstvorwürfen, weil sie alles falsch gemacht hatte, doch Abby war so freundlich, sie zu beruhigen und ihr zu versichern, dass sie ihr nicht die Schuld gab. Beinahe wäre Mary in Tränen ausgebrochen, aber wahrscheinlich war der Zusammenbruch sowieso nicht mehr weit.

Sie hörte, wie Abby aufstand und die Spülung betätigte, also tat sie das ebenfalls. Sie verließen die Kabinen und sahen einander in dem grellen Licht der Neonröhren an.

Es gab nur ein Waschbecken.

»Du zuerst«, sagte Mary.

»Ich verstehe nicht, warum wir seine Adresse und Telefonnummer in der Stadt überhaupt brauchen«, meinte Abby, während sie sich die Hände einseifte. »Wir wissen schließlich, wo er genau jetzt ist. Er ist in der Hütte.«

Das Wasser stellte sich von allein ab, und Abby griff nach einem Papierhandtuch, doch der Behälter war leer. Also stand sie einfach da und ließ die tropfenden Hände ungelenk an ihren Seiten herabhängen, während ihre Mutter ans Waschbecken trat.

»Ich möchte nicht zur Hütte«, erklärte Mary, »weil dein Vater sofort erraten würde, wo wir sind, und er würde uns folgen. Und damit würden wir Elliot in Gefahr bringen. Das will ich nicht riskieren. Ich würde es mir niemals verzeihen, wenn er in eine Auseinandersetzung hineingezogen würde, die am Ende hässlich wird. Und ich weiß, dass du das auch nicht willst.«

»Nein«, gab Abby zurück, die niedergeschlagen wirkte. »Natürlich nicht.«

»Wenn wir warten und erst nach ein paar Tagen verschwinden, während dein Vater nicht da ist …« Mary senkte die Stimme instinktiv zu einem Flüstern. Nur falls Stan direkt vor der Tür stand, um sie zu überwachen. Oder zu belauschen. »Wenn wir zu Elliot in die Stadt fahren können, hat dein Dad keine Möglichkeit, herauszufinden, wo wir sind. Das wäre viel sicherer.«

»Aber meine Welpen. Was, wenn Elliot denkt, dass ich gar nicht mehr zurückkehre?«

»Pass auf, sobald ich telefonieren kann, ohne dass dein Vater es mitkriegt, werde ich Viv anrufen und sie bitten, zu ihm hochzulaufen und ihm alles zu erzählen. Zu erklären, was passiert ist.«

Sie hörte, dass ihre Tochter ruhiger atmete. Was sie freute.

»Jetzt komm mit«, sagte Mary. »Lass uns zurück zum Pick-up gehen, bevor er anfängt, sich aufzuregen.«

# Kapitel 21

## Perfekte Dinge

### *Abby*

Abby öffnete die Augen und blinzelte. Sie reckte sich, so gut sie konnte, aber sie war steif von dem Versuch, im Sitzen zu schlafen. Sie sah sich um und merkte, dass sie direkt auf den Hinterkopf ihres Vaters blickte.

Es war Morgen, und sie fuhren immer noch.

Ihre Mutter schlief auf dem Beifahrersitz des Pick-ups, den Kopf nach hinten gelegt. Ihr Mund stand offen, und sie schnarchte leise. Es tröstete Abby, das zu hören, die Gegenwart ihrer Mutter auch auf diese Weise wahrnehmen zu können, selbst wenn sie sie von ihrem Platz aus sehen konnte. Das beruhigende Geräusch bedeutete ihr in diesem schwierigen Moment besonders viel.

Ihr Vater hob den Kopf und betrachtete Abby im Rückspiegel. Kurz begegneten sich ihre Blicke, dann schaute er weg. *Er* schaute weg. Das fand Abby interessant. Sie war darauf vorbereitet gewesen, seinen Blick herausfordernd zu erwidern, aber er machte einen Rückzieher.

»Wohin fahren wir?«, fragte sie leise. Auch wenn sie glaubte, das bereits zu wissen.

Vor ihrem geistigen Auge erschien ein Bild von den Welpen, und es verblüffte sie, wie sehr sie die Bande vermisste. Sie war überwältigt davon, wie sehr es ihr fehlte, einfach den Berg hinaufzulaufen und sie zu besuchen.

»Wir werden eine Weile bei deinem Onkel Merl bleiben«, antwortete er.

Das war genau das, was Abby befürchtet hatte.

In der Zwischenzeit schien ihr Vater auf irgendetwas von ihr zu warten. Sie hatte keine Ahnung, auf was, aber was auch immer es war, er schien es nicht zu bekommen.

»Du magst deinen Onkel Merl«, fügte er schließlich hinzu. Wieder eine Pause. »Oder?«

»Nein.«

»Das hast du mir nie zuvor gesagt.«

»Du hast mich auch nie gefragt.«

Sie fuhren eine Weile schweigend weiter.

Abby wusste, dass sie bereits in Oregon waren, weil sie schon früher zu Onkel Merl und Tante Judy gefahren waren. Sie erkannte, dass sie in der Nähe von Klamath Falls waren, auf dem Teil des Highways, neben dem sich links der lang gezogene große See befand. Also links, wenn man das Pech hatte, nach Norden zu fahren. Zu Merl und Judy hin, nicht von ihnen weg und nach Hause.

Sie hob den Blick und stellte fest, dass ihr Vater sie erneut im Rückspiegel beobachtete. Er musterte sie jetzt eindringlicher, als versuche er, etwas in Bezug auf sie zu entscheiden. Auf seiner Stirn hatte sich eine steile Falte gebildet.

»Wirst du etwa auch so wie deine Mutter, wenn du groß bist?«, wollte er von ihr wissen.

Sein Tonfall vermittelte unverkennbar Geringschätzung. Obwohl das kein Wort war, das sie selbst verwendet hätte – sie suchte nach dem richtigen Wort, doch alles, was ihr einfiel, war »Verachtung«. Sie erkannte, dass alles, was er sah, in seinen Augen diese Geringschätzung verdiente. Er kippte es über alles wie Schokoladensoße über ein Dessert. Wenigstens war das das Bild, das sie dabei im Kopf hatte.

Abby hatte in diesem Moment keine Angst vor ihm, weil sie ihn jetzt durchschaute und er für sie vor allem bemitleidenswert war.

»Das hoffe ich sehr«, erwiderte sie.

»Ich meine das nicht als Kompliment.«

»Ich weiß ganz genau, wie du das gemeint hast«, entgegnete sie und fühlte sich stärker. »Und hoffe es trotzdem. Du solltest die Schuld an dem, was passiert ist, nicht ihr geben, sondern mir. Denn ich bin es, die sie mit ihm bekannt gemacht hat.«

Während sie das sagte, dachte Abby an die Vögel im Naturschutzgebiet, die am Boden brüteten. Wenn die Mutter bemerkte, dass sich jemand dem Nest näherte, flog sie auf, direkt auf den Betreffenden zu, und versuchte, ihn wegzulocken. Alles, um ihre Küken zu schützen. Nur dass es in diesem Fall das Küken war, das die Mutter beschützte. Sie wusste, ihr Vater ließ immer alles an ihrer Mutter aus und sparte sich bei Abby die Mühe. Es war, als läge ihm nicht einmal genug an seiner Tochter, um auch nur wütend auf sie zu werden.

Außerdem wäre es ihr auch egal, wenn er sie jetzt anschrie. Oder sogar schlug.

»Warum hast du das getan?«, fragte er, hielt im Spiegel weiter ihren Blick.

Abby fand, es war höchste Zeit, dass er wieder auf die Straße schaute. »Weil sie nicht glücklich ist. Und ich auch nicht.«

Eine Weile beobachtete sie, wie er seinen Kiefer bewegte – das Einzige, was sie von ihm sehen konnte. Womöglich knirschte er vor Anspannung mit den Zähnen. Aber dann erkannte sie, dass er auf einem Zahnstocher kaute. Er schob ihn auf eine Seite, sodass sie mitverfolgen konnte, wie er bei jeder Kaubewegung auf und nieder hüpfte.

»Willst du damit sagen, du wärst besser dran, wenn ich nicht dein Vater wäre?«

»Darauf werde ich nicht antworten, weil du ganz bestimmt nicht wissen willst, wie ich wirklich darüber denke. Es ist ja schließlich nicht so, als würdest du mich das fragen, weil du dich ändern wolltest. Wenn du ein besserer Mensch werden wolltest, würde ich es dir sagen. Aber das ist nicht der Fall.«

»Du hast keine Ahnung, was ich will«, erwiderte er. Einmal mehr enttäuschte er sie, indem er ihr zeigte, wie wenig ihm an ihr lag, weil er nicht mal laut wurde. »Du denkst, du kannst erkennen, was irgendjemand will, indem du beobachtest, was sie tun?«

»Ja, schon.«

»Nun, das ist eine sehr naive Sichtweise, kleines Mädchen. Die Welt ist kein Ort, an dem jeder tun kann, was er will.«

»Vielleicht nicht«, entgegnete sie. »Doch wenn Leute behaupten, sie wollen etwas tun, es dann aber nicht machen? Dann ziehe ich daraus den Schluss, dass sie es nicht dringend genug wollen. Weißt du, was ich meine?«

Abby hörte ihren Vater seufzen, und endlich richtete er die Augen wieder auf die Straße.

»Du wirst genau wie deine Mutter werden, wenn du groß bist.«

»Danke«, sagte Abby.

Er antwortete nicht, und er schwieg auch, während sie die nächsten Kilometer zurücklegten, was sich wie ein echter Segen anfühlte.

Doch dann, aus heiterem Himmel, begann er wieder zu reden. »Weißt du, was dein Problem ist?«, erkundigte er sich.

Abby fiel auf, dass ihre Mutter nicht länger leise schnarchte, und sie überlegte, ob das hieß, dass sie wach war und zuhörte.

Wenn, dann ließ sie es sich nicht anmerken. *Vermutlich nur klug*, dachte Abby.

»Nein«, erklärte sie. »Weiß ich nicht. Was ist mein Problem?«

»Du bist viel zu jung, um zu verstehen, dass nichts jemals perfekt ist und dass du besser dran bist, wenn du das gar nicht erst erwartest. Du kannst noch nicht erkennen, dass du dein Bestes gibst, wenn du entscheidest, was du in diesem Leben willst, aber wenn du dann später einen besseren Blick auf das werfen kannst, was du bekommen hast, ist es nie so, wie du es dir vorgestellt hattest. Du wünschst dir diese perfekte Familie, doch die gibt es nicht. Nenn mir nur eine Sache im Leben, die perfekt ist.«

In Abbys Kopf entstand ein Bild. Sie konnte es ganz klar sehen, obwohl sie ihre Augen offen hatte. Eine Sekunde lang senkte sie die Lider, um es noch deutlicher erkennen zu können.

Es war eine Erinnerung an den Moment, als sie die Welpen ins Tierheim gebracht hatte. Sie hatten in einem Pappkarton auf dem Tresen gestanden, und Abby hatte sich bei der Frau vom Tierheim darüber beschwert, wie unfair es sei, dass alle die kleinen Hunde töten wollten. Natürlich der Mann, der sie in den Fluss geworfen hatte, aber auch der Bezirk. Dabei seien sie doch perfekt. »Sieben perfekte kleine lebendige Wesen«, erinnerte sie sich, gesagt zu haben. Sie konnte ihre glänzenden Knopfaugen auf sich gerichtet sehen, in denen irgendwie das Wissen stand, dass ihr Schicksal in der Schwebe hing. Sie konnte ihre kleinen Flanken sehen, die sich mit jedem Atemzug hoben, ihre Schlappohren, die bei der geringsten Bewegung zitterten.

»Ich könnte dir sieben nennen«, antwortete sie. Sie sprach so laut, dass ihr Vater es hören konnte, obwohl sie eigentlich mit sich selbst redete.

»Na, dann mal los«, verlangte er.

»Nein. Du würdest es nicht verstehen.«

Selbst wenn sie ihm von den Welpen erzählen würde, würde er bloß darauf verweisen, dass sie alles schmutzig machten und auf Sachen rumkauten. Und dass sie noch nicht stubenrein waren. Und dass sie sich verletzen würden und zum Tierarzt gebracht werden müssten, was Geld kostete. Und ja, das alles stimmte, und Abby war das klar. Das Leben mit ihnen war nicht immer perfekt. Aber sie selbst waren es. Die Essenz ihres Daseins auf der Welt war perfekt. Doch ihr Vater sah nur den Dreck und die Unordnung. Er hatte kein Auge für die Essenz von irgendwas. Ohne in der Lage zu sein, das so in Worte zu fassen, hatte Abby das immer über ihn gewusst.

Sie überlegte zum mindestens zwanzigsten Mal, wie es den Welpen wohl erging, wo sie sie jetzt nicht versorgen konnte. Wie lange würde Elliot sich um sie kümmern, ohne dass er wusste, wo sie war oder ob sie je zurückkommen würde, um sie ihm abzunehmen?

Ihr Vater sagte auf der ganzen Fahrt nichts mehr, was Abby nur recht war.

\* \* \*

Tante Judy zeigte Abby ihr Zimmer, das bedauerlicherweise im Keller lag. Oben hatten sie bloß ein Gästezimmer, und das bewohnten ihre Eltern.

»Hier ist kein Bett«, stellte Abby fest.

Genau genommen war da gar nichts. Schließlich war es der Keller. Es gab einen alten Ofen, eine Waschmaschine und einen Trockner. Eine Leine, auf der Tante Judy offenbar ihre Wäsche aufhängte, nur warum irgendjemand seine frisch gewaschene Wäsche in einem muffigen Keller aufhängen sollte, wenn man das auch draußen in der Sonne tun konnte, entzog sich Abbys Vorstellungskraft.

Bei ihren letzten Besuchen hier hatte es ein zweites Gästezimmer gegeben. Es war klein gewesen, aber Abby hatte es gemocht. Es war das Einzige an den Aufenthalten hier gewesen, das nicht schlimm gewesen war. Doch inzwischen hatte sich Merl darin einen Kraftraum eingerichtet, und auf den würde er ganz sicher nicht für Abby verzichten.

»Wir haben ein Feldbett«, erklärte Tante Judy mit ihrer lauten, schrecklichen Stimme. Sie hatte irgendeinen grellen Misston darin. Es klang nicht wirklich wie Fingernägel auf einer Schiefertafel, die beiden Geräusche würde man nicht verwechseln, überlegte Abby. Es hatte nur ziemlich genau die gleiche Wirkung auf sie. »Sobald das Footballspiel vorbei ist, wird dein Onkel es runtertragen. Jetzt geh raus zum Auto, und hol deine Sachen. Bring alles hier runter.«

»Und wo soll ich mein Zeug hinräumen?«, erkundigte sich Abby.

Es gab jede Menge Platz. Das war nicht das Problem. Bei ihrer Frage ging es ihr darum, darauf aufmerksam zu machen, dass es keine Kommode gab. Überhaupt nichts mit Schubladen. Keinen Schrank, um irgendwas aufzuhängen. Noch nicht einmal einen Haken für eine Jacke.

»Wo immer du willst«, antwortete Tante Judy. Sie war bereits zur Hälfte die Treppe hoch, als sie das sagte.

Abby verzog das Gesicht, als ihre Tante die Küchentür hinter sich zuschlug. Nicht verärgert, soweit Abby das beurteilen konnte. Tante Judy tat einfach alles mit maximaler Lautstärke und größtmöglichem Drama.

Abby seufzte und stieg die Stufen hoch. Onkel Merls Footballspiel lief mindestens doppelt so laut, wie irgendjemand es Abbys Meinung nach hören musste.

Sie hatte das Wohnzimmer auf dem Weg zum Auto etwa zur Hälfte durchquert, als Onkel Merl sie ansprach. Was Gott sei Dank ein seltenes Ereignis war.

»Sei ein braves Mädchen«, sagte er und musste fast schreien, um sich über die Übertragung hinweg Gehör zu verschaffen, »und hol mir ein Bier.«

Abby blieb stehen, wartete einen Augenblick und verfolgte, wie ihr Onkel sich das Spiel anschaute. Er hatte sie noch nicht ein Mal angesehen. Also, nicht bei diesem Besuch. Nicht, als sie zur Tür reingekommen war, und nicht, als er sie gebeten hatte, das, was sie gerade tat, zu unterbrechen, um etwas für ihn zu erledigen.

»Ja«, murmelte sie halblaut. »Sicher. Ist ja auch nicht so, als hätte ich irgendetwas Besseres zu tun, wie beispielsweise zu versuchen, aus eurem alten, stinkigen Keller einen bewohnbaren Raum zu machen. Sicher kann das Auspacken meiner zwei Kisten, die alles enthalten, was ich besitze, kurz warten. Kein Problem.«

Ihr Onkel schien sie weder zu hören noch überhaupt zu bemerken.

Abby seufzte und kehrte in die Küche zurück.

Tante Judy war nirgends zu sehen, und Abby hatte keine Ahnung, wohin ihre Mutter verschwunden war. Aber ihr Vater saß am Küchentisch und starrte aus dem Fenster, als würde er hinter seiner Stirn schwere und wichtige Gedanken wälzen. Es schien so, als beobachtete er ein Eichhörnchen, das auf dem Nachbargrundstück an einem Baumstamm rauf- und runterlief. Er starrte definitiv in die Richtung.

»Musst du nicht irgendwas auspacken?«, fragte sie ihn.

Er antwortete nicht und wandte sich nicht zu ihr um. Wenn er überhaupt wusste, dass sie im gleichen Raum war und mit ihm sprach, dann ließ er sich das nicht anmerken.

Abby seufzte wieder und nahm ein Bier aus dem Kühlschrank.

Als sie mit der kalten Flasche in der Hand die Küche durchquerte, schien er aus seiner Erstarrung zu erwachen.

»Hey, hey, Moment mal«, sagte er und packte sie am Handgelenk. »Du darfst noch kein Bier trinken.«

»Ich trinke es ja gar nicht. Ich bringe es Onkel Merl. Er hat mich darum gebeten.«

»Das behauptest du.«

In dem Augenblick zerbarst etwas in Abby.

»Na gut«, rief sie, »dann bring *du* es ihm. Ich bin ohnehin nicht seine Dienerin.«

Damit versetzte sie der Flasche einen Stoß über den Tisch zu ihm, doch mit zu viel Kraft. Die Bierflasche fiel am andern Ende runter und landete auf dem Küchenfußboden, wo sie zerbrach. Bier ergoss sich schäumend über das Linoleum, trug braune Glasscherben mit sich. Und Abby war noch nicht damit fertig, sauer zu sein.

»Warum mussten wir überhaupt herfahren? Warum müssen wir dorthin gehen, wo du hinwillst? Denn mal ehrlich, wer würde schon hier sein wollen? Zu Hause hatten wir ein Leben. Hier hingegen ist es einfach nur schrecklich, und es ist so unfair, und ich hasse es.«

Er ließ ihr Handgelenk los, zeigte aber keinerlei andere Reaktion. Eigentlich hatte sie damit gerechnet, dass er ihrem Wutausbruch etwas entgegensetzen würde. Ihn zur Kenntnis nehmen und selber wütend werden würde. Wieder einmal gelang es ihr nicht, irgendein Gefühl in ihm zu wecken, egal ob positiv oder was anderes.

Sie schauten beide hoch und entdeckten Abbys Mutter auf der Türschwelle zur Küche. Abby fand, das Gesicht ihrer Mutter wirkte blass und angespannt, als hätte sie gerade einen Akt der Gewalt beobachtet oder einen schlimmen Schreck erlitten.

»Hörst du, wie deine Tochter mit mir redet?«, fragte ihr Vater.

»*Unsere* Tochter«, korrigierte ihre Mutter ihn. Es schien, als sei sie in Gedanken mit etwas beschäftigt und nicht froh über die Ablenkung.

»Nein, wenn sie so redet, dann ist sie ganz *deine* Tochter. Vor allem, da es *deine* Schuld ist, dass sie so ist. Du hast sie viel zu wenig erzogen, ihr alles durchgehen lassen. Weißt du, was passiert wäre, wenn ich je so mit meinem Vater geredet hätte?«

*Natürlich wissen wir das*, dachte Abby und hätte es beinahe auch ausgesprochen. *Du hast es uns ja bloß zig Millionen Mal oder so erzählt.*

»Das ist jetzt nicht wichtig«, erwiderte Abbys Mutter.

»Für mich schon.«

»Hör zu!«, schrie Mary. Sie schrie es. Abby hatte noch nie erlebt, dass ihre Mutter derart die Beherrschung verlor.

Ihr Vater hob die Augenbrauen, ließ sich sonst aber keine Reaktion anmerken.

»Wo sind meine Gedichtbände? Ich hab sie in die Kiste zu deinen Büchern getan.«

»Und ich hab sie wieder rausgenommen. Ich hab's dir doch gesagt. Zwei Kisten für jeden. Alles, was da nicht reinpasst, ist verzichtbar und kommt nicht mit.«

»Da war noch genug Platz in den Kisten. Ich hab diese Gedichtbände geliebt. Warum hast du das getan, Stan? Warum?«

Abby stand ganz still und starrte in das Gesicht ihrer Mutter. Es sah so aus, als würde sie gleich weinen. Oder wenigstens, als ob es eine Erleichterung wäre, ein paar Tränen zu vergießen. Aber Abby vermutete, diese Befriedigung wollte sie ihrem Mann nicht gönnen.

»Weil unsere Sachen hier auf viel weniger Fläche untergebracht werden müssen«, antwortete er. »Falls du es noch nicht bemerkt haben solltest. Also können wir nur das behalten, was wir tatsächlich brauchen. Und niemand braucht Gedichtbände.«

»Falsch«, erwiderte Abbys Mutter und verlor in dem Moment den Kampf gegen die Tränen. »*Ich* brauch sie.«

Sie wischte sich mit dem Handrücken eine Träne weg, als sei sie ärgerlich darüber. Und dann rannte sie zurück nach oben.

Abby stand eine Minute da, starrte ihr hinterher. In Gedanken versuchte sie die Aufgewühltheit ihrer Mutter zu verstehen. Natürlich wusste sie, warum ihre Mutter unglücklich war. Wer wäre das nicht nach dieser furchtbaren Entwicklung? Trotzdem war Abby sich nicht sicher, warum sie sich plötzlich wegen ein paar Büchern derart aufregte.

Vielleicht hatten sie sentimentalen Wert, überlegte sie. Oder vielleicht war dieser Verlust von ein, zwei Dingen, die sie wirklich gerngehabt hatte, der Tropfen, der das Fass zum Überlaufen gebracht hatte, sodass es ihr mit einem Mal gereicht hatte. Es musste sie besonders tief getroffen haben, weil sie sich gerade so verletzlich fühlte.

Und dann fiel es Abby wieder ein.

*Ich hab sie in einem Buch versteckt, das er nie im Leben aufschlagen wird.*

Das hatte ihre Mutter ihr auf der Toilette im Rasthof an der Autobahn erzählt. Sie kannten Elliots Nachnamen nicht. Ihre Mutter hatte sich die Angaben von der Visitenkarte nicht eingeprägt. Sie hatte Abby gesagt, sie hätte sie in einem Buch versteckt, das ihr Vater nicht anfassen würde. Aber jetzt war dieses Buch zurückgelassen worden.

»O nein«, rutschte es Abby heraus.

»O nein was?«, wollte ihr Vater wissen.

»Nichts.« Damit lief Abby ihrer Mutter nach.

»Hey! Komm sofort zurück, und wisch das Bier auf!«

»Nein!«, rief Abby über ihre Schulter.

Sie zwängte sich an ihrem Onkel vorbei, der in der Küchentür lehnte. Sein Footballspiel hatte eine Werbeunterbrechung, das konnte Abby mühelos hören.

»Du lässt zu, dass sie so mit dir spricht?«, fragte er Abbys Vater.

Abby wartete nicht auf seine Antwort, sondern stürmte, immer zwei Stufen auf einmal nehmend, die Treppe hoch und fand ihre Mutter im Gästezimmer, wo sie auf dem Bauch auf dem Bett lag und weinte.

Abby setzte sich auf die Bettkante und legte ihrer Mutter eine Hand auf die Schulter, versuchte sie durch die Geste stumm zu trösten. Dann entschied sie, sich besser zu beeilen und schnell zu sagen, was sie sagen wollte, nur falls ihr Vater beschloss, hochzukommen und das Gespräch von eben zu Ende zu führen.

»Ist schon okay«, flüsterte Abby. »Du kannst Viv anrufen. Und wenn sie zu ihm hochgeht und ihm erzählt, was passiert ist, kann sie ihm erklären, dass wir seine Karte nicht mehr haben, und er kann ihr seine Anschrift aufschreiben oder so.«

Während sie sprach, behielt sie durch die offene Zimmertür das obere Ende der Treppe im Auge, damit sie es merkte, falls ihr Vater hochkam.

»Ich versuche schon seit unserer Ankunft, in die Nähe des Telefons zu gelangen«, erwiderte Abbys Mom. »Aber Judy ist die ganze Zeit da. Ich glaube, Stan hat ihr gesagt, sie soll aufpassen, was ich tue.«

»Oh, da bin ich mir nicht sicher«, meinte Abby. »Man muss Tante Judy eigentlich gar nicht erst sagen, dass sie furchtbar sein soll. Das schafft sie ganz allein.«

Zu Abbys Überraschung lachte ihre Mutter, und Abby musste lächeln.

»Alles kommt in Ordnung«, tröstete sie ihre Mutter. »Schreib mir Vivs Nummer auf. Dann werde ich mir was überlegen.«

* * *

275

Als Abby mit einem Fünfdollarschein und Vivs Telefonnummer in der Hosentasche zur Wohnzimmertür ging, rechnete sie fest damit, unbemerkt das Haus verlassen zu können.

Doch das klappte so nicht. »Wo willst du hin?«, fragte ihr Onkel sie und stellte den Fernseher leise. Die Stille fühlte sich ohrenbetäubend an.

»Nur ein bisschen raus, frische Luft schnappen«, antwortete Abby.

»Nein.«

»Was soll das heißen, nein?«

»Weißt du nicht, was das Wort ›nein‹ bedeutet?«

»Darf ich nicht mal das Haus verlassen, um frische Luft zu schnappen?«

»Dein Daddy hat mir gesagt, ich soll ein Auge auf dich haben.«

Abby hatte keine Ahnung, wo ihr Vater war. Sie wagte auch nicht, zu fragen.

Ohne es sich genau zu überlegen, öffnete sie die Haustür und rannte los, ließ die Tür hinter sich sperrangelweit offen. Vielleicht wäre es Merl zu viel Mühe, ihr nachzulaufen. Vielleicht würde er auch sein blödes Spiel nicht verpassen wollen.

Oder vielleicht, nur ganz vielleicht, war sie einfach schneller.

Sie stieg über den Maschendrahtzaun eines Nachbarn und blickte über ihre Schulter, bevor sie durch den Garten sprintete. Onkel Merl stand in der offenen Tür, versuchte, zu erkennen, welche Richtung sie eingeschlagen hatte. Aber er folgte ihr nicht.

Abby rannte durch den Garten und kletterte am andern Ende über den Zaun. Sie hörte jemanden »He!« rufen, blieb jedoch nicht stehen.

Sie gelangte auf eine Straße und lief zum Lebensmittelgeschäft, wo sie bei früheren Besuchen Eis und

Sandwiches gekauft hatte. In dem Laden gab es noch einen Münzfernsprecher.

Abby stürmte rein und zum Tresen, an dem ein gelangweilter alter Mann saß.

»Ich brauch Wechselgeld«, keuchte sie und schob ihm den Fünfdollarschein hin.

»Dann kauf was«, erwiderte er.

Abby seufzte, nahm den ersten Schokoriegel, der ihr in die Finger kam, und legte ihn neben den Schein.

»Bitte nur Münzen«, fügte sie hinzu.

Sie wartete. Aber der alte Mann bewegte sich mit aufreizender Langsamkeit, zählte ihr das Wechselgeld in Vierteldollarmünzen auf die Theke.

Sie schnappte sie sich, steckte sich den Schokoriegel in die Jeanstasche und rannte nach draußen zum Telefon. Sie wählte Vivs Nummer und warf so viele Münzen ein, wie die Roboterstimme von ihr verlangte.

Sie hörte es klingeln. Und klingeln und klingeln.

Schließlich ertönte ein Klicken, als der Anruf angenommen wurde.

»Dies ist der Anrufbeantworter von ...« Abby sank das Herz. Eine Pause. Dann Vivs Stimme, ein starker Kontrast zu der computergenerierten Nachricht zuvor. »Vivian Sprague.« Dann wieder eine Pause.

Abby wartete eine gefühlte Ewigkeit. Sie vermutete, sie würde gleich aufgefordert werden, eine Nachricht zu hinterlassen. Nur wie oft hörte Viv ihre Nachrichten überhaupt ab? Abby wusste, es würde sie umbringen, zu warten und es nicht zu wissen. Und Viv würde Abby ja auch gar nicht zurückrufen können. Daher würde Abby nie erfahren, ob sie die Nachricht erhalten hatte.

Die automatische Ansage sprang wieder an und riss Abby aus ihren Gedanken.

»Es tut uns leid. Der Anrufbeantworter Ihres gewünschten Gesprächsteilnehmers ist voll. Bitte versuchen Sie es später noch einmal.«

Ein weiteres Klicken.

Abby stand da und wartete. Worauf, da hatte sie keine Ahnung. In der Leitung herrschte Stille. Der Anruf war beendet.

Sie hängte den Hörer ein, hoffte, dass ihr Geld wieder rausfallen würde. Aber offensichtlich war das eben ein Anruf gewesen, und sie hatte dafür bezahlt. Der Anrufbeantworter war rangegangen, daher würde sie nichts zurückbekommen. Abby holte das Restgeld aus ihrer Hosentasche, wusste allerdings bereits, dass es nicht genug war. Wenn es genug gewesen wäre, hätte sie sich hier eine Weile versteckt und dann noch einmal angerufen, um zu versuchen, Viv zu Hause zu erwischen. Sie hatte zu viel von ihrem Geld für den ersten Anruf ausgegeben, das war ihr klar, doch sie zählte die Münzen trotzdem. Als rechnete sie mit einem Wunder.

Das blieb leider aus.

Abby seufzte und machte sich auf den Rückweg zum Haus ihrer Tante und ihres Onkels.

Kurz erwog sie, von irgendwem Geld zu schnorren, aber es war niemand auf der Straße. In dieser Gegend fuhren die Leute Auto, und es gab praktisch keine Fußgänger.

Außerdem wäre es weniger Geldverschwendung, wenn sie erst viel später noch mal anrief. Nachdem alle zu Bett gegangen waren. Sicherlich würde Viv nachts zu Hause sein. Und ihre Mutter würde Abby mehr Geld geben können. Oder selbst wenn nicht, konnte Abby was von ihrem eigenen mitnehmen.

Sie bog um eine Ecke und entdeckte ihren Vater, der langsam mit seinem Pick-up umherfuhr, eindeutig nach ihr suchte. Kurz erwog sie, über den nächsten Zaun zu steigen, konnte sich jedoch nicht vorstellen, was das bringen sollte. Sie war ja auf dem Rückweg und würde ihn ohnehin bald genug treffen. Daher konnte sie sich auch gleich fahren lassen.

Er wendete, lenkte den Wagen neben sie, beugte sich über den Sitz und öffnete ihr die Beifahrertür.

»Steig ein«, verlangte er.

Abby gehorchte.

»Was zur Hölle sollte das denn?«, fragte er, während er Gas gab und in Richtung ihres neuen »Zuhauses« losfuhr. Es schmerzte Abby, den Ausdruck dafür zu verwenden, selbst wenn es nur in Gedanken war.

»Ich wollte bloß ein bisschen frische Luft schnappen und mir einen Schokoriegel kaufen.« Sie holte den Riegel aus der Tasche und hielt ihn hoch, sodass er ihn sehen könnte, wenn er sich die Mühe machen würde, den Kopf zu drehen. Das tat er nicht. »Warum kann ich das nicht tun? Was ist daran so schlimm? Bin ich eine Gefangene?«

»Ich traue euch beiden nicht«, erklärte er.

Abby verlor die Beherrschung. »Warum bist du dann nicht einfach gegangen und hast uns dort gelassen?«, schrie sie. »Warum musstest du uns mit herschleppen, wenn du uns noch nicht mal vertraust? Warum bist du nicht einfach ohne uns weggezogen und lässt uns in Ruhe?«

Während sie sich selbst zuhörte, war sich Abby vage bewusst, dass sie absichtlich versuchte, ihm irgendeine Reaktion zu entlocken. Es machte sie wahnsinnig, dass ihm nicht mal genug an ihr lag, um wütend zu werden.

»Das hättet ihr wohl gerne«, entgegnete er. »Was?«

*Das also ist die Antwort?*, dachte Abby. *Wir mussten mitkommen, bloß weil du weißt, dass wir das nicht wollten? Weil du es nicht erträgst, irgendwas zu tun, von dem du denkst, es könnte uns gefallen?*

Beinahe hätte sie diese Gedanken laut ausgesprochen. Aber sie war müde und entmutigt, und nichts schien irgendwas zu nützen, daher hielt sie auf der kurzen Heimfahrt den Mund.

\* \* \*

Kurz nach elf an diesem Abend erhob sich Abby von ihrem Feldbett im Keller. Sie hatte voll angezogen unter der Decke gelegen. Vivs Telefonnummer hatte sie noch in ihrer Hosentasche, zusammen mit dem Wechselgeld und allen Münzen, die ihre Mutter hatte finden können.

Aber womöglich würde sie das Geld gar nicht brauchen, überlegte Abby. Vielleicht würden alle schlafen, sodass sie das Telefon im Haus benutzen konnte, ohne dass sie es erfuhren. Bis die Rechnung kam. Bis dahin wären Abby und ihre Mutter bereits längst fort – mit ein bisschen Glück zumindest.

Sie schlich die Treppe zur Küche hoch und drehte vorsichtig den Knauf.

Die Tür war abgeschlossen.

»Was zur …«, entfuhr es Abby. »Was, wenn ich aufs Klo müsste?«

Und dann, einfach weil sie wusste, dass sie nicht aufs Klo konnte, falls es nötig werden würde, machte sich sofort ihre Blase bemerkbar.

Sie hämmerte gegen die Tür, so fest und laut sie nur konnte. »Hey!«, schrie sie aus Leibeskräften.

Sie wartete. Sie hämmerte. Und schrie.

Wartete. Hämmerte. Schrie.

Schließlich hörte sie die schreckliche Stimme ihrer Tante. »Was ist denn?«, fragte sie durch die Tür. »Andere wollen schlafen.«

»Warum bin ich hier eingesperrt? Ich muss aufs Klo.«

Schweigen. Keine Antwort.

Abby stand einen Moment da, wusste nicht, ob ihre Tante noch auf der anderen Seite der Tür war oder nicht. Eine Minute oder so. Oder wenn es nicht wirklich so lang war, dann zumindest beinahe.

Schließlich öffnete sich die Tür einen Spaltbreit, durch den Tante Judy ihr einen Topf reichte. Einen alten Kochtopf, wie man ihn benutzte, um eine große Menge Suppe zu kochen.

Bevor Abby reagieren konnte, wurde die Tür wieder abgeschlossen, und Abby hörte, wie der Riegel einrastete.

Sie seufzte tief, spürte, wie ihre Hoffnung sank und ihre Pläne mitnahm, bis … was zurückblieb? Sie war sich nicht sicher. Jedenfalls fühlte es sich nicht nach viel an.

»In diesem Haus werde ich jedenfalls keine Suppe mehr essen«, erklärte sie laut, während sie die Treppe wieder runterstieg.

Sie benutzte den Topf nicht, sondern beschloss, die ganze Nacht lang einzuhalten, sofern das irgendwie möglich war.

Sie legte sich wieder auf das unbequeme Feldbett, fand jedoch nicht viel Schlaf.

# Kapitel 22

*Elliot*

Elliot wachte morgens auf, verschränkte die Finger hinter dem Kopf und erinnerte sich daran, dass Pat nicht mehr da war. Er starrte eine Weile an die Zimmerdecke. Es war hell, aber vermutlich noch früh am Morgen, sodass er keine sonderliche Motivation verspürte, das Bett zu verlassen.

Dann fiel ihm wieder ein, dass Abby gestern nicht ein einziges Mal da gewesen war.

Er sprang auf, zog sich Jeans über seine Boxershorts. Aus dem kleinen Schrank schnappte er sich ein Sweatshirt und schlüpfte hinein.

Er riss die Tür auf und schaute hinaus. Er rechnete fest damit, sie zu sehen. Er hatte keinen Zweifel daran, dass sie heute Morgen kommen würde, voller Entschuldigungen und verlegen vorgebrachter Erklärungen dafür, dass sie gestern nicht erschienen war.

Niemand war da.

Er stand eine Weile in der Tür, genoss die kühle Bergluft, das Gefühl des Frühsommermorgens. Unter der angenehmen

Empfindung war er jedoch beunruhigt von der Entwicklung. Und vielleicht am meisten, weil er nicht wusste, ob er verärgert oder besorgt sein sollte.

Er dachte an Kaffee, entschied dann aber, zuerst die Welpen rauszulassen.

Er ging zum Schuppen, immer noch barfuß, und als sie ihn hörten, begannen sie zu winseln und zu jaulen.

Elliot öffnete die Tür, und sie kamen herausgepurzelt, sprangen an ihm hoch und übereinander. Nur Tippy blieb zurück, saß zusammengekauert in der Ecke des Schuppens, als wäre sie froh darüber, mal ein bisschen allein zu sein.

Der Gestank von Urin und Kot war beinahe überwältigend. Und sie hatten die Zeitung geschreddert, was es schwieriger machen würde, den Schuppen sauber zu kriegen. Elliot bemerkte auch, dass Patches es geschafft hatte, den elastischen Schutzüberzug seines Verbands abzukauen. Entweder das, oder eins seiner Geschwister hatte das für ihn getan. Jedenfalls war der Verband halb aufgegangen und wehte wie ein Banner hinter ihm, während er rannte. Er würde heute zum Tierarzt gebracht werden und einen neuen Verband verpasst bekommen müssen.

Um nichts davon sollte sich Elliot kümmern müssen.

Tippy kam schließlich doch zur Tür und wedelte. Elliot hob sie hoch und hielt sie im Arm. Dann legte er sich auf dem kühlen Boden auf den Rücken und setzte sie sich auf die Brust. Sie rollte sich zusammen, als wollte sie wieder schlafen, aber sie ließ die Augen offen und betrachtete sein Gesicht.

»Womit soll ich anfangen?«, fragte er sie. »Erst mal Kaffee? Oder das blöde Großreinemachen? Egal. Ich weiß schon. Ich sollte einen Kaffee trinken und den Schuppen so lassen, wie er ist, denn Abby müsste jede Minute den Berg heraufkommen, und dann kann sie das Putzen übernehmen. Bis ich euch da wieder einsperren muss, ist es kein Problem. Wenn sie dann allerdings immer noch nicht zurück ist …«

Elliot runzelte die Stirn. Erstaunlicherweise bemerkte Tippy das und hob den Kopf, als ob sie überlegte, lieber zu gehen, um vor seiner schlechten Laune sicher zu sein.

»Nein, bleib«, sagte er und streichelte ihr die Ohren. »Ist schon okay.«

Sie legte sich wieder hin.

»Ich versuche nur zu entscheiden, ob Abby so was aus Verantwortungslosigkeit tun würde. Den Eindruck hatte ich eigentlich nicht. Vielmehr hat sie so gewirkt, als sei sie bereit, *alles* für euch zu tun. Andererseits besorgen Eltern ihren Kindern dauernd junge Hunde, nachdem die Kinder Stein und Bein geschworen haben, dass sie sich komplett um die Tiere kümmern würden. Und dann bleibt das trotzdem an den Eltern hängen. Ich meine, so ist es doch seit Anbeginn der Zeit, oder?«

Tippy hob den Kopf und legte ihn leicht schief. Als ob sie sich mit der Frage beschäftigte, falls Elliot tatsächlich eine Antwort von ihr wollte.

»Und dann ist da die noch weit schlimmere Möglichkeit«, sprach Elliot weiter, und Tippy legte ihre Ohren an. »Was ist, wenn sie nicht kommt, weil sie es nicht kann? Was, wenn ihre Mutter wirklich nach Hause gegangen ist und Abbys Vater mitgeteilt hat, dass sie ihn verlassen wollen? Und dann … Nun, ich weiß nicht, was. Ich weiß noch nicht mal, was ich mir vorstellen soll, aber sie könnten in großen Schwierigkeiten stecken, sodass sie beide nicht wegkönnen. Sie könnten sogar …«

Sie verharrten beide einen Moment reglos. Schließlich wandte Elliot den Kopf und beobachtete die sechs übermütig spielenden Welpen. Tippy schien ihre Geschwister ebenfalls zu beobachten, doch nicht die geringste Neigung zu verspüren, sich ihnen anzuschließen.

»Du bist anders als sie«, stellte er fest, »nicht wahr? Du wirkst nicht so, als würdest du es genießen, Teil des Tohuwabohus zu sein.«

Sie schauten schweigend weiter zu.

»Nun«, sagte er schließlich. »Dann trinke ich mal Kaffee und mach mir Frühstück. Und wenn Abby bis dahin immer noch nicht aufgetaucht ist, muss ich wohl runterfahren und selbst gucken, was los ist.«

* * *

Beinahe hätte er die Welpen im Schuppen gelassen, aber um das mit gutem Gewissen tun zu können, hätte er den erst säubern müssen. Und er wünschte sich immer noch sehr, dass Abby erschien und das übernahm.

Außerdem musste er mit Patches zum Tierarzt.

Also lud er alle sieben hinten auf seinen Pick-up. Dann ging er zurück in die Hütte und blieb dort mehrere Minuten lang, um sich zu vergewissern, dass sie nicht rauskonnten, selbst wenn sie es dringend wollten.

Nachdem er sich davon überzeugt hatte, dass sie immer noch zu klein waren, um rauszuklettern, begann er, vorsichtig den Berg runterzufahren.

Er parkte ungefähr hundert Meter oberhalb von Marys und Abbys Straße, suchte extra eine Stelle im Schatten, bevor er sich auf den Weg zu ihrem Haus machte. Währenddessen überschlugen sich in seinem Kopf die Gedanken.

Er hätte warten sollen, überlegte er, bis Marys Ehemann bei der Arbeit sein würde, damit er sie nicht in Schwierigkeiten brachte. Aber würde der überhaupt wissen, wen er vor sich hatte, wenn er Elliot sah? Außerdem war die Zeit, in der es darauf ankam, Schwierigkeiten zu vermeiden, ohnehin vorbei.

Marys grellgelbes Auto stand in der Einfahrt, was Elliot verwunderte. Wenn sie zu Hause und alles normal war, warum war er dann mit sieben Welpen auf sich allein gestellt, und warum erzählte ihm niemand, was los war?

Als er sich dem Auto näherte, entdeckte er ein handgeschriebenes Schild, auf dem »Zu verkaufen« stand und das an die Heckscheibe geklebt war, sodass man es von der Straße aus lesen konnte. Es war keine Telefonnummer darauf, was ihm merkwürdig erschien. Sollten Kaufinteressenten einfach an die Tür klopfen?

Elliot fand, es taugte als Vorwand. Er konnte auf die Veranda gehen und anklopfen, und wenn der schreckliche Ehemann aufmachte, konnte er sich nach dem Auto erkundigen.

Er stellte einen Fuß auf die Veranda, die unter seinem Gewicht leicht nachgab.

Durch das vordere Fenster konnte er Unordnung im Wohnzimmer erkennen. Die Bücherregale waren leer. Das waren sie ganz bestimmt nicht immer gewesen. Aber Elliot hatte nie zuvor ins Haus geschaut, daher konnte er es nicht mit Sicherheit sagen. Die zum Sofa passenden Kissen lagen auf dem Boden, und die Polster waren schief, als hätte jemand darunter nach etwas gesucht.

Und in einer Ecke des Zimmers stand ein Stapel Pappkartons. Als ob jemand für einen Umzug gepackt hätte.

Elliot klopfte an die Tür. Er wartete, doch er sah und hörte keinerlei Bewegung von innen.

Eine laute Stimme erschreckte ihn, sie kam allerdings nicht aus dem Haus. Jemand befand sich hinter ihm. Eine ältere Frau, wenigstens klang es so.

»Sie sind fort«, erklärte die Stimme.

Elliot drehte sich um und starrte die Frau an. Sie trug einen Bademantel und pinkfarbene Plüschpantoffeln, und ihr Haar war auf riesige Lockenwickler gewickelt. Elliot vermutete, dass das eine Nachbarin war, weil er sich nicht vorstellen konnte, dass irgendjemand sich in dieser Aufmachung weit von zu Hause fortwagen würde.

»Wo sind sie denn hin?«, fragte er.

»Keine Ahnung.« Ihre Stimme klang angespannt und beinah … Elliot konnte es nicht genau sagen, aber er hatte irgendwie den Eindruck, als missbilligte sie ihn oder hätte schon von vornherein beschlossen, ihn nicht zu mögen. Was merkwürdig war. *Worauf gründet sich ihre Meinung?*, überlegte er. Er konnte es sich nicht vorstellen.

»Sie sind einfach so urplötzlich ausgezogen? Gestern? Oder vorgestern Nachmittag?«

»Nun, Sie scheinen ja eine Menge darüber zu wissen«, bemerkte sie. Beinahe … argwöhnisch.

»Ich weiß überhaupt nichts.« Nur dass er sie vorgestern Nachmittag gesehen hatte. »Warum sollten sie so überstürzt wegziehen?«

Elliot hatte noch weitere Fragen. Wie lange hatten sie eigentlich in diesem Haus gewohnt? Wie viele Jahre ihres Lebens hatten sie hinter sich gelassen? Und war tatsächlich er der Grund dafür? Und warum waren sie mit diesem schrecklichen Mann mitgegangen? Hatten sie sich einfach gefügt und gesagt: »Ja, wir lassen alles stehen und liegen und begleiten dich«? Was im Fall von Abby bedeutete, dass sie ihre sieben Welpen Elliot aufhalste. Oder war ihnen am Ende gar nicht wirklich die Wahl gelassen worden?

»Erzählen *Sie* es mir«, erwiderte die Nachbarin.

Also bildete sich Elliot das nicht bloß ein. Sie mochte ihn tatsächlich nicht.

»Ich weiß überhaupt nichts«, erklärte er zum zweiten Mal.

Sie hob die Augenbrauen. »Ich will ja nur sagen …«, begann sie, aber dann tat sie es nicht, sondern wartete eine befremdlich lange Zeit damit, ihm mitzuteilen, was sie »nur sagen« wollte.

»Was?«, fragte er schließlich, als er des Wartens überdrüssig wurde.

»Wenn man sich zwischen einen Mann und seine Frau drängt …«

Elliot spürte, wie sich seine Brauen hoben. »Wer hat sich zwischen einen Mann und seine Frau gedrängt?«

Sie blieb die Antwort schuldig, verdrehte bloß die Augen.

»Ich? Warum behaupten Sie das? Ich bin gar nicht ...« Aber er sprach nicht weiter und beendete den Satz nicht. Denn genau genommen hatte er das getan. Er hatte Mary ermutigt, ihren Mann zu verlassen. Er hatte ihr sogar sein Zuhause als Zuflucht angeboten. »Und Sie haben keine Ahnung, wohin sie gefahren sind?«, erkundigte er sich.

»Sie haben mich nicht in ihre Pläne eingeweiht. Ich weiß, sie haben Verwandte in Oregon. Doch sie haben mir nichts erzählt.«

Sie machte auf dem Absatz ihrer lächerlichen rosa Plüschpantoffeln kehrt und ging nach nebenan zurück. Sie verschwand im Haus und warf die Tür hinter sich zu.

Elliot stand einen Augenblick da, versuchte, seine Gedanken zu ordnen.

Jetzt wusste er, dass Abby und Mary sich nicht in der unmittelbaren Umgebung befanden. Vielleicht waren sie nicht einmal mehr in Kalifornien. Offenbar würde niemand zu seiner Hütte hochkommen. Niemand würde den Schuppen für ihn putzen oder ihm sagen, was er als Nächstes zu erwarten hatte. Wenn irgendjemand Kontakt zu ihm aufnehmen würde, dann vermutlich übers Telefon, und die Hütte hatte keinen Anschluss.

Aber Mary hatte seine Nummer in der Stadt. Er hatte ihr seine Visitenkarte gegeben und sie aufgefordert, sie aufzuheben, auch wenn sie nicht dachte, dass sie sie brauchen würde. Damit sie ihn anrufen konnte. Doch das würde nur klappen, wenn er in der Stadt war.

Ja. Das war es. Er musste so schnell wie möglich nach Hause fahren.

Er ging zurück zu seinem Auto.

Als er näher kam, hörte er das Winseln und Jaulen. Das Kratzen der kleinen Krallen auf dem Metall der Ladefläche.

Er stand am Heck und schaute sie an, und sie schauten zurück. Einen Moment lang sah er ihnen nur beim Wedeln zu.

»Genau«, sagte er. »Das ist eine kleinere Komplikation, oder? Eine Sekunde lang hatte ich ganz vergessen, dass es euch gibt.«

\* \* \*

Die Tierarzthelferin, ein Mädchen, das kaum älter als zwanzig sein konnte, brachte Patches zurück ins Wartezimmer.

»Der Tierarzt sagt, es muss nicht wieder verbunden werden«, erklärte sie. »Die Wunde ist schon recht gut verheilt. Sie ist sauber und trocken. Lassen Sie den Kragen trotzdem noch dran, damit er nicht an der Pfote knabbert. Und bringen Sie ihn in vier oder fünf Tagen wieder her, um die Fäden ziehen zu lassen.«

Elliot nahm den Welpen auf den Arm. Patches fühlte sich warm und weich an und schien überaus erleichtert, wieder bei Elliot zu sein.

»In vier oder fünf Tagen sind wir nicht mehr hier«, erwiderte er. »Aber ich lasse ihm die Fäden ziehen. Nur eben nicht hier.« Er machte ein paar Schritte zur Tür, dann blieb er stehen und drehte sich noch mal zu ihr um. »Tut mir leid. Schulde ich Ihnen etwas hierfür?«

Sie winkte ab. »Nein, das kostet nichts.«

»Danke.«

Elliot trat nach draußen. Inzwischen war es heißer geworden, denn die Sonne stand höher am Himmel. Elliot trug Patches zu seinem Pick-up, hielt ihn weiter an sich gedrückt.

»Ihr seid eine ziemliche Verantwortung«, teilte er ihnen mit. »Das wisst ihr schon, oder?«

Er setzte den Welpen auf die Ladefläche zu seinen Geschwistern.

Er würde mit ihnen wieder zur Hütte fahren müssen, sie füttern, dann den Schuppen putzen. Seine eigenen Sachen packen. Und er musste sich irgendeine Transportkiste besorgen. Vielleicht einen großen Pappkarton vom Supermarkt. Denn er konnte sie für die lange Fahrt nach Hause unmöglich auf der Ladefläche lassen.

Dabei war er so erschöpft. Die Trauer laugte ihn aus und machte ihn müde, und der Tag war schon anstrengender geworden, als er es eigentlich verkraften konnte.

Während er den Pick-up startete, wunderte er sich wieder über die gesamte Situation. Wie hatte es passieren können, dass das alles an ihm hängen blieb? Wieso war er mit einem Mal für sieben – *sieben* – Welpen verantwortlich? Doch die Antwort entzog sich ihm, und außerdem kam es darauf auch gar nicht an. Ihre Versorgung hing nun an ihm, und es gab wenig, was er daran ändern konnte.

Er könnte sie weggeben, falls Abby gar nicht mehr zurückkam. Aber in der Zwischenzeit musste sich jemand um sie kümmern, und Elliot war der Einzige, den sie hatten.

\* \* \*

Mittags gegen eins kam er an seinem Haus in der Stadt an, hungrig und mehr als ein bisschen beunruhigt.

Er betrat den Garten durch das Seitentor und stellte die Kiste mit den Welpen auf die Erde, warf einen wehmütigen Blick auf Pats wunderschönen Garten. Nicht dass er in letzter Zeit noch Pats gewesen war. Sie hatte die Rosenbüsche am Zaun gepflanzt und die sorgfältig bestellten Blumenbeete angelegt, doch in den vergangenen Jahren hatte Elliot die Pflege übernommen.

Er vermutete, die Welpen würden keinen Tag benötigen, um alles zu zerstören. Eventuell nicht mal eine Stunde.

Erst einmal ließ er sie daher in ihrer Kiste. Er beschloss, später zum Baumarkt zu fahren und Absperrgitter zu besorgen, mit denen er einen Teil des Gartens für die Welpen abtrennen konnte. Einen Bereich, in dem sie nicht viel Schaden anrichten konnten.

Und vielleicht auch eine Hundehütte, je nachdem, wie lange sie bei ihm bleiben würden. Sie konnten ja schließlich nicht einfach schutzlos den Elementen ausgeliefert sein. Vermutlich, überlegte Elliot, könnte er die Waschküche welpensicher machen und sie fürs Erste nachts dort unterbringen.

Mit hämmerndem Herzen lief er ins Haus und direkt zu seinem Anrufbeantworter.

Aber niemand hatte angerufen, um ihm zu erklären, was los war.

# Kapitel 23

## ÖFFNE DEN KÄFIG

### *Mary*

Wenn man etwas Gutes über Stan sagen konnte, überlegte Mary, während sie ihn betrachtete und ihm beim Schnarchen zuhörte, dann war es, dass er wie ein Toter schlief. Manchmal konnte sie ihn selbst dann nicht wach kriegen, wenn sie es versuchte.

Heute Nacht würde sie es nicht versuchen.

Sie stieg aus dem Bett und schlüpfte in ihre Hausschuhe.

Merls und Judys Gästezimmer hatte kein eigenes Bad, sodass man ein Stück den Korridor entlanggehen musste. Mary tat das, auch wenn sie gar nicht auf die Toilette musste. Das hätte sie nur gesagt, wenn Stan bemerkt hätte, dass sie aufgestanden war.

Sie betätigte die Spülung, ohne die Toilette benutzt zu haben, und wusch sich die Hände.

Als sie an der offenen Schlafzimmertür vorbeihuschte, spähte sie hindurch. Stan schien weiter tief und fest zu schlafen.

Sie schlich die Stufen zur Küche hinunter und zum Telefon.

Immer wieder schaute sie über ihre Schulter, während sie Vivs Nummer aus dem Kopf wählte.

Ihre Freundin nahm beim zweiten Klingeln ab, ihre Stimme klang verschlafen.

»Mary?«, fragte sie als Erstes.

»Ja, ich bin's«, erwiderte Mary im Flüsterton.

»Ich hab mir gedacht, dass mich um diese Uhrzeit niemand anders anruft.«

Mary sah zur Uhr an der Mikrowelle. Es war fast zwei. Sie öffnete den Mund, um sich zu entschuldigen, aber Viv sprach zuerst.

»Wo bist du?«

»In Oregon.«

»In Oregon? Warum bist du nach Oregon gefahren?«

»Er hat mich gezwungen«, flüsterte Mary.

Sie setzte sich an den Küchentisch, von wo aus sie die untersten Treppenstufen und den Korridor zur Küche im Blick hatte.

Niemand kam.

Ein fast voller Mond hing über der Garage des Nachbarhauses am Himmel. Er strahlte dermaßen hell, dass Mary erkennen konnte, wie an dem Baum in der Ecke des Gartens einzelne Blätter in der Brise zitterten. Sie musste an Elliot denken und die Dinge, über die sie sich an jenem Tag mit ihm unterhalten hatte. Jenem letzten Tag.

Sie schaute zurück in den Korridor, doch sie war immer noch allein.

»Also wirst du einfach dort bei ihm bleiben?«, wollte Viv wissen.

»Nein«, sagte Mary. Es war lauter als ein Flüstern, aber das war egal. Hier war niemand, der es mit anhören konnte. »Pass auf.« Sie legte die Hand um die Sprechmuschel, um ihre Stimme in die richtige Richtung zu lenken. Damit sie möglichst nicht aus der Küche ins Haus drang. »Ich möchte, dass du mir einen Gefallen tust, und ich werde ganz schnell sprechen, falls

Stan aufwacht und ich direkt auflegen muss. Ich habe die Karte verloren.«

Stille am anderen Ende der Leitung.

Dann: »Welche Karte?«

»Die Visitenkarte. Wegen der ich so aufgebracht war. Du hast mir gesagt, ich soll sie behalten. Du hast mir sogar einen Tipp gegeben, wo ich sie verstecken kann.«

»Oh, *die* Karte. Richtig. Was soll ich tun?«

»Kannst du bitte zu ihm fahren und dir seine Adresse und Telefonnummer geben lassen? Ich weiß, das ist ein Riesengefallen, weil dein Auto keinen Allradantrieb hat und wahrscheinlich die Straße den Berg hoch überhaupt nicht schafft ...«

»Ich wette, mein Nachbar leiht mir seinen Pick-up.«

»Gut. Glaubst du, du könntest nach allem, was ich dir darüber erzählt habe, die Hütte finden?«

»Ich denke schon. Ich muss allerdings warten, bis die Kinder in der Schule sind.«

»Das ist in Ordnung. Es ist nur ... Es ist wirklich wichtig, dass du ihn erwischst, bevor er nach Hause fährt. Wir erinnern uns nicht mal mehr an seinen Nachnamen. Wenn er also in die Stadt zurückkehrt, haben wir keine Möglichkeit mehr, ihn ausfindig zu machen. Oh, ich denke, wir könnten eine Nachricht an seiner Hüttentür hinterlassen oder so. Aber wer weiß schon, wann er das nächste Mal zurückkommt? Das könnte Monate dauern. Vielleicht sogar Jahre.«

»Ich tu, was ich kann. Ist bei euch alles okay?«

»Im Moment schon. Ich lege jetzt auf, damit ich nicht am Telefon erwischt werde. Und noch was ... Es tut mir leid, dass ich dich von Merls Telefon aus anrufe, doch es war ein Notfall.«

Eine kurze Stille.

Dann erwiderte Viv: »Warum sollte es wichtig für mich sein, von welchem Telefon aus du anrufst?«

»Es wird am Monatsende auf ihrer Telefonrechnung stehen. Wir werden dann schon lange weg sein, aber Stan könnte denken, es sei die Telefonnummer von … Du weißt schon …«

»Dem anderen Mann.«

»Genau. Möglicherweise ruft er bei dir an. Vermutlich hat er dir einiges zu sagen.«

»Ich *hoffe*, er ruft mich an«, erklärte Viv laut und bestimmt. »Es gibt auch einiges, was ich *ihm* zu sagen habe. Der wird sein blaues Wunder erleben, Süße.«

Mary konnte spüren, wie sie lächelte. Es fühlte sich ungewohnt an, aber schön.

»Du bist eine wahre Freundin«, verkündete sie. »Ich lege jetzt besser auf. Bis jetzt ist alles so gut gelaufen.«

* * *

Mary schaute schnell ein weiteres Mal nach Stan und schlich sich dann nach unten in den Keller.

Als sie die Klinke runterdrückte, stellte sie überrascht fest, dass die Tür verschlossen war. Sie musste einen Riegel zurückziehen, um sie öffnen zu können.

Im Dunkeln stieg sie vorsichtig die Treppe hinunter und setzte sich auf den Rand des Feldbetts ihrer Tochter. Abby wachte nicht auf. Sie hatte die Fähigkeit, so tief zu schlafen, offensichtlich von ihrem Vater geerbt.

Mary strich Abby über das Haar, bis sie anfing, sich zu bewegen.

»Mmmph?«, machte sie. Es war mehr ein Laut als ein Wort.

»Ich bin's. Mom.«

Abby öffnete die Augen. Mary und ihre Tochter schauten einander in dem fast dunklen Keller eine Weile einfach an. Es gab zwei hohe, schmale Fenster zur Ausfahrt, und das Licht des

Mondes schien auch hier herein und sorgte dafür, dass Mary das Gesicht ihrer Tochter ziemlich gut sehen konnte.

»Ich habe Viv angerufen«, sagte sie.

Abby gähnte ausgiebig. »Oh. Gut.«

»Möchtest du jetzt sofort weg?«

Abby riss die Augen auf. »Das würdest du tun? Ihn … einfach verlassen? Jetzt sofort?«

»Das würde ich tun.«

Die Worte erzeugten ein merkwürdiges Gefühl in Marys Bauch, aber sie sprach sie trotzdem aus. Und sie meinte sie. Ihr Blick huschte wieder zur Kellertreppe, doch sie waren immer noch allein.

Sie saßen einige Zeit weiter schweigend dort.

»Ich denke, wir sollten noch ein paar Tage warten«, erklärte Abby schließlich.

»Wirklich? Warum?«

»Der Plan ist, zu Elliots Haus in der Stadt zu fahren, richtig?«

»Richtig.«

»Nun, im Moment ist er ja gar nicht in der Stadt, sondern in der Hütte. Und da ist kein Platz für uns. Außerdem würde Dad dort als Erstes nach uns suchen. Darum können wir auch nicht in unser altes Haus zurück. Ich denke, wir sollten noch warten, bis wir sicher sein können, dass Elliot wieder in seinem Haus in der Stadt ist, und dann direkt zu ihm fahren. Da kann Dad uns niemals finden.«

Mary fiel auf, dass sie zum zweiten Mal innerhalb weniger Minuten lächelte. Nach wie langer Zeit? Sie konnte sich nicht daran erinnern. Vielleicht hatte sie in Elliots Hütte gelächelt, oder vielleicht war sie in seiner Gegenwart auch zu nervös gewesen. Ihre Erinnerung daran war nicht sehr klar.

»Du bist ein wirklich kluges Mädchen«, sagte sie. »Sehr umsichtig und schlau. Ich habe Glück, dass ich dich habe.« Sie küsste Abby auf die Stirn. Und dann lächelte Abby ebenfalls. Mary konnte es im sanften Mondschein erkennen. »Warum bist du eigentlich hier unten eingesperrt?«

»Ich habe keine Ahnung.«

»Was, wenn du mal auf die Toilette musst?«

Abby deutete mit dem Kopf auf eine Stelle am Boden. Mary sah hin und entdeckte einen Kochtopf, einen großen Suppentopf, der auf dem Betonboden stand.

»Oje«, meinte Mary. »Ich fürchte, ich werde in Zukunft wohl auf Judys Suppen verzichten müssen.«

Abby lachte laut auf, was ganz wunderbar war. So ein willkommenes Geräusch. »Genau das habe ich auch gedacht!«, quietschte sie.

Mary legte sich einen Finger auf die Lippen, um ihre Tochter daran zu erinnern, leise zu sein. Dann beugte sie sich vor und küsste Abby ein weiteres Mal auf die Stirn. »Es tut mir leid«, erklärte sie. »Du verdienst es nicht, so leben zu müssen.«

»Keine von uns tut das«, antwortete Abby. »Keine von uns hat das je getan.«

»Es wird nicht mehr lange dauern, dann sind wir hier weg.«

»Gut.«

Mary stand auf und stieg leise die Treppe zur Küche hoch.

»Hey«, sagte Abby, als Mary den Treppenabsatz erreichte. »Danke.«

»Für was?«

»Dass du mir die Wahl gelassen hast. Dass du gesagt hast, du würdest es tun, wenn ich dächte, jetzt wäre der richtige Zeitpunkt.«

Mary spürte, wie ihre Lippen sich zu einem weiteren Lächeln verzogen. Diesmal war es trauriger, denn sie wusste, es war etwas, das sie ihrer Tochter schon vor langer Zeit hätte anbieten sollen.

»Versuch, weiterzuschlafen«, erwiderte sie. »Tut mir leid, dass ich dich geweckt habe.«

»Das war es wert«, entgegnete Abby.

Mary versperrte die Tür zum Keller nicht wieder, denn schließlich war ihre Tochter kein Tier. Dann veränderte sie die Worte in ihrem Kopf, sodass sie wiedergaben, wie Abby sie verbessern würde: Ihre Tochter *und sie* waren keine Tiere. Man konnte sie nicht zwingen, wie Tiere zu leben, eingesperrt in einem Käfig. Wenigstens nicht mehr lange.

*Wir werden hier bald weg sein*, schwor sich Mary in Gedanken.

Dann lief sie die Treppe hoch und schlüpfte leise neben dem immer noch schnarchenden Stan ins Bett.

* * *

Am Morgen fand sie Stan am Küchentisch vor, wo er missmutig in einen Becher Kaffee starrte. Weder Merl noch Judy waren irgendwo zu sehen.

Mary schaute in die Kaffeekanne, aber Stan hatte alles ausgetrunken. Oder irgendjemand anders, jedenfalls war die Kanne leer.

»Der Kaffee ist alle«, stellte sie fest.

»Dann koch dir neuen. Deine Hände sind nicht kaputt. Ich werde heute auf Jobsuche gehen. Und ich möchte, dass ihr beide genau hier bleibt. Ich möchte nicht von Merl oder Judy angerufen werden, die mir mitteilen, dass ihr nicht im Haus seid. Ich möchte nicht alles stehen und liegen lassen müssen, was ich gerade tue, und herkommen, um rauszufinden, wo ihr steckt. Verstanden?«

Mary ließ sich ihm gegenüber nieder, ohne frischen Kaffee aufzusetzen.

»Du suchst dir hier einen Job? Also bleibst du hier?«

In dem Moment, in dem die Worte ihren Mund verlassen hatten, erkannte Mary ihren Fehler.

»*Wir* bleiben hier«, korrigierte Stan sie.

»Ich meinte nicht … Ich wollte nur sagen … Das ist also, was du entschieden hast.«

Stan gab keine Antwort. Er trank seinen letzten Schluck Kaffee und stand auf, stellte den Becher in die Spüle, ohne ihn auszuwaschen.

»Und was soll ich den ganzen Tag tun, während du auf Jobsuche bist?«

»Was machst du denn sonst so?«

»Kochen. Doch das hier ist nicht meine Küche. Oder lesen, aber du hast all meine Bücher zu Hause gelassen.«

»Dann lies meine Bücher. Oder Merls. Es ist mir egal, was du tust. Sorg einfach nur dafür, dass du es *hier* tust.«

\* \* \*

»Ich kann mich rausschleichen und anrufen«, sagte Abby, ihre Stimme war kaum mehr als ein Flüstern. »Dann müssen wir nicht bis heute Abend warten. Du weißt schon. Um zu erfahren, was Viv herausgefunden hat. Ich weiß nicht, ob ich so viel Geduld aufbringen kann. Du? Das wird mich in den Wahnsinn treiben. Aber ich kann hier weg.«

Sie saßen in der hintersten Ecke des Gartens auf dem Rasen, den Rücken an den Zaun gelehnt. Weil sie glaubten, dass sie hier niemand belauschen konnte.

Es war jetzt deutlich nach Mittag, und sie hatten schon ziemlich lange gewartet.

»Wie?«

»Überlass das einfach mir.«

»Hast du Geld für das Münztelefon?«

»Ja, ich habe noch etwas von dem zweiten Mal, als ich es versucht habe. Erinnerst du dich?«

Mary erinnerte sich nicht. Sie konnte sich nicht mal daran erinnern, ob sie jetzt einen Tag hier waren oder zwei oder drei. Dass Abby aus dem Haus gelaufen war, um das Münztelefon im Ort zu benutzen, schien Mary einen Monat her zu sein.

»Ich habe noch was vergessen. Also sag es ihr bitte. Sie soll ihn fragen, wann er in die Stadt zurückzufahren plant. Vielleicht muss sie ein weiteres Mal zur Hütte hoch, um das rauszufinden, aber wir müssen das wissen. Richte ihr aus, dass es mir leidtut.«

»Okay. Dann lass uns reingehen.«

Gemeinsam betraten sie die Küche, wo Judy gerade Sandwiches machte. Merl saß am Tisch, wartete offensichtlich auf eins davon. Ohne dass sie groß darüber nachdachte, fiel Mary auf, dass Judy nur zwei machte. Eins für sich und eins für ihren Ehemann. Nichts für Abby oder sie. Es war, als würden sie und ihre Tochter gar nicht existieren, außer als lästiger Störfaktor. Dinge mussten *gegen sie* unternommen werden, ohne dass je etwas *für sie* getan wurde.

»Ich lege mich kurz zu einem Nickerchen hin«, sagte Abby zu niemand im Besonderen.

Nur Merl schien ihr zuzuhören.

»Du bist doch erst vor ein paar Stunden aufgestanden.«

»Ich hab gestern Nacht nicht viel geschlafen.«

Abby blieb noch kurz stehen, als würde sie auf eine Erwiderung von ihrem Onkel warten. Denn Merl hatte eigentlich immer etwas an dem auszusetzen, was sie vorhatten. In der Regel äußerte er zwar seine Kritik, hörte sich dann jedoch gar nicht mehr an, was sie antworteten, als wäre seine Aufmerksamkeit einfach weitergewandert.

Schließlich zuckte Abby die Achseln und verschwand in den Keller. Mary konnte ihre Schritte auf der Treppe hören.

»Ich schau mal nach, ob ihr irgendwelche Bücher habt, die ich lesen kann«, erklärte Mary. Sie wartete ebenfalls, doch niemand schenkte ihr auch nur die geringste Beachtung.

Mary ging ins Wohnzimmer, warf einen Blick über die Schulter, um sich zu vergewissern, dass niemand sie beobachtete, und zog die Gardine zurück. Abby lief die Straße hinunter. Sie hatte fast schon das Ende des Blocks erreicht.

»Ich glaub es ja nicht«, sagte Mary leise.

Und in ihr wallte ein Gefühl auf, das sie nur als »Bewunderung« beschreiben konnte.

* * *

Während Mary wartete, packte sie. Es war schwierig, denn sie musste es so tun, dass es Stan nicht auffallen würde.

Sie holte Seesäcke wie die von der Armee, die Stan leer auf ein hohes Regal geräumt hatte, herunter. Es war schwer einzuschätzen, ob er bemerken würde, dass sie weg waren, aber sie entschied, dieses Risiko würde sie eingehen müssen.

Sie packte etwa die Hälfte ihrer Kleidung ein und verließ sich darauf, dass Stan keine Ahnung hatte, wie viel genau sie mitgebracht hatte. Sie steckte eine Armbanduhr ein und ein paar nicht sonderlich teure Schmuckstücke, die ihrer verstorbenen Mutter gehört hatten. Sie schob sich das Geld in den BH, wo es bleiben konnte, bis es an der Zeit war, zu verschwinden. Vielleicht würde sie ihn sogar unter ihrem Nachthemd anlassen, wenn sie sich schlafen legte.

Die letzten Dinge wie einen Kamm und ihre Zahnbürste räumte sie einfach nur griffbereit an einen Platz im Bad, wo sie sie leicht einstecken konnte.

Sie schaute sich unten um, doch Judy schien weggefahren zu sein. Das Auto stand nicht in der Einfahrt. Der bedauerlicherweise pensionierte Merl war im Wohnzimmer und sah fern.

Mary ließ es drauf ankommen und trug die Taschen – ihre und die leere, die Abby für ihre Sachen nehmen konnte – in den Keller, um sie unter Abbys Feldbett zu verstecken.

Zu ihrer Überraschung war Abby bereits wieder da. Sie saß auf ihrem Bett, den Rücken an der Betonwand, die Arme um die Knie geschlungen. Sie starrte auf einen Fleck am Boden und blickte auch dann nicht auf, als Mary die Treppe herunterkam. Ihre Tochter war unverkennbar nicht glücklich.

Mary schob die Taschen unter die Liege und setzte sich neben Abby.

»Wie kommst du eigentlich rein und raus?«, fragte sie.

Sie wunderte sich selbst, dass sie sich nicht zuerst erkundigt hatte, warum ihre Tochter so niedergeschlagen wirkte. Ihr wurde klar, dass sie es vermutlich hinauszögerte, weil sie es gar nicht wissen wollte.

Abby zeigte auf die zwei schmalen Fenster. Eins stand einen Spaltbreit offen. Allerdings ließ es sich nicht einmal ganz öffnen, sondern nur oben aufklappen.

»Nein«, sagte Mary und zog das Wort in die Länge. »Unmöglich. Da passt niemand durch. Nicht einmal du.«

»Nun, tu ich aber«, entgegnete Abby. »Ich hab's sogar zwei Mal gemacht.«

Mary atmete tief ein und sprach es endlich an. »Du siehst nicht besonders froh aus. Was ist los? War Viv nicht da?«

»Doch. Sie hat gesagt, Elliot war bereits weg.«

»Vielleicht ist sie zur falschen Hütte gefahren«, erwiderte Mary und hatte plötzlich ein ungutes Gefühl in der Magengrube.

»Nein. Es war die richtige Hütte. Sie hat sie mir beschrieben.«

»Möglicherweise ist er einfach nur gerade im Ort gewesen.«

»Sie ist zweimal hochgefahren. Sie hat sich den Pick-up ihres Nachbarn geliehen und ist hochgefahren, nachdem sie die Kinder zur Schule gebracht hatte, und dann noch mal ein paar Stunden später. Und er war nicht da.«

»Waren denn die Hunde da?«

»Ich weiß es nicht. *Sie* wusste es nicht. Wir haben sie nicht gebeten, nach den Hunden zu sehen, also hat sie das auch nicht getan. Aber er würde nicht einfach wegfahren und sie dort zurücklassen, oder? Ich meine, wer würde so was tun? Sie würden verhungern. Niemand würde Welpen das antun. Richtig?«

Mary saß einen Moment stumm da und versuchte sich daran zu erinnern, wie man atmete. Sie spürte tief in ihren Magen hinein und fand, dass sie nicht willens – oder auch einfach unfähig – war, zu glauben, dass er zurück in die Stadt gefahren war.

»Ich glaube nicht, dass er ihnen irgendwie Leid zufügen würde, auch nicht aus Unachtsamkeit.«

»Sie versucht es heute Abend noch mal«, sagte Abby.

»Oh, gut«, meinte Mary.

Und in ihrem Kopf schien damit alles geklärt zu sein. Beim dritten Mal würde Viv ihn antreffen. Eine andere Möglichkeit gab es nicht, was Mary anging. So würde es sein, weil es so sein *musste*. Etwas anderes wollte sie nicht glauben.

* * *

Um kurz nach eins schlich Mary die Treppe hinunter und in die Küche, um Viv anzurufen.

»Es tut mir leid, dass ich dich aufgeweckt habe«, begann sie, bevor ihre Freundin auch nur ein Wort sagen konnte.

»Hast du nicht.«

»Es ist ein Uhr morgens.«

»Ich war noch wach, weil ich wusste, dass du dich melden würdest.«

Ein übelkeiterregendes Gefühl von Furcht begann sich in Marys Magen zusammenzuballen. Vielleicht wegen des Tonfalls in der Stimme ihrer Freundin. Ihr Inneres fühlte sich wie die klammen Wände eines kalten und feuchten Kellers an, nur schlimmer. Sie versuchte zu sprechen, doch sie brachte kein Wort heraus.

»Süße, es tut mir leid«, sagte Viv. »Er ist fort.«

»Oh.«

Für einige Zeit herrschte Totenstille. Mary schaute auf und erwartete halb, Stan in der Tür stehen und sie beobachten zu sehen, aber sie war Gott sei Dank weiter allein. Das ganze Haus schlief, nur sie nicht.

»Dann weiß ich nicht, was ich tun soll«, flüsterte sie.

Vivs Stimme klang hart und überraschend energisch. Als wäre sie wütend über das, was sie jetzt aussprechen würde: »Ich sage dir, was du jedenfalls nicht tun wirst, Mary. Du bleibst wegen dieser Entwicklung auf keinen Fall bei ihm.«

»Ich kann doch nirgendwo anders hin.«

»Du kannst zu mir.«

»Da würde er mich finden.«

»Er weiß nicht, wo ich wohne.«

»Das dachten wir auch über Elliot.«

»Hör zu. Kommt einfach her. Wir werden uns was einfallen lassen. Notfalls verstecke ich euch im Keller. Niemand wird wissen, dass ihr da unten seid. Du bist verschwunden, bevor ich es dir erzählen konnte, aber ich treffe mich mit einem neuen Typen. Einem der Deputy Sheriffs. Es ist noch ziemlich frisch, doch er kümmert sich um mich. Und wenn ich ihn darum bitte, tut er das auch für euch.«

»Nicht Eddie.«

»Nein. Er ist neu hier. Sein Name ist Gerald. Komm einfach her, Süße. Leute kann man aufspüren.«

»Nicht wenn man nicht mal ihren Nachnamen kennt.«

»Auch Nachnamen kann man ermitteln. Möglicherweise kann Gerald helfen. Die Grundbucheinträge des Bezirks einsehen und feststellen, wer als Eigentümer eingetragen ist, oder so. Oder vielleicht hat er im Supermarkt mal mit Karte bezahlt, während er hier war. Aber bitte, Süße. Bitte. Verlier jetzt nicht die Nerven, und gib nicht auf. Hau dort einfach ab. Der Rest ergibt sich später.«

Für einen Moment sagte Mary nichts. Stand einfach nur da, starrte auf die unterste Stufe der Treppe und wunderte sich, wie gut ihre Freundin sie kannte. Denn sie verlor die Nerven. Sie konnte es spüren. Ohne die sichere Zuflucht eines Gästezimmers in einem Haus, von dem Stan nichts wusste, fühlte es sich zu angsteinflößend an.

Sie öffnete den Mund, blieb dann aber stumm. Denn ihr wurde klar, dass sie zwar Viv sagen konnte, dass sie Angst hatte, einfach zu gehen, doch bei Abby war das ausgeschlossen. Sie war so erleichtert gewesen und so stolz, als Mary ihr erklärt hatte, dass sie es tatsächlich tun würde. Die Enttäuschung in den Augen ihrer Tochter zu sehen, wenn sie das alles zurücknahm, ertrug sie nicht.

»Ich komme, so schnell ich kann«, erwiderte Mary.

Sie hörte, wie ihre Freundin am anderen Ende der Leitung lang und geräuschvoll ausatmete, als hätte sie die Luft für eine sehr lange Zeit angehalten.

# Kapitel 24

## Freiheit und das Fehlen davon

### *Abby*

Abby stand, den Rücken an der Wand, im dunklen Flur und atmete leise. Sie hörte Schritte auf der Treppe, und einen flüchtigen Moment lang fürchtete sie, es könnte ihr Vater sein. Sie verspürte einen Anfall von Angst, wie etwas, das versuchte, durch ihren Hals nach oben zu springen. Sie schluckte es, so gut es ging, hinunter.

Ein paar Sekunden später erreichten die Schritte das Treppenende und wandten sich in den Flur, und Abby konnte erkennen, dass es ihre Mutter war. Ein langer Seufzer entschlüpfte ihr.

Sie wartete, bis ihre Mutter beinah bei ihr angekommen war, bevor sie etwas sagte. Abbys Augen hatten sich an das Dunkel gewöhnt, und das müsste auch bei ihrer Mutter der Fall sein. Daher glaubte sie, dass sie sie dort stehen sah.

»Hey«, flüsterte sie.

Ihre Mutter zuckte zusammen, als ob Abby eine Pistole abgefeuert hätte, und schrie leise auf.

Sie standen beide wie erstarrt da und warteten. Warteten, ob der Schrei jemanden geweckt hatte. Warteten, um einschätzen zu können, in wie großen Schwierigkeiten sie steckten.

»Falls wir ihn hören«, wisperte Abby, »renne ich zurück in den Keller. Dann kannst du so tun, als seist du nur aufgestanden, um dir was zu trinken zu holen oder so.«

Sie warteten noch eine Weile länger, aber offenbar rührte sich nichts.

»Wenn er hier aufkreuzt, während wir mit den Seesäcken aus dem Haus schleichen …« Ihre Mutter schien die Worte kaum hauchen zu können. »Oh, Süße. Das wird schlimmer als alles, was wir bisher erlebt haben.«

»Was genau der Grund ist, weswegen ich die Taschen schon hinausgeschmuggelt habe und sie hinter der Hecke am Ende der Straße versteckt habe.«

Einen Moment lang geschah nichts. Kein Laut. Keine Bewegung. Dann spürte Abby die Hände ihrer Mutter zu beiden Seiten ihres Gesichts und ihre Lippen, die ihr einen Kuss auf die Stirn drückten.

»Du bist ein blitzgescheites Mädchen. Ich kann von Glück reden, dich zu haben.«

Oben wurde eine Toilettenspülung betätigt. Abby spürte die Furcht wie ein kaltes Messer in ihrem Bauch.

Sie warteten angespannt ein paar weitere Sekunden lang.

»Das ist Judy«, erklärte Abbys Mom lautlos. »Sie steht jede Nacht auf und muss aufs Klo, aber dein Vater nie.«

Trotzdem verharrten sie weiter reglos, nur um ganz sicher sein zu können.

»Wir gehen einzeln«, flüsterte ihre Mom. »Auf diese Weise kann er nur eine von uns dabei erwischen, wie sie das Haus verlässt. Wenn ich mir sicher sein kann, dass du es geschafft hast, werde ich dir folgen. Wir treffen uns am Ende der Straße.«

Abby holte tief Luft. Dann schlich sie durch den Flur und zur Tür hinaus. Sie hastete die kalte, dunkle Straße entlang, fragte sich, was sie tun sollte, wenn ihre Mutter ihr nicht folgte.

Als sie sie schließlich kommen sah, atmete sie auf, und es war so, als wäre es ihr erster Atemzug, seit sie Merls Haus verlassen hatte. Das war natürlich nicht wirklich möglich, doch es fühlte sich so an.

\* \* \*

Abby konnte das Gefühl nicht abschütteln, dass ihre Füße kaum den Boden berührten. Sie konnte das Geräusch der Sohlen ihrer Turnschuhe auf dem Asphalt hören, während sie rannte, und sie glaubte, was sie hörte. Trotzdem fühlte es sich wie Fliegen an. Es war so ein wunderbares, befreiendes Gefühl, dass sie es so lange wie möglich auskosten wollte.

Sogar der schwere Seesack auf ihrer Schulter schien sie nicht niederdrücken zu können.

»Es fühlt sich so frei an!«, rief sie ihrer Mutter zu.

Ihre Mutter war ein oder zwei Schritte hinter ihr auf dem Bürgersteig, und Abby konnte sie keuchen hören. Ihr Atem ging so schwer, dass Abby vermutete, sie war so weit gelaufen, wie sie konnte, und dass sie nun langsamer werden mussten.

Sie hasste es, das zu tun. Trotzdem tat sie es für ihre Mutter.

»Möchtest du, dass ich deinen Seesack nehme?«, fragte Abby.

»Das wäre nicht fair«, erwiderte ihre Mutter, stieß die Worte allerdings abgehackt hervor.

»Ich kann beide tragen. Das macht mir nichts.«

Abby schwang sich die zweite Tasche über ihre freie Schulter, und so liefen sie mehrere Straßen entlang durch die Dunkelheit. Der Mond war untergegangen, und es gab nur ganz wenige Straßenlaternen. Einzig der Umstand, dass ihre

Augen sich langsam daran gewöhnt hatten, erlaubte es ihnen, sich überhaupt zurechtzufinden.

Abby fühlte sich immer noch beschwingt, als ob nichts sie aufhalten oder niederdrücken könnte. »Wissen wir, wo der Busbahnhof ist?«, erkundigte sie sich.

»Wir sind schon zweimal mit dem Bus hergekommen. Erinnerst du dich nicht mehr?«

»Doch. Als Dad wegen unseres alten Autos fast durchgedreht ist und nicht mehr als fünfundsiebzig Kilometer fahren wollte und immer dachte, im nächsten Moment würde es stehen bleiben. Aber das war vor vielen, vielen Jahren. Was, wenn sie ihn an einen anderen Ort verlegt haben?«

»Warum sollten sie das tun?«

»Ich weiß nicht. Manchmal errichten Städte größere, modernere Busbahnhöfe.«

»Lass uns einfach hoffen, dass das hier nicht passiert ist«, antwortete ihre Mom.

»Es fühlt sich nur so frei an«, erklärte Abby noch einmal. Die Worte waren so aufregend und so wahr, dass sie sie nicht für sich behalten konnte. »Fühlst du dich auch frei?«

»Ich fühle mich …«, begann ihre Mutter. Sie gingen ein paar Schritte, ohne zu sprechen. »… völlig anders.«

»Hast du Angst?«

»Ja.«

»Oh. Das tut mir leid.«

»Hast du keine Angst?«

»Nein. Ich bin in meinem ganzen Leben nie glücklicher gewesen. Ich werde meine Welpen sehen. Hast du irgendeine Ahnung, wie sehr ich meine Welpen vermisse?«

Wieder legten sie ein Stück schweigend zurück, und Abby wusste nicht so recht, warum. Es war beinahe so, als ob etwas gleich dort wäre, etwas, von dem ihre Mutter wusste, dass es da war, das sie jedoch nicht laut auszusprechen wagte. Abby war sich nicht sicher, wie sie es freilegen sollte oder ob sie das überhaupt versuchen wollte.

»Es tut dir nicht leid, dass du dich dafür entschieden hast, oder?«, fragte sie.

»Ich glaub nicht.«

Sie traten hinaus auf die große mehrspurige Straße und folgten ihr zum Busbahnhof, den Abby schon ein Stück vor ihnen erkennen konnte. Er befand sich noch an der gleichen Stelle. Es hätte ihr gefallen, wenn ihre Mutter etwas begeisterter und sicherer geantwortet hätte, aber nach einer Weile beschloss sie, dass es reichen musste. Sie waren schließlich weg. Und wenn es nicht so schwierig für sie gewesen wäre, hätte ihre Mutter es schon vor Jahren getan.

»Also, hast du Elliot angerufen und ihm gesagt, dass wir kommen?«, wollte Abby wissen, hoffte, die Unterhaltung in eine fröhlichere Richtung zu lenken.

»Nein.«

»Möchtest du ihn überraschen?«

»Ja. Ich glaube, das gefällt mir besser. Oh, gut. Der Busbahnhof ist noch dort. Einen Moment lang hattest du mir einen Schreck eingejagt.«

»Sorry«, erwiderte Abby.

Auf dem Rest des Weges schwiegen sie wieder. Auf dieser großen Straße gab es viele Straßenlaternen. Als sie unter einer entlanggingen, blickte Abby in das Gesicht ihrer Mutter. Sie sah mehr als nur nervös aus. Sie sah zutiefst besorgt aus.

Sie kamen an Schaufenstern vorbei – von einem Antiquitätenladen und von einer Galerie –, aber alles war geschlossen, still und zu, und weit und breit war kein Auto zu entdecken.

Zum ersten Mal machte sich das Gewicht der Seesäcke bemerkbar.

»Also, pass auf, es ist nämlich so«, begann Abbys Mom.

Und Abby wusste, was kommen würde. Nicht, was genau die schlechte Nachricht sein würde, doch sie wusste, gleich würde sie erfahren, warum ihre Mutter geschwiegen hatte und warum sie so einen angespannten Gesichtsausdruck hatte.

»Okay«, sagte Abby. »Was ist los?«

»Wir haben immer noch nicht Elliots Adresse oder seine Telefonnummer.«

»Oder seinen Nachnamen?«

»Genau. Oder den. Er war schon weg.«

Sie traten auf die drei Betonstufen, die zum Eingang des Busbahnhofs führten. Abbys Mutter drückte gegen die Tür, aber sie war noch zu.

»Kannst du lesen, was da auf dem Schild steht?«, fragte sie Abby. »Die Schrift ist so klein, und es ist dunkel.«

Abby lehnte sich vor, war sich unbehaglich des Gewichts all ihrer Habseligkeiten auf ihren Schultern bewusst. »Da steht, sie machen um fünf auf. Wie spät ist es?«

Sie beobachtete, wie ihre Mutter sich ihre Armbanduhr dicht vor die Augen hielt.

»Noch nicht mal drei.«

»Nun, dann … müssen wir uns eine Stelle zum Warten suchen, wo er uns nicht sehen kann, wenn er mit dem Auto rumfährt und nach uns Ausschau hält.«

Das Gewicht der Welt war dabei, sich auf Abby zu senken, und das tat es schnell. Plötzlich gab es keinen Elliot, zu dem sie gehen konnten, keine Welpen, die sie wiedersehen würde. Und ihr Vater könnte sie finden und zwingen, mit ihm zurückzukommen.

Sie wandten sich zum Parkplatz hinter dem Busbahnhof, wo die Busse hielten – wenn welche fuhren. Im Moment standen da weder Busse noch andere Autos. Niemand wartete darauf, dass der Bahnhof öffnete.

»Das ist nicht gut«, erklärte Abby. »Er könnte hier durchfahren und würde uns mit seinen Scheinwerfern sofort entdecken.«

Sie liefen weiter. Abby fühlte sich nicht mehr beschwingt oder so, als schwebte sie, oder frei. Jetzt war es einfach eine große, gefährliche Welt, in der man sich vorsichtig vorantasten musste.

Sie bogen um die Ecke, befanden sich nun auf der Rückseite des Gebäudes.

»Das hier ist perfekt«, verkündete Abby.

Es war lediglich ein von Efeu überwucherter Streifen Erde zwischen dem Busbahnhof und einem von Efeu überwucherten Zaun. Die einzige Art, wie man dort hingelangen konnte, war zu Fuß. Und es war ausgeschlossen, dass irgendjemand mit den Scheinwerfern seines Autos dort hineinleuchten konnte.

Abby lud die schweren Taschen ab, und sie und ihre Mutter setzten sich nebeneinander im Schneidersitz auf den Boden, den Rücken an die Wand gelehnt. Es war eine kühle Sommernacht, aber die Kühle war angenehm. Abby konnte sich vorstellen, dass sie für ein paar Stunden sicher sein würden.

Sie blickte hoch und sah am Himmel über sich die Sterne.

»Und wie geht es dann weiter?«, wandte sie sich an ihre Mom, schaute weiter in den Nachthimmel.

»Wir fahren zu Viv und können eine Weile in ihrem Keller unterkommen. Sie hat einen neuen Typen, mit dem sie ausgeht, und der ist Deputy Sheriff. Sie sagt, er wird dafür sorgen, dass uns nichts passiert, und außerdem kann er uns vielleicht dabei helfen, Elliot ausfindig zu machen.«

»Wie denn?«

»Das weiß ich nicht, doch sie meint, die Polizei hätte Mittel und Wege. Vielleicht kann er Einblick ins Grundbuch nehmen und feststellen, wem die Hütte gehört.«

»Oh«, antwortete Abby. »Das wäre gut.«

Längere Zeit herrschte Schweigen, und Abby ließ es zu. Dann meinte sie: »Denn wenn wir ihn nicht finden, wird er meine Welpen vermutlich abgeben.«

»Mit Ausnahme von zweien. Er hat mir erzählt, zwei wolle er auf jeden Fall behalten.«

»Trotzdem. Fünf von sieben.«

»Aber auch das ist wahrscheinlich nicht das Ende der Welt, oder? Ich meine, war das nicht das, was du dir für sie gewünscht hast? Hättest du sie nicht sogar im Tierheim gelassen, wenn du geglaubt hättest, dass sie in gute Hände abgegeben werden würden?«

»Nun, ja. Nur war das, bevor ich sie richtig kennengelernt habe. Bevor sie *meine* Hunde geworden sind.«

Abby hörte ein tiefes Seufzen von ihrer Mutter.

»Also, Süße … Es war wohl von Anfang an damit zu rechnen, dass der Versuch, sieben Welpen zu retten und sie alle für dich zu behalten, dir am Ende ein gebrochenes Herz einbringen würde. Allerdings ist es im Moment ja noch gar nicht vorbei. Wir werden unser Möglichstes geben. Können wir uns darauf einigen, erst mal aufs Beste zu hoffen?«

»Ja«, sagte Abby. »Das ist eine gute Idee. Lass uns erst mal aufs Beste hoffen.«

Doch ihre Freiheit fühlte sich mit jedem Atemzug immer mehr wie ein beengendes Gefängnis an.

* * *

Abby wachte davon auf, dass eine Hand sie an der Schulter rüttelte, was sie überraschte, weil sie gar nicht gemerkt hatte, dass sie eingeschlafen war.

»Es ist fünf«, sagte ihre Mutter, die Lippen dicht an Abbys Ohr. »Wir sollten reingehen und unsere Fahrkarten kaufen.«

Abby stand auf und streckte sich. Ihre Beine waren halb eingeschlafen, weil sie so lange im Schneidersitz ausgeharrt hatte, und sie fühlten sich wackelig und irgendwie fremd an. Ihre Augenlider schmerzten, als wäre Sand daruntergeraten, und ihr Magen war unruhig. Trotzdem nahm sie ihre Reisetaschen und lief mit ihrer Mutter am Gebäude entlang.

Bevor sie auf den Parkplatz traten, blieben sie an der Ecke stehen. Beide verloren kein Wort darüber, aber Abby war klar, sie wussten beide, wonach sie Ausschau hielten.

Jetzt war ein Auto auf dem Parkplatz, als ob jemand von den Angestellten zur Arbeit erschienen sei. Davon abgesehen wirkte alles immer noch verlassen.

»Ich glaube, es ist okay«, meinte ihre Mutter.

Gemeinsam überquerten sie den Parkplatz.

»Warte«, sagte Abby.

»Was denn?«

»Haben wir überhaupt genug Geld für die Fahrkarten?« Abby hatte das Gefühl, als ob etwas ihren Magen fest zusammendrückte. Doch sie nahm sich vor, nicht zu genau darüber nachzudenken, was das sein mochte.

»Ich glaube schon. Ich hoffe es sehr. Ich hab noch einen großen Teil des Geldes, das ich gespart hatte. Bis auf das, was ich dir für die Welpen gegeben habe.«

»Du hast es mir nicht für die Welpen gegeben. Du wusstest ja gar nichts von ihnen.«

Abbys Mutter warf ihr einen Blick über ihre Schulter zu, und Abby kannte ihre Mutter gut genug, um das richtig zu deuten.

»Warte. Du hast es gewusst? Woher hast du es gewusst?«

»Ich bitte dich, Süße. Mütter sind nicht dumm. Du kommst nach Hause und erzählst mir, du hättest Welpen gerettet, und dann bist du plötzlich tagelang von morgens bis abends verschwunden, und wenn du heimkehrst, sind deine Arme voller Kratzer und Bisse und dein T-Shirt und deine Jeans voller schmutziger Pfotenabdrücke. Dafür braucht man echt kein Sherlock Holmes zu sein.«

»Oh«, antwortete Abby. »Jetzt komme ich mir dumm vor.«

Sie stiegen die drei Stufen zum Eingang des Gebäudes hoch, und Abbys Mutter drückte gegen die Tür. Sie schwang auf.

Sie traten hindurch und an den Ticketschalter. Der schien nicht besetzt zu sein, aber Abby konnte jemanden im Hintergrund herumlaufen hören.

»Was, wenn wir nicht genug Geld für die Karten haben?«, fragte Abby noch einmal.

»Lass uns einfach zuversichtlich bleiben. Wenn es knapp wird, denke ich, hilft Viv uns mit einem kleinen Kredit aus der Klemme.«

Abby trug die schweren Reisetaschen zum Fenster, durch das sie die Straße im Blick behalten konnte, und hoffte dabei, nicht den Pick-up ihres Vaters zu sehen. Auf diese Weise, dachte sie sich, könnten sie sich wenigstens rechtzeitig verstecken, bevor er sie entdeckte.

Als sie sich wieder umdrehte, zählte ihre Mutter gerade Geldscheine auf die Theke und schob sie einer Frau hin, die dahinterstand. Was zu bedeuten schien, dass es genug war.

Doch das half nicht gegen den Klammergriff um ihren Magen. Sie ging zu ihrer Mutter an den Tresen.

»Warum stellst du die schweren Taschen nicht ab, Süße?«, schlug ihre Mom vor.

Abby ließ sie auf den Linoleumboden fallen. Sie hatte gedacht, sie würde sich ohne sie leichter und befreiter fühlen. Und in gewisser Weise, rein physikalisch, tat sie das auch. Aber dann erkannte sie, dass die Schwere, das Gefühl, dass etwas auf ihr lastete, nichts mit ihrem Gepäck zu tun hatte.

In der Zwischenzeit hatte ihre Mutter angefangen, ihr zu erzählen, was sie sich überlegt hatte.

»Wir nehmen den ersten Bus, der hier abfährt, auch wenn der nicht genau in die Richtung fährt, in die wir eigentlich wollen. Wir steigen dann in San Francisco um. Vermutlich muss ich dir nicht erklären, warum ich will, dass wir beide so schnell wie möglich hier wegkommen.«

»Nein«, erwiderte Abby. »Das musst du nicht.«

»Jetzt müssen wir nur noch Glück haben, bis der Bus abfährt.«

»Wie lange?«

»Eine Stunde.«

Abby runzelte die Stirn. Sie konnte spüren, wie sich die Muskeln in ihrem Gesicht anspannten.

Sie ging zu der Frau hinter dem Tresen. Beugte sich zu ihr, als wolle sie ihr ein Geheimnis anvertrauen. Es war eine ältere Frau mit einem freundlichen Gesicht und rosigen Wangen, wie Mrs Santa Claus. Sie schien zu spüren, dass sie gleich eine wichtige Information erhalten würde.

»Meine Mom und ich haben uns mitten in der Nacht aus dem Haus geschlichen«, begann Abby. »Wir haben meinen Vater verlassen. Er wird jetzt jeden Moment aufwachen, und dann wird er uns suchen. Und wenn er uns findet, wird das nicht schön werden, lassen Sie sich das versichern.«

Die Frau beugte sich näher und senkte ihre Stimme zu einem Flüstern. »Willst du damit sagen, dass ihr in Gefahr seid?«

»Ich sage Ihnen, dass wir das sein werden, wenn er hier aufkreuzt und uns findet.«

»Dann solltet ihr zu mir nach hinten kommen.«

Die Frau ging zu einer Tür, die den Wartesaal von dem Bereich für die Angestellten trennte. Sie schloss sie auf und öffnete sie.

»Mom«, rief Abby und deutete mit dem Kopf zu der Frau.

Die führte sie in einen Raum mit einer Garderobe und ein paar gestrandeten Gepäckstücken, einem Tisch, wahrscheinlich für die Mittagspause der Leute, die hier arbeiteten, und einem Schwarzen Brett voller Zettel.

»Dort drüben ist Kaffee«, sagte die Frau und deutete auf die betreffende Stelle. »Ich achte darauf, dass Sie den Bus nicht verpassen. Ich hole Sie, wenn Sie einsteigen können.«

»Danke«, erwiderten Abby und ihre Mutter gleichzeitig.

Dann verschwand die Frau wieder nach vorn.

Abby setzte sich auf einen Stuhl an dem Tisch und ihre Mutter auf einen anderen. Sie schauten einander in die Augen, während sie hörten, wie die Frau telefonierte.

Der Anruf begann völlig harmlos und uninteressant. Die Frau nannte ihren Namen und ihren Standort. Doch dann klang es plötzlich, als redete sie mit jemandem über *sie*.

»Ich bin mir nicht sicher, ob es ein Notfall ist«, erklärte sie. »Vielleicht taucht der Typ gar nicht auf. Aber es scheint mir ein möglicher Fall von häuslicher Gewalt zu sein. Ich dachte nur, es wäre gut, einen Polizisten hierzuhaben, bloß für alle Fälle. Einfach um sicherzugehen, dass sie die Gelegenheit haben, ungehindert in den Bus zu steigen und hier wegzukommen. Wenn Sie einen Beamten entbehren können.«

Dann entstand eine längere Pause, und schließlich sagte die Frau: »Danke.«

Abby wusste nicht, ob sie aufgelegt hatte. Das konnte sie nicht hören. Aber es wurde nicht mehr gesprochen.

Sie schaute hoch und fing den Blick ihrer Mutter auf.

»Jetzt fühle ich mich sicher«, verkündete ihre Mutter. »Zum ersten Mal, solange ich mich zurückerinnern kann, fühle ich mich sicher. Du bist so ein kluges Mädchen. Manchmal weiß ich gar nicht, was ich ohne dich anfangen würde.«

Abby wartete schweigend darauf, dass das enge Gefühl in ihrem Bauch nachließ.

Doch das passierte nicht.

\* \* \*

Sie winkten dem Polizisten durch das Fenster, während der Bus aus der Haltebucht und vom Busbahnhof wegfuhr, und er winkte zurück. In Abbys Bauch breitete sich ein warmes Gefühl aus, weil er auf ihrer Seite war und daraus kein Geheimnis gemacht hatte.

Abby hörte ihre Mutter ganz langsam ausatmen, immer länger und länger. Abby konnte sich nicht vorstellen, wie sie so lange die Luft hatte anhalten können, ohne blau anzulaufen oder ohnmächtig zu werden.

»Wir haben es geschafft«, erklärte ihre Mom.

»Nun, ja und nein. Er wird trotzdem zu Hause auftauchen und nach uns suchen.«

Darauf erwiderte ihre Mom nichts.

Sie fuhren mehrere Minuten lang schweigend weiter. Durch die Straßen der Stadt und auf die Autobahn, Richtung Süden. Es waren nur eine Handvoll andere Passagiere im Bus, und niemand saß in ihrer Nähe. Es vermittelte Abby das Gefühl, als ob sie und ihre Mutter sich auf ihrem eigenen kleinen Planeten befänden. In gewisser Weise war es tröstlich, aber auch ein bisschen verstörend.

»Jetzt scheinst *du* Angst zu kriegen«, bemerkte ihre Mutter aus heiterem Himmel, was Abby erschreckte.

»Vermutlich schon.«

»Du schienst nie Angst zu haben. Das fand ich erstaunlich, selbst als du klein warst. Du warst immer schon das mutigste kleine Mädchen, das ich je gesehen hatte. Das soll nicht heißen, dass es nicht in Ordnung wäre, Angst zu haben. Ich wollte es nur feststellen.«

Abby antwortete nicht, weil sie nicht wusste, was.

»Geht es darum, dass dein Vater uns finden könnte?«

»Ich bin mir nicht sicher«, meinte Abby. Eine ganze Weile sagte sie nichts mehr, und ihre Mutter drängte sie nicht. »Ich vermute, es hat sich einfach anders angefühlt, als wir noch direkt zu Elliot unterwegs waren«, erklärte Abby schließlich. »Es hat sich angefühlt, als wüsste ich, wie es enden würde. Ich weiß, wir kennen Elliot erst kurz. Ein paar Tage, obwohl es seltsam ist, wenn ich es mir recht überlege. Aber er ist einfach so ... Ich weiß nicht mal, wie ich das ausdrücken soll. Ich hatte das Gefühl, als wüsste er, was zu tun sei. Als ob, wenn Elliot von irgendwas sagt, es sei eine gute Idee, das dann höchstwahrscheinlich stimmt. Und jetzt fühle ich mich, als ob ich nicht mal wüsste, wohin wir fahren oder wie es sein wird.«

»Tut es dir leid, dass wir gegangen sind?«

»Nein«, antwortete Abby, fest und ohne Pause zum Nachdenken.

»Wir können Elliot immer noch finden.«

»Ja, stimmt.«

»Wir geben hier unser Bestes, Süße, und ich denke, das muss fürs Erste reichen.«

»Okay«, erwiderte Abby. »Ja. Okay. Das reicht fürs Erste.«

\* \* \*

Irgendwo, nachdem sie die Grenze nach Kalifornien passiert hatten, sprach Abby wieder.

»Du magst ihn, oder?«

»Wen? Elliot?«

»Ja. Elliot. Du magst ihn.«

»Ja. Sehr.«

»Das wusste ich. Ich wusste es einfach. Ich hab keine Ahnung, woher. Ich hab's einfach getan. Ich werde dich auch nicht weiter danach ausfragen, *wie* du ihn magst. Du weißt schon, auf welche Weise.«

»Das ist vermutlich besser so«, sagte ihre Mutter.

Danach redeten sie nicht mehr viel.

# Kapitel 25

## Bis sieben zählen

### *Elliot*

Elliot öffnete die Augen.

Es war noch ganz früh am Morgen, und er lag auf dem Sofa im Wohnzimmer. Nicht weil er versehentlich dort eingeschlafen war. Sondern weil er sich hier sein Bett gemacht hatte, da er sich nicht der schrecklichen Leere – der schieren Einsamkeit – des Bettes stellen wollte, das er sich so viele gute Jahre lang mit Pat geteilt hatte.

Er rollte sich auf den Rücken und starrte eine Weile an die Decke.

Er hatte fest damit gerechnet, dass Abby und Mary ihn kontaktieren würden. Doch inzwischen waren mehrere Tage vergangen. So viele, dass seine Stimmung allmählich dem Tiefpunkt zustrebte.

Er war in der Erwartung nach Hause gefahren, dass sie bald schon nachkommen würden. Dass Abbys unerschütterlicher Optimismus und die Art und Weise, wie Mary ihn anschaute, wenn sie dachte, er würde es nicht bemerken, das fröhliche

Durcheinander bringen würden, das er brauchte. Stattdessen war er auf seinem vertrauten, aber verlassenen Planeten gelandet.

Es war jetzt lang genug her, dass er sich mit dem Gedanken vertraut machen musste, dass sie nicht kommen würden. Nicht zu den Welpen und nicht zu ihm.

Also, was würde er mit ihnen tun, überlegte er. Und was würde er mit sich selbst anfangen?

Die einzige Lösung schien zu sein, für die meisten Hundejungen ein Zuhause zu finden. Aber wie sollte er mit Sicherheit wissen, dass es so weit war?

Er stand auf, zog die Jeans von gestern über seine Boxershorts, schlüpfte in seine Schuhe und schaltete die Kaffeemaschine an.

Dann betrat er die Waschküche, die er gestern mit Zeitungspapier ausgelegt hatte, und die Welpen stürzten sich begeistert auf ihn. Er öffnete die Hintertür, und sie stürmten in den Garten.

Er hatte die drei Seiten des Gartens abgetrennt, die Blumenbeete enthielten, sodass die Welpen eine Seite Gartenzaun hatten und die gesamte Rasenfläche in der Mitte. Es wäre wenig sinnvoll, ihnen zu wenig Platz zu geben. Schließlich waren es wahre Energiebündel. Ein paar Löcher waren hier und dort gebuddelt worden, aber Elliot konnte sich nicht dazu aufraffen, sich daran zu stören. Rasen war nur Rasen. Das Gras würde nachwachsen.

Er ging in die Waschküche, um dort sauber zu machen.

Ein paar Minuten später kehrte er zu den Welpen zurück, die wedelten und an ihm hochsprangen, hatte dabei allerdings das unangenehme Gefühl, dass es nicht genug waren. Er zählte sie laut durch.

»Eins, zwei, drei, vier, fünf, sechs. Sechs? Hm.«

Er zählte erneut, diesmal im Kopf.

»Sechs. Moment. Wer fehlt denn?« Er schaute sich jeden Welpen an. »Tippy«, stellte er fest. »Tippy fehlt.«

Es gab nach wie vor keine Hundehütte, auch wenn er weiter vorhatte, eine zu bauen. Daher war es auch ausgeschlossen, dass sich ein Welpe noch irgendwo versteckte.

Elliot lief am Zaun entlang, suchte nach Lücken oder Stellen, an denen ein Welpe durchgeschlüpft oder drübergeklettert sein könnte. Zwischen zwei Latten war ein etwas breiterer Spalt, doch Elliot konnte sich nicht vorstellen, dass irgendein Geschöpf, selbst wenn es so klein wie Tippy war, sich da durchzwängen könnte.

Er ging durchs Haus und zur Eingangstür hinaus auf den Bürgersteig und begann, nach ihr zu rufen. Es war noch früh, und seine Nachbarn würden ihm für den Lärm vermutlich am liebsten den Hals umdrehen. Aber er durfte keinen von Abbys Welpen verlieren. Was, wenn Abby und Mary heute ankamen? Er musste Tippy finden.

Die Tür vom Haus nebenan öffnete sich, und seine Nachbarin Mrs Ellison erschien mit Tippy auf dem Arm. »Ich glaube, Sie suchen die Kleine hier«, erklärte sie.

Elliot trat zu ihr, verlegen, weil er noch im Unterhemd war. »Danke«, sagte er. »In der Tat habe ich genau danach gesucht.«

»Ich habe Sie gar nicht mehr gesehen, seit …«, setzte sie an. Elliot zuckte innerlich zusammen, wusste, worauf sie hinauswollte. »Ich hatte bisher noch keine Gelegenheit, Ihnen zu sagen, wie leid es mir tut.«

»Danke«, antwortete Elliot.

Eine Weile standen sie so da und betrachteten einander. Elliot hatte noch keine Anstalten gemacht, ihr den Welpen abzunehmen.

Mrs Ellison war schon seit zwei Jahren verwitwet, daher vermutete Elliot, dass er sich in Gesellschaft von jemandem befand, der wenigstens einigermaßen verstehen konnte, wie es in ihm aussah. Er wollte sie fragen, wie sie die vergangenen beiden Jahre überlebt hatte, entschied dann aber, dass das keine

Frage war, auf die es eine Antwort gab. Vermutlich genau so, wie Elliot die Tage seit Pats Tod überlebt hatte – einfach in Ermangelung besserer Alternativen.

Als sie sprach, riss sie ihn aus seinen Gedanken. »Sie muss herausgefunden haben, wie sie durch den Zaun kommt«, erklärte sie. »Oder drunter durch. Weil sie immer wieder in meinem Garten auftaucht.«

»Sie meinen … das ist schon häufiger geschehen?«

»Oh, ja. Gestern drei Mal. Jedes Mal habe ich sie so vorsichtig wie möglich wieder auf Ihr Grundstück gesetzt. Offensichtlich bevor Sie ihr Fehlen bemerkt haben.«

»Tut mir furchtbar leid«, erwiderte Elliot.

»Oh, bitte, das muss es nicht. Sie ist einfach wunderbar. Und ich fühle mich geschmeichelt, dass sie so dringend bei mir sein will. Wo auch immer ihr Schlupfloch ist, die anderen Welpen haben es wohl noch nicht gefunden. Ich frage mich, ob sie einfach besonders motiviert ist. Ich hoffe, Sie verstehen mich nicht falsch, doch Sie haben da wirklich viele Welpen.«

»Stimmt«, pflichtete Elliot ihr bei. »Und das kann ich gar nicht falsch verstehen. Es ist einfach eine Tatsache. Wobei sie mir streng genommen auch gar nicht gehören. Ich kümmere mich für eine Freundin um sie. Na ja, zwei von ihnen sind schon meine, glaube ich. Ich spiele mit dem Gedanken, zwei für mich zu behalten.«

»Oh, dann sind sie also zu haben«, meinte Mrs Ellison.

Sie hielt Tippy immer noch an sich gedrückt, streichelte ihr mit ihrer freien Hand den Kopf. Tippys Augen waren halb geschlossen, mit einem Ausdruck, den Elliot nur als selig beschreiben konnte.

»Ich glaube, das sind sie«, erklärte er. »Zumindest ein paar von ihnen. Aber ich bin mir nicht sicher, welche sie behalten möchte und welche sie abgeben will. Ich hasse es, diese Entscheidung zu treffen, ohne die Besitzerin gefragt zu haben.«

»Wenn ich das so sagen darf, die Kleine hier lässt keinen Zweifel daran, dass sie lieber woanders wäre.«

»Sie ist kein so großer Fan von dem üblichen Welpen-Tohuwabohu«, gab Elliot ihr recht. »Das stimmt schon.«

»Ich setze mich draußen auf meine Veranda und stricke, weil ich gern an der frischen Luft bin. Ich mag es, zu beobachten, wie die Sonne auf- und wieder untergeht. Die Kleine kommt zu mir und legt sich auf meine Füße, während ich draußen bin. Das ist alles, was sie will. Da ist dieses Wollknäuel, das hin und her hüpft, doch sie versucht nie, da reinzubeißen oder damit zu spielen. Sie ist überhaupt nicht sonderlich verspielt. Sie verhält sich gar nicht typisch ... welpenhaft. Ich glaube fast, sie hat eine alte Seele. Sie scheint einfach Ruhe und Frieden zu wollen. Und bei ihren Geschwistern auf der anderen Seite des Zaunes kriegt sie das nicht.«

Zögernd reichte sie Elliot den Welpen. Tippy begann zu zappeln und sich zu winden, als wollte sie zurück zu Mrs Ellison.

»Möchten Sie damit sagen, Sie würden sie gerne nehmen? Falls die Besitzerin einverstanden ist?«

»Wissen Sie, ich glaube, das würde ich. Ich hab mir mich selbst eigentlich nie mit einem Welpen vorgestellt. Sie sind gewöhnlich so ... wild und energiegeladen. Nicht unbedingt ein geeignetes Haustier für eine ältere Frau wie mich. Ich hab gedacht – seit Alvin gestorben ist –, ich könnte mir vielleicht eine Katze zulegen. Aber eine Katze würde mit meinem Wollknäuel spielen wollen, wenn ich stricke. Diese Kleine jedoch verhält sich nicht wie ein Welpe. Sie will einfach nur einen ruhigen Platz, an dem sie bei mir liegen kann.«

»Nun ...«, begann Elliot, »sobald ich es klären konnte, lasse ich es Sie wissen. Ich kann das nur einfach nicht allein entscheiden. Ich gebe Ihnen auf jeden Fall Bescheid. In der Zwischenzeit versuche ich herauszufinden, wo sie durch den Zaun schlüpft. Es gibt da einen winzigen Spalt zwischen zwei

Brettern, auch wenn ich mir nicht vorstellen kann, dass sich da irgendwas durchzwängen kann.«

»Kommt vermutlich darauf an, wie dringend man auf die andere Seite will«, erwiderte Mrs Ellison.

\* \* \*

Elliot setzte Tippy in seinem Garten auf die Erde, schaute zu, wie ihre Geschwister um sie herumwuselten, und verspürte Schuldgefühle, weil er sie zurückgeholt hatte.

Er zog sich ein Hemd an und begab sich in die Garage, wo er nach einem passenden Brett suchte. Nachdem er eins in der richtigen Größe gefunden hatte, nahm er den Hammer und füllte seine Tasche mit Nägeln, ehe er wieder ins Freie ging.

Tippy war schon wieder halb durch den Spalt im Zaun verschwunden, wand sich gerade drunter durch. Er konnte die weiße Spitze ihres Schwanzes vor- und zurückschwingen sehen.

Er ließ das Brett und den Hammer fallen und rannte zu ihr, bekam sie gerade noch zu fassen. Vorsichtig zog er sie zurück auf seine Seite des Zauns.

»Tut mir leid«, sagte er zu ihr.

Sie warf ihm einen kummervollen Blick zu.

Elliot holte Brett und Hammer und flickte das Loch notdürftig, was zwar hässlich war und seinen Sinn für Ordnung störte, aber erst mal seinen Zweck erfüllte. Er tätschelte jedem der Welpen den Kopf und kehrte ins Haus zurück, um sich einen Kaffee zu gönnen.

Als er mit der Kaffeetasse wieder rauskam, um sich zu den Welpen zu setzen, war Tippy erneut weg. Das Brett war immer noch vor dem Zaun, doch ein kleiner Tunnel war unter dem Zaun hindurch gegraben worden, wovon ein frischer Haufen Erde zeugte.

Elliot zählte die Welpen, die sich um ihn drängten. Nur Tippy fehlte.

Er seufzte, lief wieder durchs Haus und hinaus auf den Bürgersteig. Er nahm einen Schluck von seinem Kaffee, während er zu Mrs Ellisons Haus ging, aber er kam gar nicht so weit. Das brauchte er nicht. Mrs Ellison trat mit Tippy auf dem Arm aus ihrer Haustür und traf ihn auf dem Bürgersteig, auf halbem Weg zwischen ihren Häusern.

Einen Moment standen sie einfach nur da und sagten nichts.

»Ich bin mir nicht sicher, wie wir das lösen sollen«, meinte sie nach einer Weile.

»Ich denke, ich muss eine Entscheidung fällen«, erklärte Elliot. »Sind Sie sich sicher, dass Sie sie haben wollen?«

»Ja, sehr gern. Ich bin davon gerührt, wie dringend sie offenbar bei mir leben will. Zumindest können wir es ausprobieren und sehen, ob wir mit diesem Arrangement glücklich sind.«

»Dann denke ich, Sie sollten sie nehmen«, erwiderte Elliot. »Ihre Besitzerin ist nicht hier, um das zu entscheiden, aber ich bin da. Die Hunde sind in meiner Obhut gelassen worden, und ich muss davon ausgehen, dass sie wollen würde, was am besten für die Welpen ist.«

»Hast du das gehört?«, fragte Mrs Ellison die kleine Hündin und hob sie vor ihr Gesicht. Tippy wedelte vorsichtig. »Du hast gerade die Erlaubnis erhalten, meine Strickgefährtin zu sein.«

»Sagen Sie es mir, wenn Sie bei irgendetwas Hilfe brauchen«, fügte Elliot hinzu und drehte sich um.

»Warten Sie«, rief Mrs Ellison. »Ich muss noch wissen, ob sie einen Namen hat. Ich hab gehört, wie Sie sie rufen, doch ich hab mir den Namen nicht gemerkt.«

Elliot blieb stehen und drehte sich zu ihr um. Trat einen Schritt näher zu ihr. »Die Besitzerin ruft sie Tippy.«

»Wie Tippi Hedren.«

»Vermutlich nicht. Es ist ein junges Mädchen, höchstwahrscheinlich zu jung, um diese Schauspielerin zu kennen. Ich glaube, sie hat sie wegen der weißen Schwanzspitze so getauft. Natürlich können Sie sie so nennen, wie Sie mögen.«

»Ich finde ›Tippy‹ wunderschön«, antwortete sie.

Und sie trug den Welpen zurück in ihr Haus.

\* \* \*

Elliot nahm seinen Kaffee mit raus in den Garten und zählte die Welpen durch. Nur um sich zu vergewissern, dass keiner der anderen den Tunnel benutzt hatte. Alle sechs waren da, und sie schienen alle zufrieden zu sein und bleiben zu wollen.

Elliot verfüllte das Loch unter dem Zaun und trat die Erde fest. Er ging zurück in die Küche, holte das Hundetrockenfutter und kippte den Welpen was davon hin, vermutlich mehr, als sie auf einmal würden fressen können.

Dann bereitete er sich Frühstück zu und eine zweite Tasse Kaffee.

Als er wieder in den Garten zurückkam, hatten die Welpen das ganze Fressen verputzt. Und niemand hatte sich die Mühe gemacht, den Tunnel freizugraben.

Elliot blieb mehrere Minuten lang bei ihnen sitzen, überlegte, was er Abby sagen sollte, wenn sie kam. Wie er ihr erklären würde, dass er einen ihrer Welpen weggegeben hatte. Dann wurde ihm klar, wie viel schlimmer es wäre, wenn sie eben nicht käme. Dann müsste er neue Besitzer für vier weitere der Kleinen finden, denn er war sich sicher, dass er dauerhaft keine sechs Hunde besitzen wollte. Und dann, wenn er für alle bis auf zwei ein Zuhause gefunden hatte … Was, wenn Abby verspätet auftauchte und einen guten Grund dafür nennen konnte, dass sie es nicht früher zu ihm geschafft hatte? Dann wären all ihre Hunde fort, und es wäre ausgeschlossen, sie wieder zurückzukriegen.

Am Ende müsste er ihr die beiden überlassen, bei denen er begonnen hatte, sie als *seine* zu betrachten.

Es war schwer zu entscheiden, welches Szenario Elliot am wenigsten gefiel. Er wusste nur, je eher sie sich meldete, desto weniger Stress würde er haben.

# Kapitel 26

## MÖGLICHERWEISE EIN NACHFAHRE VON WALT WHITMAN

### *Mary*

Keine vier Stunden nachdem sie bei ihr zu Hause eingetroffen waren, kam Viv mit Gerald die Treppe runter in den Keller und stellte ihn ihnen vor.

Er war ein großer, kräftiger Mann. *Sehr* groß, eigentlich sogar riesig. Es half Mary, weniger Angst vor Stan zu haben, sich weniger Sorgen um ihre Zukunft ganz allgemein zu machen, wenn sie den Mann anschaute, der sich bereit erklärt hatte, auf ihre Sicherheit zu achten. Er trug eine hellbraune Deputy-Sheriff-Uniform, hielt seine Mütze an seiner Seite. Sein Haar war ordentlich kurz geschnitten. Ein attraktiver Typ, überlegte Mary.

Sie erinnerte sich sogar, dass Viv ihr erzählt hatte, sie sei bei einer ersten und dann bei einer zweiten Verabredung mit jemandem gewesen. Aber Viv hatte nicht viele Einzelheiten verraten, und Mary hatte nicht nachbohren wollen. Manche Leute zogen es vor, zu warten und erst zu sehen, wie es lief, bevor sie damit begannen, es im Freundeskreis bekannt zu geben. Und zu dem Zeitpunkt hatten Marys eigene Probleme Viv vermutlich die Show gestohlen.

Während sie das alles dachte, redete Viv, und Mary bekam eine Menge von dem, was sie sagte, nicht mit.

»Ich habe ihm erzählt, dass du zurück ins Haus willst«, hörte sie Viv gerade sagen, als es ihr endlich gelungen war, ihr ihre Aufmerksamkeit zu schenken. Es klang, als ob sie das schon mal gesagt hätte. »Obwohl ich das für zu gefährlich halte.«

»Es ist nur so wichtig«, erwiderte Mary, und ihre Stimme klang in ihren eigenen Ohren angespannt und verzweifelt. »Das Buch mit der Visitenkarte darin ... Stan hat es vielleicht auf den Boden im Wohnzimmer geworfen und dort liegen gelassen. Das würde alle Probleme lösen. Oder vielleicht hat er meine Bücher draußen in die Mülltonne getan, und morgen ist Müllabfuhr. Daher ist es so dringend.«

Mary hörte ihre Tochter, die irgendwo hinter ihr stand, sich zu Wort melden. »Er hat sie nicht weggeworfen«, meinte Abby.

Mary wollte ihre Tochter fragen, warum sie davon so überzeugt war, aber die Unterhaltung bewegte sich in eine andere Richtung.

»Ich glaube, Sie sollten sich von mir rüberfahren lassen«, erklärte Gerald. Seine Stimme war tief und dröhnend. »Und ich warte bei Ihnen, während Sie sich umschauen. Das scheint mir die sicherste Vorgehensweise zu sein.«

»Das wäre wunderbar«, antwortete Mary.

\* \* \*

»Die Hintertür ist nicht abgesperrt«, sagte Mary. »Die Hintertür zur Küche ist immer offen.«

Sie gingen alle gemeinsam durch die Küche ins Wohnzimmer. Alle vier. Nachdem sie so lange mehr oder weniger allein mit dieser ganzen Situation hatte klarkommen müssen, fühlte sich das für Mary gut an.

»Hier sind keine Bücher«, stellte Viv fest.

Sie standen im Wohnzimmer und schauten sich um. Niemand war offenbar bereit, sich von der Stelle zu rühren. Mary merkte, wie die Unordnung und das ganze Chaos im Haus sie zu überwältigen drohten – was alles weggeschafft und was zurückgelassen worden war. Von dem Wissen, dass dies vor ein paar wenigen Tagen noch ihr Leben gewesen war, wurde ihr ganz schwindelig.

Gerald stand in der Mitte des Raums, die Beine leicht gespreizt und die Arme vor der Brust verschränkt. Er sah wie ein Berg aus. Die Pose, die er eingenommen hatte – und die Art und Weise, wie er seine Augen erst auf die eine Tür und dann auf die andere richtete –, erschien Mary ein bisschen übertrieben, trotzdem war sie dankbar dafür. Genau in diesem Moment brauchte sie jemanden, der sich so selbstsicher in der Welt bewegte.

»Vielleicht hat er sie doch weggeworfen«, meinte Mary. »Wir müssen die Mülltonnen überprüfen.« Sie wandte sich in die Richtung und ging los – zur Hintertür in der Küche und dann in den Garten hinter dem Haus.

»Er hat sie nicht weggeworfen«, sagte Abby erneut.

Wieder wollte Mary fragen, warum sie sich da so sicher war. Und wieder schlug die Unterhaltung eine andere Richtung ein, bevor sie das tun konnte.

»Warten Sie auf mich«, verlangte Gerald. »Gehen Sie nicht allein raus.«

Sie folgten ihm zur Hintertür. Er trat hinaus, blickte sich um und bedeutete ihnen dann, aus dem Haus zu kommen.

Mary lief zu den Mülltonnen und hob beide Deckel gleichzeitig an. Es war nichts drin außer der Plastiktüte mit

Küchenmüll, die sie selbst an dem Tag, bevor sie weggemusst hatte, rausgebracht hatte.

»Ich sag doch, er hat sie nicht weggeworfen«, beharrte Abby.

Dieses Mal entstand eine Pause, die es Mary erlaubte, ihre Frage zu stellen: »Woher weißt du das, Süße? Hast du gesehen, was er mit den Büchern getan hat?«

Es schien unvorstellbar, dass Abby irgendetwas über den Verbleib des Buches gewusst und es die ganze Zeit für sich behalten haben sollte. Und trotzdem wollte ein Teil von Mary glauben, dass ihre Tochter es tatsächlich wusste.

»Nein, ich habe ihn nicht dabei beobachtet. Aber ich kenne ihn. Denk doch mal nach. Du weißt, wie geizig er ist. Er wirft nie irgendwas weg, das noch irgendwie Geld wert ist, selbst wenn es bloß ein paar Cent sind. Erinnerst du dich noch, wie er wegen der fünf Cent Pfand für die Flasche zu dem Laden zurückgefahren ist? Und du hast damals gesagt, wie dumm das wäre – zu mir, nicht zu ihm –, weil die Fahrt hin und zurück vermutlich fünfzig Cent allein an Benzin gekostet hat. Aber er konnte nicht anders. Das ist wie eine Krankheit bei ihm, die Überzeugung, etwas sei Geld wert, egal, wie wenig, und er meint immer, dass er nicht das dafür bekommt, was er seiner Ansicht nach dafür kriegen müsste.«

Mary fiel auf, dass alle aufmerksam zuhörten, sogar Gerald.

»Was, denkst du, hat er mit ihnen gemacht, Süße?«

»Vermutlich hat er sie zum Trödelladen gebracht. Und vielleicht hat er nur zwei Dollar für den ganzen Stapel erhalten, trotzdem hat er sich die Zeit dafür genommen, das zu erledigen, bevor er uns gezwungen hat, mit ihm mitzukommen.«

»Dann fahren wir jetzt zum Trödelladen«, verkündete Gerald.

»Sind Sie sicher?«, erkundigte sich Mary, obwohl sie sehr gerne wollte, dass sie das jetzt machten. Doch sie fühlte sich schuldig, weil sie so viel von seiner Zeit beanspruchte. »Sind Sie sich sicher, dass Sie nicht zurück zur Arbeit müssen?«

»Das hier *ist* meine Arbeit«, erwiderte er. »Für die Sicherheit der Bürger sorgen.«

Sie gingen alle gemeinsam ums Haus herum zur Straße. Er hielt die Hintertür seines Streifenwagens auf, und Mary und Abby stiegen ein. Viv setzte sich vorn neben Gerald, wie sie es schon auf dem Hinweg getan hatte.

Als sie vom Straßenrand losfuhren, fing Gerald Marys Blick im Rückspiegel auf. »Hat er Sie gezwungen, ihn zu begleiten?«, fragte er. »Erzählen Sie mir mehr darüber.«

»Ja, im Grunde genommen schon. Er hat Abby am Arm gepackt und gewaltsam ins Auto geschoben, und dann meinte er, ich solle einsteigen, falls ich sie je wiedersehen wolle.«

»Das klingt für mich nach Entführung«, warf Viv ein, wandte sich aber vor allem an Gerald.

»Schon möglich«, antwortete er. »Besonders, wenn Sie ihm klipp und klar gesagt haben, dass Sie nicht mitwollen. Haben Sie das getan?«

»Ja«, bestätigte Mary. »Absolut. Ich war auf der Veranda, und Abby war im Haus, und dann war er auch auf der Veranda und hat sich vorgebeugt, bis unsere Nasen sich fast berührt haben, und hat mir befohlen, in seinen Pick-up zu steigen, und da habe ich es gesagt. Klar und deutlich. Ich hab gesagt: ›Ich komm nicht mit.‹ Und dann ist Abby aus dem Haus gekommen, und er hat sie am Shirt gepackt und zum Wagen gezerrt, sie reinbugsiert und sie am Arm festgehalten, sodass sie nicht wieder raus konnte. Dann hat er erklärt, ich solle mich besser ebenfalls reinsetzen, wenn ich sie je wiedersehen wolle.«

Sie beobachtete, wie Gerald und Viv einen Blick wechselten.

»Denkst du, das würde reichen, um ihn anzuklagen?«, erkundigte sich Viv.

»Würde ich dann hierher zurückkehren und aussagen müssen?«, schaltete sich Mary ein. »Denn wenn das so ist und er dann nicht verurteilt wird …«

»Das weiß ich nicht«, erwiderte Gerald. »Ich weiß es nicht.« Seine Stimme klang kräftig, beinah abschätzig. Als ob er versuchte, die verbalen Störfeuer auszuschalten, damit er in Ruhe nachdenken konnte. Doch er klang nicht so, als hielte er nichts von der Idee, sondern eher so, als ob er einen Moment bräuchte, um seine Gedanken zu ordnen. »Ich bin mir nicht sicher, dass ich daraus was machen könnte. Ich weiß nicht, ob Mary Anzeige erstatten müsste oder ob der Staatsanwalt auch so Anklage erheben kann. Es gibt in Situationen wie dieser immer eine große Grauzone. Ich kann im Vorfeld keine Aussage darüber treffen, wie es meiner Meinung nach laufen wird. Aber eins kann ich auf jeden Fall tun: Ich kann ihn wegen der Entführung verhaften und zwei Tage festhalten, bevor er dem Haftrichter vorgeführt werden muss. Und das ist ein vernünftiger Zeitraum, in dem Sie beide an einen sicheren Ort verschwinden können.«

Schweigen breitete sich aus. Mary wusste, was sie dachte, und sie fragte sich, ob die andern drei es ebenfalls dachten. Wenn es ihnen gelang, Elliots Adresse herauszufinden, war das mehr als genug Zeit. Es wäre perfekt.

Nur hatten sie Elliots Adresse noch nicht gefunden.

Niemand sprach seine Gedanken laut aus.

\* \* \*

Zu viert betraten sie den Trödelladen, immer noch als Team.

Der Laden gehörte einem älteren Ehepaar, und der Ehemann Irv stand an der Kasse.

»Oh! Hallo, Mary und Abby«, sagte er. »Hallo, Viv.« Gerald begrüßte er nicht mit Namen, aber das mochte daran liegen, dass Gerald neu in der Stadt war und noch beinahe niemand seinen Namen überhaupt kannte. »Es freut mich wirklich, dich zu sehen, Mary. Als Stan hier mit all den Büchern und Haushaltsgegenständen aufgetaucht ist, wussten wir nicht, was wir davon halten sollten und wie es dir geht. Ethel und ich haben viel darüber geredet – und gehofft, dass bei dir alles in Ordnung ist. Stan ist ja ein bisschen ... na ja, du weißt schon ... aufbrausend und hitzköpfig.«

»Ja«, erwiderte Mary. »Das weiß ich nur zu gut. Also hat er die Bücher hergebracht. Kannst du mir zeigen, wo du sie hingetan hast?«

Irv kam hinter dem Kassentisch hervor und führte sie mit schier wahnsinnig machender Langsamkeit in den hinteren Teil des Ladens. Nur sie. Alle anderen warteten vorn.

»Oh!«, rief Mary, als sie sich dem Bereich mit den Bücherregalen näherten. Sie folgte mit den Augen Irvs Handbewegung. »Da sind ja ein paar von ihnen.«

Sie trat näher ans Regal heran und fuhr mit der Fingerspitze über die Buchrücken, ging dabei von einer Reihe zur nächsten. Stan hatte eine Menge von ihren Büchern verkauft. Doch den Emily-Dickinson-Band entdeckte sie nicht. Genau genommen konnte sie keinen ihrer Gedichtbände finden.

»Habt ihr sie alle an eine Stelle geräumt?«, fragte sie Irv.

»Eigentlich schon. Aber du weißt ja, wie es ist ... Die Kunden stöbern und stellen die Sachen nicht genau dahin wieder zurück, wo sie sie herhaben. Ich kann dir leider nicht sagen, ob sie noch hier sind.«

»Abby!«, rief Mary. »Viv! Könnt ihr mir bitte helfen?«

Gerald kam ebenfalls und beteiligte sich an der Suche. Sie gingen alle gebrauchten Bücher durch, die Ethel und Irv in ihrem Laden hatten, lasen dabei den Namen des Autors laut vor. Nur um ganz sicher sein zu können, dass nichts übersehen wurde.

»Es ist nicht hier«, verkündete Mary schließlich. Sie konnte die Mutlosigkeit in ihrer Stimme selbst hören.

»Reg dich nicht auf, Süße«, versuchte Viv sie zu beruhigen, »Gerald kann immer noch im Polizeicomputer den Besitzer der Jagdhütte ermitteln.«

»Allerdings erst am Montag«, fügte Gerald mit seinem dröhnenden Bass hinzu.

»Oh, ist Wochenende? Ich hab gar keine Ahnung, welchen Tag wir haben. Irv, besteht irgendeine Chance, dass du dich daran erinnerst, wer hier war und meine Gedichtbände gekauft hat?«

Irv schaute an die Decke und nach links, als ob ihm das beim Nachdenken helfen würde. »Ich hab diese Woche keine Bücher verkauft. Jedenfalls nicht dass ich mich daran erinnern könnte. Wenn, dann muss das passiert sein, als Ethel hier war. Ich kann sie fragen. Im Moment macht sie jedoch Erledigungen. Insofern würde ich anrufen, wenn sie wieder da ist, und dir Bescheid sagen.«

Natürlich hatte Ethel kein Handy, dachte Mary. Ethel und Irv waren altmodisch, und warum sollten sie außerdem für ein Telefon Gebühren zahlen, das praktisch keinen Empfang hatte?

Sie schrieb Vivs Telefonnummer auf, und Irv faltete den Zettel sorgfältig zusammen und steckte ihn sich in die Hemdtasche.

Dann verließen sie alle gemeinsam den Laden und stiegen wieder in Geralds Streifenwagen, mit dem sie zu Viv nach Hause fuhren.

Auf dem Rückweg sprach niemand ein Wort. Mary konnte sehen, dass ihre Mutlosigkeit die anderen angesteckt hatte. Als ob Niedergeschlagenheit eine Krankheit wäre, hatten sich alle mit Marys Verzweiflung infiziert.

\* \* \*

Etwa drei Stunden später erschien Viv mit dem Telefon auf der Kellertreppe und reichte es Mary.

Marys Herz klopfte verstörend schnell, nicht so sehr, weil sie glaubte, sie würde gleich erfahren, was sie wissen musste, sondern weil sie sich ziemlich sicher war, dass ihre Hoffnung gleich den Todesstoß erhalten würde.

»Hallo?«, meldete sie sich.

»Mary? Liebes, hier ist Ethel. Irv hat mir erzählt, dass du nach einigen deiner Bücher suchst, die Stan verkauft hat. Ich hatte schon das ungute Gefühl, dass er das ohne deine Einwilligung getan hat, schließlich kennen wir alle Stan. Ich wollte sie nicht nehmen, einfach aus diesem Grund, aber er wirkte aufgeregt, und Irv wollte keinen Streit mit ihm. Ich kann mich ehrlich nicht daran erinnern, sie verkauft zu haben, weil ich in so was nicht so gut bin wie Irv. Er erinnert sich an solche Sachen – wer was gekauft hat –, ich hingegen praktisch nie.«

Mary fühlte ihr Herz erneut sinken, so wie erwartet.

»Ich weiß jedoch, wer immer wieder vorbeischaut und Gedichtbände kauft«, fuhr Ethel fort. »Das ist Mrs Whitman. Kennst du sie? Die Witwe?«

»Ich glaub nicht. Mrs Whitman, sagst du? Nein, bei dem Namen klingelt bei mir nichts.«

Abby, die dicht neben ihr stand und zuhörte, begann auf und nieder zu hüpfen. »Aber ich kenne sie! Ich kenne sie, Mom! Das ist die Frau, die mich am ersten Tag mit den Welpen zum Tierheim gefahren hat.«

In der Zwischenzeit sprach Ethel weiter in Marys linkes Ohr. »Sie hat eine Schwäche für Gedichte, und zwar wegen ihres Nachnamens. Whitman. Sie glaubt, ihr verstorbener Ehemann könnte ein Nachfahre des Dichters Walt Whitman gewesen sein. Leider konnte sie ihren Ehemann nie genug für Ahnenforschung interessieren, und sie selbst konnte es nicht rausfinden. Doch sie denkt, es sei wahrscheinlich, was, wie ich annehme, der Grund dafür ist, dass sie sich für eine Expertin hält.«

»Ich könnte sie zumindest fragen«, erwiderte Mary. »Weißt du zufällig, wo sie wohnt?«

»Nein, leider nicht, aber sie steht vermutlich im Telefonbuch. Da bin ich mir fast sicher. Schau unter dem Namen ihres Ehemanns nach, Gregory. Alleinstehende ältere Frauen ziehen es häufig vor, nicht mit ihrem eigenen Namen aufgeführt zu werden. Nur falls du das nicht weißt, nachdem du ja schon so lange verheiratet bist. Ich wünschte, ich könnte dir weiterhelfen, Liebes. Ich hoffe, es geht dir gut. Irv und ich haben so gehofft, dass bei dir und deiner Tochter alles in Ordnung ist.«

Mary konnte ebenfalls bloß hoffen, dass bei ihnen alles in Ordnung war, doch das sprach sie nicht laut aus. »Du hast mir sehr weitergeholfen, Ethel. Danke.«

Dann legte sie eine Hand über die Muschel und bat Viv, nach oben zu laufen und im Telefonbuch nach Gregory Whitman zu suchen.

In der Zwischenzeit redete Ethel immer weiter, die, wie Mary verspätet einfiel, stets viel zu erzählen hatte. Und sie war auch noch nicht fertig, als Viv wieder erschien und Mary einen erhobenen Daumen zeigte.

* * *

Sie fuhren zu viert zu Mrs Whitmans Haus, aber Mary erklärte, sie wolle allein zur Tür gehen. Sie wollte die arme Frau nicht verschrecken, indem sie mit einer kleinen Armee, zu der auch ein uniformierter Polizist gehörte, plötzlich auf ihrer Türschwelle auftauchte. Und außerdem würde Stan sie niemals hier vermuten.

Gerald parkte den Streifenwagen ein Stück entfernt am Straßenrand, und Mary ging allein über den sauberen Weg zur Haustür.

Das Gebäude war sehr alt und verwohnt, doch der Garten war sorgfältig gepflegt, und überall blühten bunte Blumen.

Mary klopfte an.

Kurz darauf wurde ihr aufgemacht, und Mary blickte in das Gesicht der winzigen älteren Frau, die entweder all ihre Probleme lösen oder sie zur Hoffnungslosigkeit verdammen würde. Das war eine Menge Erwartung an eine Fremde, die noch nicht einmal etwas von ihrem Besuch geahnt hatte. Aber jetzt stand sie hier.

»Sie kennen mich nicht ...«, begann sie.

»Doch, ich kenne Sie«, unterbrach Mrs Whitman sie.

Das überraschte Mary so sehr, dass sie schwieg.

Mrs Whitman sah mehr wie ihr Garten aus und weniger wie ihr Haus. Ihr weißes Haar war sorgfältig im Nacken zusammengefasst, ihre Schürze sauber und sogar frisch gebügelt, zumindest wirkte es so. Sie trug sie über Jeans und einer karierten gelben Bluse. Die kurzen Ärmel hatte sie bis nach oben hochgekrempelt, was Mary bemerkenswert erschien, denn sie selbst achtete stets darauf, ihre Oberarme bedeckt zu halten, weil sie sie zu schlaff fand. Mrs Whitman waren solche Unsicherheiten offensichtlich fremd.

Mary hatte die Frau schon ein paarmal in der Stadt gesehen, aber mehr nicht, soweit sie sich erinnern konnte.

»Nun, ich kenne Sie nicht persönlich«, fügte die Ältere hinzu. »Nur Ihre Tochter. Ich hab sie neulich zum Tierheim gefahren, als sie die halb ertrunkenen Welpen gerettet hatte. Und ich kannte sie vorher schon ein bisschen vom Sehen aus der Stadt. Sie selbst habe ich auch nur gesehen, allerdings hatte ich immer das Gefühl, ich würde Sie kennen. Ich hatte

Interesse an Ihnen, obwohl mir bewusst ist, dass mich Ihr Leben nichts angeht. Ich werde ganz offen mit Ihnen sein und hoffe, Sie werden mir das verzeihen. Irgendwie hatte ich immer den Eindruck, dass Sie und Ihre Tochter unglücklich sind, und ich vermute, ich hab mir einfach gewünscht, es gäbe etwas, was ich tun kann, um Ihnen zu helfen.«

»Nun, das könnte durchaus sein«, antwortete Mary.

»Dann kommen Sie doch bitte herein, meine Liebe. Kommen Sie herein.«

Mary warf einen Blick über ihre Schulter zu den drei Leuten, die im Streifenwagen auf sie warteten, aber auf die Entfernung konnte sie nicht viel erkennen.

Sie trat ein.

Mrs Whitmans Haus war angefüllt mit Nippes, Bildern und Häkelarbeiten, doch staubfrei und aufgeräumt. Mary nahm auf der Couch Platz, als sie dazu aufgefordert wurde.

»Ich glaube, Sie haben vielleicht in dem Trödelladen in der Stadt einen Gedichtband gekauft, der mir gehört hat. Mein Mann hat ihn ohne meine Erlaubnis verkauft.«

Mrs Whitman wirkte leicht enttäuscht. »Oh«, sagte sie. »Verstehe. Ich dachte, Sie meinten, ich könnte Ihnen mit etwas helfen, was mehr an der Wurzel Ihrer unglücklichen Umstände ansetzt. Allerdings weiß ich gar nicht, warum ich das gedacht habe.«

»Aber das können Sie ja!«, widersprach Mary aufgeregt. »Es würde mich wirklich glücklich machen. Wissen Sie, ich hab meinen Ehemann verlassen, weil ich dachte, ich hätte einen Ort, an dem ich Zuflucht finde. Ein neuer Freund mit einem Gästezimmer hat Abby und mich eingeladen, bei ihm zu wohnen. Er hat sogar gesagt, er könne mir wahrscheinlich einen Job besorgen. Und die Visitenkarte, die er mir gegeben hat, habe ich in einem meiner Gedichtbände versteckt. Doch mein Ehemann hat die Bücher aus den Umzugskisten, die ich gepackt hatte, rausgenommen und verkauft, und damit hat er mich dieser Chance beraubt. Sie können sich vermutlich gar nicht vorstellen, wie viel glücklicher ich wäre, wenn ich diese Karte bekommen könnte.«

»Oh. Verstehe. Dann ist das ziemlich wichtig, nicht wahr? Um welches Buch handelt es sich denn?«

»Den Gedichtband von Emily Dickinson.«

Mrs Whitman stand auf und ging zu ihren Bücherregalen. Während sie das tat, fiel Mary ein, dass sie, wenn sie ein Secondhandbuch las und auf ein Lesezeichen von einem früheren Besitzer stieß, es einfach wegwarf. Das hatte sie schon getan. Sogar mehr als einmal.

Mary klopfte das Herz bis zum Hals, während sie beobachtete, wie die Frau einen schmalen Band aus dem Regal zog. Während sie damit zurück zum Sofa kam, versuchte Mary ihr Herz – oder das, was sich wie ihr Herz anfühlte – wieder runterzuschlucken.

Mrs Whitman blieb vor ihr stehen und schlug das Buch auf. Sie schien zu lesen, und Mary merkte, dass ihr schwindelig zu werden drohte. Das Warten auf die Antwort fühlte sich unerträglich an, auch wenn es nur ein paar Sekunden waren.

»»Aus einem Gefängnis wird ein Freund««, las Mrs Whitman laut vor. »Meine Güte. Das passt verstörend gut, finden Sie nicht?« Bevor Mary danach fragen konnte, fuhr sie fort: »Ist es dies, wonach Sie suchen?«

Und sie hielt Elliots Visitenkarte hoch.

Mary öffnete den Mund, um das zu bestätigen, brach aber aus heiterem Himmel in Tränen aus. Irgendwie hatte der Anblick der Visitenkarte den Damm brechen lassen, den sie errichtet hatte, um all ihre Zweifel und Ängste in Schach zu halten.

Sie nahm sie in die Hand, als sie ihr überlassen wurde, und schaute sie an. Colvin. Elliots Nachname war Colvin. Das würde sie nie mehr vergessen. Sie saß auf der Couch und weinte eine Weile, weil sie zu nichts anderem fähig zu sein schien.

Mrs Whitman setzte sich neben sie und legte ihr eine Hand auf die Schulter. In den meisten Fällen mochte Mary es nicht, von Fremden berührt zu werden, doch diesmal war es angenehm und tröstlich.

»Ich will die Gefängnis-Analogie nicht überstrapazieren, aber als Sie herkamen, hatten Sie einen Ausdruck im Gesicht wie jemand, der gerade aus dem Gefängnis entlassen worden ist. Oder zumindest stelle ich mir vor, dass so jemand so aussieht. Irgendwie überwältigt. Die Welt ist Furcht einflößend, weil sie so riesig ist und voll so vieler Möglichkeiten, dass es schwierig ist, wenn sich alles ändert. Ich glaube, das ist der Grund, weshalb eine Menge Leute, die aus dem Gefängnis entlassen werden, so kurz darauf wieder dort landen. Ich hoffe, bei Ihnen wird das anders sein. Bitte achten Sie darauf. Ich denke schon eine ganze Weile, dass Ihre Tochter etwas Besseres verdient, und jetzt empfinde ich bei Ihnen ganz genauso.«

\* \* \*

»Also, gibst du ihm vorher Bescheid?«, erkundigte sich Viv. »Du kannst gern mein Telefon benutzen, wenn du ihn vorwarnen möchtest, dass ihr kommt.«

»Nein!«, rief Mary. Sie hatte das nicht rufen wollen, und die Tatsache, dass sie es getan hatte, zusammen mit der Art und Weise, *wie* sie es getan hatte, verriet, wie groß ihre Angst war. Was dabei für sie offensichtlich wurde und für alle anderen gleich mit.

Sie saßen in Vivs Küche und tranken selbst gemachte Limonade. Viv hatte einen Zitronenbaum im Garten, der so viele Früchte trug, dass sie mit der Verarbeitung kaum hinterherkam.

Alle Augen richteten sich auf Mary, aber ihre Kehle war wie zugeschnürt, daher sagte sie nichts.

»Du klingst total verängstigt«, stellte Viv mit leiser Stimme fest.

Mary holte tief Luft und zwang sich zu sprechen. »Das bin ich auch. Ich hab furchtbare Angst. Ich wage mich geradewegs in etwas, worüber ich nichts weiß. Ich kenne diesen Mann kaum. Was, wenn ich ihn anrufe und er sagt, er habe seine Meinung geändert? Wenn Abby und ich einfach auf seiner Türschwelle auftauchen, wird es schwieriger für ihn, uns wegzuschicken.«

»Das würde er nicht tun«, erklärte Abby.

»Das kannst du nicht wissen, Süße.«

»Doch, das weiß ich. Ich weiß das, weil ich ihn kenne.«

Mary blickte Gerald an, der zu der Unterhaltung nichts beisteuerte. Er betrachtete sein beschlagenes Glas und malte mit dem Finger Muster in den Film aus Wassertröpfchen.

»Kann ich nicht mit meinem Auto fahren?«, fragte sie ihn. »Es steht schließlich einfach vor dem Haus und nützt so niemandem was.«

Das schien ihn aus seiner Versunkenheit zu holen. »Davon würde ich abraten«, antwortete er. »Selbst wenn es Ihnen allein gehört, lässt er vermutlich den ganzen Papierkram und die Zulassung auf seinen Namen laufen. Und wenn das der Fall ist oder er auch nur Mitbesitzer ist, kann er es als gestohlen melden. Wenn Sie wirklich untertauchen wollen, sollten Sie den Bus nehmen.«

»Ich fühle mich nur …«, setzte Mary an. »Ich meine, ich hatte ein bisschen Geld. Es war nicht viel, auch wenn ich ewig gebraucht hab, um es zusammenzusparen, und das meiste davon hab ich für den Bus von Oregon hierher ausgegeben. Ich weiß nicht, ob ich noch genug für Fahrkarten für uns beide in die Stadt habe, und selbst wenn, tauche ich bei Elliot ohne Auto und ohne einen Cent in der Tasche auf. Wer will schon so einen Gast?«

»Ich kann dir ein bisschen was leihen«, schlug Viv vor.

»Darum würde ich dich nie bitten.«

»Hast du ja auch nicht. Ich hab's von mir aus freiwillig angeboten. Und es ist keine große Sache, Süße. Geh einfach runter in den Keller, pack deine Sachen, und bring sie in mein Auto, dann schaffen wir dich und Abby hier weg.«

\* \* \*

Mary würde sich erst später darüber wundern, wie sicher sie sich plötzlich gefühlt hatte. Den ganzen Tag lang war Gerald an ihrer Seite geblieben oder war vorausgegangen, um sich zu vergewissern, dass alles okay war, und jetzt, in der letzten Stunde, hatte sich Mary erlaubt zu glauben, dass sie das Schlimmste hinter sich hätten und ihnen nichts mehr passieren könnte.

Vermutlich hatte Gerald nie beabsichtigt, dass Mary allein das Haus verließ, um ihre Reisetasche zu Vivs Auto zu bringen. Aber ohne groß darüber nachzudenken, tat Mary das.

Sie war überhaupt nicht auf die Idee gekommen, es zu hinterfragen, bis zwei starke Hände sie am Arm packten, und da war es schon zu spät.

»Geh einfach weiter«, befahl die tiefe, verstörend vertraute Stimme dicht an ihrem Ohr.

»Ich komme nicht mit«, verkündete Mary, vor Panik heiser.

Er drehte ihr den Arm hinter den Rücken, und Mary schrie auf. Genau genommen schrie sie viel lauter, als der Schmerz es verlangte, weil sie wollte, dass man sie im Haus hören konnte.

»Still!«, zischte Stan.

Mary blickte hoch und entdeckte seinen Pick-up, der mit laufendem Motor und sperrangelweit offener Fahrertür auf der Straße vor Vivs Haus stand.

»Was ist mit deiner Tochter?«, wollte Mary verzweifelt wissen. »Wirst du mich einfach ins Auto zwingen und ohne sie wegfahren?«

Mary wollte, dass Stan in Vivs Haus ging, um Abby zu holen, denn dort war Gerald.

»Sie weiß, wo ihre Tante und ihr Onkel wohnen. Wenn sie ein Dach über dem Kopf will, wird sie allein hinkommen müssen.«

»Sie ist dreizehn! Sie ist ein Kind. So weit kann sie nicht alleine reisen!«

»Verdammt noch mal, weißt du eigentlich, was ich alles getan habe, als ich dreizehn war? Ich bin richtiger Arbeit nachgegangen, wie ein echter Mann.«

Sie waren nur noch ein paar Schritte von dem Pick-up entfernt. Mary spürte: Wenn er sie erst einmal in den Wagen gestoßen hatte, würde alles verloren sein. Abby würde vermutlich nicht nachkommen. Sie würde bei Viv bleiben und darauf hoffen, dass ihre Mutter ein weiteres Mal fliehen konnte. Mary würde ein weiteres Mal fliehen müssen. Oder vielleicht würde Gerald auch die Polizei von Oregon schicken, um sie zu retten. Abby würde ja wissen, wo sie war.

Mary erwog, noch einmal zu schreien und zu versuchen, um Hilfe zu rufen.

Bevor sie das tat, blickte sie über ihre Schulter. Die Tür zu Vivs Haus stand offen, und Abby kam auf sie zugerannt.

Mary hörte ein vertrautes »Uff«. Eigentlich mehr einen Luftzug, aber sie erkannte darin die Stimme ihrer Tochter. Abby hatte sich von hinten auf Stan geworfen, klammerte sich an seinen Rücken, hing huckepack an ihm und hatte die Arme um seinen Hals geschlungen.

Stan ließ Mary los und schleuderte seine Tochter brutal von sich. Mary musste hilflos mit ansehen, wie Abby auf dem Asphalt aufschlug. Sie konnte hören, wie ihrer Tochter alle Luft aus den Lungen wich.

Ohne bewusst darüber nachzudenken, lief sie zu Abby, die weiter auf der Straße lag. »Süße! Hat er dir wehgetan? Alles in Ordnung?«

»Mir geht's gut«, antwortete Abby atemlos. »Alles gut.«

Doch sie klang verstört.

Mary half ihrer Tochter hoch, und sie blieben dicht beieinander und erwarteten schon, dass er sich wieder auf sie stürzen würde. Aber stattdessen lag er mit dem Gesicht nach unten auf der Straße, und Gerald hielt ihn mit einem Knie zwischen den Schulterblättern am Boden.

Mary drückte ihre Tochter dicht an sich, spürte, wie ihr Herzschlag sich langsam wieder beruhigte, während sie zuschaute, wie Gerald ihrem Mann die Arme nach hinten zog und ihm Handschellen anlegte.

»Sie sind verhaftet wegen Entführung, versuchter Entführung und eines tätlichen Angriffs«, erklärte Gerald barsch, zerrte Stan auf die Füße und schob ihn in Richtung des Streifenwagens. »Sie haben das Recht, zu schweigen. Alles, was Sie sagen, kann und wird vor Gericht gegen Sie verwendet werden. Sie haben das Recht auf einen Anwalt. Wenn Sie sich keinen Anwalt leisten können, wird man Ihnen einen stellen. Haben Sie das verstanden?«

Doch Stan beantwortete die Frage nicht. »Sie können mich dafür nicht verhaften«, schrie er. »Sie ist meine Frau!«

»Genau. Und ich bin Ihr Sie verhaftender Polizist. Aber das heißt nicht, dass Sie über mich bestimmen können.«

Gerald stieß Stan auf den Rücksitz des Streifenwagens und warf die Tür zu. Dann kehrte er zu Abby und Mary zurück, die immer noch leicht unter Schock standen.

»Alles in Ordnung mit dir?«, erkundigte er sich bei Abby.

»Ja«, sagte sie. »Mir geht's gut.«

»Gut. Ihr habt achtundvierzig Stunden. Verschwindet.«

# Kapitel 27

## SECHS VON SIEBEN SIND GAR NICHT SO SCHLECHT

### *Abby*

»Du wirkst immer noch verängstigt«, erklärte Abby.

Sie fuhren im Bus über einen kurvenreichen Abschnitt des schmalen zweispurigen Highways, der von den Ausläufern der Berge zur Stadt führte. Ihre Mutter hatte geschwiegen, und Abby war damit beschäftigt gewesen, aus dem Fenster zu schauen. Aber so viel Furcht hatte vom Platz ihrer Mutter zu ihr herübergestrahlt, dass Abby nach einer Weile nicht anders gekonnt hatte, als es anzusprechen.

»Ich stehe noch ein bisschen unter Schock«, erwiderte ihre Mutter.

»Deine Angst scheint größer zu werden, je weiter wir uns von zu Hause entfernen. Je näher wir der Stadt kommen.«

»Oh«, antwortete ihre Mutter.

Dann folgte eine größere Pause, in der sie wieder schwieg, und Abby wollte sie nicht drängen.

»Es ist irgendwie Furcht einflößend«, räumte ihre Mutter nach einer Weile ein. Von ganz allein und ohne irgendein Nachhaken. »Einfach so vor seiner Tür aufzukreuzen.«

»Er hat doch gesagt, dass wir das tun sollen.«

»Ich weiß.«

Abby blickte wieder aus dem Fenster. Aber was sie eigentlich tun wollte, war, etwas Konstruktives zu sagen. Etwas, das ihrer Mutter helfen würde.

Sie beobachtete, wie sie an der großen neuen Tankstelle vorbeikamen, an der sie und ihre Mom auf dem Weg nach Oregon unbelauscht miteinander hatten reden können. Es fühlte sich befriedigend an, dass jemand, dessen Job es war, das Gesetz durchzusetzen, bereit gewesen war, die Sache als Entführung zu bezeichnen, unabhängig davon, ob der Vorwurf nun vor Gericht Bestand haben würde oder nicht.

Sie holte tief Luft und bemühte sich, ermutigend zu klingen. »Ich verstehe, warum du Angst hast«, meinte sie. »Ich hab auch Angst.«

Es war bemerkenswert, dass Abby sich so was zugeben hörte, weil es ihr gar nicht bewusst gewesen war. Sie hatte das scharfkantige, unbehagliche Gefühl in ihrem Bauch wahrgenommen, aber bis sie es sich selbst aussprechen hörte, hatte sie gedacht, dass sie es von ihrer Mutter übernahm.

»Weil alles so neu ist?«

»Vielleicht. Vor allem jedoch, weil ich nicht weiß, ob er immer noch meine Hunde hat und ob ich sie nun zurückkriege oder nicht. Und ich weiß, ich weiß, du musst es gar nicht sagen. Es war unüberlegt und kindisch von mir, sie alle behalten zu wollen, und ich hab mich damit der Gefahr ausgesetzt, dass mir das Herz gebrochen wird. Du musst es mir nicht noch einmal sagen.«

»Das wollte ich gar nicht«, beteuerte ihre Mom.

* * *

Sie betraten den Busbahnhof. Abby trug auf jeder Schulter einen Seesack. Anfangs gingen sie zielstrebig und flott, als hätten sie es eilig. Dann, ungefähr auf halbem Weg durch die Halle, wurden sie langsamer und blieben stehen. Sie wandten sich einander zu und schauten sich an.

Abby musste eine der Reisetaschen runternehmen, um ihrer Mutter ins Gesicht blicken zu können, das überraschend unbehaglich aussah, selbst wenn man ihre Lage in Betracht zog.

»Was ist?«, erkundigte sich Abby.

Aber es gab keine Antwort. Ihre Mutter stand wie angewurzelt da.

»Sollen wir ihn anrufen, damit er uns abholen kommt?«, fragte Abby.

Das riss ihre Mutter aus ihrer Erstarrung.

»Nein!«, rief sie, etwas zu laut. Die vier Leute, die auf den hölzernen Bänken im Wartebereich saßen, drehten sich zu ihnen um und starrten sie an, daher senkte sie die Stimme. »Nein. Wir müssen einfach nur rausfinden, wie wir zu seinem Haus gelangen. Ob wir zu Fuß gehen können oder mit dem Bus fahren müssen. Ich möchte ihm keine unnötigen Umstände machen. Wer will schon so einen Gast? ›Hi, wir sind unangekündigt hier. Lass alles stehen und liegen, und hol uns ab.‹ Nein, wir werden selbst zu ihm kommen.«

Abby wartete, dass ihre Mutter noch etwas hinzufügte. Während sie wartete, stellte sie auch den zweiten Seesack ab.

Als ihre Mutter nichts weiter sagte, fragte Abby: »Wie?«

»Oh. Hm. Ich denke, ich sollte erst mal in Erfahrung bringen, wo sich seine Straße befindet. Du wartest hier. Ich schau mal, ob irgendjemand hier einen Stadtplan hat.«

»Einen *Stadtplan*?«, wiederholte Abby ungläubig. Als ob ihre Mutter gerade erklärt hätte, sie wolle rumfragen, ob irgendjemand einen Drachen oder ein Einhorn hätte.

»Ja, einen Stadtplan. Weißt du nicht, was das ist?«

»Du meinst, auf Papier? Niemand hat die noch. Alle Leute haben Navis in ihren Autos und finden Adressen mit den Kartendiensten im Internet oder auf ihren Handys.«

Abby sah, wie das Gesicht ihrer Mutter sich rötete, und wünschte, sie hätte sich vorsichtiger ausgedrückt. Ja, die Welt war nicht stehen geblieben, während sie mit ihrem Vater in dem winzigen Haus ohne Handyempfang und Internet gelebt hatten, und Abby hätte sich um einen freundlicheren Tonfall bemühen sollen, während sie das sagte.

»Prima«, antwortete ihre Mutter. »Dann schau ich mal, wer so eine App hat.«

Sie mussten immer noch etwas zu laut gesprochen haben, denn drei der Leute, die auf den Bänken warteten, sprangen auf und öffneten die Apps auf ihren Handys.

\* \* \*

Elliots Haus war etwas, was so in Abbys Träumen hätte vorkommen können – egal ob im Schlafen oder Wachen –, wenn sie sich ausgemalt hätte, wo sie am liebsten aufgewachsen wäre. Nicht extravagant, aber solide, zwei Stockwerke, sauber und nett, mit Läden an den Fenstern und Blumen in Beeten vor der Tür. Ordentlich getrimmte Hecken säumten das Grundstück zu beiden Seiten.

Sie ging über den Weg zur Tür, dann wollte sie sich an ihre Mutter wenden, doch neben ihr war niemand. Sie fuhr komplett herum, die beiden Taschen weiter auf ihren Schultern. Ihre Mutter stand wie erstarrt auf dem Bürgersteig.

»Mom«, rief sie. »Ernsthaft. Komm schon. Ich weiß, das hier ist schwierig für dich, aber wir sind nicht bis hierher gelaufen, um in letzter Sekunde Angst zu kriegen und es sein zu lassen.«

Keine Antwort.

»Er wird uns nicht wegschicken.«

Immer noch keine Antwort. Dann bemerkte Abby, dass die Augen ihrer Mutter sich weiteten. Sie starrte auf einen Punkt über Abbys rechter Schulter, und es wirkte fast, als hätte sie einen Geist gesehen. Daher drehte sich Abby wieder nach vorn.

Elliot hatte die Haustür geöffnet und stand auf der Schwelle, beobachtete sie.

Ohne selbst recht zu ahnen, was sie vorhatte, ließ Abby die Reisetaschen fallen und stürzte zu ihm, schlang die Arme um seine Mitte. Er schien zu überrascht, um ihre Umarmung zu erwidern.

Rasch trat sie einen Schritt zurück, dachte, vielleicht hätte sie es besser unterlassen sollen. Dabei blickte er sie gar nicht an, sondern an ihr vorbei zu – wie Abby vermutete – ihrer Mutter. Er hatte den Ausdruck auf seinem Gesicht, den Erwachsene bekommen, wenn sie vergessen, anders zu sein als genau so, wie sie sind. Wenn sie vergessen, so zu tun, als ob alles ganz leicht wäre und nichts auf der Welt irgendeine Wirkung auf sie hätte und sie sich nicht im Geringsten verwundbar fühlen würden.

Sie schaute einen Moment lang zwischen ihnen hin und her und fragte sich, ob irgendjemand vorhatte, das Schweigen zu brechen.

»Äh …«, begann sie, und das schien Elliot aus seiner Selbstvergessenheit zu holen.

»Ihr habt es geschafft«, erklärte er. »Gott sei Dank habt ihr es hergeschafft. Kommt rein, und ich zeige euch, wo das Gästezimmer ist.«

»Wo sind meine Welpen?«, platzte Abby heraus. »Du hast sie doch noch, oder? Wir sind so schnell hergekommen, wie wir nur konnten. Bitte sag mir, dass du sie noch hast.«

Eine kleine Wolke zog über sein Gesicht. Abby sah ihm in die Augen, konnte einen Schatten darin erkennen. Einen Moment lang hatte sie Angst.

Aber dann öffnete er den Mund und sprach, als ob alles in Ordnung sei. »Also gut«, lenkte er ein. »Wir beginnen die Tour im Garten.«

Abby legte die Reisetaschen in der Diele gleich hinter der Tür ab und folgte ihm durch das Haus. Es kam ihr ein bisschen dunkel vor – wenn sie das zu entscheiden gehabt hätte, hätte sie die Vorhänge zurück- und die Rollos hochgezogen –, aber alles fühlte sich sehr behaglich an. Es gab wunderschöne Teppiche und eine alte, wertvoll wirkende Standuhr und Möbel, die eventuell sogar antik waren. Als ob hier jemand wohnte, der nicht sein ganzes Leben lang pleite gewesen war. Das war Abby nicht gewohnt. Allerdings war sie davon überzeugt, dass sie sich durchaus daran gewöhnen könnte.

Diese Überlegungen waren sofort vergessen, als sie aus dem Haus in den Garten traten. Elliot hatte einen Bereich eingezäunt – vielleicht drei Viertel der Fläche –, damit die Welpen genug Platz zum Toben hatten. Als hätte er sich gedacht, dass sie eine Weile hierbleiben würden.

Und als die kleinen Hunde sie entdeckten, begannen sie zu rennen. Sie sprangen hoch in die Luft, höher, als Abby es für möglich gehalten hätte, versuchten, ihr Gesicht zu erreichen. Sie setzte sich im Schneidersitz auf den Rasen, und sie umschwärmten sie, jaulten und winselten vor Aufregung, knabberten an ihren Fingern und ihrem Kinn. Wedelten so stark, dass sie mit ihren ganzen kleinen, weichen Körpern wackelten.

»Sie sind ja so groß geworden! Wie ist das überhaupt möglich? Es waren ja bloß ein paar Tage.«

Sie hörte Elliot sagen: »In diesem Alter wachsen sie furchtbar schnell.«

Abby spürte, dass ihr die Tränen kamen. Sie versuchte verzweifelt, sie zu unterdrücken, aber es gelang ihr nur teilweise. Sie blickte hoch zu Elliot, der neben ihr stand und sich das Wiedersehen anschaute.

»Du hast meine Welpen behalten«, erklärte sie. »Danke. Wirklich, danke. Du hast keine Ahnung, wie sehr ich dich dafür liebe.«

Dann schloss sie rasch den Mund und bereute, was sie gerade gesagt hatte. Sie sollte Elliot nicht lieben. Er war nicht ihr Vater. Er war einfach ein Typ, den sie seit ein paar Tagen kannten, der nett zu ihr und ihren Welpen gewesen war und ihnen ein paar Gefallen erwiesen hatte.

Ein weiteres Mal glitt dieser beunruhigte Ausdruck über sein Gesicht.

Abby blickte wieder auf die aufgeregten Welpen. »Moment«, sagte sie. Und dann zählte sie rasch durch. »Eins, zwei, drei, vier, fünf, sechs. Sechs? Wer fehlt? Oh, ich weiß. Tippy. Wo ist Tippy?«

Sie sah wieder Elliot an, dessen Miene jetzt eindeutig unbehaglich war. »Ich musste eine Entscheidung treffen, während du weg warst. Ich hoffe …«

»O nein! Ist Tippy was passiert? Was war los?«

»Nein. Ihr ist nichts passiert. Es geht ihr gut. Sie ist direkt auf der anderen Seite des Zaunes.« Und er deutete hinüber.

Abby schob die Welpen von sich und stand auf. Sie lief zum Zaun, war sich vage bewusst, dass Elliot ihr folgte, hatte keine Ahnung, wo ihre Mutter gerade war, vermutete sie aber irgendwo im Garten, von wo aus sie wahrscheinlich alles beobachtete.

Der Zaun war fast einen Meter achtzig hoch, sodass Abby hochklettern und sich oben festhalten musste. Dann erst konnte sie sich drüberlehnen und hinüberschauen. Elliot war groß, und er stand neben ihr, leicht auf den Zehenspitzen. Gemeinsam blickten sie in den Nachbargarten.

Eine ältere Frau saß auf der Terrasse und strickte. Sie sah hoch in die Bäume und in den Himmel, nicht auf ihre

Handarbeit, die sie offenbar ganz nach Gefühl machen konnte. Tippy lag schlafend zu ihren Füßen.

»Tippy!«, rief Abby.

Der kleine Hund hob den Kopf und raste dann zum Zaun, um Abby zu begrüßen.

»Tippy, Tippy, Tippy. Ich hab dich so vermisst. Was tust du denn hier drüben?«

Abby kletterte noch höher und streckte ihre Arme nach Tippy aus, doch die Hündin drehte sich um und rannte wieder zurück zu der alten Frau. Dabei schaute sie über ihre Schulter zu Abby, als wollte sie sich entschuldigen. Aber sie lief weiter zurück und legte sich wieder zu Füßen der alten Frau hin.

»Sie hat sich immer durch den Zaun gezwängt und ist nach drüben entwischt«, erklärte Elliot. »Oder hat sich ein Loch drunter durchgebuddelt. Sie wollte so verzweifelt drüben sein. Schließlich hatte ich Schuldgefühle, weil ich sie immer wieder genötigt habe, hierher zurückzukommen.«

Die alte Frau winkte ihnen, und Elliot und Abby winkten zurück.

»Daher hast du also so beunruhigt ausgesehen, als ich gefragt habe, ob du meine Welpen noch hast«, meinte Abby.

»Ja, genau. Ich musste eine Entscheidung treffen. Ist dir aufgefallen, dass Tippy immer die ist, die nicht beim Rudel ist? Es ist ihr viel zu viel Trubel. Sie mag es ruhiger.«

»Ja, das ist mir aufgefallen.«

»Also ... Habe ich das Richtige getan?«

Abby holte tief Luft und warf einen wehmütigen Blick zurück zu dem kleinen schwarzen Welpen. Es fühlte sich für sie immer noch so an, als sei Tippy *ihr* Hund. Es tat weh, als sie seufzte – tat weh, jemanden gehen zu lassen, den sie liebte.

»Ja«, antwortete sie. »Du hast das Richtige getan. Ich hätte genauso entschieden, wenn ich hier gewesen wäre.«

# Kapitel 28

## Die Vor- und Nachteile von Heimsuchungen

### *Elliot*

Elliot steckte zögernd den Kopf ins Gästezimmer, weil er sehen wollte, ob Mary und Abby irgendetwas benötigten und wie sie zurechtkamen. Es fühlte sich wie ein Eindringen in ihre Privatsphäre an. Aber andererseits sagte er sich, sie hätten die Tür nicht weit offen gelassen, wenn sie sich gerade umziehen würden oder etwas besprechen wollten, was niemand hören sollte.

Abby blickte durch das Fenster in den Garten. Er nahm an, sie beobachtete ihre Welpen. Mary räumte ihre und Abbys Kleidung in den Schrank.

»Braucht ihr noch was?«, erkundigte er sich.

Mary zuckte heftig zusammen, dann legte sie sich eine Hand auf die Brust.

»Entschuldigung«, sagte er.

»Es liegt nicht an dir, Elliot, sondern an mir. Ich bin in letzter Zeit furchtbar schreckhaft.«

»Das kann ich mir gut vorstellen.«

»Ich glaub nicht, dass wir im Moment noch irgendwas brauchen. Trotzdem danke fürs Nachfragen. Ich bin einfach so dankbar. Wir sind beide so schrecklich dankbar. Es ist ein wunderschönes Zimmer und hat sogar ein hübsches Badezimmer nur für uns beide. Und dazu dann noch der riesige Schrank und für jeden von uns ein bequemes Bett. Ich bin unfassbar erleichtert, dass wir an einem so schönen Ort untergekommen sind.«

»Ihr müsst hungrig sein.«

»Ich bin jedenfalls halb verhungert!«, rief Abby über ihre Schulter.

»Abby!«, ermahnte Mary sie. »Das war unhöflich.«

»Sorry«, erwiderte Abby. »Sorry, Elliot. Doch ich bin wirklich hungrig.«

»Ich könnte euch zum Essen einladen«, schlug Elliot vor.

»Kommt überhaupt nicht infrage«, verkündete Mary. »Davon will ich nichts hören.«

Abby drehte sich um und schaute Elliot an, der immer noch respektvoll auf der Türschwelle stand. Sie wirkte total enttäuscht. Er lehnte sich mit der Schulter gegen den Türrahmen, richtete sich auf eine längere Unterhaltung ein.

»Jeder muss mal was essen«, meinte er.

»Restaurants sind viel zu teuer. Es ist mehr als genug, dass du uns hier wohnen lässt. Es ist ausgeschlossen, dass du noch mehr Geld für uns ausgibst. Ich möchte dir helfen, Geld zu sparen, statt dir immer neue Kosten aufzubürden. Ich kann gut kochen. Ich kann uns etwas zubereiten.«

»Stimmt, sie ist eine super Köchin«, warf Abby ein, ohne ihren Platz am Fenster zu verlassen.

»Vielleicht morgen«, erklärte Elliot. »Genau genommen wäre morgen ideal dafür, wieder was selbst Zubereitetes zu essen. Aber heute müssen wir irgendwohin gehen, denn ich muss erst einkaufen. Ich hab praktisch nichts im Haus.«

»Oh, das wage ich zu bezweifeln«, entgegnete Mary.

Zu seiner Überraschung drängte sie sich an ihm vorbei und marschierte in Richtung Küche, wobei sie die ganze Zeit redete. Er folgte ihr die Treppe hinab, sagte allerdings nichts, sondern hörte einfach zu.

»Alle behaupten immer, sie hätten nichts zu essen im Haus, doch die meiste Zeit stimmt das gar nicht. Genau genommen ist da sogar jede Menge, es ist nur eben nicht das, worauf sie gerade Appetit haben, oder sie können nicht wirklich kochen, sodass sie nicht wissen, wie man aus dem, was sie haben, etwas Nahrhaftes und Schmackhaftes zubereitet. Natürlich ist es nicht ausgeschlossen, dass deine Küche mich Lügen straft und tatsächlich nichts da ist, und in dem Fall entschuldige ich mich dafür, dass ich voreilig Schlüsse gezogen habe.«

Er ging mit ihr in die Küche und beobachtete, wie sie die Kühlschranktür aufmachte und die Gemüseschublade herauszog. Dann schloss sie den Kühlschrank wieder und öffnete seinen Vorratsschrank, dessen Inhalt sie sorgsam prüfte.

»Genau, wie ich dachte«, verkündete sie. »Ich schulde niemandem eine Entschuldigung. Das Essen wird in ungefähr einer halben Stunde fertig sein. Ich sag Abby Bescheid, dass sie den Tisch decken soll.«

\* \* \*

Als Elliot auf den Ruf hin, es sei alles fertig, das Esszimmer betrat, spürte er einen Kloß in der Kehle, der ihm die Luft abzuschnüren drohte. Er blieb einen Moment stehen, versunken in den Anblick, der sich ihm bot, und versuchte zu schlucken.

Der Tisch war festlich gedeckt, komplett mit Tischdecke und Stoffservietten. Mary hatte Kerzen in der Mitte des Tisches angezündet. In der hölzernen Salatschüssel, die er seit Jahren nicht mehr benutzt oder auch nur zu Gesicht bekommen hatte, befand sich ein appetitlicher Salat. Zwei dampfende

Servierschüsseln standen auf Untersetzern vor seinem Platz, der am Kopf des Tisches zu sein schien. Eine der Schüsseln enthielt etwas, das wie ein Gemüsecurry aussah, die andere war bis zum Rand mit Nudeln gefüllt.

Und das Beste von allem war, dass da andere Menschen waren, die mit ihm zusammen essen würden. Abby und Mary hatten auf den Stühlen an den Seiten des Tisches Platz genommen und warteten darauf, dass er sich zu ihnen setzte.

»Hab ich irgendwas falsch gemacht?«, erkundigte sich Mary. Ihre Stimme klang verunsichert.

Elliot schluckte hart und zwang sich zu antworten. »Nein, nein, es gefällt mir«, sagte er. »Es gefällt mir sehr.«

»Du wirkst so … niedergedrückt. Ich meine … mehr als sonst. Oh, tut mir leid. Ich fürchte, ich gehe das ganz falsch an.«

»Nein, überhaupt nicht«, erwiderte er, trat zu seinem Stuhl und setzte sich an den Kopf des Tisches. »Ich bin nur eben ein bisschen emotional geworden.«

Alle drei Teller standen in einem Stapel bei Elliot, daher gab er auf den obersten Nudeln und etwas von dem Curry, reichte den Teller dann an Mary weiter. Er wandte sich leicht zu Abby um und sprach mit ihr, als er ihr ihre Portion aufzutun begann.

»Sag Bescheid, wenn es genug ist«, forderte er sie auf, während er ihr einen Haufen Nudeln auf den Teller lud.

»Mach weiter«, verlangte Abby.

»Abby!«, wies ihre Mutter sie zurecht.

»Aber ich hab Hunger.«

»Sie ist noch im Wachstum«, erklärte Elliot.

»Sag es zumindest höflich. ›Bitte noch etwas mehr, Elliot.‹«

»Okay. 'tschuldigung.«

Er füllte ihr den Teller mit einer unfassbaren Menge Essen und gab ihn ihr, ehe er sich selbst bediente.

Niemand begann zu essen. Nicht mal das halb verhungerte Mädchen. Sie warteten auf ihn.

»Es ist nur …«, begann er. Dann hielt er ein paar Momente lang inne, fragte sich, ob er wirklich darüber reden wollte. »Als ich all das hier gesehen habe, hat es mich in der Zeit zurückversetzt. Pat hat immer gekocht, und dann hat sie den Tisch so hübsch gedeckt wie ihr heute. Doch dann ist sie krank geworden. Ich kann leider gar nicht kochen, daher besorge ich mir was zum Mitnehmen oder so. Jedenfalls liegt eine Mahlzeit wie die hier lange zurück, und daher hat mich das eben ziemlich hart getroffen.«

»Da ist keine Erklärung notwendig«, stellte Mary ruhig fest. »Wir haben nicht vergessen, was für schwierige Zeiten das für dich sind. Was es für uns umso wunderbarer macht, dass du bereit bist, uns trotzdem Gastfreundschaft zu erweisen.«

»Fangt an zu essen«, forderte er sie auf. »Lasst es nicht kalt werden.«

»Verstehst du nicht, Mom?«, erkundigte sich Abby. »Er versucht, zu sagen, dass es nett ist, nicht allein zu sein.«

»Abby«, mahnte Mary, ruhig und ein bisschen streng.

»Nein, sie hat ja recht. Es ist genau das, was sie gerade gesagt hat.«

Er nahm einen großen Bissen von dem Curry. Es war mit Kokosmilch gemacht, mild, aber gut gewürzt. »Es schmeckt ganz wunderbar«, erklärte er.

»Freut mich, dass du es magst.«

»Ich kann immer noch nicht glauben, dass ich alle Zutaten dafür im Haus hatte.«

»Im Grunde genommen hat jeder irgendwas im Haus. Die meisten wissen nur nicht, wie sie daraus eine Mahlzeit zusammenstellen können. Wenn man erst mal jahrelang selbst gekocht hat, beherrscht man die Fähigkeit, aus den verschiedensten Zutaten etwas Leckeres zuzubereiten.«

\* \* \*

Vier Tage später war Elliots erster Arbeitstag.

Als er unten in die Küche trat, hatte Mary Kaffee fertig, und alle Zutaten für ein Omelett lagen geschnitten und abgemessen neben dem Herd, bereit, in die Pfanne gegeben zu werden.

In den letzten Tagen waren sie einkaufen gewesen. Jede Menge Lebensmittel.

»Soll ich dir was zum Lunch einpacken?«, fragte sie ihn und gab die verquirlten Eier in die Pfanne.

»Oh. Nun, lass mich kurz überlegen. Ich möchte nicht, dass du dir so viel Mühe machst. Ich hatte mir gedacht, dass ich mittags was essen gehe oder mir vielleicht was aus der Cafeteria besorge.«

»Das ist keine Mühe. Wenn du tatsächlich mittags in der Cafeteria essen willst, ist das völlig okay. Du solltest tun, was du am liebsten magst, vor allem an deinem ersten Arbeitstag nach so langer Zeit. Aber ich habe kein Problem damit, dir was zum Lunch mitzugeben, und das ist auch viel günstiger. Und vermutlich gesünder.«

»Wenn es dir wirklich nichts ausmacht«, erwiderte er.

»Sei nicht albern. Bei all dem, was du für uns tust? Da ist es das Mindeste, was ich tun kann.«

Abby kam herein, war zwar angezogen, sah allerdings trotzdem verschlafen aus. »Oh, Omelett«, rief sie.

»Das hier ist für Elliot, Süße. Du musst warten und kannst das nächste haben, denn Elliot muss zur Arbeit. Du hingegen hast Sommerferien, daher ist es bei dir nicht eilig.«

»Okay«, sagte Abby, setzte sich und rieb sich die Augen. »Außerdem muss ich die Welpen in den Garten lassen. Und dann muss ich die Waschküche sauber machen, wenn da was ist, und dann gebe ich ihnen was zu fressen.« Doch einen Moment lang saß sie einfach nur da. »Ich hab da eine Frage«, wandte sie sich an Elliot. »Ich verstehe es, wenn die Antwort Nein lautet. Komplett. Also, denkst du, sie dürfen irgendwann ins Haus?«

»Oh, Süße …«, setzte Mary an. Aber dann wartete sie und ließ Elliot die Chance, nachzudenken.

»Wenn du sie stubenrein kriegst und ihnen beibringst, nicht auf Sachen herumzukauen, die nicht dafür da sind. Nur wird das alles andere als leicht.«

»Ja, klar. Das macht mir überhaupt nichts aus.«

»Und wir müssen die Teppiche aufrollen.«

»Aber sie werden doch stubenrein sein.«

Mary und Elliot lachten beide.

Abby wirkte getroffen. »Was ist daran denn so komisch?«, wollte sie wissen. »Ich hab doch gesagt, ich erziehe sie.«

»Hundeerziehung ist mit vielen Rückschlägen verbunden«, meinte Elliot.

»Oh.«

»Vielleicht sollten wir Elliot damit nicht gleich am ersten Tag überfallen, an dem er wieder zur Arbeit muss«, erklärte Mary.

»Darüber zu sprechen ist völlig okay. Es wäre sogar schön, wenn wir sie bei uns drinnen haben könnten.«

»Alle sechs?«, erkundigte sich Mary. Dann wandte sie sich an Abby: »Süße, du solltest dich möglicherweise ernsthaft damit befassen, ein gutes Zuhause für ein paar mehr von ihnen zu finden. Sechs Hunde sind immer noch echt viel.«

»Nein«, beschwerte sich Abby und zog das Wort endlos in die Länge. »Sie gehören mir. Sie würden mir unfassbar fehlen.«

Elliot ertappte sich dabei, in ihr lang gezogenes, klagendes »Nein« einstimmen zu wollen.

»Was meinst du, Elliot? Muss ich welche von ihnen abgeben?«

»Mir würden sie auch fehlen«, erklärte er. Er blickte zu Mary, um ihre Reaktion abzuschätzen, doch sie schaute nicht von seinem Omelett auf. »Ich meine … Sie sind einfach so niedlich. Man verliert sein Herz viel schneller an sie als gedacht.«

»Siehst du, Mom? Elliot ist auf meiner Seite. Außerdem gehören ja zwei davon ihm. Nicht wahr, Elliot? Also hab ich nur vier. Ich meine, vier sind irgendwie immer noch viele Hunde, aber es ist nicht mehr so lachhaft viel. Oder? Welche zwei möchtest du eigentlich, Elliot? Hast du dich schon entschieden?«

»Nicht wirklich. Ich bin mir auch nicht sicher, wie wichtig das ist. Wir sind hier ja alle zusammen.«

»Trotzdem sollten wir es irgendwann entscheiden. Du weißt schon. Für später. Wenn wir gehen. Wenn wir unsere eigene Wohnung haben und so.«

Doch Elliot wollte nicht darüber reden, dass sie hier ausziehen könnten. Er wollte noch nicht einmal daran denken.

Das musste sich auch auf seiner Miene widergespiegelt haben, denn Abby fügte hinzu: »Tut mir leid. Habe ich etwas Falsches gesagt?«

Mary stellte den Teller mit seinem Omelett und etwas Obst vor ihn. Elliot war dankbar für die Ablenkung.

»Das sieht wunderbar aus«, verkündete er. Und dann zu Abby: »Ich glaube, damit beschäftigen wir uns, wenn es so weit ist.«

\* \* \*

Um zehn vor zwölf steckte Roger den Kopf in Elliots Büro.

»Ich gehe zur Mittagspause runter in die Cafeteria. Willst du mit?«

»Was gibt es in der Cafeteria mittags?«

»Kaffee«, erwiderte Roger.

»Aber … Ich meine essenstechnisch. Alles, was sie haben, ist Kuchen. Willst du tatsächlich Kuchen zu Mittag?«

»Ganz im Gegenteil. Ich bin auf Diät. Ich werde zu Mittag Kaffee trinken. Das Koffein hilft mir, den Appetit zu zügeln.«

»Das klingt mir nicht nach einer guten Methode, um …«
Dann brach Elliot ab, beendete den Satz nicht, wechselte das
Thema. »Sorry«, sagte er. »Das geht mich nichts an. Ich küm-
mere mich besser um meinen eigenen Kram.«

»Also kommst du mit?«

»Mary hat mir was zum Lunch mitgegeben«, erklärte er. Er
öffnete die große Schublade unten an seinem Schreibtisch und
nahm es heraus, in der braunen Papiertüte, als ob er Roger den
Beweis zeigen müsste. »Und es sah wirklich gut aus, als sie es
eingepackt hat.«

»Dann iss es doch in der Cafeteria«, schlug Roger vor. »Hol
dir einen Kaffee, und iss es dort.«

»Ja, vermutlich könnte ich das tun.«

Wenn er ehrlich mit sich selbst sein wollte, dann hatte er
auf eine Gelegenheit gehofft, in Ruhe mit Roger zu reden.

\* \* \*

»Offenkundig entgeht mir hier was«, stellte Roger fest.

Er starrte wie ein Verhungernder auf Elliots Sandwich. Zu
seiner Rechtfertigung musste allerdings berücksichtigt werden,
dass es ein wunderbares Sandwich war. Mary hatte es mit drei
Sorten Käse und Senf gemacht, auf dicken Scheiben von dem
saftigen Sauerteigbrot, das sie gestern selbst gebacken hatte.

»Was entgeht dir?«

Sie saßen an einem der Tische im Freien, weil Elliot hier
die Chancen für besser hielt, dass sich niemand beschweren
würde, weil er sein eigenes Essen mitgebracht hatte. Es war ein
angenehm warmer Tag, und die Sonne fühlte sich auf seinem
Rücken gut an. Er biss erneut ab.

»Ich meine«, sagte Roger, »den Teil dieser ganzen Situation,
der nicht gut ist. Sie kocht für dich und hält das Haus sauber,
übernimmt den Einkauf. Also … wo ist das Problem?«

Elliot hörte auf zu kauen und schluckte. Er verspürte etwas wie Sodbrennen, als das Essen die Speiseröhre runterrutschte. Aber das mochte auch gar nichts damit zu tun haben.

»Ich hab nicht behauptet, dass es ein Problem sei.«

»Das musstest du auch nicht. Irgendwas bereitet dir offensichtlich Sorgen.« Er starrte sehnsüchtig auf Elliots Sandwich. »Oh, warte«, sagte er. »Verstehe. Sorry, alter Junge. Tut mir leid, dass ich so schwer von Kapee bin. Es ist, als hättest du wieder eine Ehefrau, und es ist irgendwie schön. Und daher fühlst du dich schuldig.«

Elliot legte das Sandwich zurück auf das Papier, in das Mary es eingewickelt hatte. »Etwas in der Art. Ja.«

»Ist da irgendetwas, weswegen du dich schuldig fühlen müsstest?«

»Nein. Warum sollte ich? Ich wollte ihnen ja nur helfen.«

»Also hast du gar keine Gefühle für sie? Überhaupt keine?«

Elliot blickte auf die andere Hälfte seines Sandwiches und stellte fest, dass ihm der Appetit vergangen war. Auf alles. »Ich weiß nicht«, erwiderte er.

»Verstehe«, sagte Roger erneut und nippte an seinem Kaffee.

»Was verstehst du? Wie kannst du es verstehen? Ich verstehe es ja nicht einmal selbst.«

»Alles, was kein einfaches Nein ist, verrät schon viel, alter Junge. Wenn du nicht weißt, ob du Gefühle für sie hast oder nicht, dann heißt das, dass du zumindest welche haben *könntest*. Irgendwas in der Richtung. Und das ist der Grund, weshalb du Schuldgefühle hast.«

Elliot öffnete den Mund, um zu widersprechen. Dann schloss er ihn wieder. Weil es nichts zum Widersprechen gab. »Ich glaube, ich bin vor allem verwirrt«, antwortete er schließlich. »Ich hab gerade erst Pat verloren, und meine Gedanken und meine Gefühle sind irgendwie völlig desorganisiert.«

»Interessante Formulierung«, meinte Roger. »Desorganisiert. Ist dir schon mal aufgefallen, dass niemand je sagt, seine Gefühle seien organisiert? Ich dachte immer, das sei ...« Dann warf er einen Blick auf Elliots Gesicht und brach ab. »Sorry. Zu früh. Falscher Ort. Falsches Publikum. Rede bitte weiter.«

»Ich fühle mich bloß wie ... Inmitten all dieses Kummers weiß ich nicht mal, was ich eigentlich genau empfinde. Vielleicht gefällt es mir auch einfach deshalb so gut, sie um mich zu haben, weil allein zu sein so schrecklich war.«

»Ich höre immer noch nicht das Problem«, warf Roger ein.

»Dann bist du ein schlechter Zuhörer, Roger. Ich hab das Problem ja gerade beschrieben. Das Problem ist, dass ich es nicht weiß.«

»Es nicht zu wissen ist kein Problem.«

»Es fühlt sich aber so an.«

»Du redest über etwas, das mit der Zeit klarer werden wird. Wirklich, wir sollten alle solche Probleme haben wie du. Es gibt hier keine Probleme, alter Junge. Du machst das alles viel komplizierter, als es sein müsste.«

Darauf erwiderte Elliot nichts. Er versuchte, dem nachzuspüren, was sein Freund gerade behauptet hatte, zog in Erwägung, dass Roger womöglich recht hatte.

»Ich meine«, begann Roger, »was würde Pat denn sagen?«

»Nun, da gibt es keinen Zweifel. Sie *hat* was gesagt. Sie hat sich klar und deutlich zu dem Thema geäußert. Ungefähr ein Jahr nachdem sie die Diagnose erhalten hatte, als sie schon krank war, doch nicht so krank, dass sie sich nicht mehr klar ausdrücken konnte. Ich erinnere mich beinah wörtlich daran. Sie hat gesagt: ›Elliot, du bist ein attraktiver und aktiver Mann, und dein Leben ist noch nicht mal ansatzweise vorbei, und ich will nicht, dass du dich für den Rest deiner Tage verkriechst. Wenn das hier vorbei ist, gehst du raus und lebst. Sonst passiert was.‹«

»Das klingt nach Pat. Hat sie je verraten, *was* sonst passiert?«

»O ja. Wie ein Idiot habe ich sie gefragt. Sie hat geantwortet: ›Sonst komme ich zurück und suche dich heim.‹«

Sie saßen beide eine Minute lang da und lächelten in Erinnerung an sie.

»Nun, das würdest du natürlich nicht wollen«, stellte Roger fest und starrte weiter auf Elliots halb gegessenes Sandwich.

»Oh, ich weiß nicht«, meinte Elliot. »Es wäre schon irgendwie schön, sie wiederzusehen.«

Und dann, sehr zu seiner eigenen Überraschung, nahm er das Sandwich, weil er plötzlich wieder Lust darauf verspürte, es zu essen. Das Unbehagen war verschwunden.

# Kapitel 29

## ZEIT

### *Mary*

Es war beinahe vier Monate her, dass sie bei Elliot eingezogen waren. Mary ging mit ihrer Lunchtüte zu einem kleinen Tisch in der Cafeteria von Meade Industries und setzte sich.

Sie griff in ihre Handtasche und nahm den Schreibblock heraus, den sie mitgebracht hatte, suchte kurz nach einem Stift. Fürs Erste schenkte sie ihrem Sandwich keine Beachtung, denn sie hatte eine ganze Stunde Mittagspause, bevor sie wieder an ihrem Arbeitsplatz an der Rezeption sein musste.

Sie schrieb das Datum auf die erste Seite und begann einen Brief an Viv.

> Liebe Viv,
> jeden Tag wünsche ich mir, ich könnte einfach zum Telefonhörer greifen und Dich anrufen, denn wir haben gar nicht mehr miteinander gesprochen. Also, außer bei dem einen kurzen Anruf, als ich Dir Bescheid gesagt habe, dass wir sicher bei Elliot angekommen sind.

Es gibt so viel zu berichten. Doch ich habe kein eigenes Telefon, sondern müsste immer das von jemand anders benutzen, und ich möchte Elliot auf keinen Fall mehr Kosten verursachen. Und natürlich sind die Telefone hier in der Firma nicht für Privatgespräche da – das ist vermutlich überall so, egal wo man arbeitet. Jedenfalls habe ich jetzt beschlossen, Dir alles auf die ganz altmodische Weise zu erzählen.

Ich arbeite jetzt schon seit drei Wochen hier und habe auch bereits meine zweite Gehaltszahlung erhalten, daher kann ich Dir einen Scheck über die Hälfte dessen ausstellen, was ich Dir schulde, und ihn zu diesem Brief in den Umschlag stecken. Schau bitte nach, falls Du ihn noch nicht gefunden hast.

Die Leute hier in der Firma sind wirklich total freundlich. Sie wissen, dass ich irgendwie zu Elliot gehöre, und sie mögen ihn alle sehr gern und haben Mitleid mit ihm, wegen Pat, und sie wünschen sich, dass er wieder glücklich wird. Ich denke, deswegen sind sie so besonders nett zu mir. Aber … ich weiß, das klingt jetzt vermutlich merkwürdig, aber ich sage es trotzdem … das erhöht den Druck auf mich. Ich bin sicher, Du weißt, ich habe Gefühle für ihn, und ich denke, er weiß das vermutlich auch. Er ist nicht dumm. Und ich bin mir ziemlich sicher, dass er diese Gefühle nicht erwidert. Das ist ein Grund, weswegen ich glaube, dass Abby und ich bald ausziehen müssen. Weil es für mich unter den gegenwärtigen Umständen einfach zu schwierig ist.

Interessanterweise hat mir Elliot diesen Job besorgt, und er ist derjenige, der vorgeschlagen hat, dass ich Teilzeit arbeite. Damit ich Geld für mich habe, für Kleidung und so, und außerdem meine Schulden bei Dir begleichen kann. Natürlich brauche ich auch einen Anwalt, der sich um die Scheidung kümmert. Abby sagt, Elliot hat das mit der Teilzeit vorgeschlagen, weil er möchte, dass wir bleiben. Sie versteht ihn gut und kann sein Verhalten perfekt deuten. Jedenfalls besser als ich. Also hatte ich anfangs große Hoffnungen, doch jetzt glaube ich, dass er es vor allem mag, wenn jemand da ist, der kocht und den Haushalt führt. Was okay ist. Nach allem, was er für uns getan hat, ist das das Mindeste, womit ich mich revanchieren kann. Aber wenn Abby und ich je eine eigene Wohnung haben wollen, werde ich hier in der Firma nachfragen müssen, ob ich auch Vollzeit arbeiten könnte. Denn mit meinem jetzigen Gehalt kann ich mir noch nicht mal ein eigenes Auto leisten. Elliot hat zwar ein Auto und einen Pick-up, und er leiht mir beides sehr großzügig, trotzdem geht das so nicht ewig weiter.

Ich möchte nicht den Eindruck erwecken, als hätte er für mich entschieden, dass ich halbtags arbeite. Er ist nicht wie Stan. Er ist in keiner Weise wie Stan. Er hat nur gemeint, dass eine Halbtagsstelle eine gute Idee wäre. Und ich hasse es, dass ich Dir das schreiben muss, Viv, doch zu großen Teilen bin ich noch so, wie ich immer war. Ich konnte mich einfach nicht dazu durchringen, ihn zu fragen, was das heißt. Ob er damit sagen wollte, dass er möchte, dass wir bleiben, oder welche Botschaft sich sonst dahinter verbirgt. Ich vermute, es dauert wirklich lange, sich grundlegend zu ändern. Jedenfalls länger als ein paar Monate.

Trotzdem, selbst wenn er wollte, dass wir bleiben, besteht weiter das Problem, dass ich diese Gefühle für ihn habe, von denen ich ehrlich nicht glaube, dass er sie erwidert. Ich meine, natürlich ist seine Frau erst kürzlich gestorben. Daher verstehe ich, dass er noch nicht bereit ist. Ich hab bloß diese Ahnung, dass das ein Problem ist, das nicht einfach von selbst verschwindet, selbst wenn er so weit ist. Ich bin mir gar nicht sicher, warum ich all das schreibe, aber das ist nun mal der Eindruck, den ich habe.

Mary kam am Seitenende an. Sie riss das Blatt vom Block, drehte es um und beschloss dann, das Papier doch nicht auf beiden Seiten zu benutzen. Die Tinte schimmerte durch, und alles, was sie auf die Rückseite schrieb, würde Viv nur schwer entziffern können.

Sie saß einen Moment vor dem leeren Blatt Papier und überlegte, was sie ihrer Freundin sonst noch mitteilen wollte, ob da überhaupt noch mehr war. Vermutlich sollte sie ihr von dem Gespräch mit Abby heute Morgen berichten, bevor die zur Schule aufgebrochen war, und davon, wie schlecht sich Mary fühlte, weil sie ihre Tochter zum Weinen gebracht hatte.

Da ertönte eine Stimme und riss sie aus ihren Gedanken.

»Hast du fertig geschrieben?«

Sie hob den Kopf und sah Elliot an ihrem Tisch stehen. Er hatte die Lunchtüte in der Hand, die sie ihm heute Morgen gepackt hatte.

»Oh. Ja, für den Moment schon.«

»Hättest du gern Gesellschaft?«

»Sicher.«

Er nahm ihr gegenüber Platz, und sie wechselten ein kleines, leicht verkrampftes Lächeln. Alles, was mit Elliot zu tun hatte, schien mit jedem Tag verkrampfter zu werden, was sich wie ein weiterer Grund dafür anfühlte, dass sie einen Weg finden musste, auf eigenen Füßen zu stehen.

»Ich hab Abby getroffen, bevor sie heute Morgen zur Schule gegangen ist«, erklärte er. »Sie hat geweint.«

»Ich weiß. Das tut mir leid.«

»Sie hat erzählt, du hättest ihr gesagt, sie müsse mindestens zwei ihrer Hunde abgeben.«

»Ich wollte sie nicht zum Weinen bringen.«

»Also stimmt es.«

»Ja.«

»Aber warum, Mary? Warum hast du das zu ihr gesagt?«

Seine Stimme klang so flehend, dass Mary im grellen Licht der Leuchtstoffröhren in der Cafeteria einen raschen Blick in sein Gesicht wagte, ehe sie die Augen schnell wieder auf die Edelstahloberfläche des Tisches vor ihr richtete. Er sah gekränkt aus.

Ihr schoss der Gedanke durch den Kopf, dass er so nur aussehen konnte, wenn ihm etwas an ihr lag, doch dann entschied sie sofort, dass es vermutlich gar nichts mit ihr zu tun hatte. Er mochte Abby sehr gern und genoss ganz klar ihre Gesellschaft, und er liebte die Hunde, als wären es seine eigenen.

»Ich weiß, das ist hart«, sagte sie. »Aber du musst doch wissen, warum. Hast du irgendeine Vorstellung davon, wie schwer es sein wird, auch nur mit zwei Hunden eine Wohnung zu finden? Mit vieren brauche ich überhaupt nicht mit der Suche anzufangen.«

Sie wagte einen weiteren Blick in sein Gesicht, wünschte sich aber sofort, das nicht getan zu haben.

»Bist du denn in meinem Haus nicht glücklich?«

»Oh, nein! Wie kannst du das glauben? Natürlich sind wir glücklich. Dein Haus ist wunderbar. Abby und ich lieben es beide.«

»Warum willst du dann gehen?«

»Nun, früher oder später müssen wir das, oder? Wir können uns ja nicht ewig auf deine Gastfreundschaft verlassen.«

»Ich wüsste nicht, warum nicht. Es ist ein großes Haus. Und wir kommen doch prima miteinander aus.«

Mary spürte, wie sich in ihrem Magen etwas Kaltes zusammenzog. Weil sie wusste, jetzt musste sie etwas Mutiges tun. Gerade hatte sie auf dem Papier ihrer Freundin Viv anvertraut, dass sie, was Elliot betraf, ein Feigling war, und jetzt bot ihr das Leben die Chance, es besser zu machen.

Obwohl in ihrem Bauch ein ganzer Schwarm Schmetterlinge zu flattern begann, schob sie ihm den Brief an Viv über den Tisch zu. Er nahm ihn und begann ihn zu lesen.

Während er das tat, starb Mary tausend Tode.

Sie blickte aus dem Fenster, weil sie sich nicht dazu durchringen konnte, ihm beim Lesen zuzuschauen. Es war ein windiger Tag. Am Rand des Firmengeländes stand eine Reihe hoher Bäume, und sie beobachtete, wie ihre Äste sich im Wind bewegten.

Sie hörte durch das Glas Vögel zwitschern, konnte aber nirgends welche entdecken. Dann erhoben sie sich plötzlich alle zusammen aus zweien der Bäume und flogen davon. Es mussten

Hunderte sein, und am Himmel bildeten sie eine Wolke aus schwarzen Punkten.

»Das wusstest du vermutlich schon«, sagte Mary schließlich und vermied es, Elliot ins Gesicht zu sehen.

Ein paar Sekunden später legte er den Brief hin. Sie wollte in seiner Miene lesen, um Hinweise darauf zu erhalten, was er dachte, konnte sich jedoch nicht dazu überwinden.

»Du hast mir keine Zeit gelassen«, erklärte er, und er klang beinah absurd verletzt.

»Zeit für was?«

»Du gibst mir keine Zeit dafür, herauszufinden, ob ich deine Gefühle erwidere.«

Jetzt wandte Mary den Blick vom Fenster auf den Tisch. Ihr Magen begann sich zu entspannen, und die Kälte löste sich auf, wie Eis, das unter warmem Wasser schmilzt.

Während sie das erkundete, redete er weiter.

»Du hast ja selbst geschrieben, dass ich noch nicht bereit bin. Was stimmt. Aber warum gehst du einfach davon aus, dass ich das auch nie sein werde … selbst nachdem ich die Chance hatte, Pats Verlust zu verwinden. Ich meine … warum befürchtest du, dass sich das nicht ändern wird?«

»Ich weiß nicht«, antwortete Mary. Und dann spürte sie, wie sie plötzlich in ein Loch der Aufrichtigkeit fiel, und wusste, dass die nächsten Worte, die sie sagen würde, nicht verwirrt oder zusammenhanglos sein würden oder von Furcht bestimmt. »Völlig unterentwickeltes Selbstbewusstsein? Oder vielleicht bin ich es einfach nur nicht gewohnt, dass irgendetwas in meinem Leben mal so läuft, wie ich es mir wünsche.«

Sie wartete, falls er etwas hinzufügen hatte. Als er das nicht tat, riskierte sie einen Blick in sein Gesicht. Er wirkte gedankenverloren und traurig. Oder einfach bloß verloren.

»Also was ist, wenn ich dir Zeit gebe und es trotzdem nicht klappt?«, fragte sie, immer noch sehr mutig, wie sie fand.

»Nun ... Was, wenn nicht? Leute können doch zusammenwohnen, wenn sie einfach Freunde sind. Das passiert ständig. Es ist so viel schöner mit dir und Abby im Haus. Es ist fast so, als wäre wieder Leben eingekehrt. Sie ist so fröhlich und freundlich, und ich liebe dein Essen und wie du dich um den Haushalt kümmerst. Und die Welpen! Ich liebe die Welpen. Selbst wenn du mit ihr in eine eigene Wohnung ziehst, zwing Abby bitte nicht, welche von ihnen wegzugeben. Mir würden sie genauso fehlen wie ihr. Ich kann sie behalten, wenn ihr sie nicht mitnehmen könnt, und dann kann Abby sie besuchen. Sie kann sie auch später nachholen, wenn sie einen Platz für sie hat. Allerdings nur, wenn ihr wirklich wegmüsst.«

»Aber du möchtest nicht, dass wir ausziehen.«

»Nein.«

Mary holte tief Luft. Sie hörte, wie sie in ihre Lungen strömte und dann als Seufzen wieder entwich. Sie wusste, er hörte das Seufzen auch. Sie hatte gar keine Ahnung gehabt, wie viel Stress der Gedanke, dass sie und ihre Tochter ausziehen müssten, ihr bereitet hatte. Sie hatte nicht gemerkt, wie schwer das auf ihr gelastet hatte, bis ihr die Last abgenommen worden war.

»Dann bleiben wir«, erklärte sie. »Und ich lasse dir jede Menge Zeit. So viel, wie du brauchst.«

»Gut«, erwiderte er. »Ich fühle mich deutlich besser, nachdem ich das vom Herzen habe. Ich vermute, es gibt nicht viel Kummer auf der Welt, den genügend Zeit und sechs Welpen nicht heilen können.«

In angenehmem Schweigen aßen sie ihren Lunch. So wie Freunde das tun – Freunde, die nicht immer reden müssen. Für Mary war das genug. Zumindest für den Moment.

Wenn sie heimkam, würde sie den Brief an Viv zerreißen und einen neuen schreiben, den sie ihr mit dem Scheck schicken konnte. Denn alles, was sie vorher geschrieben hatte, war nun überholt.

»Hey«, sagte sie plötzlich. »Hast du eigentlich ein Handy bei dir?«

»Klar. Möchtest du jemanden anrufen?« Er holte es aus seiner Tasche und reichte es ihr.

»Ist bloß ein Ortsgespräch.«

»Kein Problem. Mach nur.«

Sie nahm das Handy von ihm entgegen. Sie hatte die Nummer von Abbys neuer Schule in ihrem Portemonnaie. Bloß für Notfälle. Für die Schule wäre das hier sicher kein Notfall. Aber weil sie verstand, wie Abby sich nach ihrem Gespräch heute Morgen an diesem Tag fühlte, tat Mary es trotzdem.

Eine offiziell klingende Frauenstimme meldete sich einfach mit: »Sekretariat.«

»Ich muss mit Abigail Hubble sprechen. Ich bin ihre Mutter.«

»Bitte warten Sie kurz.«

Sobald sie das Klicken in der Leitung hörte, bereute Mary, dass sie die Frau nicht gebeten hatte, ihrer Tochter gleich zu sagen, dass es keine schlechten Nachrichten waren.

»Es dauert eine Minute«, teilte sie Elliot mit, und er nickte.

Während sie warteten, begegneten sich ihre Blicke, und sie lächelten einander an. Und das war überhaupt nicht verkrampft. Nicht im Geringsten. Sie schauten einander noch etwas länger in die Augen, und da endlich erkannte Mary die Bewunderung und aufkeimende Zuneigung für sie, die sie bislang übersehen hatte.

Dann war plötzlich Abbys Stimme am Telefon.

»Was? Was ist los? Was ist passiert? Ist es was Schlimmes?«

»Nein! Alles in Ordnung. Es tut mir so leid, dass ich dir Angst gemacht habe, Süße. Es sind gute Neuigkeiten. Wirklich gute. So gut, dass ich dich nicht den ganzen Tag darauf warten lassen wollte.«

* * *

Kurz nach sechs kam Abby durch die Haustür gestürmt. Sie hatte begonnen, länger in der Schule zu bleiben, weil sie mehr trainierte, um es in die Schwimmmannschaft zu schaffen.

Mary war in der Küche und gönnte sich mit Elliot gerade eine Kostprobe von ihren selbst gebackenen Keksen, aber sie konnte deutlich den Lärm hören, der die Ankunft ihrer Tochter begleitete. Dicht darauf folgte das Zuschlagen der Haustür, dann der Knall, mit dem ihre Büchertasche in der Diele auf dem Boden landete – unter der Garderobe, vermutete Mary, denn dort schien sie immer zu liegen.

Abby lief durch die Küche, gönnte ihrer Mutter und Elliot kaum einen Blick, sparte sich die Mühe, sie überhaupt anzusprechen. Wie eine Litanei wiederholte sie die ganze Zeit: »Meine Welpen, meine Welpen, meine Welpen …«

Dann war sie weg, durch die Hintertür in den Garten verschwunden.

»Das war sehr unhöflich«, stellte Mary fest. »Ich werde mit ihr reden.«

»Nicht meinetwegen«, antwortete Elliot. »Bitte. Sie ist so aufgeregt und glücklich. Heute Morgen dachte sie noch, sie würde die meisten von ihnen verlieren. Natürlich möchte sie sie jetzt dringend sehen.«

»Sie hätte sich trotzdem einen Moment Zeit lassen sollen, um zur Kenntnis zu nehmen, dass der Grund dafür, dass sie sie behalten kann, du bist. Sie hätte mindestens Danke sagen können. Selbst ein einfaches ›Hallo‹ wäre schon mal ein Schritt in die richtige Richtung gewesen.«

»Vielleicht erinnert sie sich ja noch daran«, erwiderte er. »Du weißt schon. In Teenagerzeit.«

Gerade als er das letzte Wort ausgesprochen hatte, wurde die Küchentür aufgestoßen, und Abby kam reingelaufen. Sie versuchte, die Tür hinter sich zuzudrücken, aber das Schloss rastete nicht ein, und drei Welpen folgten ihr auf dem Fuße.

Sie rannte zu Elliot und schlang die Arme um ihn. »Ich liebe dich, ich liebe dich, ich liebe dich«, verkündete sie, und die Worte überschlugen sich fast. »Ich werde dir das nie vergessen. Ich werde nie vergessen, dir zu danken.«

Mary blickte an den beiden vorbei und sah die anderen drei Welpen die Köpfe vorsichtig durch die offene Tür stecken. Sobald sie ihre Geschwister drinnen entdeckt hatten, sprangen sie hinterher und begannen durchs Haus zu toben.

»Ups«, sagte Abby. »Ich sollte wohl besser meine Welpen einfangen.«

Doch sie blieb kurz bei Marys Stuhl stehen und gab ihrer Mutter einen lauten Schmatz auf die Wange. »Dich liebe ich auch, Mom. Danke für alles.«

Dann verschwand sie ins Wohnzimmer, um die tobenden Welpen einzusammeln.

Mary schaute Elliot an und lächelte schüchtern, und er lächelte zurück.

»Das war gar nicht so schlecht«, meinte er. »Für Teenagerzeit.«

# QUELLENANGABE

Im Buch enthalten sind die beiden ersten Zeilen des Gedichts »Conscientious Objector« von Edna St. Vincent Millay aus »Collected Poems«, Copyright 1934, © 1962 by Edna St. Vincent Millay und Norma Millay Ellis, ins Deutsche übertragen von Lotta Fabian für Amazon Crossing.

Zeitfracht Medien GmbH
Ferdinand-Jühlke-Straße 7
99095 Erfurt, Deutschland
produktsicherheit@kolibri360.de

Druck:
CPI Druckdienstleistungen GmbH
im Auftrag der
Zeitfracht Medien GmbH
Ein Unternehmen der Zeitfracht - Gruppe
Ferdinand-Jühlke-Str. 7
99095 Erfurt